HEYNE ‹

NIKOLETTA KISS

DAS LICHT VERGANGENER TAGE

Roman

WILHELM HEYNE VERLAG
MÜNCHEN

Verlagsgruppe Random House FSC® N001967

Originalausgabe 11/2019
Copyright © 2019 dieser Ausgabe by Wilhelm Heyne Verlag, München,
in der Verlagsgruppe Random House GmbH,
Neumarkter Straße 28, 81673 München
Alle Rechte sind vorbehalten.
Printed in Germany
Redaktion: Steffi Korda, Büro für Kinder- und Erwachsenenliteratur,
Hamburg
Umschlaggestaltung: Cornelia Niere, Büro für Gestaltung
unter Verwendung von Getty Images /© Alfred Eisenstaedt
Satz: Buch-Werkstatt GmbH, Bad Aibling
Druck und Bindung: CPI books GmbH, Leck
ISBN: 978-3-453-42321-3

www.heyne.de

Für Ben

Inhalt

1
DAS PORTRÄT

Budapest 1949

Die Strahlen der Mittagssonne drangen durch die winzigen Löcher der Rollläden. István erwachte mit dröhnenden Kopfschmerzen. Er richtete sich auf, rieb sich das Gesicht und tastete im Halbdunkel nach der angerauchten Zigarette auf dem Nachttisch. Er hatte sie gestern Nacht dort vorsorglich deponiert. Sie war seine letzte.

Mit dem Stummel im Mund stand er auf, zog die Rollläden hoch und riss das Fenster auf. Kühle Herbstluft flutete das Zimmer. Kindergeschrei und das Klappern von Geschirr hallten durch den Innenhof des Mietshauses. Er sah zur Staffelei und betrachtete seine Arbeit der letzten Nacht aus ein paar Schritten Entfernung. Wage es nicht!, sprachen die Augen der jungen Frau auf dem Porträt. Er nickte zufrieden. Es war ihm gelungen, ihren stolzen Blick einzufangen.

Sie hatte im Kaffeehaus scheinbar auf jemanden gewartet, wirkte angespannt, die Knie unter dem Rock hielt sie zusammengepresst, die Handtasche griffbereit im Schoß. Sie sah kurz zu ihm herüber und wandte sich dann wieder ab, als hätte sie seine Blicke nicht bemerkt, die zwischen ihr und dem Blatt hin- und hergingen. Sein Bleistift ging flink über das Papier, skizzierte die hohe Stirn, die Wangenknochen, die geschwungene Nase und den Mund, diesen Mund. Ihre unberingten Finger spielten mit einer Zigarettenspitze, einer goldenen Röhre mit einem schwarzen Mundstück. Der große Zeiger der Wanduhr über dem Tresen stand auf zwanzig nach. Mit einer Bewegung, als hätte sie das Warten aufgegeben, schob sie das Röhrchen in sein Etui zurück und winkte der Bedienung.

Jetzt oder nie, dachte István, ließ Zeichenblock und Bleistift in der Innentasche seines Sakkos verschwinden und nahm seinen Mantel von der Stuhllehne. Im Stehen kippte er den Rest Wein hinunter und hinterließ vorsorglich ein paar Münzen auf dem Tisch. So konnte er im Falle einer Abfuhr unauffällig das Lokal verlassen.

Der Ober präsentierte ihr gerade die Rechnung. István machte sich auf den Weg. Es waren nur zehn Schritte zwischen ihnen, zehn Schritte wie eine Ewigkeit, in der vieles geschehen konnte.

In dem Moment trat ein Herr mittleren Alters an sie heran, den Mantel sorgfältig über den Arm gelegt. Mit der freien Hand zog er den Hut und entblößte sein bares Haupt.

Die junge Frau erhob sich. Er war größer als sie und musste sich leicht beugen, um ihr offenbar etwas Vertrauliches ins Ohr zu flüstern. Dabei reichte er dem Ober einen Geldschein. István hielt inne.

Die Hand auf ihrem Rücken glitt langsam Richtung Gesäß.

István schritt auf sie zu, dann an ihnen vorbei, mit abgewandtem Blick, direkt auf die Drehtür zu. Sie war also eine von denen! Wie alle schönen Frauen in diesem Laden. Er ärgerte sich über sich selbst. Noch im Karussell blickte er zurück, aus Neugier, vielleicht aus Lust am Ekel oder aus Überlegenheit. Er wollte wissen, ob der stolze Glanz ihrer Augen verloschen war.

Durch die Scheibe trafen sich ihre Blicke ein zweites Mal. Er zögerte. War das Glas zwischen ihnen der Spiegel seiner Vorstellung, der ihn zum Narren hielt? Es stand Entsetzen in ihrem Gesicht. Es war der Blick eines verängstigten Kindes, ja, er las zweifelsfrei Angst in ihren Augen. Zum Nachdenken blieb keine Zeit. Er gab der Drehtür einen kräftigen Stoß, und mit Schwung trat er wieder ins Innere des Lokals.

Dort atmete er tief ein, nahm Haltung an und schritt benommen auf die Szene zu. »Nehmen Sie die Hand von der Dame!«

Der Alte zuckte und ließ die junge Frau los. Sein rundes Gesicht wurde schlagartig hochrot, er stammelte etwas und flüchtete baren Hauptes mit Mantel, Hut und Aktentasche unter dem Arm aus dem Lokal.

Überwältigt von der eigenen Heldentat, sah István zu, wie sich ihre Lippen bewegten. Sie sprach zu ihm, so kam es ihm vor, doch den Sinn ihrer Worte erfasste er nicht. Alles, was er hörte, war ihre Stimme, samtig wie ein kräftiger Rotwein mit feinen Tanninen, die sich über den Gaumen legen. Wahrscheinlich dankte sie ihm. Sie schien nicht oft in eine Situation wie diese zu kommen. Warum trieb sie sich auch in diesem Lokal rum? Mit zittrigen Händen streifte sie sich die Handschuhe über, schenkte ihm ein Lächeln und wandte sich zum Gehen.

»Warten Sie! Wie ist Ihr Name?«

»Rebeka Bárdossy«, sagte sie, ohne in der Bewegung innezuhalten. Er folgte ihr in das Karussell der Drehtür, durch einen Türflügel von ihr getrennt.

Im Freien eilte sie mit flinken Schritten davon. Er rief ihr nach, kramte im Laufschritt die gefaltete Zeichnung aus der Manteltasche, holte die junge Frau ein und streckte ihr das Blatt entgegen.

Das Porträt hatte den Effekt, den er sich erhofft hatte. Sie stoppte und nahm sich Zeit, die Skizze zu betrachten. Als sie zu ihm aufsah, lächelte sie. In dem Licht der Straßenlaternen bemerkte István ein schimmerndes Gold in ihren grünen Augen.

Wie selbstverständlich ließ sie die Zeichnung in der Handtasche verschwinden.

»Darf ich Sie wiedersehen?«

»Gehen Sie ins Theater«, sagte sie und ging davon.

Diesmal folgte er ihr nicht. Es war nicht klar, ob das eine Frage oder eine Aufforderung gewesen war. Eine Weile noch lauschte er dem Klang ihrer Absätze auf dem Kopfsteinpflaster.

Die Luft hatte sich seit Einbruch der Dunkelheit stark abgekühlt. Als sich das Klackern in den Geräuschen der Stadt verloren hatte, knöpfte er seinen Mantelkragen fest zu und lief los. Zurück in seinem Studio wollte er sie malen.

2
GALERIE REIDL

Berlin 2017

Anna blinzelte im grellen Licht. Gleißendes Weiß umgab sie. Dieses Gesicht, ein Männergesicht beugte sich über sie. Sie drehte den Kopf weg vom Licht. Der dumpfe Schmerz im Unterleib meldete sich zurück. Ein Bildergewirr spielte sich vor ihrem inneren Auge ab, wie ein Film im Schnelldurchlauf. Das Licht erlosch. »Lassen wir sie schlafen«, hörte sie eine Stimme, dann Schritte. Sie drehte sich auf die Seite, wieder nur weg vom Licht, weg von den Gedanken, und vergrub ihr Gesicht im Kopfkissen. Der komatöse Schlaf der letzten Stunden hatte ihre Erschöpfung nicht gelindert, im Gegenteil. Es war, als beschwerten Gewichte ihre Glieder. Sie hatte Lust, der Schwere nachzugeben, einfach nicht mehr zu atmen, sich nicht zu rühren, so lange, bis der emsige kleine Motor in der Brust die Arbeit einstellen würde. Ein letztes Mal atmete sie tief ein, dann hielt sie die Luft an. Bereit zum Äußersten hielt sie still und wartete. Sie zählte langsam bis zwanzig, einundzwanzig, zweiundzwanzig und wurde beim Zählen immer schneller. Noch klopfte es, hämmerte unbeirrt weiter, trotzig und heiß in ihr Kopfkissen, als wäre rein gar nichts geschehen. Als könnte sie das Uhrwerk einfach zurückstellen wie beim Übertreten einer gigantischen Zeitzone, nicht um Stunden, sondern um

Tage oder gar Wochen, eben zu dem Zeitpunkt, als ihr die Zügel entglitten waren.

Doch wann genau war das geschehen? Sie zog die Brauen zusammen. Vielleicht hatte alles schon vor Jahren begonnen. Unmerklich hatten sie sich eingeschlichen, die kleinen Zugeständnisse, die harmlosen Kompromisse, die sie doch gern machte, und waren inzwischen fest verwachsen zu Gewohnheiten wie Efeu am Mauerwerk.

»Sie haben zehn Tage Zeit, um sich zu entscheiden«, hatte man ihr gesagt. Das war also der Beginn ihrer Zeitrechnung.

Der erste ihrer zehn Morgen war ein orangefarbener. Einer dieser Morgen, an dem die Sonnenstrahlen einem Magie vorgaukeln und das Tau im Gras funkeln lassen. Das warme Licht kaschiert die Fehler, die man gemacht hat oder noch machen wird.

An eben diesem Morgen stieg Anna mit einem Strauß Lilien im Arm, ihrer Handtasche und einem Stapel Kataloge die zwei Treppenstufen zur Galerie hinauf und steckte den Schlüssel ins Schloss. Mit der Hüfte schob sie die Eingangstür auf, die sich mit einem Klick öffnete.

Die Tür zu ihrem Reich tat sich auf. Das einfallende Licht flutete den hohen Raum und ließ die Farben auf Márta Némeths Bildern sprechen.

Anna ließ die Tür hinter sich ins Schloss fallen, legte die Kataloge auf dem Boden ab und sah sich um. Die Szenen der gestrigen Ausstellungeröffnung drängten sich in ihre Gedanken. Die jugendliche Naivität, mit der sich Márta diesem Sammler angebiedert hatte, entlockte ihr ein nachsichtiges Kopfschütteln. Bei dem Gedanken daran, wie sehr die junge Künstlerin sie an sich selbst erinnerte, musste sie lächeln. Mit abgeschlossenem Kunststudium, 17 Euro in der Tasche und ihrer Kunstmappe unter dem Arm war sie zur ArtCologne getrampt wie ein Falter, den es zur

Lichtquelle zieht. Sie hatte auf Kontakte gehofft, einen Job, irgendeine Gelegenheit, die sie ihrem Traum näher gebracht hätte, ihre Bilder auszustellen.

Mit derselben jugendlichen Unverfrorenheit, die sie heute an Márta beobachtete und vielleicht etwas bewunderte, weil sie ihr selbst inzwischen abhandengekommen war, hatte Anna sich einst in das Gespräch des berühmten amerikanischen Konzeptkünstlers Joseph Kosuth mit dem Wiener Galeristen gedrängt – und so ihren Michael kennengelernt.

Durch ihr bloßes Rumstehen und ihre fragenden Blicke war das Gespräch der Männer ins Stocken geraten. Es war der Galerist Michael Reidl, der ihre Anwesenheit zuerst bemerkte und sie verwundert ansah, als benötigte sie Hilfe, die Damentoilette zu finden. Im kalten Neonlicht der typischen Kosuthschen Schriftinstallationen drängelte sein Blick, sie sollte nun schnell ihr Anliegen vortragen. Doch Anna hatte Mühe, ihr Zittern zu unterbinden. Sie presste die Finger in ihre Zeichenmappe, als hielte sie sich an ihr fest. Dies war ihr Moment! Sie sprudelte los, bedacht auf ihren britischen Akzent, den sie über Jahre durch das Mitsingen ihrer Rolling-Stones-Platten verfeinert hatte, über die Idee zwischen den Zeilen, der Bedeutung von Sprache in Kunst und die Neonröhren. Sie gab alles, was sonst hatte sie zu bieten? Die Selbstverständlichkeit, mit der Kosuth, dieser Gigant seines Faches, sich auf ein Gespräch mit ihr einließ, überraschte sie. Er wirkte wie ein gutmütiger Bär, der sich freute, gefragt zu werden. Er gestikulierte, holte aus, tänzelte beim Reden, als wollte er sie beeindrucken und nicht umgekehrt.

Doch das Gespräch währte nicht lange. Ein Herr im Anzug trat an sie heran. Unterbrach Anna, die gerade sprach, und fasste Kosuth vertraulich am Arm, als hätten sie eine Angelegenheit zu klären. Seine Augenbrauen zeichneten dabei strenge Bögen über dem Brillenrand. Er entschuldigte sich förmlich, er müsse den jungen Mann entführen, dabei waren die beiden etwa gleichaltrige Mittfünfziger, beide Brillenträger, und doch hätten sie unterschiedlicher nicht sein können. Die Art, wie er das Gespräch abrupt beendete, zu laut, lachend, mit dem hart klingenden deutschen Akzent im Englischen, verschaffte ihm unwillkürlich Autorität.

Kosuth schüttelte den Kopf, lachte auf wie jemand, der aus Großzügigkeit mitmacht, bei was auch immer. Er warf Anna einen bedauernden Blick zu, als unterhielte er sich viel lieber mit ihr. Vor Ehrfurcht erschüttert sah Anna den beiden nach. »War das nicht der König? Der Direktor des Ludwig-Museums?«

Sie spürte das Nicken des Galeristen neben ihr, der ebenso brüskiert war wie sie. Doch Michael Reidl ließ sich eine Kränkung nicht anmerken. Er deutete auf ihre Mappe. Ob sie ihre Arbeiten auch herzeige? Da erst bemerkte sie sein wohlgeschnittenes Gesicht, das ihr bisher gar nicht aufgefallen war. Er lächelte geduldig. Ihre Finger pressten sich tiefer in die Zeichenmappe, als befürchtete sie, aus dem Gleichgewicht zu geraten, wenn sie losließ.

Doch nichts dergleichen geschah. Er ging durch die Blätter, sagte kein Wort, nickte vielleicht. Was zählte, war die Art, wie sich dieser ernsthafte, schöne Mann ihre Bilder ansah. Sein Gesicht war nicht mehr ganz jung. Es hatte etwas Nachdenkliches, Verlebtes. Doch die Tiefgründigkeit, die in ihm wohnte, machte es schön. Mit langen, feinen Fingern nahm er eins der Blätter heraus, hielt es respektvoll vor sich wie das Werk einer Künstlerin. Anna fühlte sich wie ein Groupie backstage, als er sie forschend ansah, mit Anerkennung in den Augen.

Michael Reidl bot ihr keinen Vertrag an, auch keinen Job in seiner Galerie. Er führte sie zum Abendessen aus. Auf das Essen folgte eine Affäre zwischen Wien und Berlin mit tiefsinnigen Telefonaten über Kunst und die Welt. Sie rauchten die Gauloises zusammen, jeder für sich am Ende seiner Leitung, selbstredend die blauen mit dem dunklen, starken Tabak. Hin und wieder taten es auch die roten, aber nur, wenn die blauen nicht zu haben waren. Das Knistern in der Leitung, wenn er an seiner Zigarette zog, eine gut überlegte Antwort vorbereitend, die nachdenklich zusammengezogenen Augenbrauen, die sie sich vorstellte, wenn er anschließend den Rauch entweichen ließ ... es war unwiderstehlich.

Das alles war lange her. Sie hatten inzwischen das Rauchen aufgegeben und waren nun Partner im Leben und im Beruf. Hatte Michael recht? War es ein Fehler gewesen, auf eine unerfahrene Künstlerin zu setzen? Er hatte sie gewarnt, mit Márta Németh bei der ArtWeek anzutreten. Anna wäre gern die unangenehmen Gedanken wieder losgeworden. Sie war fest entschlossen, der jungen Künstlerin eine Chance zu geben. Welche fulminante Energie sprach aus ihren Gemälden! Das gewagte Farbenspiel, vibrierende Töne, Nuancen, wechselnde Strukturen – sie hielten das Auge in Bewegung, in ständiger Unruhe. Anna konnte sich an den Bildern nicht sattsehen. Michael überzeugten sie nicht. »Fleißarbeit« nannte er die präzise ausgearbeiteten Details, die sich in Annas Augen zum großen Ganzen verflochten. Fleißarbeit? Anna fuhr sich mit der Hand durchs Haar, als sei sie ertappt worden. Dieses Wort war schon einmal gefallen.

Ihre malerischen Qualitäten würde er nicht infrage stellen, hatte Michael vor langer Zeit zu ihren Arbeiten gesagt, und seine Hand in liebevoller Beschwichtigung auf ihren Arm gelegt. Doch es fehlte etwas, eine Dringlichkeit vielleicht, das gewisse Etwas eben. Er hatte mit Worten gerungen, er könnte es nicht genauer sagen. Sein entschuldigender Gesichtsausdruck, die Art, wie er sie angesehen hatte, als täten ihm seine eigenen Worte weh, hatten damals ihr Mitleid erweckt. Dabei war sie es gewesen, die hätte verletzt sein sollen. Es war die Zeit gewesen, in der jedem seiner Sätze ein inniger Kuss gefolgt war; die Zeit, in der sie gemeinsam bis in die Morgenstunden die Wände ihrer Berliner Galerie weiß getüncht hatten. Sie hatten nicht voneinander lassen können, ein zärtlicher Seitenblick, ein Sichberühren, ein Sichanfassen, Sichaneinanderhalten, um jede Sekunde ihres Zusammenseins auszukosten. Ihr die Wahrheit zu sagen, unter diesen Umständen, musste ihm Schmerz bereitet haben. Sie sei ein Organisationstalent, eine echte Macherin, die geborene Galeristin! Sie könne so gut mit Leuten, viel besser als er, so hatte er ihr den Abschied von der Malerei versüßt. Sie war nicht verletzt gewesen. Sie war dankbar, offen, leitbar gewesen. Jung eben.

Sie wisse, er könne zwischen künstlerischer Qualität und Belanglosigkeit unterscheiden, sagte er auch, als sie diskutierten, ja, über Márta Némeths Kunst stritten. Wie viele junge Künstler hätte er aufgezogen, groß gemacht und hätte richtig gelegen mit seinem Gespür.

Eben, dachte Anna mit später Verbitterung. Sie schritt mit den Blumen im Arm in den hinteren Raum der Galerie. Ihre hohen Absätze klapperten auf dem Parkett. Es gab Königsmacher in der Kunst wie in der Politik, und Michael Reidl war einer. Was war schon Qualität und was Einfluss? Sie hätte ihm nie zum Vorwurf gemacht, sie als Künstlerin nicht ausreichend gefördert zu haben, nicht direkt jedenfalls. Doch aus eben diesem Grund wollte sie Márta zum Star machen.

Rauschend füllte sie die große Standvase mit Wasser, fast bis oben an den Rand. Wo blieb dieser Praktikant eigentlich? Sie ließ Christoph von Engelhardt an jedem Detail der Geschäftsführung teilhaben. Er verkehrte mit internationalen Kuratoren, Künstlern und bedeutenden Sammlern. Könnte man da nicht etwas mehr Einsatz erwarten? Gegen halb zehn würde er hereinschlendern, mit seinen blondierten Strähnchen und einem Caffè Latte in der Hand, im Slim-Fit-Hemd, und sich nicht einmal entschuldigen.

Unter achtzig Bewerbern hatte sie dem Anwaltssohn den Vorzug gegeben, um einen Stammkunden nicht zu verärgern. Die Prostitution in ihrem Beruf hasste sie!

Sie arrangierte die Lilien in der Vase und atmete mit geschlossenen Augen ihren süßlichen Duft ein. Die Vase kam im vorderen Raum auf den Blumentisch. Beim Aufrichten schnellte ein stechender Schmerz durch ihre linke Leiste. Sie wischte mit der Hand darüber. Wie war jetzt alles zu bewältigen? Die Vorbereitungen zur ArtWeek, die Kunstreise nach Budapest. Mit Christoph von Engelhardt? Mártas Betreuung forderte sie wie eine Zweitmutter. Und Michael? Am Telefon erwischte sie ihn womöglich im ungünstigsten Moment. »Lass uns später in Ruhe darüber reden«, würde er sagen, und da stünde sie dann, wartend, sich verzehrend, bis zum Abend oder gar bis zum Wochenende. Sie fürchtete sich vor der Stille in der Leitung, die nur Schaden anrichtete. Sie wollte die sorgenvollen Grübchen über seinen Augenbrauen wegstreichen. Sie brauchte sein stilles Lächeln, dieses Alles-wird-gut-Lächeln. Am Telefon blieben nur die Pausen. Sie stoppte, wandte sich um. Dufteten die Lilien zu stark? Sie hätte die Schwertblumen nehmen sollen.

Es war Punkt neun Uhr, als Christoph zur Tür hereintrat. »Ich habe Ihnen Kaffee mitgebracht. Ich wusste nicht, ob Sie Zucker nehmen.«

»Schwarz«, sagte Anna schroffer, als sie wollte. Sie nahm einen Schluck, schob ein Danke hinterher.

Ein Schwindelgefühl überkam sie, als wäre sie mitten im Zuckerloch am Nachmittag. Sie ließ sich nichts anmerken und setzte sich im Büro an den Schreibtisch.

»Márta will beim Abendessen mit Krüger dabei sein«, rief Christoph. »Soll ich im Restaurant anrufen?«

»Seit wann erteilt Márta Ihnen Anweisungen?«

An die Türschwelle gelehnt machte Christoph eine entschuldigende Geste. »Sie dachte, Sie würden ihr das Treffen mit Krüger ausreden wollen.«

»Nach dem gestrigen Desaster werde ich genau das tun.« Christoph machte ein überraschtes Gesicht, als wäre er bei einer anderen Party gewesen.

Mit einem Seufzer wandte sich Anna der Liste ihrer E-Mails zu, die seit gestern Abend eingegangen waren. »Márta Németh ist noch sehr unerfahren. Sammler wie Krüger sind nicht an ihrem Gehabe oder ihrem hübschen Gesicht interessiert, sondern an ihrer Arbeit. Ich treffe Krüger allein.«

Anna sah auf die Uhr, dann nahm sie den Hörer, um Márta anzurufen. Sie ließ das Telefon dreimal, viermal und noch ein fünftes Mal klingeln, dann legte sie behutsam auf. »Geben Sie sie mir, wenn sie anruft«, sagte sie zu Christoph, der noch immer in der Tür zum Büro stand und auf seinem Handy rumtippte.

»Was ist mit dem Porträt? Haben Sie diesen Anwalt erreicht?« Sie deutete auf ein Gemälde, das wie vergessen an der Wand lehnte.

Christoph machte eine hektische Geste, als hätte er das Porträt vergessen. Er setzte sich an den Praktikantentisch und überprüfte die E-Mails. »Der Besitzer ist verstorben.«

»Wer ist verstorben?«

»Dr. Breitner, so hieß er. Die Nachricht ging an die Office-Adresse.«

Anna hob die Augenbrauen. Mit Ungeduld fixierte sie den Praktikanten, der noch immer in der Liste der E-Mails suchte. Seine übereinandergeschlagenen Beine wippten nervös unter dem Tisch.

»Von wann ist die E-Mail?«

Das Wippen hörte auf. Christoph drehte sich schnell zu ihr um. »Dr. Karsay bittet Sie um die Adresse Ihrer Großmutter. Er vermutet, dass sie die Frau auf dem Bild und die alleinige Erbin ist.«

Anna stand auf und beugte sich irritiert über seine Schulter. »Lassen Sie mich mal sehen!«

»Professor Dr. Róbert Breitner, verstorben am 3. Juni 2017 in Budapest.« Anna sah in dem Kalender nach, in dem sie den Eingang von Kunstwerken eintrugen. Breitners Tod hatte sich vor zwei Wochen ereignet. Nur kurz nach dem Besuch des Anwalts in ihrer Galerie. Sie hatte die seltsame Begegnung genau in Erinnerung. Der junge Anwalt im dunklen Anzug mit Fliege hatte ausgesehen, als wäre er direkt aus der Oper gekommen. Mit dem fachmännisch verpackten Gemälde unter dem Arm war er grußlos an Christoph vorbeigegangen.

Erst Anna Hartmann persönlich stellte er sich mit einer Verbeugung vor: Dr. Mihály Karsay von der Kanzlei Karsay & Sohn.

Anna erkannte es am Akzent und Namen sofort: »Jó napot kívánok!«, erwiderte sie auf Ungarisch.

Der Ungar reichte ihr seine Karte und bemerkte in makellosen Deutsch, sein Fahrer warte in zweiter Reihe.

Entgegen Annas Annahme, dass er sich dementsprechend beeilen müsse, waren seine Bewegungen beim Öffnen des Pakets von einer Langsamkeit durchdrungen, die ihr ein Kribbeln durch die Fingerspitzen schickte. Er legte das Gemälde frei und sprach kein Wort. So hatte Anna ausreichend Zeit, seine fein geschnittenen, jugendlichen Gesichtszüge zu betrachten. Hinter dem sorgsam gestutzten Bart verbarg sich eine ernsthafte Miene.

Endlich stellte er das Gemälde behutsam auf dem Boden ab und betrachtete es selbst, als hätte er es noch nie gesehen. »Mein Mandant möchte Ihnen dieses Porträt anvertrauen. Es handelt sich um einen Szabó.«

Mit zur Seite geneigtem Kopf betrachtete Anna das abstrakte Porträt einer jungen Frau mit überdimensionierten grünen Augen. Sie kannte das Werk des ungarischen Malers István Szabó, aber keins seiner ihr bekannten Bilder war diesem auch nur annähernd ähnlich. Karsay musterte sie eindringlich, als müsse er seinem Mandanten über ihre Reaktion Bericht erstatten. Vermutlich sah er ihr die Skepsis an, denn er erklärte, das Bild sei untypisch für Szabós Werk. »Es ist in den 50er-Jahren als ein Auftragswerk entstanden. Die Dame auf dem Bild war einst die Verlobte meines Mandanten. Erkennen Sie sie wieder?«

Anna hob den Blick. Wieso sollte sie?

»Schauen Sie genau hin!« Er machte sogar einen Schritt auf sie zu. Anna wich etwas zurück. Sie konnte beim besten Willen nichts mit der Frau auf dem Porträt anfangen.

Dr. Karsay reichte ihr eine alte Schwarz-Weiß-Fotografie. Das Bild musste zu einem besonderen Anlass wie einer Verlobung oder Hochzeit im Fotostudio aufgenommen worden sein. Im Vordergrund saß eine junge Frau in einem Korbstuhl, als müsste sie geschont werden. Hinter ihr posierte in militärischer Haltung ihr Mann, vermutlich dieser Breitner.

»Die Dame auf dem Bild ist Rebeka Bárdossy. Mein Mandant vermutet, dass es sich um Ihre Großmutter mütterlicherseits handelt. Dr. Breitner hofft darauf, den Kontakt zu ihr wiederherzustellen.«

Annas Blick wechselte zwischen Bild und Anwalt und blieb schließlich an ihm haften. »Ich kann Ihnen leider nicht weiterhelfen.«

Der Anwalt sah aus, als überlegte er, ob man ihr Glauben schenken konnte. »In einem Interview im ArtMagazin sagten Sie, Ihre Großmutter sei während der 1956er Revolution aus Ungarn geflüchtet. Sie selbst sind in Deutschland aufgewachsen, nicht?«

Das klang wie ein Vorwurf. Anna verschränkte die Arme. »Sie verstehen nicht. Wir haben seit Jahren keinen Kontakt zu meiner Großmutter.«

Karsay räusperte sich und schaute auf seine blank geputzten Schuhe. Dann hob er den Blick und sah sie herausfordernd an. »Dr. Breitner verfügt über eine bescheidene Kunstsammlung und wünscht sich Sie als Verwalterin.«

Wollte er sie jetzt auch noch bestechen? Dennoch, das Stichwort Kunstsammlung hatte ihr Interesse geweckt. Wo ein Szabó war, waren noch mehr. Sie löste ihre verschränkten Arme und versuchte, mit einem Lächeln, das einer Aufforderung glich, weiterzusprechen.

Als Karsay keinerlei Anstalten machte, fragte sie: »Darf ich fragen, was diese Kunstsammlung beinhaltet?«

Karsay sah sie an, als müsste er über ihre Frage erst nachdenken. Ihr Blick wanderte von seinen Augen zu den schmalen, leicht zittrigen Lippen, die wirkten, als würden sie die richtigen Worte nicht finden können. Als sie sich jedoch öffneten, kam die Antwort mit größter Gewissheit. »Es handelt sich um eine private Sammlung von Werken ungarischer Künstler der Europäischen Schule: Einige Kassák und Korniss sind darunter, Werke von Künstlern des Gresham Kreises wie Szőnyi und Bárcsay sowie frühe Werke von Dr. Breitner selbst. Die meisten Künstler waren Zeitgenossen, Kollegen, Freunde meines Mandanten. Diese Bilder waren bisweilen der Öffentlichkeit vorenthalten. Mein Mandant wünscht, dass Sie sich der Sammlung annehmen, um ihren Wert langfristig zu steigern.«

Anna versuchte, sich das elektrisierende Gefühl, das ihr bei der Erwähnung dieser prominenten Künstler durch und durch ging, nicht anmerken zu lassen. Werke dieses Kalibers hingen in der ungarischen Nationalgalerie. Ihre Hand ging unwillkürlich zum Mund, als müsste sie ein Husten oder nur das Zucken der Mundwinkel unterbinden. Innerlich mahnte sie sich zur Vorsicht. Die Kanzlei Karsay war ihr kein Begriff, und auch von einem Sammler oder Künstler mit dem Namen Breitner hatte sie nie gehört.

Ihre Galerie bekam zwanzig bis dreißig Anfragen pro Woche. Regelmäßig kamen fragwürdige Sammler, die ihr Bilder zum Kauf anboten.

»Wann kann ich mir die Bilder ansehen?«, fragte sie ernst.

»Alles zu seiner Zeit, Frau Hartmann. Wir werden Sie kontaktieren.«

Er holte ein Schriftstück hervor. Es war ein Zertifikat. Anna überflog das Gutachten. Es war von Judit Virág erstellt worden, einer der renommiertesten Galeristinnen Ungarns. Sie hob den Blick und sah Karsay fragend an. »Warum engagiert Ihr Mandant nicht Frau Virág?«

Er antwortete nicht, sondern reichte ihr wortlos die Hand zum Abschied. Anna schlug befremdet ein. Karsays Hände waren von einer Zartheit wie ihre eigenen, doch sein Händedruck zeugte von Entschiedenheit. Sanft, aber bestimmt zog er sie bei der Verabschiedung ein wenig zu sich heran und blickte sie an, als wollte er sich vergewissern, auf sie zählen zu können. »Ich bitte noch um Ihre Unterschrift auf dem Empfangsschein, Frau Hartmann.«

»Was soll ich mit dem Bild anfangen?«

»Lassen Sie es auf sich wirken.«

Anna blickte ihn fragend an, doch wie hypnotisiert von der Dringlichkeit seiner Art nahm sie den Füllfederhalter, den er ihr reichte, und signierte den Empfangsschein.

Karsay ließ den Zettel in der Innentasche seines Sakkos verschwinden und wandte sich zum Gehen. Das Porträt lehnte an der Wand wie ein herrenloses Gepäckstück.

»Dr. Karsay, warten Sie! Um den Auftrag anzunehmen, werden wir einen Vertrag aufsetzen müssen.«

Er blieb stehen und drehte sich um.

»Es muss eine klare Übereinkunft mit Ihrem Mandanten darüber geben, was mit den Werken geschehen soll, ob er sie verkaufen, verleihen will, ob er eventuell eine Schenkung erwägt, um zum Beispiel eins der Bilder in eine bedeutsame Sammlung hineinzubringen. Ich brauche eine Liste der Werke, Zertifikate ihrer Echtheit, Gutachten von ihrem Zustand und so weiter.«

Karsay nickte. »Selbstverständlich.«

Dann schritt er hinaus. Die Türglocke machte einen kurzen elektronischen Piepton, und die Tür schloss sich hinter ihm mit einem dumpfen Knall. Anna betrachtete, wie die zierliche Gestalt in die wartende Limousine stieg und der Wagen davonfuhr. Christophs fragendem Blick schenkte Anna keine Beachtung. Sie nahm das Gemälde, schloss die Bürotür hinter sich und wählte die Nummer ihrer Mutter. Das Gespräch war nicht für fremde Ohren bestimmt. Dabei sprach sie mit ihrer Mutter größtenteils Ungarisch, eine Sprache, die nicht einmal ihr deutscher Vater nach vierzig Jahren Ehe erlernt hatte. Eigentlich mischten sie das Deutsche und das Ungarische, ersetzten, flickten, beugten die Worte, wie sie kamen. Das Ganze war wie ein privater Code, fließend, mit Akzent.

Anna wartete auf den Klingelton. Besetzt. Ihre Mutter telefonierte.

Manchmal hatte sie das Gefühl, die Ungarn begegneten ihr mit Freundlichkeit, solange sie den Mund nicht auf Ungarisch aufmachte. Wer ihre Sprache sprach, musste einer von ihnen sein. Wer sonst machte sich die Mühe, eine Sprache zu erlernen, die man schlicht nirgendwo auf der Welt gebrauchen konnte? Doch ihr Akzent zog argwöhnische, forschende Blicke auf sich. Das Spekulieren begann. Ein Auswandererkind? Im Westen aufgewachsen? So klang auch dieser Karsay. Als hätte sie das Vaterland verraten.

Gerade in Ungarn fühlte sie sich deutscher als deutsch. Es war Michael, der Österreicher, der sie das Verstehen gelehrt hatte. Er selbst versuchte, das Ungarische zu erlernen, und scheiterte an den Milliarden Unregelmäßigkeiten dieser »verrückten« Sprache, wie er sie nannte, einer Sprache, die ohne Maskulinum und Femininum auskam, in der das Verb »haben« nicht existierte, die dafür aber mehr Schimpfworte im Alltag gebrauchte als wahrscheinlich jede andere Sprache. Michael führte sie ein in die großartig übersetzten Werke von Imre Kertész, Sándor Márai und Péter Nádas. Anna begann, im Original zu lesen, und entdeckte eine Welt, die ihr zuvor verborgen gewesen war. Es gehöre mehr zur kulturellen Identität, als nur die Sprache zu sprechen, man müsse in einem Land gelebt und geliebt haben, hatte Michael mit einem Augenzwinkern zu Anna gesagt, seiner »echten« Ungarin. Dabei hatte Anna keine lebenden Verwandten in Ungarn, selbst ihre Großmutter, zu der sie seit Jahren keinen Kontakt mehr pflegten, war 1956 in die USA ausgewandert und lebte heute in Wien.

Es überraschte Anna daher nicht, dass ihre Mutter kein Interesse an dem aufgetauchten Porträt zeigte, als sie nach einigen Versuchen endlich den Hörer abhob und Anna ihr von dem Besuch des Anwalts erzählte.

Das Drama passe zu ihrer Mutter, sagte Edit. Dieser Breitner sei wahrscheinlich einer von Rebekas Verehrern aus der Vergangenheit.

Anna stellte das Gemälde auf ihren Schreibtisch, um es, wie geheißen, auf sich wirken zu lassen. Alles daran war überdimensioniert und schrie nach Aufmerksamkeit: die kräftigen Farben, der dekadente Pelz als Rahmen zum Gesicht, die grünlich-golden schimmernden Augen. Sie bedrängten sie. Anna fand eine seriös anmutende Webseite der Kanzlei Karsay, doch in den folgenden Tagen gelang es ihr nicht, den Anwalt telefonisch zu erreichen. Sie hinterließ Nachrichten, ohne Erfolg. Nach einer Woche ohne ein Zeichen, bat sie Christoph, das Porträt zurückzusenden. Erst Karsays Aufdringlichkeit in der Galerie, nun sein Schweigen geboten ihr Vorsicht. In den vergangenen Jahren hatte es eine Reihe prominenter Kunstfälschungen in Ungarn gegeben.

Und nun das. Dieser Breitner war verstorben.

Die Türglocke ertönte. Anna hob den Kopf. Das musste ihre Mutter sein, mit der sie zum Mittagessen verabredet war. Sie hörte die energischen, kleinen Schritte durch den vorderen Raum näher kommen. Dann verebbte das Geräusch, und sie vernahm gedämpftes Geplauder mit dem Praktikanten. Fragte sie ihn nun auch noch über seine Diplomarbeit aus, würden sie nie wegkommen, dachte Anna und ging ihrer Mutter entgegen.

Edit Hartmann war keine Frau, die ihre Stimme schnell erhob oder sich leicht aus der Fassung bringen ließ. Als Anna ihr das Porträt zeigte und sie erneut nach Breitner fragte, schüttelte ihre Mutter den Kopf, als würde der Name keinerlei Assoziationen wecken.

Edit betrachtete das an der Wand lehnende Bild. Anna wartete gespannt.

»Schwer zu sagen, es ist kein realistisches Porträt.« Das kam mit einem Desinteresse, das nicht echt sein konnte – ihre Mutter hielt sich an ihrer Handtasche fest, als fürchtete sie sich mitten in der Galerie vor Taschendieben.

»Sollten wir Großmutter nicht anrufen?« Anna streckte den Arm nach ihr aus.

Edits Hand jedoch lag bereits auf der Türklinke. »Gib diesem Anwalt einfach ihre Adresse, der kümmert sich darum.«

Mit einem Kopfschütteln wühlte Anna in dem Durcheinander aus Papieren, fand darunter ihr Telefon, ließ es in der Handtasche verschwinden und folgte ihrer Mutter zum Ausgang. Schweigend überquerten sie die Straße zum Strandbad, einem Café, dessen schöne grüne Kacheln an den Wänden die Erinnerung an Alt-Berliner Stadtbäder weckten. Krisensitzungen, Abende bei Rotwein und Kerzenschein und unzählige Mittagessen hatte sie hier mit Michael verbracht, seit sie die Galerie gegenüber eröffnet hatten. Die Beständigkeit dieses Ortes und die stille nette Bedienung war für sie zu einem Rückzugsort geworden.

»Sie ist offenbar seine alleinige Erbin«, sagte Anna zu ihrer Mutter, als sie sich an einen der Zweiertische setzten. »Du hast wirklich noch nie von diesem Breitner gehört?«

Edit machte eine genervte Handbewegung, als ginge sie das alles nichts an. »Was weiß ich über die Vergangenheit meiner Mutter? Frag sie selbst. Sie wird dir von ihren Verehrern und großartigen Bühnenerfolgen in ihrer Jugend vorschwärmen. Das ist alles Gefasel.«

Anna griff vorsichtig nach der Hand ihrer Mutter; sie wusste, dass es unter der stillen Oberfläche brodelte. »Er könnte dein Vater sein«, sagte Anna so leise, als verriete sie ein Geheimnis. Der Besuch des Anwalts in der Galerie, dieses Porträt, das Erbe – das alles ergab einen Sinn.

Edit antwortete nicht. Hilflosigkeit sprach aus ihren Augen, als wäre ihr diese Möglichkeit erst jetzt aufgegangen. Anna tat es leid, sie so zu sehen.

Die freundliche Kellnerin kam, um die Bestellung aufzunehmen, und stellte schon die Limonade mit frischer Minze vor Anna, die sie immer trank. Auf Empfehlung bestellte Anna zweimal Salbei-Tortellini und zwei Glas vom Horizon Blanc.

»Ich bin am Wochenende bei Michael in Wien. Ich würde gern Großmutter besuchen«, sagte sie, als die Bedienung weg war.

»Sie wird dich nicht empfangen«, sagte Edit scheinbar ungerührt, doch Anna sah ihr die gespielte Gleichgültigkeit an. Sie erwartete zudem, dass Anna verstand. Die Suche nach einem toten Vater würde nur alte Wunden aufreißen! Diese Art der indirekten Kommunikation beherrschten die Frauen in ihrer Familie mit Perfektion.

»Vertrau mir!«, bat Anna eindringlich.

Edit nickte.

Die Kellnerin brachte den Wein und legte Besteck auf den Tisch.

Anna führte ihr Glas zum Mund und nahm einen großen Schluck. »Und da ist noch etwas, Mama. Dieser Karsay hat von einer Kunstsammlung gesprochen, die ich verwalten soll. Rebeka wird auch diese Sammlung geerbt haben. Wenn es die Sammlung überhaupt gibt. Ich muss wissen, ob darüber etwas im Testament steht.«

Edit runzelte die Stirn. »Und wie geht es dir?«, fragte sie, das Thema wechselnd, und zog Annas Weinglas wie schmutziges Geschirr von ihr weg.

Der Protest lag Anna auf der Zunge, doch der Ton ihrer Mutter war voller Wohlwollen, also schwieg sie. Ihre Unbeschwertheit war verflogen. Dem Blick ihrer Mutter verborgen wanderte ihre Hand über den flachen Bauch – eine zärtlich anmutende Geste, die Schwangere von Beginn der Schwangerschaft an unbewusst machen. »Ich sollte es wollen, Mama.«

»Jetzt nenne dieses Es doch endlich beim Namen. Du erwartest ein Kind. Das ist etwas Wundervolles.«

»Ich bin fast vierzig, Michael vierundfünfzig. Das Thema war für uns längst erledigt. Es passt nicht zu uns.«

Anna sah, wie sich ihre Mutter kaum sichtbar auf die Lippen biss, als ob sie sich zwingen müsste, den Gedanken nicht auszusprechen. Dann tat sie es dennoch. »Habt ihr diese Entscheidung bewusst getroffen?«

Anna wich dem fragenden Blick ihrer Mutter aus. Schon damals, als sie Michael kennenlernte, hatte ihre Mutter sie gewarnt, sich nicht in diesen älteren, verheirateten Mann zu verlieben, der schon in der nächsten Lebensphase angekommen war. »Du bist eine Ehebrecherin, mein liebes Kind«, hatte sie schonungslos gesagt. Damals war Edit nicht zimperlich gewesen. Anna schämte sich noch heute. Doch es war gut mit ihnen gegangen.

»Wir genügen einander auch ohne Kinder!«, sagte Anna und ärgerte sich im gleichen Moment über den Stolz, mit dem das kam, als wäre ihre Liebe eine Errungenschaft.

»Das sehe ich, Liebes. Ich wünschte nur …« Edit seufzte und unterbrach sich. »Ein Kind, weißt du …« Erneut brach sie ihren Satz ab, ein verzücktes Lächeln huschte über ihr Gesicht. »Es klingt zu sentimental. Aber so ist es! Und ja, es ist auch hart. Sehr hart. Du hast unser Leben umgekrempelt. Ich hatte keine Hilfe von meiner Mutter. Ich wollte sie nicht. Und ein Kind bedankt sich nicht. Man bekommt keine Wertschätzung, die auch nur …«

»Mama!«, unterbrach Anna.

»Aber es ist es wert!«

»Für dich! Du wolltest immer Kinder, eine Familie, ein schönes Haus. Michael und ich sind mit unseren Galerien verheiratet. Wir reisen, wir sind unabhängig. Unser Freundeskreis setzt sich zusammen aus Menschen, die so sind wie wir. Wir führen seit fünfzehn Jahren eine Wochenendbeziehung und sind glücklich damit.«

Edit nickte nachdenklich. »Du willst es nicht hören, Liebes, aber auch du wirst einmal alt. Und Michael weit vor dir.«

Der Hieb traf jedes Mal. »Und hat deine Mutter etwas davon, dich geboren zu haben?«, entfuhr es ihr. Dann schloss sie die Augen. »Das meinte ich nicht so, entschuldige, das weißt du.«

Edit schüttelte den Kopf und nippte am Weinglas. Sie stellte es geräuschlos wieder vor sich auf den Tisch und seufzte. »Du hast völlig recht. Es gibt keine Garantie dafür, im Alter nicht allein zu sein. Glaubst du, ich mache mir keine Vorwürfe? Ich bezahle eine Haushaltshilfe, anstatt meine Mutter anzurufen. Seit acht Jahren weiß ich nur, dass sie am Leben ist, weil diese Frau mir ungebeten Bericht erstattet.«

Anna schwieg. Sie kannte die Beziehung der beiden, maß sich aber nicht an, das schwierige Verhältnis zu verstehen.

Erst das Klirren der Teller brach die Stille. Dankbar für die Ablenkung blickte Anna zu der Bedienung, die die Teller abstellte und diskret wieder verschwand.

»Erst nach Jahren der Therapie habe ich realisiert, dass ich den Kontakt zu meiner Mutter abbrechen musste, um mich selbst zu schützen. Das bin ich mir schuldig. Deine Großmutter ist eine hochgradig neurotische Person. Sie lebt in ihrer illusorischen Welt, in der sie das alleinige Opfer ist. Sie erdrückt alles und jeden, der ihr nahekommt.«

Anna sah ihrer Mutter an, wie viel Kraft ihr dieses Gespräch abverlangte. Edit nahm Messer und Gabel in die Hand, schob die Gabel unter eine Teigtasche und half mit dem Messer behutsam nach.

Sie aßen eine Weile schweigend.

»Egal, wie du dich entscheidest, ich werde für dich da sein«, sagte Edit schließlich. »Du solltest gründlich in dich hineinhören. Es geht darum, was du fühlst, was ihr als Paar empfindet. Redet miteinander. Ihr müsst damit weiterleben.«

Anna seufzte.

»Und vor allem musst du dir verzeihen können. Es ist dein Körper und deine Seele.«

Die letzten Worte ihrer Mutter hallten noch lange in ihrem Kopf nach. Es war letztendlich ihre Entscheidung, dachte Anna, als sie nach ihrem Abendessen mit Krüger die erleuchtete Friedrichstraße entlanglief. Sie hatte für zwei Stunden ihr privates Ich ausgeschaltet und ihre professionelle Rolle überzeugend gespielt. Krüger würde in Márta Némets Kunst investieren. Doch nun spürte sie die Erschöpfung über sich kommen. Die Kraft hatte sie verlassen. Sie beschloss, die Galerie für die kommenden Tage Christoph zu überlassen und früher als geplant zu Michael nach Wien zu fliegen.

3
GUTER RAT

Budapest 1949

István räumte lustlos die Weinflaschen beiseite, die ihn daran erinnerten, warum es in seinem Kopf hämmerte. Alkohol half ihm zu fokussieren, das Wirrwarr seiner Gedanken zu ordnen und Unwesentliches auszusperren – wie eine Hülle, die ihn vor Kälte, Zweifeln und dem knurrenden Magen schützte. Wie leicht es war, in diesen Zustand der Leichtigkeit abzutauchen! Er konnte trinken, bis die Sorgen handzahm wurden.

Doch am Morgen danach war sein Spiegelbild jämmerlich. Er spritzte sich kaltes Wasser ins Gesicht. Wie immer fand er sich zu blass, irgendwie kränklich. Etwas Essbares konnte er nicht finden, so durchwühlte er auf dem Weg zum Wirtshaus an der Ecke seine Taschen nach Geld. 50 Forint. Das war alles, was ihm für den Monat blieb, den Rest hatte er mit Rudi versoffen.

Ab und zu ließ sich eines seiner Bilder verkaufen, und in unregelmäßigen Abständen erhielt er größere Auftragsarbeiten, die ihn dann ein paar Monate über Wasser hielten. Sein letzter Auftrag war ein zweimal drei Meter großes Wandgemälde für den Parlamentskindergarten gewesen. Man hatte ihn nach Beendigung der Arbeit ins Ministerium einbestellt. Das Bild hätte eine schädliche Wirkung auf den Betrachter, stand im Gutachten. Die Sachbearbeiterin hatte er noch genau vor Augen, so ein hübsches Blondchen mit rot bemalten dünnen Lippen. Sie hatte so viel Ahnung von Kunst wie ein Kamel, doch der Papa war ein hohes Tier in der Regierung. Genossin Palics war ihr Name. Sie hatte ihn auf die Verzerrungen in Inhalt und Stilrichtung seiner Kunst aufmerksam gemacht. Seine Arbeit würde den Anschein der Abkehr von den Werten der sozialistischen Kultur erwecken. Im Klartext hatte das bedeutet, dass das Ministerium seine sechs Wochen Arbeit nicht bezahlen würde. Er sah Genossin Palics noch vor sich, wie sie mit ihrer Bleistiftspitze getrommelt und ihm eine Standpauke gehalten hatte über die Ball spielenden Kinder zwischen gesichtslosen, überdimensionierten Körpern mit Engelsflügeln. Ihr Trommeln hatte ihn irritiert. Wieso hätte er sich rechtfertigen sollen?

Das Wirtshaus um die Ecke wurde von Frau Margit geführt, einer etwas schroffen, doch herzensguten Frau. Sie war nicht mehr die Jüngste und mit ihren eng stehenden, kleinen Augen gewiss keine Schönheit, aber sie war eitel, was István auf charmante Art auszunutzen wusste.

Als er eintrat, balancierte sie auf einem Hocker und malte die Tagesangebote an die Wandtafel. István überlegte, ob er genug Kraft hätte, sie aufzufangen, falls der Hocker unter ihrer Last zusammenbrach. Unfreiwillig starrte er auf die kräftigen weißen Waden, die sich samt den heruntergerutschten Strümpfen unter ihren Röcken zeigten.

»Es gibt Paprikakartoffeln«, sagte sie mit einem Zwinkern, als sie ihn bemerkte. Sie gab ihrer Hüfte noch einen kleinen Schwung beim Schreiben. Den Blick, den István ihr zuwarf, musste sie gut kennen, denn sogleich verfinsterte sich ihre Miene. »Dein bettelnder Hundeblick kann mir nichts anhaben, Freundchen. Das Anschreiben wird langsam zur Gewohnheit.«

»Das nächste Mal, wenn ich ein Bild verkaufe, kaufe ich Ihnen eine schöne neue Schürze, Frau Margit.«

Mit unerwarteter Leichtigkeit sprang sie vom Hocker. »Bezahl dann lieber deine Rechnungen, mein Junge.«

Er griff nach Block und Bleistift, seinen ständigen Begleitern. Der Stift begann auf dem Papier zu tanzen und formte mit ein paar Zügen eine Figur mit einer langen Schürze. Eine Hand in die Hüfte gestützt, die andere hielt einen Kochlöffel in die Höhe, als wollte sie ihm drohen. Über den Tresen gebeugt beobachtete die Wirtin, wie ihr etwas verjüngtes, etwas verschönertes, keck schmunzelndes Selbst auf dem Papier zum Leben erwachte. Verlegen strich sie sich eine in Unordnung geratene Haarsträhne zurecht. István lächelte zufrieden.

»Der Meister beim Schaffen!«, sagte da plötzlich eine Stimme hinter ihm.

István wandte sich um. »Levin!« Er reichte seinem Freund die Hand.

»Éva macht sich Sorgen, du seist verhungert!«

Die Wirtin schnappte sich die Zeichnung und ließ István mit einem Blick wissen, dass sie quitt wären.

Die Männer setzten sich an einen der Zweiertische an der Wand. István räumte die kleine Blumenvase aus dem Weg, krempelte die Ärmel hoch, und da kam die Wirtin auch schon mit dem rot-goldenen Kartoffelberg.

Während István zu essen begann, kramte Levin in der ausgebeulten Innentasche seines Mantels herum.

»Was schleppst du da mit dir rum?«, fragte István mit vollem Mund.

Levin legte ein Buch auf den Tisch. »Dein eigenes Exemplar. Mein Vater lässt grüßen.«

István nickte verlegen zum Dank und legte das Buch vorsichtig zur Seite. Levin schnupperte an dem Kartoffelgericht und gab der Wirtin ein Zeichen, ihm auch einen Teller zu bringen.

»Ich habe von deinem Wandbild gehört«, sagte Levin.

34

»Das hat sich schnell herumgesprochen.«

»Hózer ist in der Vorlesung wieder mal ins Fabulieren gekommen. Das Übliche vom talentierten jungen Maler, der auf Kosten des Volkes studiert und vom Weg abkommt. Du weißt schon, das Gerede von der sozialen Verantwortung, der Erziehung des einfachen Volkes und so weiter.«

Die Wirtin stellte den dampfenden Eintopf vor Levin auf den Tisch.

István schaufelte sich weiter die Kartoffeln in den Mund, als hätte er seit Tagen gehungert. »Diese Tante im Ministerium hat tatsächlich die Uni informiert.« Er sprach mit vollem Mund, hielt nur inne, um zu schlucken. »Die wollten Proletarierkitsch, was hätte ich machen sollen?«

»Es war ein Auftrag für einen Kindergarten.«

»Na und? Ich lasse mich nicht prostituieren. Eine Vierjährige hat zu dem Bild gesagt, es sei schön bunt. Sie möge ganz besonders den goldenen Engel. Das nennen diese Idioten schädlich und menschenverachtend.«

Levin fischte mit der Gabel ein Stück Wurst aus dem Eintopf und deutete zu der Wirtin. »Was meinst du, wie lange dich die gute Frau noch durchfüttert?«

István schüttelte den Kopf. »Soll ich mich zu einem ihrer gleichgeschalteten Heuchler machen lassen?« Er legte die Gabel auf dem Teller ab und begann, mit zittriger, piepsiger Stimme und erhobenem Zeigefinger Professor Hózer nachzuäffen. »Die Kunst gehört dem Volke, liebe Hörerinnen und Hörer! Sie muss verwurzelt sein in den breiten, schaffenden Massen. Sie muss von diesen verstanden und geliebt werden.«

Levin brach in Gelächter aus – die Parodie war einfach zu treffend!

Jetzt stand István auch noch auf und begann, auf und ab zu laufen. »Der sozialistische Realismus ist die höchste Form der

Kunst. Vergessen Sie nie, die vordergründige Aufgabe des Künstlers ist die sozialistische Erziehung des Volkes!«

Ein paar Köpfe im Gasthaus drehten sich in ihre Richtung. Levin verbarg sein Gesicht hinter der Hand und bedeutete István aufzuhören.

»Mal im Ernst, ich will niemanden erziehen. Schon gar nicht male ich diesen Sozrealquatsch.«

Levin holte tief Luft. Er nahm seine Brille ab und rieb sich die Stelle am Nasenrücken, an der sich ein Abdruck gebildet hatte. Ohne das kantige Gestell wirkte sein Gesicht entblößt. Es schien, als würden die hellblauen, fast wässrigen Augen nach einem Kontrast rufen. Die Brille verlieh seinen Zügen etwas Markantes und hinderte die Menschen, durch ihn hindurchzuschauen.

»Hózer will dich rausschmeißen!«, sagte er. »Er sammelt eine Mehrheit im Fakultätsrat gegen dich.«

»Der kriecht doch schon seit Jahren um mich herum.«

»Jetzt wird es aber eng.«

Bedrängt von Levins Ernsthaftigkeit legte István den Löffel aus der Hand. Der Appetit war ihm vergangen. »Ich weiß, wo das herkommt. Vor ein paar Wochen hat mich Hózer nach der Vorlesung dabehalten. Es ging um das Bild, das ich in der Kunsthalle eingereicht habe.«

»Hast du dich an die Themenvorgabe gehalten?«

»Natürlich nicht.«

Levin sah ihn fragend an.

István stand wieder auf.

»Jetzt setz dich, um Gottes willen!«

István winkte ab. »Jetzt stell dir vor: Eine Kreatur aus Mensch, Vogel und Maschine steht mit ausgebreiteten Flügeln am Abgrund. Am Himmel kreisen Flugzeuge und Engel, Wolken brauen sich zusammen in der Form eines riesigen Pilzes. Unten im Tal emsig arbeitende Figürchen, Kräne und hohe Häuser.«

Levin verbarg kopfschüttelnd sein Gesicht in den Händen.

»Dir ist nicht zu helfen. Diese Ausstellung ist das Aushängeschild des Kulturministeriums.«

»Eben!«

»Was hat Hózer gesagt?«

István setzte sich wieder und schob den Teller beiseite. »Es war nur das Gerede von meinem Talent. Er sei von Anfang an mein Förderer gewesen. Er gab mir den guten Rat, ich solle mich von meinen schädlichen Ideen lösen, mir den Zeitgeist zu eigen machen. Du weißt schon, als Künstler im Dienste des Volkes und der Partei stehen.«

»Und du hast nur dagestanden und ihn angegrinst?«

»Nein, gar nicht. Genickt habe ich. Da fing Hózer an, mich anzuschreien, das Ungetüm von Bart in meinem Gesicht sei eine Provokation, und er fragte mich, in welche Art konterrevolutionärer Machenschaften ich involviert sei.«

Levin kniff gequält die Augen zu.

»Es war amüsant. Er meinte, mein Bild sei ein primitives Machwerk, gespickt mit grotesken Figuren. An den weinenden Engeln hat er sich am meisten aufgezogen. Und der Titel, der sei ja purer Zynismus. Dabei ist ›Frieden der Menschheit‹ gar nicht zynisch gemeint.«

»Du solltest dich schleunigst wieder an der Uni blicken lassen und dir ein paar Befürworter suchen.«

»Kann ich eine Zigarette von dir haben?«

Levin zog die Packung aus der Hosentasche und hielt sie ihm hin.

»Der Einzige, mit dem man reden kann, ist Kovács«, dachte István laut nach. Unter allen Professoren schätzte er den alten Grafiker am meisten.

Levin sah ihn skeptisch an. Es stimmte, der alte Prof hielt sich aus politischen Debatten heraus, einen Einfluss in der Unileitung hatte er kaum. Morgens kam er auf seinem klapprigen Motorrad mit der verwitterten Leica um den Hals in der Hochschule an und hatte schon seit dem Morgengrauen das Brüten der Vögel im Umland studiert. Seine Vögel und die Kunst, die waren ihm wichtig.

»Du musst Breitner überzeugen«, sagte Levin.

»Professor Breitner?« István überlegte. »Fachlich habe ich großen Respekt vor ihm, aber persönlich?«

»Er ist das jüngste Mitglied des Kollegiums. Da muss er arrogant auftreten.«

Vielleicht hatte Levin recht. Breitners Alter war möglicherweise der Grund für die höfliche Distanz, die er sowohl zu Studenten als auch zu Kollegen wahrte. Sein makelloses Äußeres, die Wahl seiner Kleidung, seine ganze Erscheinung hatten eine bürgerliche Eleganz, die man ihm nachzusehen schien. Bei den Studenten galt er als hart, aber gerecht, als jemand, der an andere ähnlich hohe Anforderungen stellte wie an sich selbst. Er war Junggeselle, das interessierte vor allem die Mädchen. Trotz der blumigsten Spekulationen über eine unerfüllte Liebe, eine verstorbene Ehefrau und sogar ein weggegebenes Kind blieben die Details seines Privatlebens vor der Hochschule verborgen. István beschloss, sich einen Termin bei ihm zu besorgen.

Levin stieß einen satten, zufriedenen Seufzer aus. Sein Teller war blank geputzt, das Besteck quer gelegt, die Serviette sauber gefaltet. »Also dann, ich muss.« Er stand auf und legte einen Geldschein auf den Tisch, der mehr als ihr beider Essen deckte.

»Mach keinen Ärger!«

»Du musst mich nicht immer einladen«, protestierte István, doch Levin hob schon die Hand zum Gruß und ging.

Um bei Breitner vorzusprechen, musste man an der alten Bors vorbei, seiner Sekretärin, die ihn bewachte wie eine Hündin ihre Jungen. Tatsächlich musste István an einen alten Cockerspaniel denken, wenn er ihr langes Gesicht sah mit den treuen Augen und dem gekräuselten Haar, das beidseitig herunterhing wie lange Ohrenlappen.

Frau Bors ließ ihre Brille auf die Nasenspitze gleiten und schaute über sie hinweg, wenn sie etwas sagte. Dabei spitzte sie die Lippen und ließ ihren knochigen Zeigefinger über den Terminkalender gleiten. »Wenn Sie in einer Stunde wiederkommen möchten, Herr Szabó, da könnte ich Ihnen eine Viertelstunde geben. Aber nicht länger. Der Herr Professor muss um halb zwei spätestens das Mittagessen einnehmen.« Sie sagte »Breitner« mit einem wienerisch langgezogenen »ääiii«. Als István pünktlich nach einer Stunde mit ihrer Erlaubnis anklopfte, das kurze, aber kräftige »Ja« vernahm und eintrat, saß Breitner am Schreibtisch und schrieb, ohne aufzublicken.

István blieb in der Mitte des Raumes stehen.

»Einen Augenblick noch, Szabó. Setzen Sie sich!«

István nahm auf dem gelben Sessel Platz, der gegenüber dem Schreibtisch für Besucher aufgestellt war. Auf dem Schreibtisch reihten sich drei frisch angespitzte Bleistifte der Größe nach, ein Stapel weißes Papier, eine Teetasse und das Schriftstück, an dem Breitner arbeitete.

Der Professor legte das Dokument zur Seite und schaute auf. »Herr Szabó! Gut, dass Sie gekommen sind. Was ist so komisch?«

»Sie sind sehr aufgeräumt, Herr Professor.«

»Ich lasse mich leicht ablenken, da ist ein leerer Tisch hilfreich. Kommen wir gleich zur Sache. Ich habe auch einiges mit Ihnen zu bereden, aber bitte, Sie haben sicher ein Anliegen, da Sie mich ja aufgesucht haben.«

»Ich wollte Sie um Rat bitten, Herr Professor. Ich scheine da ein paar Schwierigkeiten zu haben.«

»Die einfach so über Sie gekommen sind?« Breitner holte ein Zigarettenetui und einen sauberen Ascher aus einer Schublade hervor und bot István eine Zigarette an. Ob auch noch ein echter Kognak aus der Schublade zum Vorschein kam?

István bediente sich und ließ die Zigarette in seiner Gesäßtasche verschwinden.

Breitner legte belustigt den Kopf zur Seite. »Noch eine für jetzt?«

István bediente sich zum zweiten Mal aus dem Etui, holte eine Streichholzschachtel aus der Hosentasche hervor und zündete sich die Zigarette an. Anschließend beugte er sich vor und machte eine Geste, um auch Breitner behilflich zu sein, doch der rauchte längst zurückgelehnt in seinem Sessel und wartete auf István. »Also Szabó, Sie sind ein tiefgründiger Denker. Ich kenne Sie. Sie kommen aus einfachen Verhältnissen, sind der erste Studierte in Ihrer Familie. Sie mussten es sich hart erarbeiten, diesen Hintergrund abzulegen. Ich weiß noch, wie Sie hier vorsprachen, mit den Händen in den Hosentaschen und dem Jargon eines Straßenbauers. Heute sind Sie einer meiner besten Studenten. Warum zerstören Sie sich Ihre Laufbahn auf so dumme Weise? Haben Sie nicht begriffen, wie das System funktioniert? Passen Sie gut auf, dass Ihnen bei Ihren privaten Zusammenkünften nicht jemand die Polizei auf den Hals hetzt!«

Istváns Augen weiteten sich vor Überraschung. Die Zigarette in seiner Hand verharrte mitten in der Luft vor seinem Mund.

Wie hatte Breitner von ihrem geheimen Klub erfahren? Und war seine Anspielung eine Drohung oder ein gut gemeinter Rat? Die erste Zusammenkunft war für den kommenden Samstag in einer Lagerhalle in Csepel geplant. Die Idee für eine Reihe privater Ausstellungen hatte Istváns Freund Rudi gehabt. An einem dieser Abende, die mit tiefgründigen Gesprächen über das Leben und die Kunst begannen und nach einer durchsoffenen Nacht mit bösen Kopfschmerzen endeten, hatten István und Rudi bei Frau Margit am Tresen gesessen und über die Widersprüche von Avantgarde und traditioneller Kunst gestritten. Rudi verteidigte abstrakte Kunst als echt und ehrlich, die Idee sei bei einem Kunstwerk das Entscheidende, nicht die Form. István war für aufrichtiges, aber nicht linkisches Unverständnis. Für ihn war Kunst ein Handwerk, das erlernt und mühsam erarbeitet werden musste. Er hatte vor lauter Erregung das Schnapsglas auf den Tresen geknallt, so laut, dass Frau Margit ihm einen bösen Blick zugeworfen hatte. Schließlich hatte Rudi eingelenkt, und sie hatten sich geeinigt. Keine Abstrakten, vorerst. István würde den Anfang machen und seine Grafiken ausstellen, die es auf Hózers schwarze Liste schafften. Auf die Gästeliste kamen nur Freunde und Freunde von Freunden. Die Idee war frech und verboten. Sie gefiel István. Einmal im Monat jeweils ein anderer Künstler an einem anderen Ort. Sie hatten darauf getrunken, und so war ein geheimer Klub geboren worden.

»Sie wollen meinen Rat?«, sagte Breitner mit ernster Miene. »Erscheinen Sie zu Hózers Vorlesungen, und gehen Sie zu den Rituellen-Halbestunden. Dann können wir Ihren Arsch noch retten.«

Die Bors unterbrach sie und kündigte ein hohes Tier aus dem Ministerium an. Breitner entschuldigte sich, sie müssten das Gespräch vertagen. Als István schon an der Tür stand, rief er ihm zu: »Und, Szabó, schneiden Sie sich den Zottelbart ab!«

Schon wieder der Bart. István fasste sich unwillkürlich ins Gesicht. Der Bart machte ihn zum Mann. Er verhinderte das dümmliche Herumnesteln am Mund, die beschämte Hand am Kinn, lästige alte Gewohnheiten, die Narben seiner Jugendakne zu kaschieren.

István wollte protestieren, doch Breitner hatte seinen Blick inzwischen von ihm abgewandt und blätterte in den Unterlagen, die die Bors ihm auf den Tisch gelegt hatte. Also drehte István sich um und verließ achselzuckend den Raum.

4
DAS VORSPRECHEN

Budapest 1949

Rebeka schritt mit federnden Schritten die Stufen des Nationaltheaters hinauf. Lampenfieber hatte sie keines. Ihre Garderobe
saß, die Bluse mit Spitzenkragen wirkte unschuldig, der Rock
dafür betont eng, nicht zu kurz, der Mund war rot geschminkt,
das Haar in Wellen gelegt wie das eines Filmstars. Sie hüpfte die
letzten Stufen hinauf, ging mit der Selbstverständlichkeit eines
Ensemblemitglieds an dem Pförtner vorbei und schritt den langen Korridor entlang zum Direktorat. Erst dort im Vorzimmer
zog ein flaues Gefühl in ihrem Magen auf. An den Wänden reihten sich die Porträts der Riesen des ungarischen Theaters und
blickten auf sie herab wie auf eine Hochstaplerin. Sie alle hatten
in diesem ehrwürdigen Haus gespielt, die Jászai, die Tolnay und
allen voran Katalin Karády, die sie seit Mädchentagen verehrte
wie eine Heilige.

»Name?«, fragte die Sekretärin, als ermahnte sie ein Kind,
nichts anzufassen. Sie musste mit angesehen haben, wie Rebeka
die Porträts bewundert hatte.

»Bárdossy.«

Mit dem feuerrot lackierten Nagel ihres Zeigefingers ging die
Sekretärin durch die Kalendereinträge. Sie blickte auf und sah

prüfend Rebeka an. »Es kann dauern!«, sagte sie unfreundlich und deutete mit einer Handbewegung zu einem Sessel.

Rebeka nahm Platz.

Die Schreibmaschine ratterte im gleichmäßigen Takt. Mattheit überkam Rebeka beim Warten. Sie zwang sich, gerade zu sitzen, streckte ihren Rücken durch. Es schmerzte.

Endlich öffnete sich die Tür des Direktors. Heraus kam ein älterer Herr, lüftete den Hut, den er sich gerade aufgesetzt hatte, murmelte »gnädige Frau« zu der Vorzimmerdame und ging langsam auf seinen Spazierstock gestützt hinaus.

Die Sekretärin bedeutete Rebeka mit einem Kopfnicken, dass sie nun eintreten könne.

Der Direktor war viel jünger, als sie erwartet hatte. Mit hochgekrempelten Hemdsärmeln saß er im Qualm seiner Zigarre am Schreibtisch und hob den Kopf. »Was kann ich für Sie tun?«

»Ich bin zum Vorsprechen gekommen.«

»Ich vergebe keine Termine zum Vorsprechen.«

Röte schoss in Rebekas Wangen, auf der Oberlippe erschienen die kaum sichtbaren Tautröpfchen der Angst. Sie war an der Tür stehen geblieben und realisierte nun, wie unsicher das wirken musste. Den Namen ihres Onkels Géza zu erwähnen, der dieses Treffen arrangiert hatte, erschien ihr jetzt unklug. Der Direktor zog geduldig an seiner Zigarre und entließ eine weitere Rauchschwade in den Raum.

Sie nahm Haltung an und schritt auf ihn zu. Ihr Mund öffnete sich zu einem Lächeln. »Sie wollen sich das nicht entgehen lassen, Herr Direktor.«

Er lehnte sich mit Überraschung zurück. Na schön, sagten seine Augen und wanderten an ihr hoch und runter. Mit der Zigarre in der Hand bedeutete er ihr, um den Tisch herum näher zu kommen. »Weiter, weiter, ich will Sie mir ansehen.«

Rebeka gehorchte und blieb auf eine Fußlänge vor ihm stehen. Er griff nach ihrem Handgelenk und hob ihren Arm wie den einer Puppe. »Haben Sie eine Ausbildung?«

»Ich habe zwei Jahre an der Schauspielakademie absolviert. Dann hat man mich der Akademie verwiesen.«

»Eine Bürgerliche?« Mit dem Zeigefinger hob er ihr Kinn und betrachtete das Profil. »Eine stolze Nase, schönes Gesicht. Lassen Sie mich raten: eine Aristokratin?«

Sie biss die Zähne zusammen. Seine Nähe irritierte sie. Was tat er da? Roch er etwa an ihr? Von dem Gestank seiner Zigarre wurde ihr übel. Sie drehte den Kopf weg, wich ihm aus. »Ich trage jetzt meinen Text vor, wenn Sie erlauben, Herr Direktor.«

»Bitte, bitte. Aber heben Sie Ihren Rock doch etwas, bevor Sie beginnen.«

Sie sah ihn an, als hätte sie falsch verstanden.

Er wedelte ungeduldig mit der linken Hand. »Mein Kind, nun machen Sie doch nicht so ein Theater. Ich muss mir doch vorher ansehen, was ich mir da ins Haus hole.«

Zögerlich hob sie ihren Rock. Der Knieansatz kam zum Vorschein.

»Nun tun Sie nicht so schüchtern. Was glauben Sie, wie oft Sie sich auf der Bühne betatschen lassen müssen? Führen Sie sich schon mit mir so auf, sind Sie hier falsch, junge Dame.«

Hitze stieg in ihr auf und verdichtete sich zu Wut. Es geschah im Affekt, in dem Bruchteil eines Augenblickes, noch bevor sie begreifen konnte, was sie tat. Das Wasserglas hatte einfach dort gestanden, direkt in ihrer Reichweite. Im Schock verharrte sie, nahm seinen überraschten, halb belustigten, halb bewundernden Blick wahr. Dann stürzte sie hinaus. Vorbei an den roten Fingernägeln, vorbei an ihren Heldinnen jagte sie durch das Vorzimmer, über den langen Korridor.

»Naives Gör!«, hörte sie die Karády ihr nachrufen. Sie stolperte die Treppenstufen hinunter, hinaus ins Freie, wo sie endlich wieder atmen konnte.

Tränen ergossen sich unkontrolliert über ihre Wangen. Sie suchte Halt an der Hauswand und verbarg ihr Gesicht in den Händen. So läuft dieses Geschäft nun einmal, sagte sie sich. Wirf deinen Traum nur weg! Willst du dein Leben im Wartezimmer verbringen oder auf der Bühne stehen? Er war nicht einmal abstoßend gewesen. Der Impuls zurückzurennen, um Vergebung zu bitten, zu retten, was zu retten war, kam ihr, doch sie erstickte ihn im Keim beim Gedanken an den verachtenden Blick der Vorzimmerdame, den sie bekommen würde, wenn sie um Erlaubnis bat, noch einmal vorgelassen zu werden, ganz zu schweigen von dem höhnischen Gelächter oder gar Wutausbruch des sich gerade abtrocknenden Direktors, der sie womöglich gleich aus seinem Büro werfen würde.

Wie ein Häufchen Elend lehnte sie an der Hauswand, als sich plötzlich ein kariertes Taschentuch in ihr Blickfeld drängte. Als sie aufsah, erkannte sie das Lächeln ihres Retters aus dem Anna. Was für ein Zufall! Oder war es keiner?

»Spionieren Sie mir nach?«, fragte sie gröber, als sie gewollt hatte, und nahm das Taschentuch, um sich damit die verschmierten Augen trocken zu tupfen. Dabei wandte sie sich von dem jungen Mann ab. Ihr war unangenehm, dass er sie heulen sah wie ein kleines Mädchen.

»Ich habe nach Ihrem Namen auf Theaterplakaten Ausschau gehalten«, sagte er.

Sie hielt ihm das benutzte Taschentuch ohne Dank hin, lief los und spürte, dass er ihr folgte.

»Sie werden ihn nicht finden«, sagte sie, ohne sich umzudrehen, und beschleunigte ihre Schritte.

»Am Samstag findet eine private Ausstellung meiner Arbeiten statt. Ich möchte Sie einladen.«

Sie blieb abrupt stehen. »Sie spionieren mir also nach!«

Er lachte. »Sie überschätzen mich.« Grinsend, mit einem Bleistift, den er griffbereit hatte, schrieb er die Adresse auf einen Zettel.

»Ihr Porträt wird auch da sein. Kommen Sie nun?«

Es war sein ungeduldiger Ton, der sie aufhorchen ließ. Das war ja ganz und gar nicht wie bei ihrem ersten Treffen! Um ihn loszuwerden, nahm sie den Zettel und ließ ihn in ihrer Handtasche verschwinden.

»Sie sehen aus, als könnten Sie einen Kognak vertragen. Kommen Sie, ich lade Sie ein«, sagte er beiläufig.

»Es ist noch nicht einmal Mittag!«

»Na und?«

Sie hatte Lust, etwas zu tun, was sie sonst nie tat. Sie wollte die Misere des Vormittags vergessen. Auch verstellen brauchte sie sich nicht, schließlich musste sie ihn danach nie mehr wiedersehen.

Das Nárcisz in der Váci utca war ein typisches Pester presszó, eine Mischung aus Bar und kleinem Café. An den wackeligen Holztischen saß das lokale Publikum: Handwerker in der Mittagspause, Studenten, Künstler und ein paar pensionierte Beamte beim Kartenspielen. Der Wirt schien Rang und Namen seiner Stammgäste zu kennen, bestimmt ließ er hier und da auch mal anschreiben. Er winkte ihrem Begleiter von Weitem zu, als sie an einem der kleinen Tische Platz nahmen, und brachte auch schon unaufgefordert den Kognak und zwei Doppelte. Mit wichtiger Miene platzierte er erst die Kaffeetassen, Zucker und zuletzt die zwei Schwenker auf dem Tisch. Der Herr Künstler sei seit Längerem nicht da gewesen, bemerkte er. Auch die Herren so und so hätten nach István, wie er offenbar hieß, gefragt.

István machte eine entschuldigende Geste zu Rebeka, seine Miene verriet jedoch Stolz, als Stammgast entlarvt worden zu sein.

Unbeeindruckt nahm sie einen mutigen Schluck vom Kognak. Wie flüssige Lava brannte sich der Fusel seinen Weg durch ihren Rachen und entzündete eine Hitze, die ihre Wangen rot färbte. Dieser »Kognak« glich kaum dem klaren, bernsteinfarbenen Getränk der Franzosen, das sich beim Schwenken wie Öl an der Glaswand verteilte und in dicken Tränen herunterfloss. Die Wirkung jedoch war dieselbe. Rebeka konnte schon nach dem ersten Schluck das Kribbeln in Armen und Beinen spüren. Ihre Zunge löste sich. Sie begann, von Géza, dem Freund ihres Vaters, diesem Hochstapler von Regisseur zu erzählen, der sie in das anrüchige Kaffeehaus bestellt hatte, um sie dann zu versetzen – wahrscheinlich für eines seiner Mädchen, die er wechselte wie Unterhosen. Aus schlechtem Gewissen ihrem Vater gegenüber hatte er das Vorsprechen am Nationaltheater für sie arrangiert. Von wegen! Sie sprach von der Schauspielerei, von ihrer Zeit an der Akademie und davon, wie man sie aufgrund ihrer Herkunft rausgeworfen hatte. Schließlich rekonstruierte sie im Detail das misslungene Vorsprechen. Die ganze Zeit über, wenn sie zu ihm aufsah, hörte István ihr aufmerksam zu, nippte an seinem Glas, zog an seiner Zigarette, lauschte und forschte in ihrem Gesicht, als könne er in sie hineinsehen.

»Und er forderte mich auf, meinen Rock zu heben. Da ist es mit mir durchgegangen.« Ihr wurde schwindlig. Sie verbarg das Gesicht in den Händen. Als sie den Blick wieder hob, sah sie mit Entsetzen sein Grinsen. »Verstehen Sie nicht? Ich bin erledigt! Meine Karriere ist vorbei, bevor sie angefangen hat.«

Hätte sie Istváns Signale besser gedeutet – die leicht quergestellten Brauen, den Anflug von Falten auf der Stirn, die prüfend zusammengekniffenen Augen –, wäre sie vor ihm geflüchtet.

Doch der Alkohol lullte ihre Sinne ein. Nervös steckte sie eine Zigarette in den Zigarettenhalter und klemmte ihn sich zwischen die Zähne. István machte keine Anstalten. Sie fingerte selbst ein Streichholz aus der Schachtel. Beim Anzünden zerbrach das Hölzchen. Das nächste ebenso. »Ich hätte meinen Rock heben sollen, fertig. So läuft es eben.« Endlich entfachte die Flamme, sie hielt das Ende der Zigarette hinein und nahm einen erleichterten Zug.

István sah dem Rauch hinterher, der sich langsam im Raum verteilte. »Sie reden Schwachsinn.« Seine Miene war reglos, scheinbar ohne jede Empathie.

»Wie bitte?«

»Zeigen Sie ihm Ihre Beine, sind sie nichts Besseres als eines dieser hübschen Dinger, die ihre Rollen herunterspulen. Betthupferl, wie die Mäuschen ihres Regisseurs, dieses Freundes ihres Vaters, wie heißt der gleich?«

»Onkel Géza«, sagte sie tonlos.

»Schauspielerinnen sind das nicht. Haben Sie Glück, werden Sie die Auserwählte für die Saison. Und dann?« István schnipste seine abgebrannte Zigarette in den Ascher. »Dann werden sie weggeworfen wie die hier.« Er sank in seinen Stuhl zurück und sah zu, wie die Überraschung in Rebekas Gesicht der Ratlosigkeit wich.

»Und was schlagen Sie vor, sollte ich tun?«

»Sind Sie gut?«

»Wie meinen Sie das?«

»Sind Sie gut genug für das Nationaltheater?«

Rebeka wäre am liebsten weggelaufen. Der Raum um sie herum drehte sich. Es war heiß.

»Sie zeigen mit dem Finger auf die anderen. Auf die, die Ihnen die Ausbildung verwehren, auf die, die Sie nicht zum Vorsprechen zulassen, auf die, die Sie nicht einstellen wollen.«

Das war wie ein Schlag ins Gesicht. Sie richtete sich auf, ihre Hände ballten sich zu Fäusten.

Er verstummte und hob abwehrend die Hände. »Ich beobachte ja nur. Haben Sie mal Ihre Einstellung überprüft? Ihnen ist immer alles schön zugefallen. Papa hat die Tanzstunden bezahlt, den Gesangslehrer kommen lassen, Papa hat gute Beziehungen an der Akademie, am Nationaltheater. Ihr ganzes Auftreten, jeder Zug in Ihrem schönen Gesicht strahlt: ›Ich bin eine Göttin. Das alles steht mir zu.‹« Er streckte den Arm aus und berührte ihre Wange mit der Außenkante seiner Hand.

Rebeka wandte ihr Gesicht ab.

Mit einer um Verzeihung bittenden Geste wich seine Hand zurück. »Wie viele Bewerbungen haben Sie rausgeschickt? Drei oder vier, an die großen Häuser? Was ist mit den kleinen Hinterhoftheatern, denen in der Provinz? Warum fangen Sie nicht klein an? Sie haben ja noch nicht einmal die Ausbildung beendet.«

Das Entsetzen schnürte ihr die Kehle zu. So hatte noch nie jemand mit ihr gesprochen. Wie konnte er nur! Ihr Arroganz und Oberflächlichkeit vorwerfen? Genau das meinte er doch. Seit ihrer Kindheit hatte sie so hart gearbeitet! Natürlich waren die Kontakte ihres Vaters hilfreich. Na und? Was wusste dieser Kerl schon von ihr? Ihre Mutter war tot!

István schien ihre Empörung zu bemerken. Er bremste sich, sein Ton wurde ruhiger. »Ich wette, Sie haben mehr Zeit mit der Auswahl Ihrer Garderobe verbracht als mit dem Proben ihres Textes. Bereiten Sie sich auf eine Rolle vor, die Sie herausfordert. Was erwarten Sie von einem Mann, wenn Sie in dieser Aufmachung vor ihn treten? Kleiden Sie sich in Lumpen und hauen ihn vom Hocker durch den starken Charakter, den sie spielen!«

Rebekas Gesichtszüge waren hart geworden. Seine Worte klangen fern, als überhörte sie eine Unterhaltung am Nachbartisch. Reglos starrte sie in die trübe Flüssigkeit in ihrem Glas. Sie hatte vergessen aufzuspringen, vergessen wegzulaufen.

»Machen Sie Ihre Hausaufgaben, bevor Sie da rausgehen!« Er sprach immer weiter. Drosch weiter auf sie ein. »Und sind Sie so weit, holen Sie sich einen neuen Termin bei dem Arschloch und zeigen ihm, was Sie können.«

Das schrille Gelächter der Frau am Nebentisch holte sie in die Wirklichkeit zurück.

István neigte den Kopf und zwang sie, seinem Blick zu begegnen. Rebeka erwiderte ihn. Sie war wieder wach wie nach einer kalten Dusche. Sie richtete sich auf und nahm Haltung an. Mit welcher Selbstherrlichkeit er in seinem Stuhl hing!

»Sind Sie fertig?«

»Sie wären dumm, jetzt die Beleidigte zu spielen. Genau wie eines dieser Mäuschen.« Er hielt sein Glas hoch wie bei einem Toast, als sei er ungemein stolz auf seine Rede.

Sie stand auf, nahm wortlos Mantel und Hut und schritt zum Ausgang.

»Gehen Sie arbeiten!«, rief er ihr nach. »Lesen Sie! Auch Gedichte. Kaufen Sie sich die Bände von László Nagy und Ferenc Juhász. Zsigmond Kemény ist auch nicht schlecht.«

Als sie doch noch einmal zurückschaute, leerte er seinen Kognak mit einem Schluck und ließ das Glas geräuschvoll auf den Tisch knallen.

Auf dem Weg nach Hause tobte auf der Kleinen Ringstraße der Berufsverkehr. Graue Mäntel und Menschen mit leeren Gesichtern huschten an István vorbei. Eine Straßenbahn kam zum Stehen und spie noch mehr von ihnen aus. István beschleunigte seine Schritte. Der Wind peitschte ihm Regen ins Gesicht. Er war harsch zu ihr gewesen. Doch was brachte Schmeichelei? Es gab keine Entwicklung ohne Kritik, wie es keinen Antrieb ohne

Widerstand gab. Widerstand und Spannung hielten den menschlichen Mechanismus in Bewegung. Setzte die Spannung aus, waren sie alle tot.

In seinem Schädel hämmerte es, seine Schläfen pulsierten, als drohte sein Kopf zu zerspringen wie die Saiten eines überspannten Streichinstruments. Der Wind erfasste ein Stück Pappe, die Behausung eines Obdachlosen, und wirbelte es die Straße herunter. Die grauen Mäntel wichen geschickt aus.

István flüchtete sich in eine Buchhandlung, das Antiquariat Kárpáti. Die Tür quietschte schmerzlich auf, das Glockenspiel ertönte. Als die Tür hinter ihm zufiel und den Lärm der Stadt aussperrte, atmete István auf. Die warme Stube mit dem vertrauten Geruch alter Bücher weckte in ihm ein Gefühl der Geborgenheit. Nur etwas ausruhen, dachte er. Er trat an eins der deckenhohen Regale heran und nahm einen Gedichtband zur Hand. Er hätte ihn gern besessen. Bücher waren für ihn Gegenstand der Eroberung, hatte er sie einmal gelesen, schmerzte es ihn, sich wieder von ihnen zu trennen. Auf einer der kleinen Treppenstufen sitzend, die herangezogen werden, um an die oberen Regale zu reichen, las er ein paar Zeilen, blätterte vor und zurück, doch seine Gedanken waren woanders. Breitners Warnung fiel ihm ein. Offenbar hatte zu allem Überfluss auch noch sein Äußeres Anstoß erregt. Nicht im Traum wäre ihm eingefallen, sein Bart könne als oppositionelles Aufbegehren interpretiert werden. Er schüttelte den Kopf und trat zum Regal, um das Buch wieder zurückzustellen.

Sein Magen knurrte. Er kramte in seinen Taschen, das Geld reichte für die Schnellgaststätte am Astoria. Dort gab es eine passable Bohnensuppe für eins zehn. Manchmal nahm er die Bohnensuppe ohne Bohnen für siebzig Fillér. Dazu gab es Brot.

Er verließ das Antiquariat. Draußen wehte noch immer ein starker Wind. Er klappte seinen Mantelkragen hoch, zog sich den Hut tiefer ins Gesicht und lief die Kossuth Lajos utca entlang bis zur Ringstraße. Der Geruch von Bratfett in der Luft kündigte schon von Weitem die Schnellgaststätte an. Eine Schlange hatte sich an der Essensausgabe gebildet. Er stellte sich zu den armen Schluckern, auf die zu Hause keiner wartete. Der Mann vor ihm fiel ihm auf, weil er einen Anzug trug, der Hosensaum schleifte zwar auf dem Boden, doch er war der einzige Anzugträger unter den Arbeitern.

»Kommen Sie öfter hierher?«, fing der Mann an. Er musste Istváns Blicke bemerkt haben.

»Die Bohnensuppe ist in Ordnung.«

»Probieren Sie die Gulaschsuppe! Die kostet auch eins zehn, ist aber mehr Fleisch drin.«

István nickte.

»Ich kenne mich aus, bin täglich hier, seitdem das Weib weg ist.«

István bemühte sich, betroffen zu gucken.

»Versoffen habe ich alles. Und dann, Sie wissen schon, man schämt sich und trinkt noch mehr.« Der Mann machte eine entschuldigende Geste. »Vielleicht wissen Sie es auch nicht.« Er wandte sich ab, als wäre es ihm peinlich, und nahm einen großen Schluck aus der Flasche, die aus seiner Manteltasche zum Vorschein kam.

István drehte den Kopf weg, aus Diskretion vielleicht oder aber aus Angst, selbst so zu enden. Er schuldete der alten Zicke bereits zwei Monatsmieten. Die geplante Ausstellung war eine Gelegenheit, an Geld zu kommen, doch schon der Gedanke daran, sich verkaufen zu müssen, machte ihn krank. Er verabscheute das ganze Affentheater, das Sich-zur-Schau-Stellen und die ganzen Fragen. Was ist die Aussage dieses Bildes? Was will der Künstler damit sagen? Seine Kunst war die Mitteilung seines Innersten. Ein Kraftakt, der ihn entblößte und erniedrigte. Nur selten war er mit dem Ergebnis zufrieden, und selbst dann hielt dieses Gefühl nur eine kurze Zeit an. Sich zu rechtfertigen, war ihm zuwider. Seine Arbeiten sprachen für sich, sonst taugten sie nichts.

Und Rudi! Er machte ein Riesending daraus. Die Gästeliste war außer Kontrolle geraten. Offenbar wusste auch schon Breitner davon.

István schloss die Augen, als könnte er damit die Gedanken ausblenden. Aus reiner Eitelkeit hatte er Rebeka eingeladen. Dabei hatte er gar nicht vor, ihr Porträt auszustellen.

5
KÁLMÁN BÁRDOSSY

Budapest 1949

Ein Taxi hielt.

»Ördögárok utca 15, bitte!« Rebeka verkroch sich im Dunkel des Rücksitzes und schloss die Augen. Alles drehte sich. Die ganze Zeit hatte sie Haltung bewahren müssen, jetzt sackte sie in sich zusammen. Noch nie hatte jemand sie so erniedrigt. Nichts wusste dieser István von ihr. Nichts!

Der Fahrer nahm die Behelfsbrücke über die Donau. Zu ihrer Rechten lag die zerbombte Kettenbrücke. In vergangenen Zeiten war sie mit Tausenden Lichtern beleuchtet gewesen, jetzt ähnelten die im Wasser halb versunkenen Brückenträger den leblosen Gliedern eines dahinsiechenden Riesen.

Der Fahrer blickte in den Rückspiegel. »Ein trauriger Anblick, nicht?«

Rebeka hörte ihn nicht. Erst als sich der Wagen mit summendem Motor die Budaer Berge hochkämpfte und die Lichter der Innenstadt bereits in die Ferne gerückt waren, beruhigten sich ihre Nerven. Sie kurbelte das Fenster herunter und ließ sich den Fahrtwind ins Gesicht wehen. Die Nacht war kühl und klar. Die Absagen vom Belvárosi Theater, vom Nemzeti, vom Magyar Színház – sie alle waren knapp und förmlich gewesen. Sie hatte die falsche Herkunft, einer Begründung bedurfte es nicht. Ihre Mutter hatte immer gesagt, man müsse für seine Träume kämpfen. Mamika hätte das dunkelblaue Kleid mit dem Spitzkragen angezogen, ihr blondes Haar zu einem Knoten gebunden und die Perlen angelegt. Mit ihrer Liebenswürdigkeit hätte sie die Vorzimmerdame zu ihrer Komplizin gemacht, mit ihrem Charme den Direktor überzeugt. Sie hatte sich nie geschminkt. Auch Schmuck hatte sie selten getragen, außer den Perlen, die ein Geschenk von Rebekas Vater gewesen waren. Ihre Augen waren blau gewesen, ihre helle Haut zart durchscheinend, ganz das Gegenteil von Rebeka, die nach ihrem Vater kam. Dachte Rebeka an ihre Stimme, mit der sie zärtlich »mein Herz« gesagt hatte, schnürte sich ihre Kehle zu. Vier Jahre waren seit ihrem Tod vergangen. Rebekas Erinnerung an den Klang ihrer Stimme verblasste. Sie schluckte den Schmerz hinunter und nahm Haltung an.

In der hell erleuchteten Bárdossy-Villa eilte sie geradewegs am Arbeitszimmer ihres Vaters vorbei. Die Tür war nur angelehnt, ein Licht brannte. Seit der Verstaatlichung der Fabrik hatte er kein Unternehmen mehr zu leiten, dennoch verbrachte er die Tage an seinem Schreibtisch. Sie fragte sich, was er dort eigentlich machte.

Sie hörte sein Rufen und erschrak. Wie konnte sie ihm erzählen, was passiert war? Sie hatte den Direktor des Nationaltheaters gedemütigt und sich anschließend mit einem Kerl von der Straße betrunken. Sie ging ein paar Schritte zurück, verharrte an der Tür und seufzte.

Beim Eintreten streifte der vertraute Geruch ihrer Kindheit, ein Gemisch aus Zigarrenrauch und Rasierwasser, ihre Nase.

»Wie ist es gelaufen, Liebes?«, fragte ihr Vater und blickte von seinen Papieren auf.

Sie warf Mantel und Hut auf das Sofa und schüttelte den

Kopf. »Es war erniedrigend, Papa.« Tränen nässten ihre Augen. Sie wandte sich ab, um sie zu verbergen.

Bárdossy stand von seinem Schreibtisch auf, trat von hinten an sie heran und legte eine Hand auf ihre Schulter.

Sie zuckte in Abwehr. »Entschuldige, Papa!« Sie versuchte ein Lächeln, doch es half nichts. Sie konnte nicht darüber reden.

Als sie fort war, sank er in seinen Ledersessel und legte den Kopf zurück. Wer fand sich schon zurecht in dieser neuen Zeit? Sein Hund schaute mit klugen Augen zu ihm auf, als würde er verstehen. Die herunterhängenden Hundeohren wiesen erste weiße Stellen auf.

Bárdossy hatte den Géza gewarnt, Rebeka Hoffnungen zu machen. Alles, worauf er im Leben stolz gewesen war, wurde ihr heute zum Vorwurf gemacht. Ihr Name war ihr zur Bürde geworden. Auch das Studium war neuerdings der Arbeiterklasse vorbehalten. Freuen hätte er sich sollen. Nun wurde nichts aus der Schauspielerei. Sie würde sich einen anständigen Mann suchen müssen. Doch es zerriss ihm das Herz mit anzusehen, wie sie von einem Theater nach dem anderen abgelehnt wurde. Und das Heiraten? Das Mädchen hoffte auf die große Liebe und gab jedem Bewerber einen Korb. Was war schon die große Liebe? Gut auskommen musste man, einander Freund sein. Wie er und seine arme Irma es gewesen waren. So funktionierte die Ehe. Nichts wussten sie vom Leben, als sie verheiratet wurden. So viel mehr wusste er heute auch nicht.

Dada steckte den Kopf zur Tür herein und riss ihn aus den Gedanken. Sie wolle nicht stören. Aber der Herr Rechtsanwalt warte darauf, eingelassen zu werden, sagte sie leise.

Bárdossy nickte. »Machen Sie einen Schwarzen, ja?«

Sie sammelte rasch Mantel und Hut auf, die Rebeka auf dem Sofa liegen gelassen hatte.

»Warten Sie!«, rief Bárdossy ihr nach, als sie schon zur Tür hinaustrat. »Setzten Sie sich einen Moment zu mir. Der Domokos kann warten.«

Dada setzte sich auf die Sofakante. Ihre kleine Statur war im hohen Alter noch zarter geworden, doch ihre hellblauen Augen strahlten klug und gelassen wie eh und je. Sie hatte Rebeka auf die Welt geholt, sie all die Jahre wie eine Großmutter geliebt. Als seine Frau gestorben war, war sie es gewesen, die den weißen Körper gewaschen, ihr Gesicht hergerichtet und ihr das cremefarbene Kleid angezogen hatte, das sie am liebsten gehabt hatte. Dada war für sie alle da gewesen.

»Sagen Sie, ist Rebeka unglücklich?«, fragte Bárdossy, die Stirn voller Falten.

»Mit ihrem starken Charakter wird sie ihren Weg gehen, gnädiger Herr.« Mit sanfter Zuversicht blickte Dada zu ihm auf.

Er nickte und raffte sich aus seinem Sessel auf. »Wir haben schon schlimmere Zeiten durchlebt, nicht wahr? Lassen wir den Domokos nicht länger warten.«

Domokos war der Anwalt der Familie, aber auch so etwas wie Bárdossys Wachoffizier, zuständig für die Navigation und Sicherheit seines unternehmerischen Schiffes. Wie oft hatte Bárdossy den Kurskorrekturen des Anwalts vertraut?

Die Männer begrüßten einander mit einem kräftigen Händedruck. Domokos machte es sich mit seinem gewaltigen Körper auf dem Sofa bequem. Bárdossy bot ihm die mit Puderzucker bestreuten Apfeltaschen an, die Dada auf einem Tablett hereinbrachte.

»Meine Frau bringt mich um«, winkte Domokos ab. Seinen Blick ließ er trotzdem auf den Teilchen ruhen.

»Stellen Sie das Tablett nur ab«, sagte Bárdossy mit einem Zwinkern zur Amme.

»Hast du das Transparent über dem Fabriktor gesehen? Es ist

58

eine Schande!«, sagte Domokos und genehmigte sich nun doch ein Teilchen.

Bárdossy lächelte, verkniff sich aber die Bemerkung.

Er war selbst vor dem mit Tannenzweigen geschmückten Transparent stehen geblieben. Mit dicker roter Farbe hatte sich in ganzer Breite der Einfahrt der Schriftzug entlanggezogen: Die Fabrik gehört uns!

Er empfand keine Wut mehr. Dem Tag der rechtskräftigen Enteignung seines Unternehmens waren unzählige Momente der Ohnmacht gefolgt. Inzwischen hatte sich die Resignation eingestellt. Die Streiks der Belegschaft, der Papierkrieg mit den Behörden, die Versuche des Anwalts, gegen die Enteignung zu klagen – all dies hatte ihm die Kraft geraubt. Er hatte erlebt, wie die zähe Magda, seit 20 Jahren seine Sekretärin, unter Tränen ihre Sachen zusammengepackt hatte. Einige seiner Leute hatten den Hut vor ihm gezogen bei seinem letzten Gang durch die Produktionshalle. Diese Gesten erleichterten den Abschied. Man hatte ihn aus dem Unternehmen fortgejagt, das er mit eigenen Händen aufgebaut hatte. Bárdossy war ein überzeugter Kapitalist, für einen Ausbeuter hielt er sich nicht. Die Löhne, die er gezahlt hatte, lagen im guten Durchschnitt der Konkurrenz. Zusätzlich hatte er Wochenend- und Feiertagszuschläge gezahlt, und beim Sommerfest hatte es kostenlos Bier und Bratwürste für die Belegschaft und deren Familien gegeben.

»Sie haben den Varga zum Generaldirektor gemacht«, sagte Domokos im verächtlichen Ton. Er wischte sich die Blätterteigkrümel aus dem Mundwinkel.

»Tüchtig ist er«, bemerkte Bárdossy.

Domokos schüttelte den Kopf. »Wo soll dieses Land enden? Arbeiter mit Volksschulabschlüssen sollen Unternehmen leiten?« Er lehnte sich vor und stellte die zierliche Kaffeetasse ungeschickt auf dem Unterteller ab. »Du solltest dich nach Alternativen umschauen, mein Lieber. Die Entschädigungen werden nicht fließen. Wartest du auf das Geld, werdet ihr verhungern.«

»Das können die sich gar nicht leisten. Ich habe meine Kontakte im Ministerium. Es dauert eben seine Zeit, bis die Bewertung abgeschlossen ist.« Bárdossy hatte sein ganzes Leben nach dem Motto gelebt: Harte Arbeit zahlt sich aus. Im Zweifel ging er vom Guten im Menschen aus. Die Enteignung seines Betriebes war ein Schicksalsschlag, doch man hatte ihm versichert, seine Kooperation beim Bau der neuen Gesellschaftsordnung würde gewürdigt werden. Eine Gesellschaft, in der es allen gut ging, das wollte er unterstützen. Er war ja kein Unmensch. Auf seine Fähigkeit, sich anzupassen, konnte er sich verlassen. So war es ihm gelungen, seine Familie unbeschadet durch den Krieg zu bringen. Sehr verbiegen musste er sich nicht. Auch dieses Mal vertraute er auf die Fügung der Dinge.

»Der Varga wird mit der neuen Aufgabe überfordert sein. Die Belegschaft wird sich den alten Chef zurückwünschen. Pass nur auf, innerhalb eines halben Jahres werde ich wieder die Leitung übernehmen.«

»Das ist dein Plan? Sei nicht dumm, Kálmán. Kennst du irgendjemanden, der auch nur einen Fillér gesehen hat? Die Klugen verlassen das Land, hör auf mich! Seit den Parlamentswahlen haben die Kommunisten aufgeräumt. Im Ministerium sitzt keiner mehr, der uns wohlgesonnen ist. Ich würde an deiner Stelle nicht abwarten, was die sich als Nächstes ausdenken.«

Bárdossy wich dem Zustimmung suchenden Blick des Anwalts aus. Dieses Haus verlassen, in dem seine Frau gestorben war? Die Heimat verlassen, für die sein Vater und seine Großväter ihr Blut vergossen hatten? Schon einmal hatte er alles zurücklassen müssen, damals nach Trianon. Zusammen mit seiner Mutter und seiner jungen Frau hatte er das Haus seiner Kindheit, den ganzen Familienbesitz in Kolozsvár zurückgelassen, um der rumänischen

Fremdherrschaft zu entfliehen. In seinem Alter noch einen Neuanfang wagen? Er schüttelte langsam den Kopf.

Die Männer nebenan leerten offenbar die Kognakflasche. Rebeka hörte ihr Lachen von ihrem Bett aus, auf dem sie bäuchlings lag. Sie betrachtete die handtellergroße Zeichnung, die István von ihr gemacht hatte, und fuhr mit den Fingern über die mit sicherer Hand gezeichneten Linien. Sie zeugten von Reife und Sensibilität und passten zu dem jungen Mann im Anna. In seinem abgetragenen, viel zu großem Mantel hatte er ausgesehen wie ein Kind in den Sachen eines Erwachsenen. Der rücksichtslose Kerl von heute Mittag war ein anderer gewesen.

Rebeka stand auf, ging zur Tür und lauschte. Ihr Vater verabschiedete gerade geräuschvoll den Anwalt. Sie nahm ihnen die gute Laune übel.

Dada war auch längst zu Bett gegangen, nur unter der Tür ihres Vaters drängte noch ein Lichtstrahl in den Korridor. Sie schloss ihre Tür und streifte Rock und Bluse ab. Sie war sich ihrer Sache so sicher gewesen! Zu sicher? Dasselbe Gedicht hatte sie vortragen wollen wie vor zwei Jahren bei der Aufnahmeprüfung an der Schauspielschule. Das war schlampig gewesen. Vor dem Spiegel zog sie die Haarnadeln wie lästige Stacheln aus ihrem Haar, als wären sie verantwortlich für ihr Unglück. Der Haarknoten löste sich, und das Meer ihrer Haare verteilte sich auf ihrem Rücken. Angewidert von ihrem Spiegelbild wandte sie sich ab und schlüpfte in ihr Nachthemd. Seit ihrer Mutter hatte ihr keiner so ehrlich die Meinung gesagt – keiner ihrer sogenannten Vertrauten. Ihr Vater ging Konflikten aus dem Weg. Ihre Freundin Dóra kannte Aufrichtigkeit nur, wenn es bequem war.

Hatte István recht? Eine Höhle der Angst tat sich in ihrem Innern auf. Was blieb ihr, wenn sie ungeeignet für die Bühne war? »Gehen Sie arbeiten!«, hatte er gesagt. Sie trat an das Bücherregal, ihr Blick fiel auf Lessings Dramen, Shakespeare, Büchner-Bände. Sie seufzte tief. Und da stand er, ein dünner Band verborgen zwischen den Giganten der Weltliteratur. Zsigmond Móricz' Novelle »Das Lied der Nachtigall«. »Das ist es!« Sie zog das Buch vorsichtig heraus. Schon die großartige Gizi Bajor hatte ihren Durchbruch am Nationaltheater in der Rolle der jungen Bauerntochter gehabt.

Sie drückte das Buch fest an die Brust. In Lumpen gekleidet würde sie es dem Direktor schon zeigen!

6
DIE RAJK-AFFÄRE

Budapest 1949

Am nächsten Morgen verließ István seine Wohnung im Morgengrauen. Er wollte sich mit Rudi die Lagerhalle ihrer geplanten Ausstellung näher ansehen.

Ein eisiger Wind blies ihm ins frisch rasierte Gesicht. Seine Hand wanderte unwillkürlich zu der entblößten Wange. Er stellte sich Hózers zufriedenes Grinsen vor, wenn er ihm mit dem geröteten Antlitz eines Buben entgegentreten würde. Der Herbst hatte schleichend Einzug gehalten, aber Temperaturen unter null waren ungewöhnlich. Fröstelnd zog er den Reißverschluss seines Mantels hoch und kramte nach einer Zigarette in der Tasche. Eine Munkás auf leeren Magen beruhigt die Nerven und wärmt, dachte er und steckte sich die Zigarette an. Der Rauch verlor sich im Nebel.

Wie hinter Milchglas tauchten die Schatten gelegentlich vorbeifahrender Lastwagen auf und verschwanden wieder. Ein Fahrrad mit angebautem Hilfsmotor quälte sich summend die verlassene Andrássy út entlang. Beim Auftreten knirschten Steine unter seinen Füßen.

Vor der Nr. 60, dem Hauptquartier der Staatsschutzbehörde, machte ein Wachmann die Runde. Die AVO hieß seit Neuestem

AVH, kein Mensch konnte sich das merken. Das Maschinengewehr hielt der Wachmann eng am Körper. Bei jedem seiner Schritte hallte ein gespenstisches Echo. Es gab Gerüchte, Familienväter wären im Nachtgewand aus ihren Betten geholt und in verdunkelten Wagen verschleppt worden. Manche kehrten am Abend wieder zurück, als wären sie nur zur Arbeit gegangen, andere verschwanden für Jahre. Die Leute erzählten sich Schauergeschichten über sibirische Arbeitslager. Wie oft war er hier vorbeigelaufen, und noch nie waren ihm die Blumen im Beet vor dem Sandsteinbau aufgefallen. Hinter dieser Fassade mussten die Verhöre des Außenministers stattfinden. István hatte einmal gehört, die Räume der unteren Etagen sollten den Pfeilkreuzern als Folterkeller gedient haben.

István besann sich und wandte seinen Blick ab. Es war keine gute Idee, vor dem AVO-Gebäude glotzend herumzustehen.

Er ging zu Fuß die Andrássy út bis zum Donauufer hinunter und stieg dort in die Straßenbahn Richtung Csepel.

Die Mühe hätte er sich sparen können: Die Halle auf dem stillgelegten Fabrikgelände der Csepel Werke war verschlossen. Rudi hatte den Schlüssel. István ging einige Male um das verriegelte Gebäude herum. Wartete. Fehlanzeige. Von Rudi gab es keine Spur. Er sah auf die Uhr. Mit einem wütenden Tritt in den Staub trat er den Rückweg an.

Levin und Éva hatten bereits ihre Plätze eingenommen. István betrat gerade noch rechtzeitig zur »Rituellen-Halbestunde« den Hörsaal. Täglich vor Vorlesungsbeginn verlas ein Student die Nachrichten des Tages aus der Parteizeitung, anschließend wurden sie besprochen. Es ging um die Fortschritte des sozialistischen Aufbaus, die Errungenschaften des werktätigen Volkes, die gleichen Phrasen wieder und wieder in variierender Form. Wenigstens konnte man sich zum Wachwerden berieseln lassen, sich im Flüsterton über den vergangenen Abend austauschen oder den Schlaf der letzten Nacht nachholen.

Heute jedoch war etwas anders. Das Podium war noch unbesetzt, dennoch war es bereits still im Saal. Professor Hózer, der sonst wichtigtuerisch auf und ab ging und sich Anwesenheitsnotizen machte, hielt sich heute im Hintergrund. István ließ sich neben Éva auf der Bank nieder.

»Welch seltener Besuch!« Sie drückte ihm einen Kuss auf die frisch rasierte Wange.

Istváns Hand schnellte augenblicklich an die Stelle, die sie berührt hatte.

»Hast du Rudi gesehen?«, fragte er wirsch.

Évas Lächeln verging. Sie schüttelte den Kopf und presste die Lippen zusammen, als würde sie gleich zu weinen beginnen.

Jetzt verstand István, warum Rudi ihn versetzt hatte. Éva und Rudi!

Bei einem Studententreffen hatte Levin sie einander vorgestellt. Rudi war wie verzaubert von der jungen Fotografin gewesen, diesem elfenhaften Wesen, das er seit jeher seine »Elfe« nannte. Sechs Monate waren sie unzertrennlich gewesen, so lange hielt die längste Beziehung, die Rudi je gehabt hatte, bis ihn der Zauber eines anderen Fabelwesens traf. Er schaffte es auf erstaunlichste Weise, mit seinen Verflossenen »gute Freunde« zu bleiben, doch mit der Elfe war es komplizierter. Eine monogame Beziehung war Rudi fremd, und doch ging es nicht ohne Éva. Sie hielten einander umschlungen, ließen los und wieder nicht, trennten sich und liebten sich, stets, als wäre es auf ewig. Keiner konnte da durchblicken.

»Du siehst aufgeräumt aus, so jugendlich«, sagte Levin nun und inspizierte Istváns glatt rasierte Wange.

»Lass das!« István stöhnte, da begann auch schon die Lesung. Der Vorleser, an diesem Morgen ein schlaksiger junger Mann aus ihrem Jahrgang, wippte, in Erwartung von Hózers Zeichen, von einem Bein auf das andere.

»Die Anklageschrift ist in der Zeitung abgedruckt«, sagte Éva, als wäre das nicht allen klar.

»Ein ungeheuerlicher Schwachsinn, meint mein Vater«, sagte Levin.

Éva bedeutete mit der Hand, er möge die Stimme senken. István stutzte. Levins Vater war ein angesehener Anwalt. Die Légrádys stammten aus einem uralten, ungarischen Adelsgeschlecht, das nicht gerade zu den Kreisen gehörte, in denen ein Außenminister der Kommunistischen Partei verkehrte. An den Wänden entlang der Korridore der Légrády-Villa reihten sich die Ahnenporträts der Familie. István war bei einem seiner ersten Besuche vor dem Familienwappen stehen geblieben, einem Krieger mit erhobenem Haupt und vorgestreckter Brust in rot-weißem Gewand. Er hielt ein Schwert in der Rechten, einen Schild in der Linken, zu seinen Füßen, links unten im Bild, lag der abgeschlagene Kopf eines Türken.

Am Ende eines dieser Korridore befand sich die Bibliothek mit der Sammlung der Familie. István war bei dem Anblick der deckenhohen Regale die Kinnlade heruntergeklappt. Levins Vater hatte ihnen aufwendige Holzschnittillustrationen aus dem 16. Jahrhundert gezeigt. Was sie jedoch am meisten interessierte, waren die neuesten Schriften von Albert Camus und Jean-Paul Sartre, die der alte Jurist studierte wie sie selbst.

Levin hatte seine feinen Züge und die helle, fast durchscheinende Haut von seinem Vater. Stets saß der alte Légrády in seinem Hausmantel am Eichenschreibtisch, sinnierte mit ihnen über das Ideal einer klassenlosen Gesellschaft und klang glaubwürdig. Er sprach jedoch auch von der Unterwerfung des Individuums unter ein verzerrtes Marx'sches Geschichtskonstrukt in einer verworrenen gewalttätigen Zeit, die voller Lügen war.

István war tief beeindruckt. Levin nicht. Er hielt seinen Vater für einen Hypokriten, trotz ihrer engen Beziehung. Er verurteilte seinen Lebensstil, die Frauengeschichten und wollte Abstand.

Als die Villa verstaatlicht worden war und eine vierköpfige Beamtenfamilie Einzug gehalten hatte, war Levin zu seiner Überraschung ein Wohnheimplatz zugeteilt worden, ein Wunder laut Éva. Das Kreuz für den schlechten Kader musste versehentlich beim falschen Namen gemacht worden sein.

Éva kam aus einfachen Verhältnissen. Sie war in der Enge der großmütterlichen Küchenstube aufgewachsen. Ihre Mutter war Krankenschwester, ihr Vater schob Nachtschichten in den Csepel-Werken, wie es auch schon sein Vater getan hatte. Éva rechnete Levin hoch an, dass er trotz seiner privilegierten Herkunft ein Zimmer mit einem Kommilitonen teilte. Was die beiden verband, war der Wunsch, anders zu sein als ihre Eltern. Levin war nicht Jurist geworden wie sein Vater und dessen Vater und dessen Vater. Éva studierte als Erste in ihrer Familie, ein Vorhaben, das in den Generationen vor ihr undenkbar gewesen wäre. Auch war ihr Kunststudium in den Augen beider Väter ein sinnloses Unterfangen.

István kam nicht mehr dazu, Levin über Rajk zu befragen. Der Student am Pult hatte sein Zeichen bekommen und begann nun vorzulesen. Er führte aus, wie der Außenminister László Rajk und seine Anhänger eine Verschwörung ins Leben gerufen haben sollten, die zum Ziel hatte, die ungarische Demokratie zu stürzen. Seine Stimme war so leise, man musste sich konzentrieren, um jedes Wort zu verstehen. Es herrschte absolute Stille im Saal.

Die Tür machte ein quietschendes Geräusch. Alle Blicke richteten sich auf den Zuspätkommer. Dem jungen Mann war das Hemd aus der Hose gerutscht, als wäre er gerade aus dem Bett gestiegen. Auf Levins Zeichen arbeitete sich Rudi seelenruhig durch die Bankreihen zu ihnen vor. Taschen wurden hin und her geschoben, Bänke hochgeklappt, es wurde geschimpft und getuschelt.

Das Füßescharren und Knacken der Holzbänke übertönte den Vorleser, der die Unterbrechung nutzte und durchatmete.

»Setz dich an den Gang!«, rief jemand.

»Bitte um Nachsehen, ich muss zu meiner Elfe«, rief Rudi zurück und zwinkerte Éva zu, die vergeblich versuchte, sich unsichtbar zu machen. Er ließ sich geräuschvoll auf den Sitz neben István nieder, den sie ihm frei gehalten hatten. »Ich hab's total verpennt«, sagte er zu István hinter vorgehaltener Hand. Mit verschränkten Armen und leicht säuerlicher Miene nickte István.

»Es ist alles unter Kontrolle. Pilics bringt den Laster heute Abend vorbei.«

István nickte erneut, diesmal überzeugter.

Der Vorleser beobachtete den kleinen Tumult um den Neuankömmling und hielt sich am Rednerpult fest. Er schien unschlüssig, ob es seine Aufgabe war, die Zuhörer zur Ruhe zu mahnen.

»Sind Sie fertig, Herr Varga?«, rief Professor Hózer in das Durcheinander. Der Saal verstummte.

Rudi strich sich schwungvoll eine Locke aus dem Gesicht und strahlte in den Saal. »Jawohl, Herr Professor!«

Der Vorleser setzte die Lesung fort.

Rudi beugte sich über István zu Éva. »Bin ja noch rechtzeitig zur Diskussion gekommen.«

Sie strafte ihn mit Ignoranz. Aus den hinteren Reihen zischte und pfiff es, und Rudi verstummte endlich.

Der Unglückliche am Pult verlas nun ohne Unterbrechung den Rest der Anklageschrift. Diese führte im Detail aus, wie die Angeklagten mit bewaffneter Unterstützung von Tito und den USA einen Putsch geplant hätten, um die kapitalistische Gesellschaftsordnung wiederherzustellen. Als er zum Ende kam und dem Professor Platz am Rednerpult machte, forderte dieser die Studenten zu Wortmeldungen auf.

Eine Studentin stand auf. »Lasst uns im Namen der Studentenschaft die Höchststrafe für diese Verbrecher fordern!« Sie sprach mit fester Stimme.

Es herrschte für einen Moment betretene Stille. Der Professor klatschte in die Hände. Dann stimmte der Applaus aus den Reihen ein. Rudi und István sahen von ihren Zeitungen auf. Erfreut über die Zustimmung drehte das Mädchen den Kopf hin und her und blickte in die Gesichter, die zu ihr aufsahen. Ihr Pferdeschwanz wippte schwungvoll mit.

Nun erhob sich Levin. »Wir sollten das Verfahren abwarten, bevor wir voreilige Urteile fällen.« Seine Stimme schnitt mit Autorität durch den Saal.

Überrascht von Levins Entschiedenheit sah István zu ihm auf.

»Verehrter Genosse«, sprach das Mädchen, »die Angeklagten haben sich bereits schuldig bekannt. Es gilt nun, das Strafmaß festzulegen.«

»An den Galgen gehören die Verschwörer!«, rief jemand von hinten. Ein Raunen ging durch den Saal.

Levin setzte zur Rede an, doch Éva fasste seine Hand und zog ihn sanft nach unten. Er schüttelte den Kopf und setzte sich.

Professor Hózer hob die Hand und mahnte zur Ruhe. Sein Blick ging prüfend durch die Reihen. »Ich halte eine Unterschriftenaktion für eine vernünftige Sache, um den Unmut der Studentenschaft auszudrücken. Fräulein   wie war noch Ihr werter Name? Sie bereiten den Entwurf vor und kommen damit zu mir zur Korrektur. Ich empfehle jedem von Ihnen, morgen Nachmittag an der Informationsveranstaltung zu dem Thema teilzunehmen.« Sein Blick blieb eine Weile auf der Gruppe um Levin heften.

»Ich werde diesen Wisch nicht unterschreiben!«, sagte Levin, als Hózer die Veranstaltung für beendet erklärt hatte, und alle zum Ausgang drängelten.

Éva gab István ein Zeichen, ihr zu folgen. »Rajk war ein Student von Levins Vater«, sagte sie im Flüsterton auf dem Korridor. »Er glaubt, die ganze Sache sei eine Verschwörung gegen Rajk. Ich muss Levin nachlaufen!« Sie drückte István einen Kuss auf die Wange – wieder auf die Wange!

»Was ist denn zwischen euch schon wieder los?«, fragte István Rudi, den Éva ignoriert hatte.

Rudi machte ein entschuldigendes Gesicht. »Sie kriegt sich schon wieder ein. Meinst du, da ist etwas dran?«

István schüttelte den Kopf. »Warum sollten sie Rajk zwingen, falsch auszusagen? Wozu der Aufwand?«

»Um ihn loszuwerden?«

István neigte nachdenklich den Kopf. »Die AVO sieht und hört alles. Betrügst du deine Frau, schon haben sie etwas gegen dich in der Hand. Es gäbe andere Wege, Rajk loszuwerden, als in einem öffentlichen Prozess.«

7
DIE AUSSTELLUNG

Budapest 1949

Auf einem Stapel Paletten, wie von einem Hochsitz aus, beobachtete István das Eintreffen der Gäste. Die Rohheit der Fabrikhalle, der Betonfußboden, die Stahlträger gefielen ihm. Er rieb sich die kalten Handflächen und hauchte hinein. Wenigstens füllte sich der Raum allmählich. Wer waren diese Leute? Rudi ging voll auf in seiner selbst ernannten Rolle des Gastgebers. Wie immer mischte er sich unter die Leute, stellte sie einander vor. Wie ein Heiratskuppler flocht er kleine Details ein. Heute gab er womöglich sogar Erklärungen zu Istváns Bildern ab. Das war István recht, wenigstens musste er es nicht selbst tun. Für einen Moment zog er die Möglichkeit in Erwägung, zu verschwinden. Sein Blick ging zum Seiteneingang, doch da stand Éva. Die kleine Éva! Wie hubsch sie heute war. Ihre Bewegungen waren geschmeidig wie die einer Ballerina. Das Köpfchen mit dem im Nacken kurz geschnittenen Haar schwang interessiert hin und her. An diesem Abend war sie die Dame des Hauses an Rudis Seite.

Pilics und Németh waren gekommen, das war gut. Sie standen vor der Gruppe Schwarzweiß-Fotografien, die István von der mit Einschusslöchern übersäten Sandsteinfassade des AVO-Gebäudes aufgenommen hatte. Es hätte die Mauer eines beliebigen, durch

Krieg und Zeit verwitterten Mietshauses sein können. Düster und eintönig nahm die Mauer die ganze Bildfläche ein, nur rechts unten im Bild, unscheinbar, fast unsichtbar, reckten ein paar Blumen ihre Köpfe in das schwache Licht. Die Bildunterschrift lautete: Nr. 60.

Levins Vater unterhielt sich angeregt mit einer Dame. Eine Rose steckte spielerisch in ihrem Haar. Sie schien mindestens fünfzehn Jahre jünger als Légrády zu sein.

Beim Anblick der bekannten Gesichter taute István etwas auf. Dann betrat eine junge Frau im Pelzmantel den Raum. Sie stach aus der uniformen Menge heraus. Sie blieb am Eingang stehen, streifte die Handschuhe ab, schien nach jemandem zu suchen. István richtete sich auf und kniff die Augen zusammen. Sie hatte den Hut abgenommen, doch ihr Gesicht konnte er nicht erkennen. Sein Herz raste. Er nahm ein paar tiefe Atemzüge. Sie wirkte kleiner, zierlicher, als er sie in Erinnerung hatte. Oder irrte er? Rebeka würde einen so auffälligen Pelz mit der Eleganz einer Dame tragen, dieses Mädchen aber wirkte verloren.

»Was machst du hier im Dunkeln?«, fragte Éva. Sie war zu ihm geschlichen und winkte ihm herunterzukommen. »Du musst deine Gäste begrüßen und ein paar Worte sagen.«

»Wer sind diese Leute? Jemand wird uns noch die AVO auf den Hals hetzen.«

»Sie sind gekommen, weil sie deine Arbeiten sehen wollen.«

Er kletterte zu ihr herunter.

»Du bist ganz blass, mein Herz.« Sie reichte ihm ihr Weinglas. Er nahm einen Schluck, dabei ging sein Blick zu der abgedeckten Bierbank, der improvisierten Bar, an der Levin Wein aus Fünf-Liter-Korbflaschen ausschenkte. Rudi unterhielt eine Gruppe von Leuten – für István alles Unbekannte.

»Er ist in seinem Element«, sagte István und zeigte in Rudis Richtung.

Éva sah ihn verheißungsvoll an. »Soll ich dir etwas verraten?« Sie schloss die Hände um sein Ohr und flüsterte etwas hinein.

István verstand nur Wortfetzen. Die Musik war laut und seine Aufmerksamkeit wieder bei dem Mädchen mit dem Pelz. Sie ging auf Rudi zu, stellte sich auf die Zehenspitzen und schlang die Arme um ihn. István entfuhr ein Laut der Erleichterung. Es war nicht Rebeka.

»Du freust dich gar nicht!«, rief Éva.

»Was hast du gesagt?«

»Ich habe Ja gesagt, du Dummkopf!« Sie wedelte mit ihrer linken Hand. Am Ringfinger steckte ein Ring. »Der ist vom Jahrmarkt!« Sie lachte.

István starrte sie verständnislos an. »Von Rudi?«

Ihre Mundwinkel rutschten nach unten. Es bildeten sich die sorgenvollen Grübchen über ihren Augenbrauen, die er so gut kannte. »Natürlich von Rudi! Von wem sonst? Was ist los mit dir, freu dich für uns!«

Istváns Erleichterung von vorhin wich der Wut. Rudi turtelte in Anwesenheit seiner Verlobten mit diesem Mädchen! Das machte ihn rasend. Sein Blick wanderte wieder zum Eingang. Inzwischen war das Paar verschwunden.

Er nahm Éva in die Arme. »Natürlich freu ich mich!«

Erst nach längerem Suchen fand er Rudi im Gespräch mit Studienkollegen.

»Die Amerikaner sind unfrei wie wir«, sagte jemand. »Sie sind gefangen in ihren selbst geschaffenen gesellschaftlichen Konventionen. Dort drüben zählt nur das Geld.«

»Du vergisst, wie schwer neurotisch sie sind«, sagte Rudi. Alle lachten.

»Da ist er ja, der Künstler!«

Rudi deutete zu István, der mit einem Nicken in die Runde grüßte. Dann zog er Rudi unsanft am Arm. »Da lang!«

»Was ist denn in dich gefahren?«

»Du willst Éva heiraten und machst vor ihren Augen mit einer anderen rum?«

Rudi lachte nervös auf. »Du verstehst das falsch. Die Lulu ist hier aufgetaucht, ich kann nichts dafür.«

István stutzte. »Die mit dem Pelz, das ist deine Nutte?«

»Nenn sie bitte nicht so. Das mit der Lulu ist rein gesundheitlich, du verstehst schon.«

»Gesundheitlich?«

»Ich kann auf bestimmte Dinge nicht verzichten. Éva weiß davon. Wir haben eine Abmachung.«

»Ihr habt noch nicht miteinander geschlafen?«

»Die Elfe ist eine Frau zum Heiraten, nicht zum Rummachen. Komm schon, freu dich für uns!«

István schüttelte den Kopf. »Mit deiner Hurerei wirst du sie kaputt machen.«

»Das musst du gerade sagen! Du bist bitter geworden, mein Lieber, ein Zyniker. Ich kann auf deine Ratschläge gern verzichten!«

István sah seinen Freund erschrocken an. Rudi hatte recht, er war zum Zyniker geworden. Ihm fiel das Entsetzen in Rebekas Augen ein, das er neulich provoziert hatte. Er war grob zu ihr gewesen – aber doch nur, weil er sie mochte.

Éva tänzelte auf sie zu. »Süßer, mach was! István weigert sich, eine Rede zu halten.«

Die beiden starrten sie an wie kleine Jungen, die bei der Prügelei erwischt worden waren. Dann zwangen sie sich zu einem Lächeln.

Éva musste die Spannung zwischen ihnen bemerkt haben, doch es war nicht ihre Art nachzubohren.

Kurze Zeit später stand István auf einem Podium aus gestapelten Paletten. Wie er dieses Affentheater hasste! Es waren sechzig, siebzig Leute da, viel mehr als erwartet. Die Kommilitonen von der ELTE, die meisten Literaturstudenten, Poeten und Träumer, unter ihnen auch ein paar ernsthafte angehende Schriftsteller und Journalisten, dazu einige Musikerfreunde und natürlich Künstler, die, so hoffte er, sich auch für seine Bilder und nicht nur für das Bier interessierten.

Levin und Éva machten ihm Zeichen, endlich zu beginnen. Er räusperte sich und vergrub die Hände in den Hosentaschen. So fand er Halt. »Es ist wohl angebracht, mich vorzustellen.« Er war überrascht von der Kraft seiner Stimme. Wie still es im Raum wurde!

»Ich bin István Szabó, falls mich einige nicht kennen, und ich habe diese Arbeiten zu vertreten.« Er holte aus, zeigte in den Raum. »Ich werde mich kurz fassen. Es gibt ja nicht viel zu sagen.« Ein Hustenreiz kam auf. Er räusperte sich. Der Reiz wurde stärker, das Kitzeln unerträglich. Jemand reichte ihm ein Bier. Der wohltuende Schluck aus der Flasche beruhigte den Rachen. Er blickte in die erwartungsvollen Gesichter und fühlte sich wie ein Hochstapler. »Die Auswahl der Bilder ist wenig charakteristisch für meine Arbeit. Gewisse Umstände haben mich gezwungen, den Veranstaltungsort in diese improvisierte Halle zu verlegen. Aufgrund der schlechten Lichtverhältnisse habe ich darauf verzichtet, Malereien auszustellen. Meine Kupferstiche kennen die, die sie interessieren. Hier hängen Grafiken, Zeichnungen, ein paar Fotografien, Arbeiten, die anderswo nicht ausstellbar sind. Keine Spur von Sozreal.«

Ein anerkennender Pfiff ging durch den Saal. Die Leute klatschten.

Erleichtert machte er ein Zeichen; er wollte weitersprechen. »Ich danke meinen Freunden, die mir geholfen haben, das hier aufzuziehen.« Er suchte mit den Augen Rudi in der Menge und erblickte ihn in der Nähe des Eingangs. Sein Freund tat so, als würde er nicht zuhören. »Was die Diskussion angeht, halte ich sie für überflüssig, eine importierte Sache, aber wer unbedingt diskutieren will, soll dies tun, nur bitte nicht mit mir.« Alles lachte. Bei einem weiteren Blick durch die Menge stellte er fest, dass Levin ihm unentwegt Zeichen machte. »Noch etwas. Falls jemand glaubt, diese Bilder seien etwas wert«, wieder ein Räuspern, »ich kann mich bestimmt von einigen Arbeiten trennen.« Lachen. István suchte Rudis Blick. Noch einmal holte er tief Luft. »Als Letztes möchte ich alle bitten, das Glas zu erheben auf meinen besten Freund Rudolf und seine frischgebackene Verlobte Éva!«

Endlich trafen sich ihre Blicke. Rudi ging zu Éva und hob sie in die Höhe. Das Publikum jubelte.

István kletterte von den Paletten zu ihnen herunter. »Ich hab's nicht so gemeint, Alter.«

»Ich auch nicht«, sagte Rudi.

Levin kam dazwischen. »Breitner ist hier, und du redest von deiner Affinität zum Sozreal!«

István sah in die Richtung, in die Levin unauffällig deutete. Der Professor stand am Eingang und musterte kühl das Geschehen. Er strich mit den Fingern über die Krempe seines Hutes, als hätte er Staub auf ihr gefunden. Er war allein gekommen. Breitners Worte erschienen István plötzlich wie eine Drohung und nicht wie ein gut gemeinter Rat.

»Und ich dachte, er sei ein fairer Typ«, sagte er. Enttäuschung lag in seiner Stimme.

Levin runzelte die Stirn. »Ich habe ihn gestern Abend mit Hózer im Astoria gesehen.«

Breitner sah in ihre Richtung, hob entspannt die Hand zum Gruß, als wollte er sich nur umsehen.

István ging zu ihm.

»Ihre Ausstellung ist gut besucht, Herr Szabó«, sagte Breitner zur Begrüßung. »Ich freue mich darauf, mir nachher in Ruhe ihre Arbeiten anzusehen.«

István blickte unruhig zu der verschlossenen Tür. Was wollte Breitner hier?

»Wollen Sie sich umschauen, Herr Professor?«

»Lassen Sie nur. Sie reden nicht gern über Ihre Arbeiten. Ich werde später allein durchgehen. Aber leisten Sie mir noch ein wenig Gesellschaft. Ich habe ein paar Neuigkeiten für Sie.«

Na also, dachte István.

»Einen Gespritzten?«, fragte er zur Bar zeigend.

Breitner nickte und ließ István vorausgehen. »Sie zählen sich nicht zu den Modernen. Das gefällt mir. Sie zeichnen mit fester Hand, das ist leicht zu erkennen. Ihre Bilder zeugen vom Studium der Zusammenhänge. Ich meine, eine Anlehnung an die großen Meister der Renaissance zu erkennen, liege ich da richtig?«

»Unsere Meister sind dieselben, Herr Professor.«

Breitner lachte. »Das ist geschickt, Szabó! Keiner kann Ihnen vorwerfen, Sie seien reaktionär, doch gerade dieser Traditionalismus ist das Freche, das Unerhörte in ihren Bildern. Sie ignorieren den Themenkatalog und malen wie die Alten Meister. Keiner wird einem Dürer, Rembrandt oder Tizian etwas anhängen, also malen Sie wie die. Keine Spur von Sozreal!«

»Meine Bilder sind realistisch, Herr Professor. Ich male, was ich sehe.«

Breitner seufzte und nickte nachdenklich. »Professor Hózer will Sie der Hochschule verweisen lassen.«

Das war es also!

»Er will den Antrag für Ihren Rauswurf im Ausschuss abstimmen lassen. Er hat mich persönlich gebeten, ihn zu unterstützen. Ich habe abgelehnt, aber wenn Sie meinen Rat hören wollen, wechseln Sie das Fach, bevor es zu spät ist.«

István war sprachlos. Er hatte mit einer Abmahnung gerechnet – aber einen Verweis von der Hochschule? Das hatte er nicht erwartet.

»Hózer sammelt noch gegen Sie. Noch! Sie wissen, wie das läuft, mein Freund. Mal ist das Rot in ihren Bildern nicht rot genug, mal ist die Farbkomposition zu gewagt. Formalismus und westliche Dekadenz werden Ihren Arbeiten angehängt. Dann wird man debattieren, Sie seien für die Pinselführung ungeeignet, und schließlich wird Ihnen nahegelegt, von selbst zu gehen.«

István sah ihn mit fragendem Blick an.

»Passen Sie auf«, fuhr Breitner fort, »ich habe den Kollegen Kovács überzeugt, Sie bei den Grafikern unterzubringen. Ich werde mich für Sie einsetzen. Aber Sie müssen sich zusammenreißen. Versauen Sie sich nicht Ihre Zukunft so kurz vor Abschluss Ihres Studiums.«

»Wie genau soll ich das tun?«

»Sie machen, was man von Ihnen verlangt, malen hier und da ein Wandbild für einen Kindergarten mit fröhlichen Kindergesichtern, reichen das Bild von Ihrer Großmutter bei der nächsten Ausschreibung ein und verschwenden nicht zu viel Energie und Zeit damit. Dafür wird man Sie in Ruhe lassen, und Sie können sich den Rest der Zeit entfalten, wie Sie wollen.«

»Und meine Bilder?«

Breitner grinste komplizenhaft und zeigte in den Saal. »Es gibt eine Reihe von Kollegen, die die Arbeit eines talentierten, jungen Künstlers schätzen und fördern, dazu gehöre ich auch. Als Künstler sind sie Teil dieser Gesellschaft. Das erfordert Kompromisse, es gibt Spielregeln. Solange Sie diese befolgen, können Sie mitspielen. Verstehen wir uns?«

Breitners Offenheit imponierte István. Er reichte ihm die Hand. Breitner schlug ein.

Da bat eine tief gefärbte Frauenstimme um Erlaubnis, ihre

Unterhaltung unterbrechen zu dürfen. Die Männer wandten sich um.

»Sie sind gekommen!« István konnte seine kindliche Überraschung nicht verbergen. Als hätte er nicht den ganzen Abend auf ihr Erscheinen gehofft! Er drückte ihre behandschuhte Hand, vielleicht einen Moment zu lang.

Rebeka schien es ihm nachzusehen. Lächelnd zog sie die Hand wieder zurück. Den Professor, der dastand wie ein ungebetener Gast, hatte István ganz vergessen.

»Darf ich vorstellen, Fräulein Bárdossy?«, beeilte er sich zu sagen. »Professor Breitner, der wohl bedeutendste Renaissanceexperte des Landes.« Das klang, als wollte er mit ihm angeben. István ärgerte sich über sich selbst.

Doch Breitner ging souverän über das Kompliment hinweg, verbeugte sich leicht und führte Rebekas entgegengestreckte Hand zum Mund. Die Geste gefiel ihr offenkundig.

»Was denken Sie über die Bilder, Fräulein Bárdossy?« Nun riss Breitner die Konversation an sich wie ein Profi. Er machte einen Schritt auf Rebeka zu. Damit stand István im Abseits.

Es war die gut überspielte Aura von Einsamkeit, die Breitner umgab und interessant machte. Den Mantel hatte er sorgsam über den Arm gelegt, den Hut hielt er in der Hand darüber. István entging nicht, wie Breitner mit der freien Hand Rebeka wie beiläufig am Ellenbogen berührte – diese kleine Vertraulichkeit war so subtil, fast selbstverständlich, als wäre sie unbewusst geschehen.

»Hübsch sind sie nicht«, sagte Rebeka und sah prüfend zu István. Ihre Mundwinkel zuckten zu einem Lächeln.

István fingerte an seinem Hemdkragen herum. Er trug das gute Hemd, dasselbe, das er auch bei ihrer letzten Begegnung getragen hatte. »Es war nicht meine Absicht, hübsche Bilder zu zeichnen.«

»Ich wollte Sie nicht beleidigen«, sagte sie rasch. Sie zeigte zu einer Grafik an der Wand gegenüber. »Dieses dort, es hat etwas Verstörendes, etwas Aufwühlendes.«

István hob die Augenbrauen.

»Seltsame kleine Wesen sind fiebrig am Werkeln. Sie bauen Kanonen und Wundermaschinen, dabei scheinen sie nicht einmal über ihre eigene Nase hinauszusehen. Ist es die alles vernichtende Bombe, an der sie arbeiten, ohne es zu wissen?«

»Wenn es das ist, was Sie sehen, bitte sehr.« Sein Schulterzucken musste sie kränken.

»Sie haben eine gute Beobachtungsgabe, Fräulein Bárdossy«, sagte Breitner und tat, als käme er István zu Hilfe. »Ich will Sie warnen, Fräulein Bárdossy, der Herr Künstler bespricht nicht gern sein Werk.«

»Und ich verstehe nichts davon.« Rebeka ließ das goldene Mundstück, das István aus dem Anna kannte, scheinbar haltlos ohne Zigarette zwischen den leicht geöffneten Lippen schweben. Sie wandte sich Breitner zu, István war nicht eingeladen.

Breitner zog sofort sein Zigarettenetui und breitete es vor ihr aus wie eine Pralinenschachtel. Eine Pause entstand, als er ihr die Zigarette ansteckte und sie sich dabei zueinander beugten.

István war erledigt.

Ihr von Genugtuung erfülltes Lächeln, das sie ihm anschließend zugestand, war sein Trostpreis. »Wo ist mein Porträt?«, fragte sie gerade heraus.

Auch Breitner richtete seinen fragenden Blick auf István.

»Wenn es fertig ist, würde ich es Ihnen gern zeigen«, rettete István sich.

Rebeka lachte leichthin auf und reichte ihm ihre Visitenkarte.

In der Nacht starrte er die Decke an wie ein Gehirntoter. Seine Kleidung stanken nach Rauch, doch er hatte keine Kraft gehabt, sich auszuziehen. Sie sei nur eine Bekannte, hatte er zu Breitner gesagt, nachdem Rebeka sich verabschiedet hatte. Er presste seine traumlosen Augen zu, als würde das helfen, das Gesagte rückgängig zu machen – doch kaum schloss er sie, drehte sich das Bett.

Er hatte Breitner regelrecht dazu eingeladen, Rebeka den Rest des Abends in Beschlag zu nehmen. Kam er ihm nun in die Quere, konnte er seine Unterstützung an der Uni vergessen. Er richtete sich auf und knipste die Lampe an. Das schwache Licht vertrieb die Nachtschatten von der Decke und erhellte das Zimmer. Nüchtern betrachtet konnte man die Sache auch anders sehen. Rebeka hatte ihm und nicht Breitner ihre Karte gegeben. Breitner war immerhin zehn Jahre älter als sie, wenn nicht sogar fünfzehn.

Wieder völlig wach stand er auf, ging er ein paar Schritte bis zur Wand und drehte wieder um. Levin hatte recht. Breitner war unberechenbar. Er gab sich freundlich, wusste aber genau, was er wollte und wie er es bekam. István schüttelte den Kopf, als könnte er das Geschehene rückgängig machen. Er hatte Breitner auch noch Rebekas Porträt verkauft! Immerhin für eine stattliche Summe. Doch der echte Preis, den István für das Geschäft zahlte, war viel höher. Das grüne Augenpaar blickte verächtlich von der Staffelei auf ihn herab. Wie hatte er glauben können, eine Frau wie sie würde sich für ihn interessieren? Die Vorstellung, ihr Porträt würde Breitners Schlafzimmerwand zieren, widerte ihn an.

Er nahm den Pinsel und korrigierte einige Züge im schlechten Licht der Kammer. Das Grün ihrer Augen war zu matt. Schloss er die eigenen Augen, sah er das golden schimmernde Braun in ihnen. Er experimentierte mit verschiedenen Farbtönen. Rebekas Blick bekam etwas Geheimnisvolles. Er verschärfte mit dem Pinsel den Schatten ihrer Wangenknochen und vergrößerte die Augen im überdimensionalen Maße. In dem stark verfremdeten Gesicht erinnerte nun nur noch der intensive Blick an Rebeka.

Als Rahmen um ihr Gesicht malte er den dekadenten Pelz, den Lulu getragen hatte. Keine Spur von Sozreal.

Als er fertig war, nahm er das Bild von der Staffelei und lehnte es umgedreht an die Wand. Breitner würde vielleicht sein Auftragswerk bekommen – nicht aber das Mädchen.

8
AM FLUGHAFEN

Wien 2017

Anna lief durch die Gänge des Wiener Flughafens. Die Ankunftshalle erinnerte sie an die Anfangszeit ihrer Beziehung mit Michael, als sie ihn Woche für Woche dort erwartet hatte. Als würde sie nicht wirklich daran glauben, dass er durch die Schiebetür trat – es vielleicht sogar hoffen, wie man hofft, der Versuchung durch einen Zufall zu entkommen –, so weich wurden ihre Knie immer wieder aufs Neue, wenn sie ihn erblickte. Sie wusste, er würde am Abend wieder abreisen, nur selten, wenn sich ein Vorwand ergab, konnte er über Nacht bleiben. Je ernster es mit ihnen wurde, desto knapper wurden ihre Telefonate. Seine Frau höre mit, tagsüber in der Galerie, abends zu Hause. Er hätte keine Geheimnisse vor ihr, hatte er gesagt, dann den Blick gesenkt und sich berichtigt. Bisher jedenfalls noch nie.

Dani nannte er sie. Er bemerkte nicht, wie diese Vertraulichkeit Anna verletzte. Ein Foto wolle sie dennoch sehen, dem Phantom ein Gesicht geben.

Michael zögerte. Er suchte mit dem Daumen, scrollte auf seinem Telefon nach oben, nach unten, verharrte. Er musste klug wählen.

Anna erhaschte das Bild einer zierlichen Blonden mit feinen Zügen und einer Sonnenbrille in den Haaren. Sie sah aus wie eine Frau, die sich im Sommer vor der Sonne schützen musste.

»Dani redet wieder vom Kinderkriegen«, sagte Michael, als wäre Anna das Foto nicht schon zu viel gewesen.

Es war einer dieser Nachmittage, die sie in ihrem Bett verbrachten, rauchten und kleine Kringel aufsteigen ließen.

»Seit Jahren versuchen wir es schon.«

Anna schob sich aus dem Bett und raffte die Kleider vom Boden auf. »Willst du denn ein Kind?« Sie hatte die Arme vor der Brust verschränkt und presste ihr T-Shirt an sich.

Er drückte die Zigarette im Ascher aus und setzte sich auf.

»Es wäre der logische nächste Schritt, nicht?« Seine Stirn lag in Falten. »Sieh mich an, bitte!« Er streckte die Hand nach ihr aus, zog sie sanft wieder zu sich auf das Bett.

Sie glaubte der Aufrichtigkeit, die sie in seinen Augen las. Er forderte eben diese von der Kunst, seiner Ehe, von sich selbst, und er hatte versagt. Es liefe nicht mehr zwischen ihm und seiner Frau. Sex als Akt des Kinderzeugens funktioniere für ihn nicht. Dani würde auch nicht mehr so feucht. Er senkte die Stimme wie bei einem Geständnis. »Nicht so wie du.« Er küsste sie und fasste in den Flaum zwischen ihren Beinen.

Anna packte seine Hand. Das Wissen um die intimste Stelle seiner Frau würde sie nun verfolgen. Den Vertrauensbruch dabei fand sie gravierender, als dass er mit ihr schlief. Doch sie schob die Hand nicht weg. Sie unternahm nichts, als sie auf ihren straffen Hintern rutschte. Das Gefühl jugendlicher Überlegenheit überwältigte sie.

Erst Jahre später verstand sie und schämte sich für die törichte Anmaßung ihrer Jugend. Ihr runder Hintern war sicherlich nicht der Grund gewesen, warum sich dieser reife Mann von ihr angezogen gefühlt hatte. Um das zu verstehen, hatte Anna erst selbst in die Lebensphase kommen müssen, in der sie begann, Grundsätzliches infrage zu stellen.

Heute stand sie vor ihrem vierzigsten Geburtstag und blickte nicht unzufrieden zurück auf das, was schon gewesen war. Michael jedoch hatte mit vierzig Jahren vorausgeblickt und war erschrocken gewesen von dem, was noch übrig blieb. Sein Leben kam ihm vor wie ein vorhersehbares Drehbuch. In dieser Lebensphase war ihre wechselseitige Faszination aus einem ganz anderen Stoff, vielleicht auch fern aller Sinnfragen, ein Spiel, das Raum schaffte für ihre Wünsche und Fantasien. So taumelten sie und fielen. Sie traten hinaus aus dem Gewohnten, überschritten die Grenze der Zeit, hielten sich fest an dem Moment, als ob es keinen nächsten gäbe, aus Angst, dieser Zustand würde zerplatzen wie Luftblasen auf der Wasseroberfläche. In den verwundbarsten Momenten des Glücks kamen Anna die Tränen. Er trocknete sie mit seinen Lippen, mit kleinen hastigen Küssen, beinahe als wäre er ihr dankbar, dass sie nicht aussprach, was auch er wusste. Er musste sich zwischen Anna und seiner Frau entscheiden.

Jahre waren vergangen, und Anna hatte das Gefühl, in der alten Falle zu stecken. Sie presste die Hand um den Griff ihres Rollkoffers und schritt auf die automatische Schiebetür zu, die in die Ankunftshalle führte. Ihr Herz schlug bis zum Hals, sie spürte die Knie zittern wie nach der dritten Tasse Kaffee, die sie nicht mehr vertrug. Heute war sie die Vierzigjährige und schwanger. Der logische nächste Schritt in ihrem gemeinsamen Leben drängte sich ihnen auf. Hatte die Zeit sie eingeholt?

Sie erblickte Michael etwas abseits der Wartenden, gerade im Gespräch am Telefon. Mit der gefalteten Zeitung unter dem

Arm, im Leinenhemd und seinen kurz geschnittenen silbergrauen Haaren fand sie ihn noch attraktiver als vor fünfzehn Jahren.

Auch er hatte sie von Weitem gesehen und winkte ihr zu.

Er gab ihr einen Kuss auf den Mund und griff nach ihrem Koffer. »Ich muss rasch noch mal in die Galerie zurück. Es gibt Probleme mit einer Lieferung.« Er ging schon los, doch als sie stehen blieb, drehte er sich zu ihr um. »Es tut mir leid, ich würde lieber im Prater mit dir einen Spritzer trinken gehen.«

Anna verzog keine Miene. »Du hättest mich nicht abholen müssen«, sagte sie. Der Vorwurf galt seinem zu schnellen Gehen, der Lieferung, dem verdammten Ziehen in ihrem Unterleib, den schmerzhaft geschwollenen Schamlippen, die bei jedem Schritt empfindlich gegen das Höschen rieben und sie an ihren Zustand erinnerten. Er galt dem misslungenen Empfang.

Sie traten durch die automatische Schiebetür ins Freie. Die Nachmittagshitze schlug ihnen entgegen. Michael brachte am Parkautomaten den Rollkoffer neben sich zum Stehen.

»Ich habe heute Morgen deinen Vater auf der Mariahilfer Straße getroffen.«

»Er ist in Wien?«

»Er war mit seiner Anwältin auf dem Weg zu einem Termin.«

Michael wedelte sich mit der Tageszeitung Luft zu. Seit Tagen wüteten Temperaturen über fünfunddreißig Grad; die Luft stand still in der Stadt.

»Ich habe erst gestern mit ihm telefoniert«, sagte Anna.

Sie kniff die Augen zusammen. Zwei gereizte Fältchen saßen zwischen ihren Brauen. In dem grellen Licht war es unmöglich, zu denken. Sie durchwühlte ihre Handtasche, irgendwo in ihren Untiefen musste sich die Sonnenbrille verborgen haben.

»Ich habe ihn eingeladen, mit uns essen zu gehen.«

»Heute Abend?« Sie setzte die Sonnenbrille auf wie einen

Schutz und verbarg ihren anklagenden Blick hinter dem getönten Glas.

»Er fliegt schon am Abend zurück«, sagte Michael, steckte die Parkkarte in den Schlitz und durchsuchte seine Hosentaschen nach Münzen. »Es wäre unhöflich gewesen, ihn nicht zu fragen.« Das Bargeld reichte nicht. Als Anna nicht reagierte oder ihre Geldbörse zückte, drückte er auf Abbruch. Der Automat spie in einem Schwall die hineingeworfenen Geldstücke wieder aus. Michael begann den Vorgang von Neuem, diesmal mit der Kreditkarte. Die Parkkarte erschien im Schlitz. Er zog sie heraus und reichte sie ihr.

Sie starrte auf die Karte in ihrer Hand.

»Was ist los, Anna?«, fragte er.

Nun kam die Strafe, hier und jetzt, mitten in der Hitze am Parkautomaten. Sie galt seiner mangelnden Sensibilität, seiner Unfähigkeit zu erspüren, was in ihr vorging, auch wenn sie wusste, dass er nichts dafür konnte.

»Ich bin schwanger, das ist los.«

Seine Augenbrauen schnellten in die Höhe. Er sah sie an, als hätte er nicht richtig gehört.

Sie suchte nach Worten. Vielleicht tat er dasselbe, vielleicht versuchte er, sich klarzumachen, was es bedeutete. Ein Kind.

Sein Blick war leer. Dann kam ein Nicken. Nur ein Nicken.

Sie kannte dieses Nicken. Sie hatte ihn einst vor die Wahl gestellt, ihn überrumpelt wie heute. Sie oder seine Frau. Er war auch damals abgetaucht in eine Welt, zu der sie keinen Zugang hatte. Sie waren am Flughafen gewesen wie heute. Erst die Lautsprecheransage, der letzte Aufruf zu seinem Flug, hatte ihn von diesem Ort wieder zurückgeholt.

Und da war es, das gleiche Nicken. Anschließend wandte er sich von ihr ab wie ein belehrtes Kind und ging durch die Sicherheitskontrolle. Er überließ sie sich selbst, überwältigt von ihren eigenen Worten, die Wirklichkeit geworden waren, indem sie sie ausgesprochen hatte.

Die Kofferräder machten ein surrendes Geräusch auf dem Beton. »Lass uns schnell die Klimaanlage anstellen!«, sagte Michael beim Einsteigen in den Wagen und lächelte blöd wie bei einem unpassenden Witz.

Anna vermied seinen Blick. Die Fahrertür schloss sich und sperrte die Parkplatzgeräusche aus. Sie sah auf ihre im Schoß gefalteten Hände und wartete. Es war an ihm, zu retten, was zu retten war.

Stille füllte den abgeriegelten Raum. Sie stellte sich vor, wie er nachdachte, den Kopf zurückgelegt, die Augen geschlossen. Doch als sie zu ihm aufsah, fand sie ihn aufrecht am Steuer. Sein Blick war auf ein Auto geheftet, das auf den engen Stellplatz neben ihnen einzuparken versuchte. Sie drehte den Kopf, um ihre Tränen zu verbergen. Da berührte seine Hand ihre.

Anna zog sie weg, richtete sich auf und atmete tief ein. Sie kontrollierte im Beifahrerspiegel ihr Make-up. »Lass uns fahren«, sagte sie und bemühte sich um einen geschäftsmäßigen Ton. Einen anderen würde sie vorerst nicht anschlagen. Wie als Bestätigung tippte sie mit der Schuhspitze auf die Fußmatte.

»Entschuldige, ich bin ein Idiot«, sagte er und seufzte. Er beugte sich zu ihr und suchte ihren Blick. »Das hat mich gerade ziemlich erwischt.«

Ihre Stimme versagte. Sie sank in seine Arme, wollte wissen, was er dachte, eine Reaktion, irgendetwas. Doch als sie ihre Umarmung wieder lösten, drehte sich Michael nach vorn und schaltete den Motor an.

Sie sank in ihren Sitz zurück. Das Auto setzte sich langsam in Bewegung. An der Ausfahrt reichte sie ihm die Parkkarte. »Lass uns heute Abend in Ruhe darüber reden«, sagte er.

Sie nickte wortlos.

9
DAS GAUMENSPIEL

Wien 2017

Natürlich freue er sich, sagte er später, als er sie abholte, und sah dabei genau aus wie vierundfünfzig. Feine Linien durchzogen seine Stirn. Eine Falte hatte sich senkrecht zwischen die Augenbrauen gegraben.

Was hatte sie erwartet? Er war schockiert wie sie auch. Natürlich! Warum nur nahm sie ihm das so übel? Erwartete sie von ihm, Partei für das Kind zu ergreifen, irgendwie aus Rücksicht auf sie, die jüngere Frau, die werdende Mutter? Damit sie anschließend diejenige sein konnte, die den Abbruch vorschlug und ein Opfer brachte für ihre Beziehung, ihr gemeinsames Leben, ihre Freiheit? Das war absurd. Oder wünschte sie sich insgeheim, das Kind zu behalten?

Er hatte im »Gaumenspiel« reserviert. Das war ihr Restaurant.

Die Hitze, der Stau am Nachmittag hätte ihn ungemein gestresst, sagte er. Die Nachricht hätte ihn unvorbereitet getroffen, im unmöglichsten Moment.

Daran war sie nicht ganz unschuldig.

»Wir schaffen das. Wir bekommen das irgendwie hin«, sagte er immer wieder. »Wir bekommen ein Kind!« Das kam verhalten, aber mit einem Lächeln.

Aber mussten sie das? Es irgendwie hinbekommen? Wieso glaubte er, sie wolle das Kind behalten? War es nicht Michael selbst gewesen, an diesem intimen Ecktisch, Knie an Knie flüsternd, der ihr vor Jahren feierlich ein gemeinsames Leben angeboten hatte, ohne Hochzeit, ohne Kinder, nur sie beide, denn sie genügten einander für ein vollkommenes Leben. Sie genügten einander – das hatte sie immer romantisch gefunden. Sein ermutigendes Lächeln schien nun alles infrage zu stellen. Stand es ihnen nicht zu, selbst über ihr Leben zu entscheiden?

»Ein Kind sollte einem nicht einfach passieren. Vielleicht sind wir nicht so weit«, sagte sie.

»Das wäre egoistisch.« Sein Ton war nicht wertend. Er wertete eigentlich nie, er stellte nur fest oder fragte vorsichtig, aber bestimmt, ob es so oder so nicht besser zu machen sei.

»Und? Wem schaden wir damit?«

Seine Augen wurden schmal, als dächte er nach. Er sprach leise, kaum hörbar. »Dem Kind?«

Dem Kind! Alle sprachen von dem »Kind«, dem »Baby«, das sie in sich trüge, der Arzt, ihre Mutter, nun auch noch Michael, als wollten sie ihr ein schlechtes Gewissen machen. Es handelte sich um einen vier Zentimeter langen Embryo in der elften Schwangerschaftswoche. Sie hatte ihre Hausaufgaben gemacht. Es konnte noch nicht einmal Schmerz empfinden. Wie sollten sie ihm dann schaden?

»Hier geht es um uns, Michael. Es gibt noch kein Kind.«

Er nickte und sah dabei aus, als würde er eine furchtbare Last mit sich herumtragen.

»Wir haben verhütet, und es ist schiefgegangen. Weißt du noch?« Ein Lächeln huschte über ihre Lippen, das sogleich erstarb. »Verhüten ist zu verhindern, dass ein Kind entsteht. Eine Schwangerschaft abbrechen ist das Gleiche. Wo liegt der Unterschied?«

Michael fuhr mit den Fingern die Falte zwischen seinen Augenbrauen entlang. »Zu welchem Zeitpunkt wird ein Mensch zum Mensch?«, dachte er laut. »Das ist eine philosophische, eine ethische Frage. Und keine einfache.« Er räumte den Brotkorb zwischen ihnen beiseite, lehnte sich vor und ergriff ihre Hand. »Ob Mensch oder nicht, Anna, es ist Leben entstanden. Aus dir und mir. Es ist nun einmal da. Das ist schon ziemlich unbegreiflich, findest du nicht?«

Anna zog ihre Hand behutsam zurück. Ihre Finger spielten mit den Brotkrümeln auf der Tischdecke. »Du wirst siebzig sein, wenn es mitten in der Pubertät steckt«, sagte sie streng.

Er lachte auf. »Ein alter Mann. Komm! Siebzig ist das neue sechzig!«

Sie blieb ernst, sein Lächeln verging. »Das ist eine Menge Verantwortung für dich.«

Sie schwiegen. Der Kellner kam mit zwei Tellerchen Fischirgendwas, einer Aufmerksamkeit des Hauses. Anna zog Michaels Teller zu sich. Er aß keinen Fisch.

»Anna! Alles was ich will, ist mit dir zusammen zu sein. Möchtest du das Kind behalten, schaffen wir das. Wir finden einen fähigen Geschäftsführer für Wien, und ich ziehe nach Berlin und übernehme die Galerie. Dann kannst du eine Auszeit nehmen. Und nach der Babypause schauen wir weiter. Vielleicht werde ich etwas reisen müssen, ein paar Tage die Woche.«

»Müssen wir es denn wollen, Michael?«

Er zog die Augenbrauen hoch. »Wir müssen gar nichts. Es ist ein Geschenk.« Für einen Moment schweifte sein Blick ab, dann schüttelte er den Kopf, als hätte er seine Gedanken falsch formuliert. »Mein Leben ist vollkommen mit dir, Anna. Ich brauche kein Kind, um mit dir glücklich zu sein.«

»Du willst es nicht unbedingt?«

»Anna, wie oft noch?« Er hatte seine Handflächen geöffnet,

die Schultern hochgezogen. Er wirkte hilflos. »Ich will mit dir zusammen sein. Sonst nichts. Ich gebe zu, die Schwangerschaft hat mich schockiert. Aber ich hatte den Eindruck, du möchtest es behalten.«

»Alle Welt scheint genau das von mir zu erwarten.« Sie senkte die Stimme zum Flüsterton, als könnten die Gäste am Nebentisch sie hören. »Ich habe keine Muttergefühle, Michael. Ich habe nur Angst. Angst, alles zu verlieren, was mir wichtig ist.«

Michael lehnte sich zurück und atmete tief ein. Er sah sie an, als wäge er ab, ob sie wusste, was gut für sie war. Er kannte sie besser als sie sich selbst, das dachte sie manchmal. Sein Blick bekam diese Tiefe, wenn er sich auf etwas einließ oder eine Idee hatte, an die er glaubte.

Er führte das Wasserglas zum Mund, trank es in einem Zug aus und stellte das Glas wieder ab, lautlos und präzise wie jemand, der wusste, was er tat.

Es war dieser Moment, der ihr als der Wendepunkt in Erinnerung bleiben würde. Vielleicht als der Augenblick, in dem er die Entscheidung für sie beide traf.

»Pass auf, dann lass uns die Schwangerschaft abbrechen«, hörte sie ihn sagen.

Ein beschämtes Lächeln erschien auf ihren Lippen. Durften sie das? Würden sie sich verzeihen können, ohne daran zu zerbrechen? Mit leicht geneigtem Kopf forschte sie in seinem Gesicht, das über jeden Zweifel erhaben schien. Woher nahm er diese Zuversicht? Er lächelte warm, drückte ihre Hand. Da wusste sie: Alles würde gut werden.

Als der Kellner kam und die Amuse-Bouche abräumte, die sie nicht angerührt hatten, sahen sie einander an wie zwei, die Vertrauen hatten in das, was sie taten. Als hätten sie einen geheimen Pakt geschlossen.

10
LÉGRÁDY

Budapest 1949

Wochen später lehnte das Bild noch immer wie zur Strafe umgedreht an der Wand.

Anfänglich befand sich István in einem Zustand der Vorfreude, die er hinauszuzögern versuchte, solange es nur ging, aus Angst, beim Eintreffen des Ersehnten enttäuscht zu werden. Doch mit der Zeit kamen ihm Zweifel. Hatte sie ihm die Visitenkarte nur aus Höflichkeit gegeben?

Seine Stimmung passte zu der allgemeinen Schwermut im Land. Das Atmen bereitete Mühe an diesen Septembertagen. Die Verkündung der Urteile im Rajk-Prozess stand bevor. István hatte eine Vorahnung, die er nicht hätte in Worte fassen können, ein ungutes Gefühl, das sich von der vergifteten Stimmung um ihn weiter nährte. Viele lechzten nach einem Urteil, wie es auch ausfiel, um wieder Ruhe zu finden.

István verbrachte viel Zeit mit Levin und dessen Vater, der als einer der angesehensten Anwälte des Landes zu den geladenen Gästen des Verfahrens zählte. Légrády war nach wie vor überzeugt, der Prozess wäre ein Schauspiel, das vor den Augen der ganzen Welt mit trügerischer Offenheit ausgetragen würde, um ein Exempel zu statuieren. Aus diesem Grund hätte man

Journalisten aus dem westlichen Ausland ins Land gelassen. So etwas wäre vorher nie da gewesen. Sie sollten die Nachricht in die Welt hinaustragen, den Verrätern würde ein fairer Prozess gemacht.

Légrády stellte ihnen Frank Crary vor, einen Korrespondenten des *Times Magazine*, mit dem er während der langen Verhandlungstage seine Beobachtungen teilte. Spontan lud er zu Ehren des amerikanischen Besuchs zu einer kleinen Gesellschaft in seine Villa ein.

Légrády wohnte in den Budaer Bergen, eine gute Dreiviertelstunde Straßenbahnfahrt entfernt von der Innenstadt. Für István, ein Kind der Großstadt, war die Fahrt über die Donau eine Zumutung. Er liebte die nervöse Maschinerie von Pest nicht, doch derselbe Rhythmus pulsierte in seinen Adern. Der Glanz des Neonlichts auf nassem Asphalt, die kriegsgebeutelte Innenstadt mit ihren stinkenden Gullys, das war sein Pflaster.

In den Hügeln von Buda existierte ein anderes, verruchtes Budapest. Es war die Dekadenz einer vergangenen Welt, die dort hinter hohen Mauern und jahrhundertealten Kastanien fortbestand – eine Welt, die für jemanden wie ihn verschlossen blieb.

Diese war auch Rebekas Welt. Der Besuch bei Légrády gab ihm Gelegenheit, sie endlich aufzusuchen.

Er wartete am Széna-Platz auf die Bahn und übte in Gedanken seine Rede. Er wollte ihr diese kleine Aufmerksamkeit bringen, nur ein paar Theaterstücke, die ihr gefallen könnten. Er sei zufällig in der Gegend gewesen. Nur zufällig, das musste er unbedingt erwähnen.

Die 83 kam mit ein paar ruckartigen Bewegungen zum Stehen. An den Wochenenden im Frühjahr warteten oft Hunderte Ausflugswütige an dieser Haltestelle. Die Leute hängten sich an die Treppe, um noch mitfahren zu können. Doch an diesem verregneten Septembernachmittag konnte sich István einen Platz aussuchen. Er setzte sich in den letzten Wagen und sah zu, wie die Haltestelle in weite Ferne rückte, bis sie als kleiner Punkt verschwand. Sie fuhren am Waldrand entlang, vorbei an verwilderten Wiesen. Am Horizont wurden die Bergkämme des Linden- und des Jánosberg sichtbar. Er nahm das Päckchen aus der Tasche, das für Rebeka bestimmt war. Sollte er es nicht besser im Briefkasten hinterlassen? Er schrieb eine Nachricht in sein Notizbuch, riss die Seite heraus und klemmte den gefalteten Zettel unter die Schnur, die das Päckchen zusammenhielt.

Die Bahn kam quietschend zum Stehen. »Endstation Hűvösvölgy«, rief der Fahrer durch den Wagen.

István stieg die Stufen hinab und sah sich um wie in einer entrückten Wirklichkeit. Hier verlief eine unsichtbare Grenze zu einer Welt, in der die Zeit stillzustehen schien. Kühle Waldluft füllte seine Lunge. Der Regen hatte aufgehört, aber die Wolken hingen noch immer tief über dem Tal. Verborgen hinter hohen Steinmauern reihten sich die zur Jahrhundertwende errichteten Villen der Gegend aneinander. Von der Welt, aus der er kam, vernahm man hier höchstens das Klingeln der Straßenbahn, trug der Wind ihr Läuten nicht in eine andere Richtung fort. Er bog in die Straße, die ihn zum Teufelsgraben brachte, und stand vor der Hausnummer fünfzehn. Er verglich die Adresse mit der inzwischen in seiner Hosentasche abgenutzten Karte. Ördögárok utca 15 war ein zweistöckiges, einfaches Eckhaus aus rotem Backstein, dessen einzige Verzierung zwei Reihen eklektischer Bogenfenster waren. István nahm das Päckchen aus der Tasche und bemerkte den Türschlitz, der für Briefe vorgesehen war. Das Päckchen war für den Spalt zu breit. Er bückte sich, um es auf die Treppe zu legen, da öffnete sich die Tür vor ihm. Er blickte auf zu einer alten Frau. Rebekas Großmutter? Das Päckchen sei für Rebeka, sagte er, vergaß sich vorzustellen, wäre längst geflüchtet, hätte sie nicht gleich nach ihr gerufen.

Er folgte der Alten vorbei an der ausladenden Treppe, an Holztäfelung und Kronleuchter in das Dunkel des Salons. Er saß in der Falle. Ihre Geste zum Sofa, ihr Lächeln, ihre Frage nahm er nur undeutlich war. István schwankte, verneinte, er bliebe nicht lange. Sie ließ ihn allein. Am Kamin hielt er sich an dem Päckchen fest und atmete tief durch. Er betrachtete die auffallend hellen Augen der jungen Frau auf dem Ölgemälde über ihm.

»Das war meine Mutter.«

Er wandte sich um. Da stand sie vor ihm, ungeschminkt, ihre Haare locker zu einem Zopf gebunden.

Er hatte vergessen, warum er gekommen war. Er sei gerade in der Gegend gewesen, brachte er hervor, auf dem Weg zu den Légrádys, ob sie sich vielleicht kannten?

Er gab noch ein paar Nichtigkeiten von sich. Dann fiel ihm nichts mehr ein.

»Ist das für mich?« Sie zeigte auf das Päckchen in seiner Hand.

»Das sind nur ein paar Stücke.« Er hielt ihr das Geschenk hin.

Sie blätterte durch die Mappe und blieb an einer Stelle stehen.

»Das Lied der Nachtigall! An die Rolle der Erzsike habe ich auch gedacht!«

István nickte. »Warum nicht?«

Mein Gott, war er auf den Mund gefallen? In diesem Haus erschien ihm vom geschnitzten Treppengeländer bis zum Porträt der verstorbenen Mutter alles so bedeutungsschwer. Er kam sich vor wie ein Analphabet. Wie abgetragen sein Mantel war! Der Hosenstoff glänzte. Jetzt erst bemerkte er auch den Dreck an seinen Schuhen.

»Gehen Sie mit mir essen, morgen um acht!« Seine Zunge überschlug sich.

Dann ging alles so schnell! Wie war das möglich? Sie sagte Ja, einfach so. Er floh aus dem Haus, ja, er floh mit Freudensprüngen, seine Füße berührten den Boden kaum ...

István folgte den Klängen des Klaviers zu Légrádys Arbeitszimmer, einem der zwei Räume, die dem Gastgeber nach der Verstaatlichung seiner Villa geblieben waren. Auf dem Flur begegnete er einer Frau mit zwei kleinen Kindern. Das musste die Familie sein, die in den größeren Teil der Wohnung zur Miete eingewiesen worden war. Sie grüßte freundlich. István grüßte etwas befremdet zurück und sah ihnen nach.

Im Arbeitszimmer waren einige Gäste um Légrády versammelt. Die lauteste Stimme gehörte diesem Amerikaner, den Légrády angekündigt hatte. Er erkannte auch Légrádys Freundin Ilona, diesmal ohne Blume im Haar.

Der Pianist, ein älterer Herr mit schlohweißen, sorgfältig in den Nacken gekämmten Haaren, spielte mit beneidenswerter Versunkenheit. Er hielt die Augen geschlossen, die Falten auf seiner Stirn hatten sich geglättet. István stutzte. Er erkannte den berühmten Komponisten Zoltán Kodály.

Jemand tippte ihm auf die Schulter. Es war Ilona. Sie hakte sich bei ihm unter, als wären sie alte Bekannte, und führte ihn zu der Gruppe um Legrády. István gefiel ihre Unmittelbarkeit. Sie war eine mehrfach geschiedene Lebenskünstlerin und eine konvertierte Kommunistin aus bürgerlichem Hause.

Die Unterhaltung ging, wie jede Unterhaltung in diesen Tagen, um den Rajk-Prozess. »Rajk war Anfang der Dreißigerjahre mein Student gewesen«, sagte Légrády gerade. »Er war ein enthusiastischer junger Mann voller Visionen. Ich wusste, dass er Mitglied der damals illegalen kommunistischen Studentenorganisation war. Rajk ist kein Spitzel. Niemals!«

»Er hat gestanden«, sagte Ilona.

»Meine Verehrteste, schauen Sie sich nur die Lethargie an, mit der er in der Verhandlung dasitzt. Dieser große Redner leiert sein Geständnis herunter wie auswendig gelernt. Haben Sie auch nur eine emotionale Regung an ihm gesehen? Wut, Trauer, irgendetwas?« Légrády wischte sich die Stirn mit einem Taschentuch ab und verstaute es anschließend in der Hosentasche.

»Glauben Sie, sie haben ihn gezwungen?«, fragte Ilona.

»Gefoltert haben sie ihn! Sprechen Sie es ruhig aus!«

»Rajk war Spanienkämpfer«, unterbrach István. »Er hat in Frankreich und auch hierzulande in Haft gesessen. So jemand lässt sich nicht so schnell brechen ...«

»Sie wissen nicht, wovon Sie reden«, fiel der Amerikaner István ins Wort. »Heutzutage sind Psychologen am Werk. Ein paar Tage Schlafentzug, geschicktes Zureden, und Sie gestehen, ein Attentat auf den Papst geplant zu haben, glauben Sie mir.«

Sein Ungarisch war überraschend gut, doch die Aussprache grausam, als hätte er etwas im Mund, breit und langgezogen. István verschränkte die Arme vor der Brust.

»These are experts!«, sprach Frank weiter. »Die machen jeden glauben, schuldig zu sein. Nicht einmal schuldig der Verbrechen, für die sie angeklagt wurden, aber auf jeden Fall schuldig vor sich selbst.«

Was sollte das denn bedeuten? István verstand kaum, was dieser Kerl sagte.

Légrády erklärte, Frank hätte sich intensiv mit den Moskauer Prozessen der Dreißigerjahre beschäftigt.

István schüttelte den Kopf. »Was haben die Moskauer Prozesse mit Rajk zu tun?«

Frank sah ihn an, als wäre die Antwort auf die Frage klar, dabei genoss er es offenbar zu reden. »Damals hat die Kommunistische Partei Säuberungen in ihren eigenen Reihen durchgeführt. Die Angeklagten wurden durch Schlafentzug geschwächt und anschließend in intellektuelle Diskurse verwickelt. Geschulte Verhörer überzeugten sie, dass das Interesse der Partei über das des Individuums gestellt werden müsse. Ihr Tod diene der gemeinsamen Sache. Am Ende akzeptierten die meisten ihr Schicksal in der Hoffnung auf einen besseren Kommunismus. Sie hatten versagt.«

István hob die Brauen.

»Sie hatten selbst Freunde und Kollegen eben dieser Theorie geopfert. Lesen Sie Arthur Köstler!«

István schüttelte wieder den Kopf. »Wollen Sie damit sagen, dass Rajk unschuldig ist?«

»So ist es.«

Légrády stimmte Frank zu.

Ilona wirkte skeptisch. »Wir kritisieren immer die fehlende Transparenz der Partei. Hier ist der erste öffentliche Prozess. Die Welt schaut zu. Sie können doch frei berichten Frank, oder nicht? Da behaupten Sie nun, es sei ein Schauprozess?«

Légrády machte eine wegwerfende Geste, die zu sagen schien, dass sie von diesen Dingen nichts verstehe.

István blickte bedauernd zu Ilona, sagte aber nichts. Er war sich selbst nicht sicher, ob an der Sache etwas dran war. Es roch nach Verschwörung, nur war die Frage, wer die Verschwörer waren. Er selbst hatte seine Zweifel an dem System – aber würde die Partei jemanden aus dem eigenen Lager öffentlich vernichten, um ein Exempel an ihm zu statuieren? Das konnte er sich nicht vorstellen.

»That's politics, my friend«, grinste Frank und klopfte István auf die Schulter, als wären sie alte Freunde. Ein paar neue Gäste waren eingetroffen, und Légrády entschuldigte sich, um sie zu begrüßen.

István nutzte die Gelegenheit und stellte sich zu einer Gruppe, die Kodály beim Spielen zusah. Dem Amerikaner ging er den Rest des Abends aus dem Weg.

11
VORAHNUNGEN

Budapest 1949

Rebeka war nicht wie eines der Mädchen, die István von der Uni
kannte. Mit ihr unmerklich in das »Du« zu verfallen, verbuchte
er als Erfolg. Der Abend lief gut. Sie diskutierten über Theater,
Bücher, die Schauspielerei. Er sprudelte nur so über vor geistreichen Ausführungen. In seiner gewohnten Umgebung konnte er
wieder er selbst sein. Die Verklemmtheit, die er ihr gegenüber
verspürt hatte, kippte in ein Gefühl der Überlegenheit. Der Wein
half, schärfte seine Sinne, machte ihn locker, ja, sogar nett. Er bemühte sich, das Gespräch auf sicheren Grund zu navigieren, nun
drohte es zu entgleisen.

Ihre Stimmung schwankte. Tränen schossen ihr in die Augen
vom Weinen, vom Lachen. Und wie definiere er Kunst, fragte sie.
Sie nippte an ihrem Glas. Der Schein der Kerze spiegelte sich in
ihren Augen.

»Dafür ist es schon zu spät«, sagte er. »Kunst soll man nicht
zerreden, man muss sie machen.«

»Soll man nicht oder darf man nicht?«, fragte sie mit weit geöffneten Augen. »So ist es doch! Alle kuschen aus Angst, abgeholt zu werden.«

István schaute sich um. Nur der Wirt, der an einem der Tische seine Abrechnung machte, hob den Kopf, schien sich aber nicht weiter um sie zu kümmern.

»Genau das meine ich!«, sagte sie im Flüsterton. Versöhnlich reichte er ihr seine neu angemachte Zigarette. Sie zog daran. »Mein Vater ist ein guter Mann.« Die Zigarette beruhigte sie offenbar. »Ein gutgläubiger Irrer. Er hat seine Leute fair behandelt und gute Löhne gezahlt. Dann haben sie ihm alles genommen, ihn gebrandmarkt als einen Ausbeuter. Er hat es über sich ergehen lassen und hofft nun auf die Entschädigung.« Sie lachte schallend auf. »Es wird keine geben, im Gegenteil! Wie Aasgeier kreisen sie über unseren Köpfen und warten, bis wir verhungert sind. Ich habe schon oft zu ihm gesagt, wir sollten die Koffer packen und weggehen.« Sie reichte ihm die Zigarette zurück, er zog nachdenklich an ihr und entließ kleine Kringel in die Luft.

»Er liebt dieses gebeutelte Land und vergeht in Selbstmitleid, als hätte er selbst unter dem Joch jahrhundertelanger Fremdherrschaft gelebt. Von Trianon darf ich gar nicht erst anfangen. Er würde alles mit sich machen lassen, nur nicht von hier weggehen. Die Tradition, unser Name, mir bedeutet dieser ganze Unfug nichts. Es ist ja auch nichts mehr wert.« Sie beugte sich vor. Aus ihren grünen Augen strahlte Leidenschaft, ihre Wangen glühten. Er roch den süßlichen Alkohol in ihrem Atem. »Wir müssen weg aus Ungarn, weg aus Europa. Hier herrscht Willkür. Furchtbares wird geschehen, ist schon geschehen!« Sie sprach leise, als verriete sie ein Geheimnis.

István labte sich am Klang ihrer Stimme. Er hörte nicht mehr, was sie sagte.

»Ich sorge mich um meinen Vater, um das, was uns noch erwartet.« Tränen perlten über ihre Wangen. Ihre Brüste hoben und senkten sich im Rhythmus ihres Atems. Sie war vollkommen. Er berührte ihren Arm und ließ die Hand dort verweilen.

Sie ließ es geschehen. Er wünschte sich, sie in seinen Armen zu wiegen, sie zu zähmen und zum Schweigen zu bringen. Vielleicht ließ sich so auch das Land retten.

Rebeka machte ein erschrockenes Gesicht. Ihre Augen öffneten sich weit, sie presste die Hand auf den Mund und atmete schnell ein und aus. Offenbar war ihr übel.

István ging um den Tisch herum, half ihr hoch, er kenne sich aus, frische Luft beruhige den Magen. In diesem Zustand konnte sie nicht nach Hause, das wusste er.

Arm in Arm verließen sie das Lokal. Sie gab sich ihm hin, hatte sich ihm entblößt und ausgeliefert. Er genoss es.

Draußen auf der Straße, nach ein paar tiefen Atemzügen, schien es ihr besser zu gehen. Sie gingen schweigsam nebeneinander her, taumelten, wankten Hand in Hand die große Ringstraße entlang und bogen auf die Andrássy út.

Rebeka schaute an der Fassade eines Mietshauses hoch und deutete nach oben. »Hier wohnst du?«

»Willst du es sehen?«

Sie zögerte, verbarg das Gesicht in den Händen, schaute über die Finger wieder auf und nickte. Es war ein vorsichtiges Nicken, als wünsche sie sich, er gäbe Acht auf sie. »Ich will das Porträt sehen.«

Er nahm ihre Hand und führte sie durch den halbdunklen Hauseingang. Die kaputten Briefkästen, der bröckelnde Putz waren István bisher nie aufgefallen.

Im Innenhof blickte sie die Galerie hinauf zu den Wohnungen. Das Haus schlief, nur in einigen Fenstern brannte Licht.

»Wer zuerst im vierten ist!«

Sie nahm die Herausforderung an, hob ihren Rock und rannte kichernd los. Er ließ ihr drei, vier Stufen Vorsprung und lief hinterher.

Rebeka war schnell, sie nahm zwei bis drei Stufen auf einmal, doch das Lachen raubte ihr den Atem. Im dritten gab sie auf und István zog an ihr vorbei. Erschöpft taumelten sie die schwach beleuchtete Galerie entlang, vorbei an fremden Fenstern.

Während István am Türschloss hantierte, blieb Rebeka am Geländer stehen, beugte sich darüber und schaute in die Tiefe. »Was machst du, wenn ich springe?«

»Ich springe hinterher«, scherzte er und versuchte, den Schlüssel in das Schloss zu navigieren. Die Tür öffnete sich mit einem Quietschen.

Er drehte sich um. Sie saß auf dem Geländer, die Beine ließ sie über der Tiefe baumeln. Er rief ihren Namen. Sie lachte nicht mehr. Mit einem Satz war er bei ihr, umfasste mit einem kräftigen Griff ihre Taille und hob sie über das Geländer. Als sich dabei ihre Körper berührten, stieß sie einen kleinen Schrei aus. Sie drehte sich zu ihm. Ihre Nähe versetzte ihn in Erregung. Seine Finger rutschten auf ihre Hüften, sie protestierte nicht. Ihre Augen glühten, ihr Mund öffnete sich leicht.

Sekunden vergingen, eine Ewigkeit, bevor sich ihre Lippen berühren sollten. Er wollte diesen Moment ausdehnen, wie den Ton halten in Erwartung der ersehnten Auflösung. Zu Recht nannte man diesen Ton in der Musik auch Sterbeton, denn es war wie das Vergehen im Augenblick des Glücks.

Doch es gab keine Auflösung. Offenbar erschrocken über ihre eigene Kühnheit wandte sich Rebeka von ihm ab und stürmte davon. Ohne ein Wort.

»Bitte warte! Ich wollte nicht …« Natürlich wollte er. Seine Hände gingen entschuldigend in die Höhe. Er rief erneut ihren Namen, doch sie verschwand im Dunkeln des Treppenhauses.

Wie ein wildes Tier schlich er vor seiner Wohnungstür auf und ab. Den ganzen Abend hatte er sie zu sich nach Hause bringen wollen. Er hatte sie, ihren Zustand, ihre Unerfahrenheit ausgenutzt. Das würde sie ihm nie verzeihen. Doch lief er ihr jetzt nicht nach, war es vorbei. So stürzte er die Treppen hinunter, übersprang drei, vier Treppenstufen auf einmal, als könnte er fliegen.

Unten vor dem Haus stieg sie gerade in ein Taxi. Er rief in die Nacht, hob die Arme, winkte. Es nützte nichts, die Tür fiel hinter ihr zu und sandte einen dumpfen Knall in die Stille. István sprintete los, klopfte noch auf den Rumpf des Wagens, doch das Taxi fuhr davon.

Er trat mit ganzer Kraft mit dem Fuß in die Luft, dann ließ er matt die Arme fallen und krümmte sich außer Atem. Es war seine Schuld!

In einiger Entfernung kam das Taxi zum Stehen. István richtete sich auf und hob den Kopf. Was hatte sie vor? Der Fahrer legte den Rückwärtsgang ein und ließ den Wagen in gerader Linie an István heranfahren.

Sie kurbelte das Fenster herunter. »Du darfst mich anrufen«, rief sie ihm zu, gefasst und ruhig.

Er nickte sprachlos, hielt sich den Kopf und lachte.

12
DER MORGEN DANACH

Budapest 1949

Es hämmerte an der Tür. Oder kam es ihr nur so vor? Rebeka hob die Lider und blinzelte ins Tageslicht. Das vertraute Durcheinander auf der Schminkkommode, die in einem Haufen über die Stuhllehne geworfenen Kleider brachten ihre Erinnerung in Bruchstücken zurück. Sie hob den Kopf, der Schmerz schnellte durch ihren Schädel. In hilfloser Haltung umarmte sie die Knie unter der Bettdecke. Sie trug noch ihre Seidenbluse vom vergangenen Abend. Nur der Rock lag wie ein zerknüllter Lappen auf dem Boden, dort, wo sie ihn abgestreift hatte. Das Kopfkissen stank von ihren Haaren nach Zigarettenrauch.

Die Bilder der letzten Nacht kehrten zurück und wiederholten sich in ihrer Vorstellung wie die Szenen einer Probe. Ihre Hand in seiner, der Blick von der Balustrade in die Tiefe, sein Griff um ihre Taille, dieser Griff! Sie erbebte innerlich, kniff die Augen zu, presste die Schenkel zusammen, als könnte sie das Gefühl ersticken. Sie hatte seine Berührung genossen, ja, seinen Kuss gewollt, so sehr! Sie barg das Gesicht in den Händen. Nur Verachtung hatte sie für sich übrig.

Das Klopfen wiederholte sich. Dada rief ihren Namen. Rebeka

zog sich die Decke über den Kopf, verharrte so in der Hitze ihres Atems und lauschte.

Die Tür knarrte. Dada trat herein. »István Szabó möchte dich am Telefon sprechen.«

»Schick ihn weg!«, rief sie unter der Bettdecke hervor mit leidender, heiserer Stimme.

»Geht es dir gut?« Rebeka hörte sie näher kommen. Ihr Ton war unaufdringlich, doch voller Sorge, als hätte sie in der Nacht wachgelegen, gewartet auf das Klicken im Schloss, wenn sie eintrat, während das Haus schon schlief und selbst der Vater nicht ahnte, wo sich sein Kind herumgetrieben hatte.

Rebeka zog die Decke ein Stück herunter. Ihre von Schminke verschmierten Augen ließen sich nun nicht mehr verbergen. »Sag ihm, er soll morgen wieder anrufen. Beeile dich!«, rief sie der Amme hinterher, die nickte und zur Tür eilte. Dann blieb sie mit der Hand auf der Klinke stehen. »Dein Vater ist beim Stammtisch. Ich mache dir eine Milch.« Sie schloss die Tür sanft hinter sich.

Rebeka wurde übel bei dem Gedanken an Milch. Sie stützte sich auf. Mit schweren Lidern und trockenem Mund rutschte sie auf die Bettkante vor. Sie hätte wütend auf ihn sein sollen, doch sie sah ihn vor sich, wie er sie betrachtete, mit dunklen Schatten unter den Augen und dem Lächeln eines Komplizen. Er war nicht wie der Professor, der ihr den Hof machte. Sie solle seine Prinzessin sein, hatte Breitner bei ihrem letzten Treffen gesagt und im Restaurant gleich für sie mitbestellt. István hinterfragte, forderte sie. Doch der Umgang mit jemandem wie ihm war Neuland für sie. Sie fühlte sich wie ein Nichtschwimmer im tiefen Becken. Gestern Nacht hatte der Wein sie gelockert, ihr Mut eingeflößt. Wäre ihr nur nicht die Kontrolle entglitten! Er hatte sie stützen müssen, hatte ihr den Arm dargeboten. Sie war ihm dankbar gewesen, hatte ihm vertraut, auch noch von der Balustrade aus, hatte Lust, ihn zu schockieren, wollte es einfach wissen.

Vor dem Spiegel wischte sie sich mit dem befeuchteten Zeigefinger die verlaufene Schminke unter den Augen weg. Sie brauchte sich nicht für ihre Gedanken zu schämen. Nichts war geschehen.

Bei Dada in der Küche, gewaschen, gekämmt, gezuckerten Tee statt Milch trinkend, war sie fast wieder die Alte.

»Das ist ein schlimmer Tag«, sagte Dada, die Hände vor der Brust gefaltet, als wäre jemand gestorben.

Rebeka sah an sich herab. Der alten Amme konnte sie nichts vormachen. Ließen sich Spuren der letzten Nacht an ihr finden? Sie holte tief Luft, bereit zu beichten, alles zu gestehen. Sie war mit einem Mann hinaufgegangen! Wenigstens Dada musste sie auf ihrer Seite wissen, würde sie ihrem Vater Rede und Antwort stehen müssen.

Doch Dada reichte ihr die Tageszeitung. »Tod durch Hängen« lautete die Schlagzeile der ersten Seite. Rebeka hob mit Schrecken den Blick. Sie überflog den Artikel, sah wieder zur Amme auf.

Der Außenminister war zum Tode verurteilt worden. Sie schob den Tee beiseite. Sie musste sofort mit ihrem Vater sprechen.

13
MUSSESTUNDEN

Budapest 1949

Gewappnet mit einem Blumenstrauß machte István sich am Samstagnachmittag auf in den Hűvösvölgy. Er kannte Rebeka inzwischen gut genug, um zu wissen, dass ein weiterer Anruf nicht genügte.

Er hatte sich den Schmutz unter den Fingernägeln entfernt, sich von Éva die Haare schneiden lassen, das gute Hemd angezogen und einen Blumenstrauß gekauft. Das ganze Theater für den Vater!

Vor der Bárdossy-Villa knetete er den Strauß in den Händen und zögerte. Die Rollos an den Fenstern waren noch heruntergelassen, durch die Löcher flackerte schwaches Licht.

Er zog den Hut und läutete. Die Stille dauerte länger, als Höflichkeit gebot. Endlich vernahm er Schritte, ein Rascheln am Schloss. Diesmal tat sich die Tür auf, und sie stand vor ihm. Ihr Gesichtsausdruck erschien ihm maskenhaft.

István räusperte sich und trug sein Anliegen vor, er wolle mit ihrem Vater sprechen. Es klang wie auswendig gelernt. Ein entschuldigendes Lächeln huschte über sein Gesicht, doch ihre Miene veränderte sich nicht. Sie nahm ihm den Blumenstrauß ab wie einen Regenschirm und bedeutete ihm, ihr zu folgen. Wurden sie beobachtet? Nur so konnte er sich ihre Kälte erklären. Sie ging voraus über den Flur, an der breiten Treppe vorbei in den Salon, in dem er das letzte Mal gewartet hatte.

»Mein Vater ist unkompliziert, aber erwähnen Sie nichts von unserem ...« Sie zögerte.

István verbarg die Hände in den Hosentaschen. Was sollte dieses Siezen?

»Sie wissen, was ich meine.« Ihre Stimme klang streng.

Sie betraten eine Art Wartezimmer, das offenbar zu dem Arbeitszimmer ihres Vaters führte.

Er griff nach ihrer Hand, presste sie. Wie ein Stromschlag traf ihn die Erinnerung an den Augenblick, als sich ihre Lippen berührt, ja, fast berührt hätten.

Sie zog ihre Hand zurück. »Sprechen Sie mit ihm über die Jagd, über Autos oder worüber Männer so sprechen.«

Über die Jagd? István kräuselte die Stirn.

Beim Eintreten in das Arbeitszimmer fiel ihm als Erstes das am Schreibtisch lehnende Jagdgewehr auf. Rebeka stellte ihn vor und verschwand hinter der schweren Holztür, die mit einem dumpfen Knall hinter ihr ins Schloss fiel. Nun war er mit dem Vater allein.

»Herr Szabó! Kommen Sie nur näher!« Bárdossy ließ das Putztuch, mit dem er gerade das Gewehr reinigte, und ein Fläschchen mit einer Flüssigkeit im Schreibtisch verschwinden. »Morgen ist Jagdtag«, sagte er. Sein Schnurrbart stellte sich wohlwollend auf. Er schien sich über Istváns Zögern zu amüsieren. »Sie jagen nicht, nehme ich an?«

»Die Jagd interessiert mich nicht.«

»So, so.« Ein kräftiger Händedruck folgte, ein musternder Blick.

Durchgefallen, dachte István. Das läuft ja großartig.

»Sie möchten meine Tochter ausführen?«

István stöhnte in Gedanken auf. Die Rede, die er sich über seine ehrenhaften Absichten zurechtgelegt hatte, erschien ihm nun lächerlich. Er beließ es bei einem Nicken und kramte die Hände aus den Hosentaschen hervor, die nach dem Händedruck dort versunken waren.

»Darf ich fragen, was Ihr Vater von Beruf macht?«

»Er war Schlosser«, antwortete István mit einer rechtfertigenden Geste.

»Das tut mir leid, ist Ihr Vater gefallen?«

»Der Krieg hat ihn nicht umgebracht, nur zu einem Säufer gemacht.«

Bárdossy nestelte sein Taschentuch hervor und wischte sich damit über die Stirn. Wahrscheinlich überlegte er, was er von dem Jungen halten sollte.

»Wo hat Ihr Vater gedient?«

»Zuletzt war er in der Schlacht am südrussischen Donbogen. Als Kriegsdepeschenreiter.«

Bárdossy hob den Kopf. »In der zweiten ungarischen Armee? Das war eine vernichtende Schlacht für Ungarn.«

»Er kam mit Auszeichnungen heim. Gebrochen hat ihn erst die Nachricht, dass sein Oberst als Kriegsverbrecher gehängt worden ist.«

Bárdossys Augenbrauen stellten sich auf. Sein Blick forschte in Istváns Gesicht. »Junger Mann, ihr zynischer Ton ist höchst unpassend. Mehr als hunderttausend ungarische Soldaten sind in dieser Schlacht umgekommen.«

»Sie vergessen die Juden, die als Zwangsarbeiter in derselben Hölle starben.«

Bárdossy räusperte sich. »Sie sind noch jung und urteilen leicht. Es wurden Fehler gemacht. Bedenken Sie, ohne Hitler hätten wir die verlorenen Gebiete nie zurückbekommen. Gustáv Jány, der Oberst ihres Vaters, hatte die Rückeroberung Siebenbürgens kommandiert. Es war unsere moralische Pflicht, die Deutschen beim Einmarsch in die Sowjetunion zu unterstützen. Die Nachwelt wird es uns nachsehen.«

Bárdossy tat, als würde er Istváns gerunzelte Stirn übersehen. Das Gespräch lief gar nicht gut. Er malte sich schon aus, wie der Alte ihn hinausbegleiten würde.

Doch stattdessen wandte Bárdossy ihm den Rücken zu und holte eine Zigarrenkiste hervor. »Nur zu, nehmen Sie eine!« István beugte sich vor und bediente sich. Schweigend präparierten sie die Zigarren. Die Pause kam István vor wie ein Friedensangebot.

»Sie lernen noch?«

»Ich studiere Kunst.«

»Kunst«, wiederholte Bárdossy. István kannte diesen Ton. Der Drang zur Rechtfertigung kam auf, doch er unterdrückte ihn. Bárdossy zog an seiner Zigarre, nahm sie aus dem Mund und betrachtete, wie sie gleichmäßig abbrannte. »Darf ich fragen, welche Absichten Sie mit meiner Tochter hegen?«

Absichten? István schmeckte die Zigarre bitter, das Gefühl zu ersticken überkam ihn. Er schob sich aus dem Sessel und legte sie im Ascher ab. Er war fertig mit dieser Unterhaltung! Die verdammte Zigarre in seiner Hand war so teuer wie das ganze Abendessen, zu dem er Rebeka einladen wollte. Er stand auf und klopfte von der Sessellehne Asche, die seine Zigarre hinterlassen hatte. Bárdossy brach in Gelächter aus. »Nichts für ungut, Herr Szabó. Väter müssen so etwas fragen.«

Die Tür sprang auf, und Rebeka marschierte herein. Sie hatte offenbar das Gespräch mit angehört.

Bárdossy reichte István breit lächelnd die Hand und entließ ihn mit der Aufforderung, seine Tochter bis zehn Uhr wieder nach Hause zu bringen.

Seit diesem Tag ging István bei den Bárdossys ein und aus. Er grüßte die alte Amme mit »Küss die Hand« und leistete ihr Gesellschaft in der Küche, während Rebeka sich Zeit beim Anziehen ließ. Meist half er Dada, Kartoffeln schälen, oder naschte von dem kalács, den sie gerade frisch aus dem Ofen holte. Hatte Bárdossy Zeit, setzte er sich zu ihm, ließ Dada eine Flasche Rum aus der Kredenz holen, und sie spielten eine Partie Schach.

Die Tage wurden kürzer. Wie die tausend Farben des Herbstes lernte István die Facetten seiner Rebeka kennen. Er gewöhnte sich an ihre Stimmungen, die wechselten wie das Wetter über der See. Ein ungeschickt gewähltes Kompliment, das Fehlen des Kompliments ... es war ein Minenfeld. Mal erwartete sie ehrliche Kritik von ihm, dann strafte sie ihn mit Kälte für seine Offenheit.

Kam István zehn Minuten zu ihrer Verabredung zu spät, war sie bereits weg und ließ ihm ausrichten, er solle es das nächste Mal pünktlich versuchen. Wie oft schwor er sich, sie nie wiederzusehen, und hielt sich nie daran.

Allmählich lernte er, ihre Zeichen zu deuten. Ja, es schien ihm, als sei er Rebeka zu vertraut geworden, als sei eine Schwelle überschritten, die es unmöglich machte, den nächsten Schritt zu wagen. Manchmal nahm sie seine Hand, lehnte ihren Kopf an seine Schulter und machte es sich in seinem Arm gemütlich, als wäre ihre Nähe das Natürlichste der Welt. Sie behandelte ihn wie einen Freund oder Bruder und verbarg vor ihm auch nicht ihr Verhältnis zu Breitner. István gab vor, sich nicht für Breitners Blumen oder den Whiskey für den Herrn Papa, den er auf der Kommode stehen sah, zu interessieren.

Als er Rebeka gestand, ihr Porträt an Breitner verkauft zu haben, lachte sie ihn nur aus. »Das hast du davon, mein Dummkopf. Jetzt muss ich ihn wohl heiraten.«

Ihre Bemerkungen über Breitner nagten an ihm. Es war, als

würde sie ihn ganz offen betrügen. Doch István war ihre Offenheit lieber, als wenn sie ihm das Verhältnis verschwiegen hätte. So verschloss er die Augen und lauschte ihrem Geplauder wie dem Rauschen einer Quelle. Sie erzählte von ihrer Freundin Dóra, die wieder einmal irgendeinen Baron an der Angel hatte, und sprach im gleichen Atemzug über die Geldsorgen ihrer Familie. Machte István von Zeit zu Zeit seiner Eifersucht Luft und erlaubte sich Sticheleien gegen Breitner, protestierte sie. Er tue ja, als hätte er ihr gegenüber Ansprüche.

Wochen und Monate vergingen. Der erste Schnee überzog das Land wie eine dünne Schicht Puderzucker. István stand auf der Bárdossy-Veranda und rauchte. Die gedämpften Klänge aus der hell erleuchteten Villa drangen nach draußen. Gäste trafen zu Ehren von Rebeka ein. Sie feierte Geburtstag. Dicke Holzscheite brannten im Kamin. Schwarz-weiß gekleidete Kellner servierten Erfrischungen. Rebeka schwebte mit der Eleganz einer Königin durch den Saal und spielte die Gastgeberin. Meisterhaft im Unterhalten machte sie den Damen Komplimente und brachte die Herren zum Reden. In ihrem weinroten Abendkleid fand István sie bezaubernder denn je. Sie unterhielt sich gerade mit einer hochgewachsenen Schwarzhaarigen, bestimmt dieser Dóra, die ihre Männer nach dem vollzogenen Akt angeblich lebendig verspeiste wie eine dieser Spinnenarten, von denen István gelesen hatte. Ihren aktuellen Chirurgen warf sie gerade der sonnengebräunten Gräfin zum Fraß vor. Und, ja, die Alte flirtete, schüttelte ihr verwelktes Dekolleté wie eine Zwanzigjährige. Das gekünstelte Lachen der Gräfin hörte er bis auf die Veranda. Der arme Graf tat, als würde er nichts bemerken, vielleicht war es ihm egal.

István schätzte den Grafen. Er war einer der wenigen aus der Nachbarschaft, der auch vor István seinen Hut zog.

István lockerte den Hemdkragen. Die Verkleidung kratzte.

Rebeka hatte sich gewünscht, dass er an diesem Abend einen Anzug trug. Mit einem Seufzer atmete er aus und sog dann tief die frische Nachtluft ein. Bárdossys Anwalt – István nannte ihn in Gedanken »Schweinebacke« – traf gemeinsam mit Géza, dem Regisseur, ein. Zwei von Gézas Mäuschen waren auch dabei. Rebeka half Dada, die Mäntel, Hüte und Stöcke in die Garderobe zu tragen.

István kannte sie alle. Heilfroh war er, diesem Schauspiel entflohen zu sein. Mein Gott, die ganze Straße hatten sie eingeladen! Seine Freunde hatte er auch mitbringen sollen. Als was hätte er Rebeka ihnen vorstellen sollen? Als seine beste Freundin, das Wesen aus der entrückten Budaer Welt mit ihrer guten Luft und den hohen Steinmauern? Als die Frau, für die er seine Arbeit und Freunde vernachlässigte?

Rebeka kam auf die Terrasse. »Hier versteckst du dich! Komm doch wieder rein, Schatz, es ist zum Erfrieren hier draußen!«

István legte sein Jackett um ihre Schultern und umarmte sie. Der Duft von Rosen stieg aus ihrem Haar auf. »Du riechst gut heute Abend«, sagte er.

Sie entwand sich seiner Umarmung und strich über seine straff sitzende Weste. »Du machst aber auch keine schlechte Figur! Gib Acht, Dóra hat ein Auge auf dich geworfen.«

»Ich bin noch immer derselbe«, sagte István und verdrehte die Augen.

Mit einer abwinkenden Handbewegung lachte sie auf und warf ihm eine Kusshand zu. »Du bist mein, mein, ganz allein! Ich muss jetzt zu den Gästen. Sei lieb und kümmere dich um Róbert. Halt ihn mir vom Hals, ja?« Sie zwinkerte ihm zu und war schon verschwunden.

Tatsächlich kam Breitner gerade in Begleitung von Bárdossy aus der Bibliothek. Der Alte grinste, als hätte er einen Hirsch geschossen. István hielt den Atem an. Hatte Breitner etwa um

Rebekas Hand angehalten? Er wagte es nicht auszudenken, schüttelte den Kopf, als könnte es nicht möglich sein.

Zurück im Salon stellte er sich zum Grafen an den Kamin.

»Zigarillo?«, fragte der Graf.

»Da sage ich nicht Nein.« István bediente sich aus dem goldenen Etui. »Sie mögen diesen Trubel auch nicht besonders?«

»Ich bin nur Rebeka zuliebe hier«, sagte der Graf. István nickte.

Auf Rebekas Freudenschrei hin wandten sich István und der Graf in ihre Richtung. Sie schlang gerade die Arme um Breitner. István fühlte das Blut in seinen Kopf schießen. Die Adern an den Schläfen pulsierten.

Rebeka blickte zu ihnen und kam schon auf sie zu. »István! Der Herr Graf! Ich wurde gebeten, für die Rolle der Antigone in Jean Anouilhs Stück am Belvárosi vorzusprechen!«

»Der Regisseur ist ein guter Freund von mir«, erklärte Breitner, der ihr gefolgt war.

Wie bescheiden er tat, dachte István.

»Sie stecken gerade mitten in den Proben, und die Hauptdarstellerin ist ausgefallen.«

»Ein Nervenzusammenbruch!«, sagte Onkel Géza, der auch den Freudenschrei vernommen hatte und sich zusammen mit Bárdossy zu ihnen gesellte. »Diese jungen Dinger werden heutzutage nicht mehr angehalten, aus dem sozialen Raum heraus zu spielen. Sie kotzen vor jeder Vorstellung, weil sie sich jede Einzelheit merken müssen. Sie sind Objekt, nicht Subjekt auf der Bühne!«

Rebeka verdrehte die Augen.

Breitner räusperte sich. »Der Regisseur sucht nun nach einer Ersatzbesetzung. Da habe ich ihm empfohlen, sich Fräulein Rebeka mal anzusehen. Es handelt sich natürlich nur um ein Vorsprechen, und die Konkurrenz ist gewaltig.«

»Ich bin mir sicher, Sie werden ihn bezaubern, junges Fräulein«, sagte der Graf.

»István, du machst ein Gesicht, als wäre jemand gestorben. Freust du dich gar nicht für mich?«

Er biss sich auf die Lippen. »Natürlich freue ich mich! Das ist eine anspruchsvolle Rolle, mit der du dich profilieren kannst.«

»Du hilfst mir doch?« Ihre Hand auf seiner Brust, die süß bittende Stimme – es brodelte in ihm.

»Er ist nicht nur Maler und Grafiker, er schreibt auch Gedichte«, sagte sie zum Grafen.

Breitner stand ausdruckslos da und beobachtete die Szene.

»Meine Fähigkeiten auf diesem Gebiet sind beschränkt, aber ich helfe natürlich gern«, sagte István.

»Der Géza kann doch helfen«, warf Bárdossy ein.

Alle sahen zu dem Regisseur, der inzwischen neben der Gräfin auf der Couch Platz genommen hatte und ihr Sekt einschenkte.

»Das fehlte noch«, sagte Rebeka.

»Sie sind Künstler?«, wandte sich der Graf an István, als hätte er das Flirten seiner Frau nicht bemerkt.

»Ein ausgezeichneter«, unterbrach Rebeka.

»Rebeka, bitte.«

»Herr Szabó ist tatsächlich einer unserer talentiertesten Studenten«, warf nun Breitner ein. »Seine Bilder sind ausgesprochen unkonventionell, wenn nicht gar skandalös.«

István rang nach Luft. »Hören Sie bitte gar nicht hin«, sagte er zu dem Grafen und winkte ab.

»Ich finde junge, unkonventionelle Kunst sehr anregend.«

»Warum machen wir nicht eine private Ausstellung hier bei uns«, rief Rebeka. »Nur für einen kleinen, erlesenen Kreis. Was hältst du davon, István?«

István hatte das Gefühl zu ersticken. Er deutete eine Verbeugung an und flüchtete aus dem Raum. Er riss die Fliege herunter und knüllte sie in seine Hosentasche. Verdammte Fliege. Verdammter Anzug.

Im Flur wandte er sich um. Sein Ausbruch schien niemandem aufgefallen zu sein. Er öffnete die Tür zur Garderobe und suchte zwischen den schwarzen Mänteln nach seinem eigenen. Sein abgetragener Mantel war nicht schwer zu finden. Wenigstens hatte der Charakter.

»Bitte geh nicht!«, bat ihn Rebeka, die ihm gefolgt war, mit einem sanften Druck auf die Schulter.

»Ich brauche frische Luft.«

»Du bist undankbar!«

István zerrte an dem Mantel, der sich nur schwer von dem Bügel löste. »Wie bitte?«

Sie verschränkte die Arme und sah zu ihm auf. »So wird nie etwas aus dir. Du musst dich besser verkaufen.«

»Du versuchst, jemanden aus mir zu machen, der ich nicht bin. Ich habe hier nichts verloren, Rebeka. Dein Vater hat mit Breitner offensichtlich schon alles abgemacht.«

»Was sagst du da?«

»Jetzt tue nicht so, als wüsstest du von nichts.«

»Ich weiß nicht, wovon du sprichst!« Sie stellte sich ihm in den Weg, um ihn aufzuhalten. Sie wirkte erschrocken. »Verzeihst du mir? Du kommst doch morgen zum Mittagessen, und dann lesen wir das Stück zusammen?«

István wich ihrem Blick aus und schob sich seitlich an ihr vorbei. Er nickte.

»Kuss?« Sie hielt ihm lächelnd die Wange hin.

Widerwillig gab er ihr den Kuss. Dann drehte er sich um und ging.

14
ALTE GEISTER

Budapest 1949

In der zweiten Etage brannte noch Licht. Rebeka fasste Mut und läutete.

»Fräulein Rebeka!« Breitner war offenbar noch nicht zu Bett gegangen; unter seinem Hausgewand lugten Hemd und Hose hervor, die er bei der Feier getragen hatte.

Ohne abzulegen, rauschte Rebeka an ihm vorbei, Handschuhe und Tasche warf sie aufs Sofa, als wäre sie bei sich zu Hause.

»Darf ich?« Er wollte ihr den Mantel abnehmen, doch sie verneinte und ließ sich auf dem Sofa nieder. »Haben Sie mir etwas zu sagen?«

»Ich Ihnen?« Breitner schien ahnungslos. Er hob fragend die Hände. »Ich bringe uns erst einmal einen Kaffee, oder möchten Sie lieber Wasser?«

Sie nickte. Es war, als flüchtete er aus dem Zimmer.

Sie erhob sich von dem Sofa, löste die Knöpfe ihres Mantels und sah sich um. Sie war zum ersten Mal in seiner Wohnung. Der nüchterne Raum überraschte sie. Sie ging um den Flügel herum und berührte die angenehm glatte Oberfläche. Bei jedem Schritt machten ihre Absätze ein klopfendes Geräusch auf dem Parkett. In der Stille hätten selbst die Pfoten einer Katze Lärm geschlagen.

Die Schreibtischplatte glänzte. Gespitzte Bleistifte reihten sich in einem Stifthalter, sonst nichts. Seine Wohnung beunruhigte sie. Wo waren die Bücher, das leere Glas, der Stapel Papiere? Und ihr Porträt?

Sie wandte sich um und sah zur Tür, durch die Breitner hinausgegangen war. Kurz entschlossen zog sie am Schubfach unter der Schreibfläche. Es war verschlossen.

Sie ging um den Flügel herum, ließ wieder die Hand über die glänzende Oberfläche streichen. Das Durcheinander aus Notenblättern auf dem Flügel war das einzig Ungeordnete in dem Raum. Die Tasten lagen blank, als wäre Breitner gerade vom Spielen aufgesprungen. Rebeka setzte sich an das Klavier und platzierte ihre Hände auf den Tasten, ohne eine anzuschlagen.

Ihr Blick fiel auf eine Reihe von kleineren und größeren Gemälden an der Wand. Eines zeigte eine junge Frau mit einem offenen Buch im Schoß. Sie hielt den Kopf zur Seite geneigt, als sei sie beim Lesen eingeschlafen. Ein kurzer schwarzer Bob verbarg ihr Gesicht. Daneben hing ein Frauenakt, die Hand in anzüglicher Pose zwischen den Beinen. Rebeka wandte den Blick ab, stand auf und eilte zum Sofa zurück. Sie fröstelte, streifte aber dennoch den Mantel ab, der Wirkung wegen.

Kaum hatte sie ihren Platz wieder auf dem Sofa eingenommen, brachte Breitner das Glas Wasser und setzte sich diesmal neben sie. Den Hausmantel hatte er abgelegt. Mit offenem Hemdkragen wirkte er ungewohnt leger und jugendlich.

»Sind die von Ihnen?« Rebeka zeigte zu den Gemälden.

»Die meisten, aber ich male nicht mehr, wie Sie wissen.«

Sie schlug ein Bein über das andere, und er schaute ihr direkt in die Augen. »Was ist passiert, Rebeka?«

Die Strenge seiner Stimme ließ sie sich aufrichten.

»Ich hatte den Eindruck, sie wollten etwas mit mir besprechen, bevor sie meinen Vater ...«

»Liebes Fräulein! Sie sind wie ein Kind, das nicht erwarten kann, sein Weihnachtsgeschenk zu öffnen.« Er hatte sie unterbrochen, das tat er immer. Seine Stimme klang exaltiert. Versuchte er auch noch zu scherzen?

Offenbar bemerkte er ihre Wut und hob entschuldigend die Hände. »Sie haben recht, ich hätte zuerst mit Ihnen reden sollen. Ich hatte nur gehofft, bei Ihrem Herrn Papa etwas vorfühlen zu können.«

»Sie haben also bei meinem Vater um meine Hand angehalten?«

»Ich hätte Ihnen das gern in einem anderen Rahmen gestanden.«

Sie spürte die Röte in ihrem Gesicht. Sie stand auf, ging zum Flügel und suchte Halt daran. Warum überraschte sie die Bestätigung dessen, was sie bereits vermutet hatte? Aus einem Impuls heraus war sie in das Taxi gestiegen, um ihn zur Rede zu stellen. Sie hatte sich nicht überlegt, was sie auf die eigentliche Frage antworten würde.

Breitner erhob sich und kam langsam auf sie zu. »Darf ich?« Er nahm ihre Hand und zog sie neben sich auf den Klaviersitz. Der Duft seines Rasierwassers stieg ihr in die Nase. Es war nicht unangenehm, aber sie würde ihn bitten, es in Zukunft wegzulassen.

Er legte die Hände auf die Tasten, ließ sie dort einen Moment verweilen, dann begann er zu spielen. Mühelos glitten sie über die schwarzen und weißen Tasten und entlockten ihnen eine liebliche Melodie. Noch nie waren ihr seine schlanken Hände aufgefallen. »Das habe ich für Sie geschrieben«, sagte er und schaute zu ihr, ohne das Spiel zu unterbrechen.

Rebeka strich sich über die Haare, hielt die Füße fest auf dem Boden, um Haltung zu bewahren. Sein Spielen imponierte ihr.

»Sie haben mein Porträt nicht aufgehängt?«

»Sagen Sie Ja, und ich werde es tun.« Breitner ließ den Ton noch etwas nachklingen. Dann legte er einen Arm um sie. Sie rührte sich nicht.

»Und wer ist die Frau auf den Bildern?«

Breitner zog seinen Arm zurück, ebenso langsam und vorsichtig, wie er sie umarmt hatte. »Das ist meine verstorbene Frau.« Das sagte er so beiläufig, als beschriebe er ein Stillleben.

Rebeka sah ihn überrascht an. »Ihre Frau?« Sie raffte ihr bodenlanges Kleid zusammen und stand auf. »Wann wollten Sie mir von Ihrer Frau erzählen?«

»Ich tue es jetzt.« Seine Hände lagen hilflos in seinem Schoß. »Ich war vierundzwanzig und traf sie in Wien. Sie studierte dort Malerei. Ich war gerade mit dem Studium in Nagybánya fertig und bin zur Promotion nach Wien gegangen. Wir lernten uns in einer Gruppe junger Exilkünstler kennen. Wir heirateten, drei Jahre später ist Aurelia an einer Lungenentzündung gestorben.«

»Aurelia!« Rebeka sprach die Silben nach, als würde sie eine bittere Pille auf der Zunge halten. Aurelia, die sich so lustvoll zwischen die Beine fasste. Sie wandte den Blick von dem Gemälde ab. Breitner versuchte zu lächeln.

»Und seither malen Sie nicht mehr«, stellte Rebeka fest. Ihre Stimme versagte. Erst jetzt ging ihr die Bedeutung dieser Frau auf.

Auch Breitners Lächeln verging. »Ist das ein Vorwurf?«

»Sie hatten gar nicht vor, mir von Ihrer Frau zu erzählen.«

»Rebeka, ich bitte Sie! Es ist fast zwanzig Jahre her. Wir verrennen uns hier.«

Sie schwiegen, der gewaltige Korpus des Instruments lag schlichtend zwischen ihnen.

»Darf ich vorschlagen, Ihnen ein Taxi zu rufen? Wir sollten uns beide etwas beruhigen. Ich werde Sie morgen Abend ausführen und Sie von meinen aufrichtigen Absichten überzeugen, so wie ich es geplant habe, mit allem, was dazu gehört.«

Rebeka wurde schwindlig. Breitners Selbstsicherheit beeindruckte und verängstigte sie zugleich. Wie konnte sie sich jemals seiner sicher sein, wo dieser bisher scheinbar makel- und vergangenheitslose Mann mit einem Geist zusammenlebte? Wegen ihr hatte er offenbar die Malerei aufgegeben. Aurelia war präsent, zumindest an seinen Wänden.

»Möchten Sie lieber, soll ich jetzt …«

Er musste das Entsetzen in ihrem Gesicht falsch deuten. Rebeka hob abwehrend die Hände. »Verstehen Sie denn nicht? Ich weiß gar nichts über Sie. An den Wänden wimmelt es von Erinnerungen an Ihre verstorbene Frau, von Obszönitäten.« Sie wies mit Abscheu zu dem Frauenakt.

Breitner senkte den Blick. »Das Bild hängt dort schon lange. Ich habe nicht mit Ihrem Besuch gerechnet.«

»Ich hätte nicht kommen dürfen.« Sie wandte sich zum Gehen.

»Darf ich Sie morgen trotzdem abholen?«, fragte er und half ihr in den Mantel.

Sie antwortete ihm nicht und ließ ihn allein mit seinen Gedanken zurück.

15
ERSTTÄTERFEHLER

Wien 2017

Seit ihrem gemeinsamen Entschluss, die Schwangerschaft zu beenden, ignorierte Anna ihren Zustand wie eine aufkommende
Grippe.

Den kommenden Tag in Wien verbrachte sie am Telefon mit
Kuratoren und Galeristen aus Budapest, um die Kunstreise vor-
zubereiten, machte Änderungen an der Messekalkulation und
umsorgte Márta, die sich in Zweifeln wand, ob Krüger ihr Werk
richtig interpretierte. Auf Anraten ihrer Mutter bat sie Dorota,
Rebekas langjährige Haushaltshilfe, ein Treffen zu arrangieren.
Ein doppelter Espresso brachte sie durch den Nachmittag. Der
Termin bei Pro Familia stand. Drei Tage später könnte sie den
Abbruch vornehmen lassen. Sie hatte die Termine selbst durch-
gebucht wie Flüge zu einer Geschäftsreise. Nun galt es, untätige
Minuten zu vermeiden, ihre Gedanken unter Kontrolle zu halten
und bei Verstand zu bleiben.

Trotz ihrer Geschäftigkeit blitzte der Gedanke an ihren Vater
immer wieder auf. Sie wählte erneut seine Nummer, die Weiter-
leitung schaltete sich ein und Frau Wittig, seine Sekretärin, nahm
im Berliner Büro ab. Er sei in Gesprächen, er rufe zurück. Nur
das tat er nicht. Es kam Anna vor, als miede er sie absichtlich.

Auch ihre Mutter sagte nichts davon, dass er in Wien sei. Seit er in Ruhestand war, reiste ihr Vater nur noch im Rahmen seiner verbliebenen Aufsichtsratsposten. Bei diesen Gelegenheiten verbanden ihre Eltern gern die Pflicht mit dem Angenehmen. Anna erwähnte Wien gegenüber ihrer Mutter nicht. Ihr Vater kam ihr vor wie ein dilettantischer Ersttäter, der sich durch sein übervorsichtiges Verhalten verdächtig machte.

»Ich mag diese Anwältin nicht«, sagte sie zu Michael, der ihr gegenüber am Computer arbeitete. »Sie hat sich ihm neulich regelrecht aufgedrängt, weißt du noch? Was wollten sie auf der Mariahilfer Straße?«

Michael sah abwesend auf. »Einkaufen? Sie hatten einen Termin in der Nähe.«

Anna nickte. Ihr Vater kaufte nicht ein. Ihre Mutter sorgte für seine Garderobe. Diese Dinge interessierten ihn nicht, genau wie das Administrative, das ihm Frau Wittig abnahm. Noch immer diktierte er Briefe oder schrieb sie mit seinen blauen Kopierstiften vor, von denen er zwei oder drei im Aktenkoffer trug. Frau Wittig tippte sie anschließend in den Computer. Er benutzte sein iPad nur zum Lesen von E-Mails. Auch am Telefon ließ er sich von ihr verbinden, wie es vor einen halben Jahrhundert üblich gewesen war. Selbst tätigte er nur private Anrufe. Textnachrichten könne er nicht, behauptete er. Seine Finger seien für die Tasten zu breit.

»Glaubst du, er geht fremd?«, fragte sie Michael.

Er blickte überrascht über den Bildschirmrand zu ihr auf und schüttelte den Kopf. »Dein Vater bindet sich keine Krawatte allein.« Er schmunzelte.

Da musste auch Anna lächeln.

Er senkte wieder den Blick zum Bildschirm, seine Augen wanderten von links nach rechts, von Zeile zu Zeile. Anna liebte es, dem Klackern seiner Tastatur im Hintergrund zu lauschen. Doch heute ließ ihre innere Unruhe einfach nicht nach. Sie versuchte, sich auf ihre Arbeit zu konzentrieren, als böte sie Zuflucht vor der unerwünschten Gegenwart.

Eine Unterhaltung mit ihrer Mutter über das Fremdgehen fiel ihr ein. Sie stammte aus der Zeit, als Michael noch verheiratet gewesen war. Ihre stille Missbilligung war damals für Anna schlimmer gewesen, als wenn sie offen gestritten hätten. Sie mache es sich zu leicht, hatte der Blick ihrer Mutter gesagt, während sie tiefe Teller aus dem Schrank hervorgeholt und den Tisch gedeckt hatte. Ihre Mutter hatte Michael für einen Mann ohne Prinzipien gehalten. Ihr Schulterzucken, als würden sie das ja sehen, ihre gespielte Beiläufigkeit, mit der sie die Krümel vom Tisch wischte, hatten Anna wütend gemacht.

Wer sage denn, hatte ihre Mutter provokativ gefragt, dass sich zwei Menschen sich nicht mehr liebten, nur weil woanders die Leidenschaft entfacht war? Die Ehe wäre ein Kompromiss. Ohne ihn gäbe es keine Stabilität und kein Glück im Leben. Es wäre Michaels Pflicht, seine Ehe zu retten.

Der Kompromiss war das Grundprinzip ihrer Mutter. Dabei war Edit keine leidenschaftslose Person. Sie hatte ihren leiblichen Vater nie kennengelernt. Ihren Ziehvater, den einzigen Mann, den sie je Vater genannt hatte, hatten sie verlassen, als sie noch ein Kind gewesen war. Rebeka hätte ihm einen Seitensprung nicht verzeihen können.

Edit machte ihre Mutter verantwortlich für ihr vaterloses Aufwachsen. Sie war der Meinung, Rebeka wandle wie eine rücksichtslose Blinde durch das Leben und hätte das Glück nicht einmal erkannt, hätte es vor ihren Füßen gelegen. Sie wäre unfähig gewesen, Kompromisse einzugehen.

Anna fragte sich heute, ob ihre Mutter selbst den Weg des Kompromisses gehen würde, wenn es so weit käme.

Sie seufzte tief und blickte zum Telefon. In gewisser Weise war Edit altmodischer als ihre Großmutter, die gegen den Strom ihrer

Zeit geschwommen war und den Mut gehabt hatte, ihren eigenen Weg zu gehen. Vielleicht war die Genügsamkeit ihrer Mutter aus einer Art Protest erwachsen.

Annas innere Unruhe hatte sich inzwischen in ein unerträgliches Kribbeln in den Beinen verwandelt.

»Möchtest du auch ein Wasser?«, fragte sie Michael und stand auf.

Er schüttelte fast ungehalten den Kopf, ohne aufzusehen, und murmelte die Wörter vor sich hin, die er gerade geräuschvoll mit seinem Zweifingersystem in die Tastatur tippte. Er konnte es nicht leiden, wenn sie ihn bei der Arbeit störte. Anna schüttelte den Kopf, doch ein Lächeln huschte über ihre Lippen. Ging nicht auch sie Kompromisse ein? Tag für Tag, kleine und große? Sie tat es nicht ungern.

Dabei hielt sie gar nichts von Kompromissen. Sie wollte frei sein zu handeln, zu wandeln – und wenn nötig sich zu irren und zu verirren.

16
DAS KAFFEEHAUS WEIMAR

Wien 2017

Am Schottentor setzte sich die Einundvierzig, eine Straßenbahn der neueren Bauart, surrend in Bewegung. Entlang der sonntäglich verlassenen Währinger Straße tauchten kleine Läden auf, wie sie in Berlin kaum noch zu finden waren: das Hutgeschäft, die Eisenwarenhandlung, die Kurzwarenhandlung. Vor einem vergilbten Vorhang warb ein altes Plakat für Insektenschutzmittel. Seit sie von ihrer Schwangerschaft erfahren hatte, fielen Anna überall Kindergeschäfte auf: Kindermode, Kinderschuhe, Kinderwagen, Kinder-Irgendwas. Genervt sah sie auf das Handy in ihrem Schoß. Sie war eine halbe Stunde zu früh zu ihrer Verabredung mit Rebeka im Kaffeehaus Weimar.

Spitalgasse. Der Wagen hielt an ihrer Station. Einem Impuls folgend blieb sie sitzen, wartete, bis sich die Türen wieder geschlossen hatten und die Straßenbahn erneut anfuhr. Sie wollte nicht als Erste eintreffen, gar übereifrig wirken. Sie sah sich als Vermittlerin, nicht als die Enkelin, die um die Gunst der Großmutter warb.

Erst als die Volksoper auf der rechten Seite in Sichtweite rückte, stand sie auf und presste den Haltknopf. Die Straßenbahn kam zum Stehen, sie trat in die Hitze hinaus und verbarg ihre Augen hinter der Sonnenbrille. Durch die baumlosen Gassen des neunten Bezirks spazierte sie gemächlich zurück.

Es war Punkt drei Uhr, als sie die Stufen des traditionellen Kaffeehauses betrat. Mit der Türklinke in der Hand blickte sie nochmals an sich hinab, zupfte rasch am Kleid und verbarg die schwarze Spitze ihres BHs, die sich im Dekolleté andeutete. Das Kleid spannte, der BH ziepte. Ihre geschwollenen Brüste fühlten sich fremd an ihrem Körper an. Beim Eintreten zog es ihren Blick in die Höhe zu den grandiosen Kristalllüstern und Spiegeln entlang der Wand. Dann entdeckte sie in einer der gepolsterten Logen Rebeka. Sie erinnerte sich an ihre Großmutter vor allem von Fotografien, doch Rebekas absolute Präsenz im Raum, ihre aufrechte Körperhaltung wie die einer Tänzerin, ließen keinen Zweifel an ihrer Person.

Rebeka hatte sie ebenfalls erkannt. Sitzend streckte sie eine Hand zu Anna aus und klopfte mit der anderen auf die Polsterbank neben sich.

Anna setzte sich wie geheißen.

»Mein Kind, du bist eine schöne Frau geworden, was für ein reizendes Gesicht!« Rebekas Handrücken berührte ihr Kinn. Anna hob unwillkürlich den Kopf und wich zurück. Sie fühlte sich ertappt und begutachtet zugleich. Verlegen strich sie eine gelöste Haarsträhne zurück und sah aus dem Augenwinkel der steifen, verknöcherten Hand nach, die sich diebisch von ihr zurückzog.

Mit einem entschuldigenden Lächeln verbarg Rebeka die Hände im Schoss. »Du hast die Augen deines Vaters. Doch in deinen lieblichen Zügen ist keine Spur von den Hartmanns, du hast Glück. Ich werde nie vergessen, wie sie alle am Brauttisch saßen, diese Familie von Pferdegesichtern! Die Bankiersgattin, du weißt schon, die Schwester deines Vaters. Hedda, ja, Hedda, nicht? Mein Gott, die arme Frau! Sie haben es alle von der

Mutter. Deine Großmutter ist wahrlich keine Schönheit, aber immerhin eine Frau mit Haltung und Anstand. Ich habe mich wunderbar mit ihr verstanden. Sie war die Einzige, die sich herabgelassen hat, sich mit der bösen Brautmutter zu unterhalten. Eine Augenweide ist dein Vater auch nicht, aber dafür klug und einflussreich. Das ist, was zählt bei einem Mann.« Beim Sprechen verlor sich Rebekas Blick im Raum, als spräche sie zu sich selbst.

Anna war überrascht, dass Rebeka Ungarisch und nicht Deutsch mit ihr sprach, hatte sie doch vor über sechzig Jahren ihre Heimat verlassen. Ihre Aussprache im Ungarischen war noch immer klar. Anna realisierte, dass eine Schauspielerin, deren vielleicht wichtigstes Gut die Sprache war, sich immer ihrer Muttersprache bedienen würde. Sie versuchte, sie zu beeindrucken.

»Jetzt steh noch einmal auf, Anna, lass dich richtig ansehen!«

Zwischen Verwirrung und Faszination stand Anna auf und tat auch noch wie gebeten, als Rebeka sie mit einem Handzeichen aufforderte, sich zu drehen. Sie deutete eine Drehung an, halbherzig, etwas verlegen.

»Schön schlank bist du, nicht wie deine Mutter. Die hat sich schon gehen lassen, da war sie noch nicht einmal verheiratet.«

Nicht wie deine Mutter! Anna hatte diese Worte gehört und doch nicht begriffen. Röte stieg in ihre Wangen. Sie selbst hatte noch kein Wort gesagt, während ihre Großmutter bereits über die ganze Familie hergezogen war.

Bevor sich Anna hätte setzen und etwas entgegnen können, winkte Rebeka einen der schwarz-weiß gekleideten Kellner heran und bestellte Schnitzel und ein Gösser vom Fass. »Ich habe noch nicht zu Mittag gegessen. Macht es dir etwas aus?«

Anna überflog notgedrungen die Karte, obwohl sie schon gegessen hatte. Wie diese zierliche Person ein ganzes Schnitzel schaffen sollte, konnte sie sich kaum vorstellen. Sie wählte die

Eiernockeln und bereute die Wahl im gleichen Moment. Der Kellner notierte ihre Bestellung.

Rebekas Statur war zierlich, dennoch hatte Anna den Eindruck, kein Sturm könnte ihr etwas anhaben. Sie hatte ihre noch immer wohlgeformten, schlanken Beine übereinandergeschlagen, die Hände im Schoß gefaltet und hielt sich kerzengerade, ohne sich anzulehnen. Eine Pause war entstanden, sie lächelten steif.

»Ich möchte dir etwas zeigen.« Anna holte aus ihrer Handtasche das Handy hervor. Sie scrollte zwischen ihren privaten Bildern hoch und runter und wandte sich leicht ab, während Rebeka ihr über die Schulter sah. Da war es. Anna zoomte mit zwei Fingern in das Porträt und reichte Rebeka das Handy.

»Was ist das?« Es kam so leise, als hätte Rebeka ein Gespenst gesehen. Sie nahm das Handy in die rechte Hand wie ein filigranes Kunstwerk aus Zucker. Die vom Rheuma gezeichnete Hand lag geistesabwesend an ihrem Hals, unverhüllt und preisgegeben, und bewegte sich im Rhythmus ihrer tiefen Atemzüge.

Anna erklärte, wie das Bild zu ihr gekommen war. Als sie geendet hatte, sah Rebeka zu ihr, dann wieder zu dem Bild.

»Róbert ist tot?«

Anna nickte. »Und du bist seine Erbin.«

Als hätte sie etwas realisiert, erst in diesem Moment begriffen, schnellte die kranke Hand zum Mund. »Seine Abbitte!«, flüsterte sie wie als Antwort auf Annas fragenden Gesichtsausdruck. Sie sprach kaum hörbar, vielleicht zu sich selbst, mit Sorge oder Resignation im Blick. So kam es Anna vor. Vielleicht empfand sie den Schmerz einer unerfüllten Liebe oder die Sehnsucht nach etwas Verpasstem, was sich nun nie mehr ändern ließ?

»Wir waren einst verlobt«, sagte Rebeka nach einer Pause, den Blick an die rote Decke gerichtet, als wären dort die Eckdaten ihres Lebens vermerkt. »Im Dezember 1949 hat er mir den Antrag gemacht, es war kurz vor Weihnachten. Das Astoria war eine elegante Adresse damals, Geschäftsleute, Damen in langen Roben, die Zigeunerband spielte eine liebliche Melodie. Er kniete vor mir nieder.« Sie schloss die Augen und faltete mit Verzückung die Hände. »Er hatte das Schächtelchen mit dem Ring seiner verstorbenen Mutter in seiner Jackettasche verborgen, schon den ganzen Abend während meines Vorsprechens am Theater. Als er zu mir aufsah, verstummte die Band, die Gesellschaft am Nebentisch sah zu uns herüber. Alle erwarteten meine Antwort. Róbert liebte das Rampenlicht, er war ein Mann von Welt; und ich, ich würde Frau Professor werden. Es gab grandiosen Applaus, die Band spielte für uns. Ach, war ich damals jung und schön, das Leben lag noch vor mir. Róbert war älter, zehn Jahre fast, und verrückt nach mir.« Ihr Blick verlor sich im Raum. Sie schien in die Vergangenheit abgetaucht zu sein. Ihre Fingerspitzen tasteten am Hals entlang über das Gesicht, als könnten sie ihre vergangene Schönheit erspüren. Anna betrachtete das verblühte, reife Gesicht, noch immer fast faltenfrei, noch immer schön für eine alte Frau. Trotzdem fiel es ihr nicht leicht, sich die junge Frau von damals vorzustellen. Was jung an ihr geblieben war, waren die grünbraunen, strahlenden Augen, die in die Ferne schweiften.

Anna wünschte sich keinen Ring, sie wollte nicht Frau Professor, auch nicht Frau Reidl werden – doch sie konnte Rebekas Sehnsucht nachfühlen, geliebt und begehrt zu werden. Rebeka hielt für einen Moment inne. Dann schloss sie wieder die Augen und fuhr fort. »Róbert war mein Förderer!«, sagte sie mit Stolz in der Stimme. »Er hat seinen Einfluss geltend gemacht und mir ein Vorsprechen für die Rolle der Antigone am Belvárosi-Theater vermittelt. Das war bei meiner bürgerlichen Herkunft nicht selbstverständlich. Mein armer Vater sagte, wir könnten froh sein, dass ein solch angesehener Mann um meine Hand angehalten hat. Es waren schwierige Zeiten.« Rebeka sah zu Anna, als prüfte sie die Wirkung ihrer Worte. Dann änderte sich ihr

Gesichtsausdruck, und sie verfiel in Schweigen. Anna wusste nicht, was dieser Stimmungswechsel bedeuten mochte. Rebeka lachte schmerzhaft auf und ließ den Kopf nachdenklich zur Seite kippen. Das Leben schien sie erschöpft zu haben.

Der verlängerte Braune kam auf einem Silbertablett mit dem dazugehörigen Glas Leitungswasser. Der Kellner stellte das Bier vor Rebeka ab. Anna betrachtete mit Bewunderung, wie diese zierliche kleine Frau das Glas mit einem Zug leerte und sich anschließend den Mund mit der Stoffserviette abtupfte.

Sie hatte eigentlich vor, ihre Großmutter zu provozieren und so ganz nebenbei die Frage zu stellen, wer denn nun der Vater ihrer Mutter sei. Vielleicht würde sie dabei in ihrem Kaffee rühren oder mit gespielter Beiläufigkeit an Rebeka vorbei zu den funkelnden Lüstern schauen, als wüsste sie nichts von dem Zerwürfnis, das diese Frage zwischen ihrer Mutter und Großmutter über Jahrzehnte geschaffen hatte.

Doch Rebekas prüfender Blick ruhte auf ihr. Sie hatte ihre Gedanken längst erraten. Es kam ihr vor, als würde sich ihre Großmutter an den im Schoß gefalteten Händen festhalten müssen, als höbe sie leicht das Kinn und korrigierte ihre ohnehin schon aufrechte Haltung, um auf eine Augenhöhe mit ihr zu wachsen. »Deine Mutter verurteilt mich, weil ich meinen Ehemann verlassen habe. Ich wäre ja mal gespannt, ob sie ihrem Hartmann ein Liebchen gestattet.«

Anna verschluckte sich an ihrem Kaffee und ließ den Löffel auf die Untertasse fallen, dass es klirrte. Sie hustete mit der Hand vor dem Mund. Rebeka beugte sich vor, um ihr mit der klopfenden Hand auf dem Rücken zu Hilfe zu kommen.

Der Hustenreiz beruhigte sich. Rebeka reichte ihr mit Strenge die Serviette vom Tisch. »Deine Mutter lebt in ihrer perfekten kleinen Hausfrauenwelt und hat keine Ahnung davon, was ich durchgemacht habe, um sie großzuziehen. Ich habe in meinem

Leben mehr gekämpft, als einer Frau zumutbar ist. Ich habe alles geopfert, um ihr ein besseres Leben zu ermöglichen. Und was hat sie getan? Sie hat ihre Ausbildung, ihr Leben hingeschmissen für diesen Hartmann. Sie interessiert sich einen Dreck dafür, ob ich noch lebe oder schon tot bin.«

»Dieser Hartmann ist mein Vater«, sagte Anna in ernstem Ton. »Und übrigens erkundigt sich meine Mutter regelmäßig bei deiner Haushälterin nach dir.«

Rebeka lehnte sich zurück, das erste Mal, seit sie hier zusammensaßen. Sie musterte Anna mit vielsagend gehobenen Augenbrauen. »Bei Dorota, dieser Diebin? Ich habe sie rausgeworfen, vor Jahren!« Anna stutzte und blickte auf Rebekas offene Handflächen. »Ich putze, wasche, gehe einkaufen, das mache ich alles mit diesen von Arthritis geplagten Händen.«

»Aber sie überweist dieser Dorota jeden Monat Geld!«

Anna erschrak. Es war ihr herausgerutscht, bevor sie nachgedacht hatte, bevor sie mit Rebekas theatralischem Ausbruch gerechnet hatte. Natürlich biss sie sich sofort auf die Lippen.

Doch da prustete Rebeka schon los vor Gelächter. Ihr höhnisches Lachen traf Anna wie ein Schlag ins Gesicht. »Lass nur«, rief Rebeka nach Luft schnappend. »Von einer Hochstaplerin erkauft sich deine Mutter ihren Seelenfrieden.«

Der Kellner brachte das Essen und bereitete durch seine Anwesenheit dem Schauspiel ein Ende. Rebeka wedelte sich mit der Serviette Luft zu und nahm wieder Haltung an. Die Eiernockeln dampften auf dem Teller. Rebekas Kalbsschnitzel reichte über den Tellerrand. Mit der gesunden Hand fixierte Rebeka das Messer in der Linken. Die kranke Hand ließ sich nur schwer bewegen. Anna zögerte.

»Ich habe gute und schlechte Tage. Heute ist kein so guter«, sagte sie und lehnte damit jedwede Hilfe mit einer wegwerfenden Handbewegung ab.

»Ich könnte dich nächsten Mittwoch nach Budapest begleiten, wir nehmen den Zug zusammen und treffen den Vermögensverwalter. Am Abend habe ich dort zu tun.«

Rebeka hörte sie scheinbar nicht. Sie mühte sich sichtlich, das Schnitzel zu schneiden. Anna machte wieder eine Geste, doch ein ungeduldiger Wink mit der Gabel bedeutete ihr, sie wünschte keine Hilfe.

Nach nur zwei oder drei Bissen legte Rebeka das Besteck übereinander wie jemand, der fertig mit dem Essen war. »Ich habe seit über sechzig Jahren keinen Fuß in das Land gesetzt. Daran habe ich nicht vor, etwas zu ändern«, sagte sie mit einem gezwungenen Lächeln und tupfte sich den Mund mit der Serviette ab. »Die Mittagszeit ist längst vorbei«, sagte sie und winkte dem Kellner, winkte wieder, diesmal noch energischer, als wäre es ihr eilig. »Du isst auch nichts mehr, oder?«

Anna legte auch ihr Besteck ab.

Rebeka ließ sich das Schnitzel einpacken, Annas Nockeln gleich mit dazu. »Die halten sich gut«, sagte sie. Da erst kam Anna ein Verdacht. Lebte Rebeka von der Mindestsicherung? Offenbar war sie auf Essensreste angewiesen.

Rebeka erhob sich vom Tisch und verabschiedete sich mit einer nur angedeuteten Umarmung. Auf die Nachfrage, ob sie sich nicht doch ihr Erbe ansehen wolle, nickte sie so beiläufig, als verabredeten sie sich zum täglichen Spaziergang im Park. Ob sie überhaupt noch einmal in Erwägung ziehen würde, die Reise nach Budapest anzutreten, wusste Anna nicht.

Sie sah der alten Dame nach, die ihre Großmutter war, und beglich die Rechnung.

17
ZU GAST

Berlin 2017

Vor dem Pflichtgespräch bei der sogenannten Schwangerschaftskonfliktberatung hatte sich Anna gefühlt wie vor einem Gerichtstermin – als müsste ein Konflikt vorliegen, ein wirklich schwerwiegender, der einen Abbruch rechtfertigte. Sie war weder minderjährig, noch wirkte sie bedürftig oder verlassen. Auch ihr Michael machte in seinem gut sitzenden Armani-Anzug nicht gerade einen notleidenden Eindruck.

Sie hatte ihn gebeten, sie doch lieber nicht zu begleiten, obwohl sie aus diesem Grund gemeinsam nach Berlin gereist waren. Auch noch im Warteraum kam sie sich vor wie eine Heiratsschwindlerin, die sich um ein Visum bewarb. Sie blickte in die zehn bis zwanzig Jahre jüngeren Mädchengesichter und fragte sich, ob ihre Beweggründe vor der Beraterin standhielten. Und vor sich selbst?

Sie wusste es nicht.

Doch dann kam alles anders. Im Besprechungsraum empfing sie die Beraterin mit der Hand zum Gruß ausgestreckt, so freundlich lächelnd, dass Anna ihr vor Dankbarkeit fast die Hand geküsst hätte.

Im Anschluss an das Gespräch hielt sie die Bescheinigung in

den Händen und fühlte sich, als hätte sie eine moralische Absolution erhalten.

Als Michael am Abend mit seiner hoffnungsvoll ahnungslosen Miene vom Bildschirm zu ihr aufsah und fragte, wie es gelaufen war, konnte sie nicht darüber sprechen. Es fühlte sich wie eine kleine, intime Erleichterung an, die er in seiner Pragmatik nicht würde verstehen können.

»Es war eine Formalität«, sagte Anna und beugte sich zu ihm für einen Kuss.

»Ein Brief ist für dich gekommen. Er liegt im Flur auf der Ablage.«

»Seit wann leerst du meinen Briefkasten?«, fragte Anna mit einem Schmunzeln. Sie zwickte ihn leicht in die Seite. Michael zuckte, lachte auf. »Ich bin nur Gast hier, mir schreibt ja keiner.« Es war ihr Running Gag. Anna lachte darüber, ihr ging es umgekehrt in Wien bei ihm nicht anders.

Als sie den handschriftlich adressierten Umschlag in der Hand hielt, senkte sich ein ungutes Gefühl in ihre Magengrube. Sie schob den Zeigefinger unter die Lasche, riss den Brief auf und begann zu lesen. Ihre Schritte verlangsamten sich auf dem Weg zurück ins Zimmer.

Sie las die mit ausladend schräg geneigten Buchstaben geschriebenen Zeilen Rebekas zweimal, um sich zu vergewissern, dass sie richtig verstanden hatte. »Das ist doch absurd!« Sie hob den Blick zu Michael und reichte ihm den Brief.

Liebe Anna,
es war erfreulich zu sehen, dass eine schöne Frau aus
Dir geworden ist. Unerfreulich war der Zeitpunkt
Deines Besuches, und ich meine nicht nur den Tod
meines geschätzten Freundes, sondern dass Du nach
Jahren des Schweigens, vermutlich auf Drängen Deiner

Mutter, Kontakt zu mir aufnimmst, ausgerechnet, als es
ein Erbe zu verteilen gibt. Dazu sehe ich keinen Anlass.
Ich möchte Dich bitten, mich in Zukunft nicht wieder
zu belästigen. Ich bin eine alte Frau, meine Gesundheit
ist nicht die beste, und Dein Besuch hat mich doch sehr
aufgewühlt.
Gott sei mit Dir.
Rebeka

Michael kräuselte die Stirn.

»Du weißt, es geht mir nicht um das Erbe!«

»Dir geht es um die Kunst. Mit Erben zu arbeiten, ist immer schwierig. Die meisten haben keine Wertschätzung für das Kulturgut, es geht ihnen nicht um die Wertsteigerung des Kunstwerkes, sondern um den schnellen Gewinn. Zumindest meiner Erfahrung nach. Bleib an ihr dran, lass dir das nicht entgehen!«

»Es geht mir auch nicht um die Kunstwerke. Breitner war vermutlich der Vater meiner Mutter. Sie hat ein Recht, das zu erfahren.«

Michael reichte ihr den Brief zurück und stand auf wie jemand, der mit dem Thema durch ist. »Lass die Vergangenheit ruhen, Anna. Weißt du überhaupt, ob deine Mutter die Wahrheit erfahren will?«

Anna knetete den Brief in der Hand. Natürlich wollte ihre Mutter wissen, wer ihr leiblicher Vater war! Sie sollte wenigstens die Chance bekommen, ihn zu begraben.

Doch sie ließ den Brief in den Schoß sinken und schwieg. Michaels Gedanken waren offenbar längst woanders. Er tippte an seinem Computer herum; das war der Normalzustand ihrer Beziehung. Jeden Abend bis spät in die Nacht saß er am Schreibtisch, außer sie organisierte ein Dinner mit Freunden, Theater, irgendetwas, um den geistreichen, tiefgründigen, witzigen Mann zu erleben, der er war, insbesondere in Gesellschaft.

Sie hätte selbst genug Arbeit gehabt, doch nicht die Kraft, sich aufzuraffen, nicht einmal zum Lesen eines der Romane, die sie ständig kaufte und die sich dann im Regal reihten. Der Anblick ihrer Bücher entlang der Regalreihe, streng sortiert nach Herkunftsland des Autors und Entstehungszeit, gab ihr ein Gefühl von intellektueller Überlegenheit. Doch anstatt zu lesen lag sie nun ausgestreckt auf der Couch und ärgerte sich über den Anblick, den Michael am Computer bot, konzentriert, tief versunken, beneidenswert. Sie war unfähig, die Nächte durchzumachen, wie er es regelmäßig tat. Sie war ein Tagmensch durch und durch. Scheinbar waren ihre Lebensweisen unvereinbar miteinander, doch in Wirklichkeit passten sie perfekt zusammen. »Bringt er dich noch immer jeden Abend ins Bett?«, hatte neulich erst ihre Freundin mit neidischer Bewunderung gefragt.

Ihr Ritual schien in der Tat romantisch, doch manchmal wünschte sich Anna, sie würden zusammen einschlafen wie normale Leute. Früher waren sie ineinander verschlungen in den Schlaf gesunken, nach dem Sex. Ja, nach dem Sex, dachte sie mit ein klein wenig Wehmut, wie man im Alter an die guten alten Zeiten zurückdenkt. Mittlerweile fand sie keinen Schlaf unter der Schwere seines Armes, wenn sie mal gemeinsam zu Bett gingen. Sie war es inzwischen gewohnt, allein einzuschlafen, auf der Seite liegend, das Kissen unter den Kopf geknüllt, die Knie hochgezogen. Nun lauschte sie meistens dem gleichmäßigen Geräusch seines Atems, spürte die Wärme zwischen ihnen und ärgerte sich. Stets sank er innerhalb von Sekunden in tiefen Schlaf, und sie, seinem Schnarchen ausgesetzt, lag da und starrte die Wand an. Hatte sie sich von ihm entwöhnt?

»Warum besuchst du nicht István Szabó, den Maler«, rief Michael aus dem Zimmer nebenan.

Anna hatte gerade ihre Serie gestartet und der Vorspannmusik gelauscht, die jedes Mal ein wohliges Gefühl in ihr aufkommen ließ, als kämen lang erwartete Familienmitglieder nach Hause. Sie schaltete auf Pause, erhob sich von der Couch und ging zu ihm.

Auf seinem Bildschirm erkannte sie die Engelsgebilde und nervösen Kreaturen, die typisch für das Werk Szabós waren. »Du könntest ihn auf das Porträt ansprechen, ihn bitten, seine Echtheit zu bestätigen. Vielleicht hat er Rebeka und diesen Breitner gekannt.«

Anna drückte Michael einen Kuss auf die Wange. Wieso war ihr das nicht selbst eingefallen?

18
ANTIGONE

Budapest 1949

Rebeka ließ Breitners Anrufe unbeantwortet. Der Gedanke daran, sich seinem Heiratsantrag stellen zu müssen, ließ Enge in ihrer Brust entstehen. In den unwahrscheinlichsten Momenten erschien ihr das Bild Aurelias, der kecke Bob, die Hand zwischen den Schenkeln, und traf sie wie eine Ohrfeige. Sie kniff die Augen zu, vertrieb die bösen Gedanken und suchte nach Ablenkung. Die fand sie bei István.

Manchmal holten sie das Manuskript schon während des Mittagessens heraus. Die Amme bereitete ihnen kleine Brote, handlich, um sie beim Diskutieren auf dem Sofa essen zu können. Sie ließen das Manuskript zwischen sich hin und her wandern, lasen Szenen, Rebekas Füße schlüpften aus den Schuhen, auf das Sofa, manchmal, war die Tür verschlossen, auch in seinen Schoß. Er massierte die schmerzlich gedrückten Stellen, knetete sie mit therapeutischer Gewissenhaftigkeit. Rebeka quietschte lustvoll und räkelte sich zwischen Kitzelschmerz und Vergnügen. Als er aufhörte, stöhnte sie, hielt ihm die gespreizten Zehen hin, lechzte nach mehr. »Los, faules Ding!«, rief er und lachte.

Sie rappelte sich vom Sofa auf, nahm Haltung an, ja wuchs über sich hinaus, als stünde sie auf der Bühne. Sie schloss kurz die Augen, bevor sie ansetzte zu Antigones Antwort auf das von Kreon propagierte kleine Glück. Es war jenes kleine Glück, das Antigone das entscheidende Argument lieferte zur Absage an das Leben.

»Ihr seid mir alle widerlich mit eurem Glück und eurer Lebensauffassung. Gemein seid ihr! Wie Hunde, die geifernd ablecken, was sie auf ihrem Weg finden. Ein bescheidenes Alltagsglück und nur nicht zu anspruchsvoll sein! Ich, ich will alles, sofort und vollkommen – oder ich will nichts. Ich kann nicht bescheiden sein und mich mit einem kleinen Stückchen begnügen, das man mir gibt, weil ich so brav war. Ich will die Gewissheit haben, dass es so schön wird, wie meine Kindheit war – oder ich will lieber sterben.«

Zurückgelehnt auf dem Sofa, doch aufmerksam, sah István ihrer Darstellung zu. Sein nachdenkliches Kopfschütteln, das fast unmerkliche Zucken am Mundwinkel ließ sie verstummen.

»Was denkst du?«

Er neigte den Kopf zur Seite. Er runzelte die Stirn. »Es ist reichlich paradox.«

Rebeka blickte ihn fragend an.

»Soll gerade Breitner dich in der Rolle der Antigone sehen?«

»Ich verstehe nicht. Glaubst du, er hält mich für das trotzige Kind, die freche Göre, die ich spiele?«

Überraschung huschte über Istváns Gesicht. »Antigone ist kein trotziges Kind!« Nach einem tiefen Atemzug, dem Moment der Überlegung, stand er auf und trat ihr gegenüber. »Sie ist die personifizierte Aufrichtigkeit. Sie lehnt sich auf gegen die Welt des faulen, billigen Kompromisses, gegen Opportunismus, gegen Kreons kleines Glück, gegen die Staatsidee. Du musst ihre Lebenssehnsucht durchblicken lassen, nicht mit dem Fuß stampfen! Du darfst sie nicht flach spielen, als sei sie eine Rotznase.« Er nahm ihre Hände in seine und streckte ihre Arme aus, als malte er ihr Engelsflügel. »Mach sie sinnlich und leidenschaftlich. Lass sie blühen.«

Rebeka nickte ohne Überzeugung und ließ die Arme sinken.

»Aber ihr Aufbegehren ist kindisch! Vor allem ist es nutzlos. Sie scharrt mit bloßen Händen Erde auf den Leichnam ihres Bruders. Sie weiß genau, Kreon muss sie dafür töten lassen. Aus romantischen Gefühlen heraus stürzt sie sich in den Tod und reißt gleich zwei Menschen mit sich. Ihr Idealismus ist zerstörerisch.«

István schüttelte den Kopf. »Sie weiß genau, was sie tut!«

Er öffnete die Handflächen, als hielten sie eine imaginäre Glaskugel, als beschwöre er sie. »Sie ist eine, die gerne lebt, in vollen Zügen, eine, die ihre Krallen frühzeitig geschärft hat, eine, die ihre ureigenen Werte vertritt. Aber sie weiß, das ist unmöglich wegen der Rolle, die sie zu spielen hat. Kreon will sie mit väterlicher Weisheit zur Vernunft bringen, damit macht er sie zum Objekt seiner Politik. Sie liebt das Leben, sie liebt sogar Hämon, den sie heiraten soll. Doch ihn zu heiraten würde bedeuten, sich in das bürgerliche Korsett pressen zu lassen. Sie ist ein mit allen Sinnen am Leben hängendes Mädchen, aber eben nicht um den Preis der Strangulierung.«

Rebeka sah die Leidenschaft in Istváns Augen. Sie liebte es, wenn er mit ihr diskutierte, wenn er in seinem Element war und sich so völlig auf sie einließ. Sie betrachtete die Bewegung seiner Lippen und hatte Lust, ihn auf den Mund zu küssen.

»Was ist daran widersprüchlich, dass Breitner mir diese Rolle vermittelt hat?«

István seufzte und trat zurück zum Sofa. Er kramte in seiner Hosentasche nach einer selbst gedrehten Zigarette. »Breitner ist ein Pragmatiker, ein Taktiker, gewissermaßen ist er wie Kreon. Er weiß genau um die Gebrechen unserer Gesellschaft, doch in seiner Rolle muss er das Spiel mitspielen. Er ist kein schlechter Mensch. Aber er ist gezwungen, Kompromisse einzugehen, um seiner Stellung gerecht zu werden. Damit lässt er sich instrumentalisieren. Heiratest du ihn, wirst du es ihm gleichtun.« Er nahm einen tiefen Zug von der Zigarette. Die Beiläufigkeit, mit der der Nebel seinem Mund entwich, tarnte nicht die Wucht seiner Worte: »Antigone ist nicht bereit, sich benutzen zu lassen. Sich dermaßen zurückzunehmen, sich auf diese Art einfrieden zu lassen, ist für sie eine Zumutung, Leerlauf. Es ist der Tod.« Er ließ sich in das Sofa zurückfallen, als wäre das Urteil gesprochen.

Seine Worte trafen sie mit Wucht und lagen wie Steine in ihrem Magen. Sie spürte, dass etwas an ihnen nicht stimmte, auch wenn es nach der Wahrheit klang.

Rebeka wandelte barfüßig durch den Raum und ließ ihre Zehen in den weichen Teppich sinken. Da ging es ihr auf. Sie fasste sich geistesabwesend an den Hals, als könnte sie sich so mehr Luft verschaffen. Es war seine Motivation, die seine Worte Lügen strafte. »Die Zumutung ist, wie du dieses Stück dazu benutzt, mich gegen Breitner aufzubringen.«

»Du liebst ihn doch nicht!«, platzte es aus ihm heraus wie aus einem geladenen Gewehr. »Heiratest du ihn, wirst du nur den Wünschen deines Vaters und deiner bürgerlichen Erziehung gerecht werden.«

Rebeka lachte auf. Es war ihr schrilles, kaltes Lachen. »Weißt du, was ich glaube? Du bist eifersüchtig und gönnst mir den Erfolg nicht.«

»Dann erkläre mir, was tue ich hier?«, schrie er sie mit erhobener Hand an. »Ich probe mit dir Tag für Tag, vernachlässige meine Arbeit. Ich gönne dir den Erfolg nicht?« Er sah ihren entsetzten Blick und nahm die Hand wieder herunter.

»Keiner zwingt dich, hier zu sein. Bin ich dir eine Last? Dann geh doch!« Sie wandte ihm den Rücken zu. Im Inneren spürte sie einen so tiefen Zorn, dass sie sich auf ihn stürzen wollte, ihn zu Boden reißen, ihre Zähne und Krallen in ihn schlagen, seine

Haut spüren. Niemand sprach so zu ihr, wie er es tat, und es erregte sie auf eine Weise, die ihr selbst unbegreiflich war.

Sie holte tief Luft. »Geh jetzt!«, sagte sie dann gefasst.

»Sei nicht albern. Ich habe es nicht so gemeint.«

»Raus!« Jetzt schrie sie. Ihr Blick war kalt.

Und da tat er es. Er nahm seinen Mantel und verließ das Zimmer.

Am späten Abend noch saß Rebeka über ihr Tagebuch gebeugt am Schreibtisch. Nach kurzem Klopfen trat ihr Vater ein. Sie schirmte mit der Hand die geschriebenen Zeilen ab und blickte zu ihm auf.

Bárdossy war an der Tür stehen geblieben und kratzte sich am Hinterkopf. Offenbar suchte er nach den passenden Worten.

»Der István hat ernsthafte Absichten, nicht?«

Rebeka machte ein überraschtes Gesicht. Sie hatte keine Lust darüber zu reden.

»Ich mag den Jungen.«

Er schien abzuwarten, ob sie darauf einging. Er räusperte sich. Sie schwieg. Sie wusste genau, was er versuchte.

»Als Bewerber kommt er nicht infrage, oder?«

Da war sie raus, seine Frage. Sie war überrascht, wie einfach das klang. Vielleicht war er nie infrage gekommen, dachte sie, und legte innerlich die Waffen nieder.

Sie schüttelte den Kopf, blickte zu ihm auf. Sie wollte ihm zeigen, wie leicht ihr die Antwort fiel.

Ihr Vater nickte. Sie wusste, was als Nächstes kommen würde. Sie richtete sich auf und sah ihm in die Augen. Ihr Herz klopfte wild vor Unruhe.

»Dann wärest du einem Antrag des Herrn Professors nicht abgeneigt?«

»Seid ihr euch nicht schon einig?«

Wie ein Ertappter brauste er auf. »Meine Liebe, wir können froh sein. Der Professor ist ein angesehener Mann.«

»Froh sein?«

»Du weißt, wie ich das meine.«

»Hat Róbert dir auch von seiner verstorbenen Frau erzählt?« Seine Augenbrauen schnellten in die Höhe.

»Aurelia war ihr Name. Sie war seine große Liebe. Heiraten will er nur, weil es sich in seiner Stellung so gehört. Bin ich erst seine Frau, wird es vorbei sein mit der Bühne.«

»Was erwartest du?« Bárdossy schüttelte den Kopf. »Eine Frau muss wissen, wo ihr Platz ist.«

»Ich werde ihn nicht heiraten, Papa!«

»Rebeka!«

»Mamika hätte das nicht zugelassen. Ich liebe ihn nicht!«

Bei dem Verweis auf seine verstorbene Frau senkte Bárdossy den Blick. Er nickte. »Du weißt, wir wurden verheiratet, deine Mutter und ich. Wir hatten ein …«

»Gutes Leben, ich weiß, Papa.«

»Deine Mutter hat es dir nie erzählt.« Er machte mit gesenktem Kopf ein paar Schritte auf sie zu. Rebeka schaute fragend zu ihm auf.

»Mit siebzehn Jahren ist sie mit einem Zigeunerjungen durchgebrannt. Er war Musiker.«

»Mamika? Das glaube ich nicht.«

»Die Gendarmen haben die beiden gefasst. Deine Mutter ist von der Schule geflogen, das ganze Dorf hat geredet. Deshalb sind deine Großeltern in die Stadt gezogen. Sie haben einen anständigen Ehemann für ihre Tochter gesucht. So habe ich deine Mutter kennengelernt.«

»Und das hat sie dir alles erzählt?«

»Alles. Ob ich sie trotzdem heiraten würde, das hat sie mich gefragt.«

145

»Und?«

»Ich hatte mich auf den ersten Blick in sie verliebt.« Er machte eine entschuldigende Handbewegung. »Sie hat die vernünftige Entscheidung getroffen. Es war eine gute Ehe, Rebeka. Deine Mutter war nicht unglücklich mit mir.«

»Natürlich nicht, Papa!«

Rebeka schloss die Augen und dachte an ihre leise, zärtliche Mutter, die für eine kurze Zeit glücklich gewesen war.

19
HOTEL ASTORIA

Budapest 1949

Wie ein herrenloser Hund lief István durch die Nacht. Den Mantelkragen hatte er aufgestellt, den Hut tief ins Gesicht gezogen gegen die Kälte. Er schob sich vorbei an Eingängen, mit Einschusslöchern dekorierten Hauswänden.

Es war der Abend von Rebekas Vorsprechen.

An der Straßenkreuzung vor dem Hotel Astoria blieb er stehen. Das Licht aus den Fenstern des Hotelrestaurants funkelte auf dem nassen Asphalt. István lugte durch das Fenster und ließ seinen Blick von Tisch zu Tisch gleiten. Hierher hatte Breitner ihn damals bestellt, um das Porträt entgegenzunehmen.

István erblickte ihn neben der Treppe zum privaten Obergeschoss. Er las in einer Zeitung.

István navigierte das sperrige Bündel unter dem Arm so unauffällig wie möglich durch das Restaurant. Seine Schuhe versanken, wie mit Gewichten beschwert, in dem feinen Teppich.

Er wickelte das Porträt aus und stellte es vor Breitner auf dem Boden ab.

»Setzen Sie sich, Herr Szabó, und trinken Sie ein Glas Wein mit mir.«

»Ich bleibe nicht lange, danke.«

Breitner faltete seine Zeitung gewissenhaft zusammen. »Setzen Sie sich, bitte!«

István folgte der Aufforderung.

Breitner betrachtete das Bild lange. István forschte nach Gefallen oder Enttäuschung in seinen Zügen, doch die einzige Regung, das winzige Zusammenziehen der Augenlider, deutete, wenn überhaupt, auf Konzentration hin. Er verfluchte seine Käuflichkeit, die ihn in diese Lage gebracht hatte. Gerade wollte er aufspringen, als Breitner endlich zu ihm aufsah.

»Eine ganz außergewöhnliche Arbeit, Szabó.«

Es bereitete István Mühe, seine Überraschung, ja, den Stolz zu verbergen, der sich ihm aufdrängte. »Sie sehen nicht begeistert aus.«

Breitner atmete ein und lange aus. »Es ist gewöhnungsbedürftig. Ich gebe zu, es entspricht nicht meinen Erwartungen. Aber wie ich Sie kenne, hätte ich eine Überraschung erwarten müssen.« Breitner lehnte sich zurück. »Es ist ausdrucksstark, aufwühlend. Die Augen der jungen Dame brennen vor Stolz. Ich wage zu sagen, es ist etwas Unheimliches in ihrem Blick.«

Jetzt stand István vor eben diesem Restaurant wie ein Kind, das Gesicht an die Glasscheibe gepresst, und suchte nach Rebeka und ihrem Begleiter. Ein unwiderstehliches Paar würden sie abgeben. Natürlich waren sie nicht da. Doch István gab sich seiner Vorstellung hin. Er stellte sich vor, wie sich Breitner über den Tisch zu ihr vorbeugte und, die kleine Schachtel auf den Fingerspitzen haltend, ihr die Worte zuflüsterte. Oder ging er vor seiner Dame auf die Knie wie ein Edelmann? Das war nicht wichtig, wichtig war der Laut, der ihr, das Schächtelchen öffnend, vermutlich entwich. Außenstehende vernahmen einen Jauchzer, István aber erkannte den leisen Schrei der Erkenntnis. Sie entschied sich für die

Vernunft. Jawohl, für die Vernunft, denn das Fältchen zwischen ihren gehobenen Augenbrauen, dieses Zögern, als hätte sie die Wahl, war eine Illusion. Sie musste es selbst gewusst haben. Es gab keine Alternative für eine Bárdossy.

Angewidert von sich selbst riss sich István von der Scheibe los und klopfte den Staub von seinem Mantel. Er hatte an diesem Ort nichts verloren. Er vergrub die Hände in den Manteltaschen und wandte sich zum Gehen.

20
SZABÓ

Érd bei Budapest 2017

»Ich habe Ihnen gesagt, ich rede nicht mit Reportern«, hörte sie durch die verschlossene Tür. Es war ein leises, gedämpftes Brummen.

Annas Beteuerung auf Ungarisch, sie sei nicht von der Presse, ihr vorsichtiges Lächeln halfen nichts. Nun hielt sie das Foto vom Rebeka-Porträt vor das Guckloch. »Mein Name ist Anna Hartmann. Ich hätte ein paar Fragen zu diesem Bild.« Sie sprach zur Tür, vielleicht zu sich selbst. Sie hatte eben seine Schritte gehört, das knarrende Parkett vernommen, ein leises Schlurfen der Pantoffeln auf den Dielen vielleicht. So stellte sie sich den Künstler Szabó vor: als einen alten Mann in Pantoffeln.

Seither herrschte Stille. Also musste er noch dastehen, auf der anderen Seite der Tür, horchen wie sie. Vielleicht hatte er ein Auge am Guckloch und beobachtete sie. Sie strich über ihren Haarknoten, ertastete eine Haarnadel, die sich gelöst hatte, da knackte das Schloss, und die Tür öffnete sich einen Spalt. »Wo haben Sie dieses Bild gesehen?«

Sein Ton war schroff. Sie wich zurück. Er wirkte drahtiger und größer, als sie erwartet hatte, und war barfuß auf den Dielen.

»Der Besitzer hat es mir angeboten. Haben Sie Zeit für einen

Kaffee?« Sie versuchte es offensiv, in Wirklichkeit hatte der Mut sie längst verlassen. Er wirkte ungehalten, als käme ihr Besuch zur ungünstigsten Stunde. Trotzdem war etwas in seinem Gesichtsausdruck, vielleicht nur der prüfende Blick, als wägte er ab, ob es ratsam war, sie hereinzulassen. Einige Sekunden hielt sie noch aus mit der Türschwelle zwischen ihnen, denn irgendetwas, das sie gesagt oder getan hatte, schien seine Meinung geändert zu haben. Wirkte er alarmiert oder doch genervt? Sie konnte sich nicht entscheiden. Wenigstens entsprachen seine zurückgekämmten, weiß schimmernden Haare dem Stereotypen vom zurückgezogen lebenden Künstler.

»Ich kann wiederkommen«, sagte sie, nun zum Rückzug bereit. Da öffnete sich die Tür. Er winkte sie mit einer Geste herein, als bliebe ihm nichts anderes übrig.

Sie betrat die schmucklose Wohnküche mit der Küchenzeile auf der einen und Bücherregalen auf der anderen Seite. In der Mitte stand ein geräumiger Tisch, an dem sie unentschlossen stehen blieb, da er sie nicht aufgefordert hatte, sich zu setzen.

Ihr den Rücken zugewandt, nahm er einen Espressokocher vom Regal über dem Herd und hielt ihn hoch wie eine Trophäe. »Ich habe nur diesen hier. Mit einer dieser Kapselmaschinen kann ich nicht aufwarten.«

Ermutigt trat Anna nun zum Bücherregal.

Er bereitete das Gerät vor. »Kommen Sie her, Frau Hartmann, hier können Sie etwas lernen. Junge Leute kennen diese Kocher gar nicht mehr. Dabei machen die den besten Kaffee.«

Szabó füllte eine elektrische Kaffeemühle mit Bohnen. Sie sah ihm über die Schulter. »Sie müssen die Kaffeebohnen frisch mahlen, sonst bringt der beste Kocher nichts; den Trichter bis zum Rand füllen und abstreichen. Sehen Sie? Sonst wird der Rand anbrennen. Und nicht festpressen, dann kann der Kaffee nicht aufquellen. So ist es richtig.« Er schraubte das Kannenoberteil wieder fest und wartete.»Auf kleiner Flamme kochen«, sagte er noch und wandte sich zu ihr um.»Sie haben ihre Hausaufgaben nicht gemacht, junge Frau. Sie sollten mich nach den ›Weinenden Engeln‹ fragen, wie es ahnungslose Reporter gewöhnlich tun. Dieses Porträt ist nicht repräsentativ für mein Werk.« Der Kaffee sprudelte hervor, Wasserdampf trat aus. Szabó wartete noch einen Moment, dann nahm er den Kocher vom Herd und stellte zwei Tassen auf den Tisch. Er nahm selbst Platz und deutete ihr, sich ihm gegenüber zu setzen.

»Hätten Sie Milch und Zucker?«, fragte Anna noch im Stehen. Szabó sah sie an, als hätte sie nach Kokain gefragt. Widerwillig stand er wieder auf und ging zum Kühlschrank.

»Soja-Milch, bitte sehr.«

»Sie leben gesund.«

»Sie sind noch jung, ihr Körper ist gehorsam. In meinem Alter muss ich ihm dienen. Ich habe dem Alkohol abgeschworen, nehme keinen Zucker, esse Kohlenhydrate überhaupt nur in Maßen. Ab und zu gönne ich mir einen Kuchen, aber dann schlafe ich die ganze Nacht nicht. Am Morgen trinke ich einen Doppelten, mache ich mir ein Müsli mit Joghurt, Körnern, Dinkel, Hafer, ein wenig Obst, das hält bis in den Nachmittag satt. Am Abend gibt es Salat mit Kichererbsen oder Linsen mit Tofu.«

»War das Porträt ein Auftragswerk?«

Szabó seufzte, als hätte sie ihn an ein Leiden erinnert.»Für meine damaligen Verhältnisse habe ich eine stattliche Summe dafür bekommen.« Er sah über sie hinweg zum Bücherregal, als wollte er nicht daran erinnert werden. Noch einmal erhob er sich und nahm einen Bildband aus dem Regal, einen Ausstellungskatalog von 1971. Das war der Höhepunkt seines Schaffens gewesen, das wusste Anna. Seither war es ruhig um Szabó geworden.

Er legte das Heft aufgeklappt vor sie auf den Tisch, was einer Aufforderung gleichkam, es sich anzusehen. Anna betrachtete mit schräg geneigtem Kopf die uniformierten, spielenden Kinder auf der Doppelseite. Über ihnen schwebten geduckte, überdimensionierte Körper mit Engelsflügeln.

Fragend sah sie zu Szabó auf, der noch immer mit der Kaffeetasse in der Hand neben ihr stand, als erwartete er ihr Urteil. »Das ist eine Arbeit aus den Fünfzigerjahren. Es war ein Auftrag für den Parlamentskindergarten.«

»Für einen Kindergarten?«, fragte sie überrascht.

Szabó nippte belustigt an seinem Kaffee. Seine ernste Miene hatte sich in ein Grinsen verwandelt.

Anna blätterte weiter. »Zwanzig Jahre später bekamen Sie den renommierten Munkácsy-Preis vom sozialistischen Staat verliehen.«

»Sie konnten mich nicht zum sozialistischen Realismus bekehren, also wurde ich geduldet.«

»Preisgekrönt«, berichtigte Anna. Erneut sah sie zu ihm auf, ihr Nacken schmerzte, doch sie widerstand dem Drang, seinen musternden Blicken auszuweichen. »Deshalb reden Sie nicht gern über Ihre Kunst?«

»Haben Sie doch Ihre Hausaufgaben gemacht?«

»Das habe ich in einem Interview gelesen.«

»Sprechen meine Bilder nicht für sich, taugen sie nichts. So ist Kunst.«

»Das Regime hat Ihre Kunst instrumentalisiert. Macht Ihnen das nichts aus?«

Szabó schüttelte den Kopf. »Sie sind viel schlimmer als die Reporter.« Es schwang durchaus Anerkennung in seinem Ton mit. Weil sie ihren Blick nicht von ihm nahm, beantwortete er die Frage. »Dafür waren die viel zu dumm. In ihren Augen war ich ein Traditionalist, ich malte im Stil der Alten Meister und bediente mich Themen aus der Mythologie. Niemand konnte mir das ankreiden. Die Modernität meiner Bilder verstanden nur die,

die es verstehen wollten. Ich bin nicht politisch. Ich male, was ich sehe. Das war schon immer so.«

»Machen Sie es sich nicht zu leicht?«

»Zu leicht?« Szabó lachte auf. Er stellte seine Kaffeetasse ab und sah sie an, als wären sie fertig mit der Unterhaltung.

»Kannten Sie die Frau auf dem Porträt gut?«, fragte Anna schnell, bevor er ihr die Tür weisen würde.

Doch Szabó tat nichts dergleichen. Er setzte sich ihr gegenüber an den Tisch und betrachtete sie. Sein prüfender Blick, das nachdenkliche Lächeln bereiteten ihr Unbehagen. »Sie erinnern mich an sie. Das ist der Grund, warum ich Sie hereingebeten habe.«

»Die Frau auf dem Bild ist meine Großmutter«, sagte Anna und hielt seinem Blick stand.

Szabó verschränkte die Arme und lehnte sich zurück, als glaubte er ihren Worten nicht.

»Rebeka Bárdossy, so heißt sie. Sie lebt in Wien.«

Szabó löste seinen Blick von ihr und griff nach einem Holzkästchen, das auf einem Stapel Zeitungen lag. »Rauchen Sie?«

Anna verneinte mit einem Kopfschütteln.

»Ich rauche drei am Tag. Jeweils nach dem Essen und eine vor dem Einschlafen. Alte Leute haben Tablettenkästchen. Ich habe dieses hier.« Er öffnete das Zigarettenkästchen, in dem noch zwei Selbstgedrehte warteten. Mit einem entschuldigenden Lächeln zündete er sich die Zigarette an und nahm einen tiefen Zug, als ob er ihn wirklich brauchte. »Irgendetwas muss mich ja umbringen«, sagte er und ließ den Rauch langsam durch den Mund entweichen.

Anna hatte den Eindruck, als hätte sich etwas in seinem Ton verändert. Als sei er weniger genervt von ihrer Anwesenheit.

»Man sagt, die Summe aller Laster sei immer gleich«, sagte Anna. Es war ein Scherz, eine Art Friedensangebot.

»Ein Gemeinplatz«, sagte er mit Spott, doch er betrachtete sie aufmerksam. »Aber vielleicht ist was dran.« Offenbar bemühte er sich, nett zu sein. Er zog erneut an der Zigarette, die mit leisem Knistern in der Stille abbrannte.

»Was ist Ihr Laster?«, fragte Anna.

Szabó sah zur Tür, als würde er jemanden erwarten, vielleicht aber auch nur, um ihrem neugierigen Blick auszuweichen. Er nahm noch einen Zug und blies den Rauch über ihre Köpfe. »Ich bin ein schlechter Vater«, sagte er. So etwas sagt man nicht leicht dahin, dachte Anna. Die Stille zwischen ihnen verdichtete sich.

»Mein Sohn schreibt mir einmal im Jahr eine Karte zu Weihnachten«, sagte er nach einer ganzen Weile. »Genau genommen schreibt seine Frau.« Er winkte ab, als wolle er nicht darüber reden. »Haben Sie Kinder?«, fragte er stattdessen.

Anna verneinte seine Frage, als wäre sie viel zu jung für Kinder, wie sie es früher immer getan hatte, als sie wirklich zu jung gewesen war. Ihre Hand streifte ihr Kleid, genau die Stelle, an der es noch keine Wölbung gab. »Ein Kind ist keine Garantie für Glück«, hörte sie sich selbst sagen, als rechtfertigte sie sich, und bereute es sofort.

Szabó rieb sich die Schläfen, als hätte er Kopfschmerzen. »Noch ein Gemeinplatz! Was ist denn Glück für Sie, junge Frau?«

»Anna.«

»Anna, richtig. Was ist also Glück für Anna?«

Sie rührte in ihrer Espressotasse, obwohl gar kein Zucker darin war. »Der erste Schluck vom Milchkaffee am Morgen. Der Duft der Auguststraße nach einem Sommerregen. Eine gelungene Ausstellung.«

»Das ist schon alles? Dann müssen Sie ein glücklicher Mensch sein.«

Anna hielt seinem forschen Blick stand. Was wusste er schon von ihr? Vielleicht waren es wirklich nur Momente, an denen das sogenannte Glück festzumachen war. Und das war's schon, mehr gab es gar nicht zu finden.

»Gehen Sie mit mir spazieren!« Es war eine Aufforderung, als hätte er sich entschieden, sie zu mögen. Er drehe um diese Zeit seine Runde in der Umgebung, sagte er, und sie willigte ein.

Sie sah ihm zu, wie er sich auf einem dreibeinigen Hocker mühsam gebückt die Socken anzog. Anna empfand den Anblick als zu privat, sie zwang sich wegzusehen, um ihn nicht bloßzustellen.

»Was macht Ihr Sohn?«, fragte sie, nur um irgendetwas zu fragen.

»Er ist Maschinenbauingenieur bei Siemens in Berlin. Er lebt dort mit seiner Familie, ein guter Bursche.« Es war nicht ganz klar, ob sein gequältes Lächeln von der Anstrengung oder von dem Gedanken an seinen Sohn herrührte. »Wir haben nicht viel gemeinsam«, sagte er. Außer Atem richtete er sich vom Schuhzubinden wieder auf und wies auf den anderen, noch nicht angezogenen Sportschuh. »Die haben so eine Luftsohle, sehen Sie? Damit wird der Schritt abgefedert. Die habe ich auf dem Flohmarkt erstanden, aber sie sind ganz neu. Mein Chiropraktiker meint, gute Schuhe zum Laufen seien unentbehrlich.«

Szabó setzte einen Rucksack auf, stülpte sich das herausgerutschte Hemd in die Hose und stand in der Türschwelle wie ein kleiner Junge, der fertig für die Schule war.

Anna folgte ihm über den beidseitig bewachsenen Pfad aus Pflastersteinen durch den Garten, wild und verspielt, genau das Gegenteil von der schlichten Wohnküche.

Wie es sich zeigte, erforderte dieser Effekt die genaueste Komposition und Gartenkunst, etwas, wovon sie keine Ahnung hatte. Er zeigte ihr seine Obstbäume, den Kirschbaum hier, dort die Pfirsiche. »Sie kommen ein paar Wochen zu spät für die süßen Pfirsiche, Frau Hartmann.« Mit geschlossenen Augen führte er die Hand zum Mund und deutete an, in einen reifen Pfirsich hineinzubeißen. Dann machte er eine Handbewegung, als würde er sich den Saft der süßen Früchte vom Kinn wischen. Bei dem genüsslichen Anblick musste Anna lächeln. Die Sommer ihrer Kindheit am Wannsee kamen ihr in Erinnerung. Die Ausführlichkeit, mit der Szabó vom Schnitt der Obstbäume sprach, seine Art, sie dabei anzusehen, rückfragend, ob sie verstanden hatte, war, als wollte er ihr Lebensweisheiten vermitteln. Anna fragte gern nach und ließ ihn reden. Die Dynamik zwischen ihnen schien sich zu ihren Gunsten verschoben zu haben. Mit Kopfschütteln und erhobenem Zeigefinger, als beginge sie ein Verbrechen, berichtigte er sie, Pfirsichbäume dürften ausschließlich im Frühjahr vor dem Austrieb beschnitten werden!

»Woher kannten Sie meine Großmutter eigentlich?«, fragte Anna, als sei diese Gelegenheit so gut wie jede andere, um auf Rebeka zurückzukommen.

Szabó ließ den Zweig aus der Hand gleiten, an dem er ihr demonstriert hatte, wie man steil nach oben stehende Zweige zu entfernen hatte, und ging ihr voraus, die Hände am Rücken gefaltet, zum Gartentor. »Woher? Spielt das eine Rolle? Ich kannte sie besser als sie sich selbst, das bedeutet etwas.« Das sagte er so beiläufig, so leise, Anna hätte fast nicht vom unebenen Weg aufgesehen. Doch er blieb stehen, als er das hölzerne Gartentor öffnete, und entließ sie aus seinem verwunschenen Garten mit einem Blick voller Erwartung, als wäre sie es, die ihm eine Erklärung für diese Antwort schuldig war.

Anna trat schweigend durch das Tor, wandte sich um und wartete auf ihn.

Er legte sorgsam das Schloss um und verschloss das Tor.

»Der Mann, von dem ich dieses Bild bekommen habe, heißt Dr. Róbert Breitner. Er ist kürzlich verstorben«, sagte sie. Szabó nickte, als wäre der Tod etwas, worüber er sich in seinem Alter nicht mehr wunderte.

Sie gingen eine Weile nebeneinander her, als gäbe es nichts

Interessantes auf der Welt, schon gar nicht Érd, dieses ärmliche ungarische Dorf mit seinen langweilig rechteckigen Einfamilienhäusern, die sich entlang der Hauptstraße aneinanderreihten wie die Glieder einer Kette. Die meisten waren weiß angestrichen, dazwischen hier und da ein geschmacklos grelles Gelb oder ein Haus ohne Putz, meist mit kleinen, rechteckigen Fenstern, die auch am Tag ihre Rollos wie die Schlafaugen einer Puppe heruntergelassen hatten, um die Hitze auszusperren. Szabós mit Efeu bewachsene Haus, verborgen hinter dem wuchernden Märchengarten, als stünde es dort seit Jahrhunderten, erschien ihr wie pure Rebellion.

»Meine Großmutter war mit Dr. Breitner verlobt, nicht?«, fragte Anna weiter. Sie fischte im Trüben.

Inzwischen waren sie von der Hauptstraße abgekommen und gingen durch die Weinberge.

»Es wird so sein«, sagte er mit Blick zum Himmel, wo sich dunkle Wolken über ihnen zusammenbrauten. »Wir sollten zurückgehen, es wird Regen geben.« Ruhig, doch bestimmt drehte er um. Irgendetwas an seinem Gesichtsausdruck, die strengen Augenbrauen, die Art, wie er umgekehrt war, ließ Unbehagen in ihr aufkommen, als sei er nicht vom Wetter verärgert.

Die Schatten mächtiger Regenwolken tauchten den Weinberg in dunkles Grau. Schweigend gingen sie nebeneinander her. Anna fühlte sich in die Enge getrieben. Sie hätte sich am liebsten auf einen vergessenen Termin bezogen und verabschiedet, doch nun galt es, den Weg gemeinsam zurückzugehen. Vielleicht lag es an dieser Gegebenheit, vielleicht an ihr – aber sie konnte nicht anders, als die Flucht nach vorn zu ergreifen.

»Meine Mutter hat nie erfahren, wer ihr leiblicher Vater war ...«, begann sie und wollte gerade erklären, wie heikel dieses Thema mit ihrer Großmutter war.

»Fragen Sie doch Rebeka!«, schnitt Szabó ihr das Wort ab.

Es klang vorwurfsvoll, als hätten diese Worte die ganze Zeit im Hinterhalt gelauert. Sogleich bremste er sich, als stünde es ihm nicht zu, sich in fremde Familienangelegenheiten einzumischen. Was wüsste er schon, murmelte er und ging mit zügigen Schritten voraus.

Anna holte ihn ein, und so gingen sie im höflichen Schweigen nebeneinander zurück zum Haus.

21
BLUT IM SALON

Budapest 2017

Kaum hatte Szabó sie an ihrem Wagen verabschiedet, löste Anna den Knoten im Haar und schüttelte die Mähne gut aus, wie sie es tat, wenn sie nach einem langen Tag nach Hause kam und anschließend aus ihren Kleidern stieg, die Ringe ablegte, die sie plötzlich allesamt einengten und ihr das Blut abschnürten.

Die ersten Regentropfen fielen herab, rasch war das Pflaster mit kleinen Punkten übersät. Sie drückte den Wagenöffner. Ein Piep-Piep ertönte, unerhört heiter. Sie ließ sich in den Sitz sinken und sperrte den aufkommenden Sturm aus. Das Handy schon in der Hand, wählte sie ihre Mutter an, um ihr von Szabó zu berichten, diesem seltsamen Zyniker, mit dem die Konversation sich angefühlt hatte wie ein Vorstellungsgespräch.

»Dein Vater …«, begann ihre Mutter, kaum hatte sie abgehoben, und stockte. Ihre Stimme klang heiser, weinerlich.

Anna wusste sofort, dass sich ihr Verdacht bestätigt hatte. Sie hätte ihn zur Rede stellen müssen! Stattdessen hatte sie ihre Ahnung verdrängt wie einen dummen Kinderstreich, bis sie selbst geglaubt hatte, es wäre nichts geschehen.

»Die Anwältin …«, verstand Anna zwischen fiependen, verheulten Lauten.

Dann fasste sich ihre Mutter offenbar, als hätte sie sich aus dem Bett erhoben, die Falten an ihrem Kleid glatt gestrichen, die tränenverschmierten Augen mit dem Handrücken trocken gewischt und beschlossen, alles auf sich beruhen zu lassen, wie es sich für eine liebende Ehefrau und Mutter gehörte, um der Familie willen.

»Es ist vorbei?«, wiederholte Anna die Worte ihrer Mutter. Warum in aller Welt hat er es gestanden? Hoffte er auf Absolution? Sie ärgerte sich über ihre eigene Feigheit. Sie hätte ihn auffordern müssen, die Affäre zu beenden, den Mund zu halten und sein schlechtes Gewissen gefälligst mit sich selbst auszumachen! Nichts dergleichen hatte sie getan. Beschäftigt mit sich selbst hatte sie gehofft, es ginge vorüber wie eine milde Grippe, die nicht der Aufmerksamkeit bedurfte.

Doch das sagte sie ihrer Mutter nicht. »Was wirst du jetzt tun?«, fragte sie stattdessen.

Die Leitung blieb still. Anna lauschte dem prasselnden Regen auf der Windschutzscheibe und stellte sich vor, wie ihre Mutter sich wieder setzte, die freie Hand hilflos im Schoß, ratlos, in ihren Grundwerten erschüttert.

»Was bleibt mir übrig?«

»Mama, du kannst diese Kränkung nicht einfach schlucken.«

»Anna, bitte!«

Anna nickte betreten. Sie schwieg in den Hörer, dankbar, nichts sagen zu müssen. »Ich bin übermorgen wieder zu Hause und komme dann vorbei«, murmelte sie dann.

Sie ließ das Telefon in den Schoß sinken, legte den Kopf zurück und wollte für immer so verharren. Doch der Blick auf die Uhr erinnerte sie an den wartenden Michael. Sie hatte die Ausstellungseröffnung vergessen!

Sie brauste in dem gemieteten Kleinwagen das Donauufer entlang. Der Regen legte sich allmählich. Die Sonnenstrahlen kämpften sich durch den grau verhangenen Himmel und ließen den nassen Asphalt funkeln. Im Sonnenlicht leuchtete die Freiheitsbrücke über dem Strom der Donau. Ihre Nerven beruhigten sich. Hoch oben auf dem Gellértberg zu ihrer Linken wachte eine bronzene Frauengestalt, die Freiheitsstatue, über die Stadt wie eine Mutter über ihr Kind. Budapest kam Anna vor wie eine Diva mit tausend Gesichtern. Das Verruchte der nächtlichen Gassen, das Gesetz der Straße blieb dem wandelnden Schöngeist verborgen. In dieser Stadt der Gegensätze war ihre Großmutter aufgewachsen; ein Budaer-Mädchen durch und durch wäre sie gewesen, hatte Szabó ihr erklärt. Ob sie wüsste, was das bedeutete, hatte er mit bedeutungsvollem Blick gefragt und das »Buda« in Budapest betont, als handle es sich um die rivalisierende Schwester von der anderen Donauseite. Aus »Buda« zu sein, sei eine Lebenseinstellung, eine Herkunft, noch heute. Eine besondere Anrede erforderten sie, diese Wesen, hatte er mit einem Lächeln gesagt, doch der Bogen, den seine Augenbrauen gezeichnet hatten, hatte Bosheit durchscheinen lassen. Sie lebten hinter verborgenen Steinmauern, umgeben von friedlichen Parks und kleinen Konditoreien. Mit perfekt manikürten Nägeln und verklärten Sinnen wandelten sie hochhackig durch die schicken Shopping-Plazas der Stadt wie Feenmädchen. Rebeka sei ein solches Mädchen gewesen, eine stolze Bárdossy. Das hatte er mit so leidvollem Gesicht gesagt, dass Anna aus Verlegenheit den Blick gesenkt hatte.

Michael wartete auf der Straße vor dem Bálna Pláza, einem imposanten gläsernen Neubau, der sich bogenförmig über die ehemaligen Hafenbauten am Donauufer erstreckte. Er winkte ihr zu, in der ungeduldigen Art, wie man ein Taxi heranruft, mit einem Fuß schon auf der Straße.

»Entschuldige bitte!«, rief sie ihm gleich zu, als die Wagentür aufging, damit er ihr den Vorwurf nicht machte. Sie nahm die Handtasche vom Beifahrersitz und legte sie auf den Rücksitz »Wie war's?«, fragte Michael, als der Wagen sich in Bewegung setzte.

»Intensiv«, sagte sie. Sie war zu erschöpft zum Erzählen. Abwechselnd hielt sie den Blick auf die Straße und die Navigation gerichtet, ohne die sie in Budapests System aus Einbahnstraßen verloren waren.

»Ist das Porträt von ihm?«

Anna nickte und nahm aus dem Augenwinkel seinen fragenden Gesichtsausdruck wahr. Jetzt fuhren sie im Schritttempo. Wie eine zähflüssige Masse quoll der Verkehr auf der Ringstraße vor sich hin.

»Mein Vater hatte tatsächlich eine Affäre mit dieser Anwältin. Meine Mutter glaubt, es sei nun vorbei.«

Michael öffnete den Knopf am Ärmel und krempelte das Hemd bis zum Ellenbogen hoch.

Sie bog in eine der Gassen des jüdischen Viertels, musste bremsen, vorsichtig an Touristen vorbeifahren, die hier die wunderbar brüchigen Fassaden fotografierten wie im Ost-Berlin der Vorwendezeit. Im Sozialismus vergessen und ausgestorben hatte die Gegend längst zu ihrem alten Glanz zurückgefunden.

Linker Hand bog sie in die Király utca. Die »Königsgasse« nannte man sie, etwas liederlich, anrüchig, mit ihren schäbigen Kneipen war sie wieder zum Lebensnerv der Stadt geworden. Anna fuhr langsam an, beschleunigte, navigierte an parkenden Autos vorbei. Eine grauhaarige Frau stand auf der Straße, aus dem Nichts, direkt vor ihr. Anna trat in die Bremse, brachte das Auto mit weichen Knien zum Stehen. Die Alte hob unbeeindruckt das Kinn und setzte ihren Weg fort. Zurechtgemacht für den Einkauf zog sie ihren Handwagen langsam hinter sich

her. Der neue Reichtum und das Tempo der Stadt betrafen sie
nicht.

Anna schüttelte den Kopf. Ihre Knie zitterten noch, als sie wieder anfuhr. »Findest du das nicht feige?«, fragte sie, ohne ihren
Blick von der Straße zu nehmen.

»Was?«

»Mein Vater hat seine Affäre gestanden.«

»Ganz im Gegenteil. Er ist ehrlich.«

»Er lädt sein schlechtes Gewissen bei ihr ab.«

»Die Affäre hat das Vertrauen zwischen ihnen zerstört, nicht
seine Beichte.«

In einer Baulücke auf einem privaten Grundstück stand ein
blaues Schild mit einem großen P. Beidseitig ragten die Feuer-
mauern der angrenzenden Gebäude empor. Sie hielt vor der
Schranke. »Bewachter Parkplatz« stand in Deutsch und Englisch auf einem Schild. Der Parkplatzwächter, ein Schrank von
einem Mann, erhob sich ungehalten von seinem Plastikstuhl,
als hätten sie ihn beim Fußballgucken unterbrochen. Anna ließ
das Fenster herunter und blickte an seinen tätowierten Armen
hinauf.

»Four hundred one hour«, sagte er in schlechtem Englisch.

»Das ist Abzocke«, erwiderte Anna auf Ungarisch.

Der Typ hatte sich vor dem Wagenfenster mit verschränkten
Armen aufgebaut wie ein Polizist bei der Alkoholkontrolle. Ihr
seid Ungarn?, fragte sein Blick. Er sah prüfend zu Michael, als
traute er ihm nicht, dann zurück zu ihr. Anna sah mit mädchen-
hafter Naivität zu ihm auf.

»Dreihundert für dein hübsches Lächeln«, sagte er ernst, sah
erneut zu Michael, diesmal eher prüfend, ob er sich wegen des
Flirts mit seiner Frau beleidigt fühlte. Dann reichte er Anna das
handgeschriebene Ticket.

Sie fuhr auf einen der freien Stellplätze.

»Du regelst das wie eine Ungarin«, bemerkte Michael belustigt.

Anna war wieder ernst geworden. »Es bleibt wieder mal alles an meiner Mutter hängen. Mein Vater weiß das genau. Sie wird die Kränkung schlucken und weitermachen, als wäre nichts gewesen.«

»Das traust du ihr zu?«

Sie machte den Motor aus und sah zu Michael. Er löste seinen Gurt, beugte sich zu ihr, mit den Fingerspitzen berührte er ihr Kinn. »Solltest du einmal fremdgehen, will ich das wissen, klar?«

»Und verlässt du mich dann?«

Er lächelte und küsste sie auf den Mund. »Mal sehen.«

Von Weitem schon sahen sie eine Menschentraube. Junge und alte Leute standen in kleinen Grüppchen vor dem Kaffeehaus, rauchten und nippten an ihren Weingläsern. Vom Spielplatz, verborgen hinter menschenhohen Hecken, drang das gedämpfte Rauschen spielender Kinder zu ihnen. Es war ein warmer Nachmittag mit einer erfrischenden Brise in der Luft, die nach dem Regen geblieben war. Ein Zweijähriger preschte auf seinem Plastiklaufrad an ihnen vorbei. Es kam ein »Excuse me!« von hinten, dann die winkende Hand der Mutter, die dem Kind hinterhereilte. »Jacob, stop! Get over here!«

»Eine Idylle wie im Prenzlauer Berg«, sagte Anna zu Michael, der kopfschüttelnd der Mutter nachsah. »Nur sprechen die Leute hier mehr Britisch. Vor fünfzehn Jahren war das noch eine raue Gegend.« Inzwischen waren die umliegenden Bürgerhäuser saniert worden und blickten auf die Baumkronen des kleinen Parks, eine Oase der Ruhe mitten in der Stadt, bewohnt von Expats, die sich die Innenstadtlage leisten konnten.

Sie betraten das Kaffeehaus: schlicht, modern, mit viel Weiß und Deckenhöhe. Dutzende Gäste standen um die Kaffeehaustischchen und hielten Ausschau nach bekannten Gesichtern. Durch die französischen Fenster fiel warmes Licht auf amputierte Beine und abgeschlagene Köpfe an den Wänden. Die Themen des jungen Künstlers drehten sich um die Mythologie, vielleicht um die Leiden von Heiligen, ebenso hätten es Szenen aus einem Horrorfilm sein können. Anna hätte über das fließende Blut hinweggesehen, ungerührt, wie über das Gemetzel in einem historischen Film von der Wohnzimmercouch aus betrachtet, wäre in den Bildern nicht immer wieder ein verstörendes Element aufgetaucht, wie die Pistole in der Hand eines Kindes oder der überdimensionierte Penis als Hinweis auf die Gegenwart.

»Das ist der Künstler.« Michael zeigte zur Bar. Der Maler trug ein kurzärmliges, kariertes Hemd und unterhielt sich mit ein paar Gästen. Ab und zu hob er den Blick über das Brillengestell, als prüfte er die Reaktionen der Besucher auf seine Arbeiten. Das dunkle Thema seiner Bilder sah Anna ihm nicht an.

»Und das ist Wolfgang«, zeigte Michael auf den Inhaber des Cafés, einen kräftigen, hochgewachsenen Mann in seinen Sechzigern, der winkend auf sie zukam. Sie kannten sich seit der Nachwendezeit, als auch Wolfgang nach Budapest gekommen war und sich wie Michael in die Stadt verliebt hatte.

Anna drehte den Kopf zu Michael, der sich am Hemdkragen zupfte, aus Gewohnheit wahrscheinlich, an der Stelle, wo sonst die Krawatte saß. Mit Wohlgefallen fiel ihr Blick auf seine leger hochgekrempelten Hemdsärmel, die seine sehnigen Unterarme freigaben.

»Mein lieber Freund!«, rief Wolfgang von Weitem.

Michael nahm Annas Hand und ging ein paar Schritte auf ihn zu. »Das ist meine Partnerin Anna Hartmann, ihr habt euch noch nicht getroffen.«

Anna musste aufschauen, als sie Wolfgang ihre Hand zum Gruß reichte.

»Wolfgang ist einer der letzten Träumer«, erklärte Michael. »Er ist Literaturwissenschaftler, aber eigentlich wollte er immer schon ein Café eröffnen, um Schriftstellern beim Schreiben zuzusehen. Ist es überhaupt ein Café, oder machst du meiner Galerie Konkurrenz?«

»Vielleicht ein Salon?«, fragte Anna.

»Salon gefällt mir. Ich hoffe, es wird zu einem genussvollen Ort des Diskurses. Schaut euch unbedingt die Vitrine mit den Torten an!«

»Eines Diskurses unter Gleichgesinnten?«, fragte eine Stimme von hinten.

Wolfgang wandte sich um. »Der alter Zyniker! Lass mich dich vorstellen!«

Annas Augen weiteten sich, als sie Szabó erblickte. Er trug dasselbe Hemd, die Khakis und den jugendlichen Rucksack wie am Nachmittag. Dann sah sie stolz zu Michael, als wäre Szabó ihretwegen hier.

»Ich glaube, wir kennen uns schon«, sagte Szabó auf Deutsch zum Gastgeber. Sein ungarischer Akzent hatte einen leicht wienerischen Einschlag wie das Deutsch der meisten Ungarn, die von Wienern lernten. Szabó zog Anna sanft an sich heran, indem er ihre Hand nahm, die sie ihm zum Gruß entgegenhielt. Der Kuss auf die Wange, diese in Ungarn unter Bekannten übliche Vertraulichkeit, traf sie unvorbereitet.

Es dauerte nur einen Augenblick, da wandte sich Szabó schon an Michael, um sich vorzustellen. Die Männer standen sich auf Augenhöhe gegenüber, der betagte Künstler und der smarte Geschäftsmann in seinen besten Jahren. Sie schüttelten sich die Hände, etwas zu lang mit kräftigem Druck, fand Anna, als müssten sie erst ihre Rollen verteilen. Szabó, so schien es ihr, hatte den prüfenden Blick eines Vaters, der dem neuen Freund der Tochter das erste Mal begegnet.

»Was meinen Sie mit Diskurs unter Gleichgesinnten?«, fragte Anna und beendete damit den Begrüßungsakt.

Gemeinsam rückten sie weiter in den Raum vor.

»Schauen Sie sich nur um, liebe Anna!« Szabó legte einen Arm um ihre Schulter und zeigte zu den Gästen. »Sehen Sie den lässigen Schlipsträger dort mit der hübschen jungen Frau, das ist ein Professor von der ELTE, die verblühte Dame dort im weiten Gewand ist eine Wiener Kunsthändlerin und der Bärtige mit der Schiebermütze, der aussieht wie ein Mafioso? Das ist ein Kurator, auch aus Wien.«

In dem vermeintlichen Mafioso erkannte Anna einen alten Freund. Sie bedeutete Michael mit den Augen, Georg und Maja seien da, und rückte etwas zur Seite, um Szabós Umarmung zu entkommen.

Szabó schien ihr Unbehagen nicht zu bemerken, sein Arm blieb hartnäckig auf ihrer Schulter liegen. »Und die dort drüben? Die tough aussehende junge Frau in Schwarz? Die kennen Sie sicher, das ist eine preisgekrönte ungarische Autorin. Sie schreibt auf Deutsch und lebt in Berlin. Sie alle schlürfen Sekt und guten Espresso und empören sich über Orbáns Politik. Schauen Sie genau hin, es sind mehr Wiener da als Ungarn. Mehr Professoren als Studenten, mehr Kuratoren als Künstler. Wir sind uns einig in unseren feschen Zirkeln!« Endlich nahm Szabó seinen Arm von ihrer Schulter und sah sie mit erhobenen Augenbrauen an.

Michael meldete sich zu Wort, ruhig, doch in leicht erhöhter Tonlage, die Anna von ihm kannte, wenn er genervt war. »Finden Sie nicht, es ist die Pflicht des Intellektuellen, Position zu beziehen, egal unter welchen Umständen?«

»Sie sind auch Wiener, nicht?«, kam von Szabó.

Michael reagierte nicht.

Anna bedachte Szabó mit einem warnenden Blick. Es kam eine Grimasse zurück, vielleicht ein verunglücktes Lächeln, denn gleich wandte er sich wieder an Michael. »Ich habe Respekt vor Ihrer Arbeit, Herr Reidl. Verstehen Sie mich nicht falsch. Sie werden sich in Ungarn gut auskennen. Wir leben in einem tief gespaltenen Land. Grabenkämpfe verlaufen durch Familien. Ich erwische mich dabei, bei Unterhaltungen mit Fremden als Erstes die Gesinnung meines Gegenübers auszuloten. Ist sie meiner entgegengesetzt, bricht die Kommunikation zusammen. In dieser neuen Kulturstätte unseres Freundes Dorsch wird Ihnen das nicht passieren. Das meinte ich, als ich sagte, wir alle hier seien einer Gesinnung. Das ist kein gesunder Diskurs, das ist heimeliges Geplauder.«

Michael rückte sich die Brille auf der Nase zurecht. »Und was schlagen Sie vor?«

»Ich habe keinen Vorschlag, mir geht es wie diesem jungen Kollegen hier.« Szabó machte eine Geste zu den Bildern an der Wand. »Sein älteres Werk hatte noch Humor, er nahm die ungarische Gesellschaft auf die Schippe. Aus diesen Bildern spricht Resignation, das kann ich verstehen. Allerdings sind sie etwas blutrünstig für meinen Geschmack.« Plötzlich schien Szabó etwas abzulenken. Er wandte sich um. »Ich hoffe, Sie sind mir nicht böse, liebe Anna, Herr Reidl«, er deutete eine Verbeugung an, »meine Partnerin ist eingetroffen. Wir gehen heute Abend noch tanzen.«

Ein elektrisierendes Gefühl schnellte durch Anna, als Szabó ihre Hand zum Mund führte.

»Ein Handkuss«, bemerkte Michael mit Spott im Ton. Sie sahen ihm nach. Szabó begrüßte am Eingang seine Dame. Anna bemühte sich, sich ihre Neugier nicht anmerken zu lassen. Die Partnerin, wie Szabó sie genannt hatte, war eine Frau seines Alters, ein paar Jahre jünger vielleicht. Sie sah zu ihm auf, lachte ihn an. Ein gepflegtes, natürliches Äußeres. Mehr fiel Anna nicht zu ihr ein. Ihr langer Rock aus schwerem Stoff drehte sich bestimmt schön beim Tanzen.

Breitbeinig, mit seinem männlichsten Stirnrunzeln, beobachtete auch Michael das Paar aus der Ferne. Um ihm keine Gelegenheit zu einem Kommentar zu lassen, deutete Anna zu Maja und Georg am Eingang. Sie gingen sie begrüßen.

»Wo sind die Kinder?«, fragte Michael und klopfte seinem Freund auf die Schulter.

Georgs überraschter Gesichtsausdruck verwandelte sich in ein breites Lächeln, als er Michael hinter sich bemerkte. »Schlafend im Bett, hoffe ich.«

Auch Anna und Maja umarmten sich. Es folgten mit spitzen Lippen gereichte Küsse, als wäre nichts selbstverständlicher, als sich in einer Ausstellung in Budapest über den Weg zu laufen. Sie waren während des Studiums in Berlin befreundet gewesen, besuchten gemeinsam Vorlesungen, Ausstellungen, Konzerte und mochten die gleichen Filme. Es war ein Sokolow-Klavierkonzert gewesen, zu dem Anna damals Maja als Alibi mitgebracht hatte, um mit Michael nicht allein zu sein. Michael war mit seinem Freund Georg, dem Physiker vom Fach, der eigentlich Konzertpianist hätte werden sollen, gekommen. Fragten sie Georg, warum seine Karriere gescheitert war, erzählte er vom existenziellen Schnupfen in der Pubertät, mit dessen Genesung auch die Stimme in seinem Kopf verstummt war, die ihm zuvor die Töne eingeflüstert hätte.

Aus dem Konzertbesuch war für die vier eine schicksalhafte Nacht geworden. Anna erinnerte sich nur vage an ihre Gespräche über die Entstehung des Universums, Metaphysik in der Kunst, über Horrorfilme und die japanische Todesstrafe. Sie hatte die Nacht im Dunst von Michaels süßem Atem in einer Art Ohnmacht erlebt. Georg jedoch, das wusste sie noch sehr gut, hatte sich weit über den klebrigen Kaffeetisch gebeugt, tief in Majas

Augen geschaut und sich angestrengt, sie zu beeindrucken. Dabei hätte er sich intellektuell gar nicht so sehr ins Zeug legen müssen. Die Funken, die zwischen ihr und Michael dort im Halbdunkel des verrauchten, kleinen Kellerlokals hin- und hersprangen, hatten längst auch Maja erwischt. Die schöne Künstlerin sei die Liebe seines Lebens, hatte Georg angeblich am selben Abend noch zu Michael gesagt, nachdem sie die Mädels in ein Taxi gesteckt und sich noch einen Absacker in einer der schmuddeligen Kneipen auf der Oranienburger Straße genehmigt hatten. Diese Orte wurden in den Morgenstunden zum Auffangbecken für das übrig gebliebene Nachtvolk der Kellner, Zuhälter und der langbeinigen Straßenmädchen.

Heute war Georg, dieses unerhörte Genie, zum Kurator avanciert und mit der hübschen Maja verheiratet.

In den vergangenen Jahren hatten Anna und Michael wenig von ihnen gesehen. Jedes zweite Jahr kam ein Kind. Es war unmöglich geworden, die beiden zu treffen. Das Stillen, Kinderkrankheiten, wechselnde Babysitter – immer waren sie verhindert. Verabredeten sie sich in Berlin, warteten Anna und Michael schon mal eine Stunde im Restaurant, bis die beiden abgehetzt und mit den Nerven am Ende eintrafen. Der Kleine hätte nicht einschlafen können. Und nun trafen sie sich hier.

»Wir haben jetzt einen Jour fixe, alle zwei Wochen ein Date«, verkündete Georg, als hätte er einen Preis gewonnen.

»Damit wir endlich mal einen Satz zu Ende reden können. Das ist in Anwesenheit der Kinder unmöglich«, sagte Maja in ihrer reizend schüchternen Art, als ob ihr immer alles peinlich wäre. Sie war noch immer die zerbrechliche junge Frau mit den dunkelbraunen langen Haaren, die sie offen trug wie vor zwanzig Jahren. »Es ist leichter, seit die Kinder größer sind. Lena geht im September schon zur Schule. Wir sollten es wöchentlich tun, Schatz«, sagte sie verlegen zu Georg.

Es klang, als spräche sie vom Sex. Anna und Michael mussten lächeln.

Auch Georg hatte wohl den gleichen Gedanken und grinste. Er strich über das seidige Haar seiner Frau. Sein Handrücken streifte dabei ihr Gesicht und legte eine Strähne zurück an ihren Platz hinter das Ohr. Er sah Maja auf eine Weise an, die Anna vor Neid das Herz krampfen ließ. Sie blickte verstohlen zu Michael, der die Geste nicht bemerkte. Die Hände hatte er bequem in die Hosentaschen versenkt, Annas Nähe suchten sie nicht.

»Lassen wir die Mädels allein und besorgen etwas zu trinken«, schlug Michael vor, und die Männer drängelten sich zur Bar.

Anna und Maja sahen sich an wie fremde Kinder, die von ihren Eltern zum Spielen aufgefordert wurden. Dabei waren sie sich einst so nah gewesen! Sie hatten einen Lebensabschnitt miteinander geteilt und ihre Zweifel. Georg war nicht verheiratet gewesen wie Michael, doch auch viele Jahre älter als Maja.

»Wie geht es euch?«, fragte Anna. Das Stehen bereitete ihr Mühe. Ihr Unterbauch krampfte wie bei der Periode.

Maja bedachte sie als Antwort mit einem zaghaften Lächeln. »Lena geht bald zur Schule. Habe ich das schon gesagt?« Sie griff sich in die Haare. »Das ist bei uns das große Thema zurzeit. Georg arbeitet viel. Er hatte gerade wieder eine große Show in Stockholm.«

»Und du, zeichnest du wieder?«

Maja ließ die Haarsträhne aus den Fingern gleiten, schüttelte den Kopf und machte eine schlenkernde Handbewegung, als käme das nicht infrage. »Leo ist erst zwei. Nächstes Jahr geht er in den Kindergarten.«

Anna nickte, wartete noch, ob eine Erklärung folgte, eine Rechtfertigung vielleicht, doch Maja hatte scheinbar alles gesagt. »Natürlich, er ist erst zwei«, wiederholte Anna, als hätte sie vergessen, wie alt der Kleine war. Sie wollte ihrer Empathie

Ausdruck verleihen, als Freundin und als Frau war es ihre Pflicht, doch ihr Nicken musste bemüht wirken. Bedeutende Kunstkritiker hatten Majas Zeichnungen einst Zeitlosigkeit, ja Transzendenz attestiert.

»Weißt du, manchmal beneide ich dich«, sagte Maja. »Ich verfolge auf Facebook eure Reisen, deine Ausstellungen. Ihr seid glücklich, nicht?«

Anna hob den Kopf. »Aber ja!« Das kam ohne nachzudenken. »Die Galerie in Berlin schreibt endlich schwarze Zahlen. Wir waren bei der ArtCologne vertreten, die Berlin ArtWeek steht vor der Tür.« Sie schluckte. Ihr Unterbauch schmerzte, der Magen fühlte sich flau an. Es war nicht klar, ob sie Hunger hatte. War ihr übel? Natürlich waren sie glücklich, was sonst? Sie sah an sich herab, der Bund vom Rock schnitt ins Fleisch. Sie könnte den hinteren Reißverschluss auf der Toilette etwas herunterlassen.

»Michael pendelt noch immer zwischen Berlin und Wien?«

»Wie immer.« Sie strengte sich an, ihre Befindlichkeit zu verbergen. In Wirklichkeit wäre sie gern in Tränen ausgebrochen.

»Schön, dich wiederzusehen«, sagte Maja sanft.

Anna versuchte ein Lächeln. Das Geplauder erschien ihr wie eine Lüge. »Da kommen sie schon!« Sie zeigte erleichtert zu den Männern, die in eine Unterhaltung versunken mit den Getränken auf sie zukamen.

»Es wird in Budapest immer schwieriger«, hörte sie Michael sagen. »Ich verliere Sammler, weil sie aus Ungarn wegziehen. Das sind keine Einzelfälle mehr.«

Georgs Gesichtsausdruck verriet Staunen.

Maja sah sie fragend an.

»Wir reden über die Kunstszene in Budapest«, erklärte Georg.

»Ich hätte gedacht, es brodelt unter der Oberfläche wie in Polen.«

Michael reichte Anna ihr Glas. In die Unterhaltung mit Georg versunken sah er ihr die Blässe nicht an. Der Anblick des Alkohols, der Geruch, selbst der Gedanke daran ließen Übelkeit in ihr aufkommen.

»Es passiert das Gegenteil«, sagte Michael. »Ungarn befindet sich im Dornröschenschlaf. Die Regierung fördert nationale Themen, internationale Kunst wird immer mehr zurückgedrängt. Die Künstler müssen sich immer weniger internationalen Standards stellen. Das wirkt sich auf die Qualität der Kunst aus.«

»Was ist mit der Kunsthalle? Sie war einst eine der bedeutendsten Institutionen in der Region?«, fragte Maja. Georg nickte zustimmend und legte einen Arm um sie.

»Keiner arbeitet mehr mit der Kunsthalle zusammen. Es herrscht das Mittelmaß.«

»Ist sie staatlich finanziert?«

Michael winkte ab. »Vieles in der Gegenwartskunst ist rückwärtsgerichtet. Selbst die Aufarbeitung der Geschichte ist politisch gefärbt. Die Künstler jammern und bemitleiden sich selbst. Ákos Birkás, Nemes Csaba, das sind die wenigen kritischen Ausnahmen. Findest du nicht, Anna?«

Jetzt endlich sah er sie an. Sie bemühte sich, ihm beizupflichten, doch ihr Gesicht verzerrte sich vor Übelkeit. Mit einer Hand auf dem Bauch eilte sie an Michael vorbei zur Toilette. Sie hörte ihn noch ihren Namen rufen, doch sie hatte keine Zeit, sich zu erklären. Sie stürzte in die Kabine, hielt sich mit einer Hand die Haare zurück, mit der anderen an der Handtasche fest und lehnte so über der Kloschüssel.

Die Erleichterung blieb aus, doch auch der Brechreiz war vergangen. Sie starrte dankbar in die leere Schüssel. Sie war sauber. Es lag sogar ein künstlicher Pfirsichduft in der Luft. Nach einer Weile richtete sie sich auf und glättete die Falten an ihrem Rock. Am Waschbecken betrachtete sie sich im Spiegel und wartete.

Kam die Übelkeit wieder? Mit den Zeigefingern fuhr sie die Schatten unter ihren Augen entlang. Sie massierte die feinen Fältchen an den Seiten, wie sie es jeden Morgen tat. Sie kam sich alt vor, älter als vierzig. Dann hielt sie die Hände unter den Wasserstrahl und ließ das kalte Wasser durch die Finger rinnen. In der Mulde ihrer Handflächen sammelte sich das Wasser. Sie beugte sich hinunter und benetzte ihre Lippen, ihren Mund, ihre Kehle mit dem kalten Wasser. Sie richtete sich auf, wischte mit dem Handrücken über den Mund und ging zurück zu den anderen.

»Geht es dir gut?«, fragte Michael.

»Ich fühle mich krank. Können wir gehen?« Anna tat, als hätte sie Majas vielsagende Blicke nicht bemerkt.

»Lass mich nur schnell noch mit dem Künstler sprechen. Eine Minute! Geht das?«

Anna nickte.

Die Männer verschwanden erneut und ließen sie allein.

»Bist du schwanger?«, fragte Maja mit prüfendem Blick.

Anna machte eine abwehrende Geste, doch da falteten sich ihre Hände wie von selbst über dem Bauch und sie senkte den Blick. Wieso war es so schwer zu lügen?

Maja schlug vor Freude die Hände zusammen. »Du arme, arme Glückliche! Die Übelkeit ist furchtbar, aber denk dran, es ist für einen guten Zweck.«

Maja erdrückte sie mit ihrer Umarmung, doch es tat Anna gut, wenn auch aus anderem Grund, als Maja vermuten musste. Sie ließ den Kopf an der Schulter ihrer Freundin ruhen und wünschte sich, sie könnte Maja die Wahrheit sagen. Sie kam sich vor wie eine Hochstaplerin.

»Siehst du, jetzt beneide ich dich noch mehr. Ich hätte auch gern ein viertes.«

»Ein viertes?«

Mit einem verschämten Lächeln winkte Maja ab. »Ich sehne

mich wieder nach einem Baby im Arm. Leo bleibt nicht mehr lange so knuddelig.«

Maja strahlte Gewissheit aus. Sie erinnerte Anna an ihre eigene Mutter. Beide hatten eine klare Vorstellung davon, was sie vom Leben erwarteten.

Den Wagen ließen sie über Nacht auf dem bewachten Parkplatz stehen und gingen zu Fuß zum Hotel. Anna hakte sich bei Michael ein, so spazierten sie die Király utca entlang. Ihre Schulter schmiegte sich bequem in seine Achselhöhle wie in eine perfekte Passform. Ihre Schritte trafen im Gleichgang auf dem Pflaster auf, als hätten sie das synchrone Gehen über die Jahre einstudiert.

»Geht es dir besser?«, fragte Michael, fasste ihre Hand, die sich um seinen Rücken schlang, und zog sie noch näher an sich heran.

»Es gehört dazu«, sagte sie, als machte ihr die lästige Befindlichkeit nichts aus. Dabei diente sie noch nicht einmal einem guten Zweck, wie es Maja formuliert hatte. Der Brechreiz im Rachen, das flaue Gefühl im Magen waren zu nichts gut, außer sie an ihren Umstand zu erinnern wie an eine Strafe.

Gegenüber dem Deák Ferenc Platz stand das berühmte Anker-Haus. Der imposante Gründerzeitbau tauchte in jedem Reiseführer auf. Der ehemalige Firmensitz der Anker Lebensversicherung war in den Fünfzigerjahren verstaatlicht und zum Mietshaus umfunktioniert worden. In diesem Gebäude befand sich die Wohnung, die Breitner Rebeka vermacht hatte. Hier hatte sich Anna mit Karsay, dem Vermögensverwalter, verabredet, nur hatte Rebeka ihr Treffen inzwischen abgesagt. Die mit Säulen verzierte Fassade, der grandiose Mittelturm und zwei kleinere, beidseitig symmetrisch emporragende Türme hatten unbeschadet die Weltkriege überstanden. Anna fragte sich, ob jemand in diesen Türmen lebte. Vielleicht ein Bildhauer, der im Turmzimmer seine Modelle empfing? Wahrscheinlich waren die Türme verstaubt und verwahrlost wie Dachböden, die seit Jahrzehnten keiner betreten hatte. Sie spazierten um das Gebäude herum. Londoner Gassenflair käme auf, meinte Michael und lachte. Anna hielt die Handtasche eng am Körper. Verhangene Ladenlokale entlang der staub- und rußgeschwärzten Gebäudefront bereiteten ihr Unbehagen. Nur in den oberen Stockwerken brannte Licht.

Vor der imposanten, in schwarzen Granit eingefassten Pforte blieben sie stehen. Michael probierte die Türklinke. Die Tür war verschlossen.

Anna blickte an dem etagenhohen Eingang empor. »Das war einst ein Palast«, sagte sie.

»Das war einmal. Es könnten erhebliche Lasten auf deine Großmutter zukommen.«

Der Vorwurf ihrer Großmutter, sie sei nur am Erbe interessiert, empörte Anna noch immer.

»Ich komme morgen mit dir nach Wien und schaue bei ihr vorbei. Ich kann diesen Brief nicht auf sich beruhen lassen.«

Michael räusperte sich und fasste ihre Hand. »Ich mochte nicht, wie dieser Szabó dich umarmt hat.« Er zog sie sanft an sich heran, um sie zu küssen.

Anna wandte sich ab. »Mir ist die ganze Zeit übel, entschuldige.«

Michael nickte. Sein Blick war von Sorge erfüllt. Sie gingen nebeneinander die Király utca entlang bis zum Ring. Auch zu dieser Stunde tobte der Verkehr über den Boulevard.

»Ich habe Angst, Michael. Werden wir uns Vorwürfe machen? Kann es danach wieder so werden, wie es vorher war?«

Er nahm ihre Hand und legte sie auf seine Brust. Es tat gut, den ruhigen, gleichmäßigen Herzschlag zu spüren. Sein Herz arbeitete, als bestünde kein Zweifel. Wie konnte er sich so sicher sein?

»Wir haben eine gut überlegte Entscheidung getroffen, Anna. Was du fühlst, sind die Hormone. Ist es erst vorbei, wird es dir besser gehen.«

Anna wünschte sich, er würde recht behalten. Sie richtete den Blick nach vorn, als sie weitergingen, Hand in Hand, als wäre dem nichts hinzuzufügen. So musste es wirken, für ihn, für Passanten, die dem Hände haltenden, nicht mehr so jungen, doch noch immer verliebt wirkenden Paar begegneten. Anna aber verspürte ein Gefühl der Enge in der Brust. Sie schluckte und kämpfte gegen die Tränen an.

Eine weiße Stretchlimousine hielt an der Ampel. Der Bass wummerte hinter verdunkelten Glasscheiben.

»Schau sie dir an, diese Vollidioten! Auf der Straße verrecken die Leute!«, schrie sie die Scheiben des Wagens an. Es machte sie wütend, so wütend.

»Was ist los mit dir?« Michael zog sie über die Kreuzung wie ein unvernünftiges Kind.

Die Limousine fuhr wieder an, der dröhnende Partylärm verging in der Nacht.

Auf der gegenüberliegenden Straßenseite brach Anna in Tränen aus. »Ich habe Maja und Georg beobachtet.« Die Tränen erstickten ihre Worte, sie schluchzte. »Sie haben drei Kinder und gehen so zärtlich miteinander um wie ein frisch verliebtes Paar. Und du ...« Ihre Stimme brach. Sie bremste sich und senkte den schmerzerfüllten Blick. »Du hast mich den ganzen Abend nicht richtig angesehen.« Der Vorwurf platzte aus ihr heraus, obwohl sie sich wünschte, sie hätte ihre Gedanken für sich behalten. Ausgesprochen klangen sie wie Fakten, die sie nicht waren.

Sie wusste, er würde wütend sein. Doch Michael stand da wie ein Geschlagener. Feine Linien durchzogen seine Stirn, als versuchte er sich zu erinnern, was er falsch gemacht hatte. Allmählich wurden die Linien zu kleinen Furchen. »Wieso vergleichst du uns mit anderen Leuten? Weißt du nicht, was wir miteinander haben?«

Die Enttäuschung in seinem Ton machte ihr ein schlechtes Gewissen. Sie begutachtete den Staub auf ihren Schuhen und wusste, sie hatte ihm unrecht getan. »Entschuldige.«

Er nahm wieder ihre Hand, fester als zuvor. Sie bogen in eine schlecht beleuchtete Gasse. Der Gehweg war so eng, die Bewohner der angrenzenden Mietshäuser traten vom Hauseingang fast auf die Straße. »Da hinten ist unser Hotel«, sagte er mit Blick auf sein Handy. Sie gingen zügig mit gesenktem Blick, als wären Hindernisse auf dem Weg.

»Die Museumskuratorin des Centre Pompidou interessiert sich für Birkás' Werk.«

Anna hätte seine Bemerkung fast überhört, doch unwillkürlich hob sie ihren Blick. »Das Centre Pompidou? Das ist großartig!«

Ein feierlicher Zug um seinen Mund verriet Stolz. »Das Museum hat einen neuen Schwerpunkt auf Mittel- und Osteuropa. Es geht um Kunst als Repräsentation, um den Dialog zwischen ausgestellter Kunst und dem Museumsraum. Ich dachte gleich an Birkás' Fotografien aus den Siebzigern. Erinnerst du dich? Er ist mit der Kamera in den Ausstellungsräumen des Museums der Schönen Künste herumgeschlichen, hat das Museumsgebäude von außen fotografiert, samt den Einschusslöchern in den Mauern. Es passt perfekt.«

»Paris! Das erzählst du mir erst jetzt?«, rief Anna mit Begeisterung.

»Das Kuratorium trifft sich schon am Montag. Aber wir haben die Chance, in die Auswahl zu kommen.«

»Es sind über tausend Fotos.«

Michael nickte, als hätte er alles schon durchdacht. »Wir

müssen siebzig bis achtzig auswählen, zwei bis drei Themenblöcke aufbereiten. Andi hat schon losgelegt. Ich bleibe in Budapest und werde mit ihr arbeiten.«

»Montag klingt dennoch ambitioniert. Brauchst du mich?«

»Wir haben nur bis Freitag.« Das kam leise, als sei die Bemerkung nicht für sie bestimmt.

Anna schaute ihn an, als hätte sie sich verhört.

»Ich treffe die Museumskuratorin am Freitag in Budapest. Sie fliegt übers Wochenende nach New York und von dort direkt nach Paris.«

Annas Hand glitt aus seiner. »Am Freitag ist die Operation!«

Sein Blick war ausdruckslos.

Sie taumelte einen Schritt zurück, presste den Rücken an die kühle Hauswand und fand dort Halt. Die Sache verdiente es, nüchtern betrachtet zu werden. Immerhin handelte es sich um das Centre Pompidou.

Er sprach weiter, redete von der guten Klinik, ihrer Mutter. Und dann kam es, dieses Wort wie ein Hammerschlag auf Metall. »Es ist eine Routineoperation, du bist in guten ...«

Sein Satz blieb unbeendet. Er musste ihren entsetzten Blick gesehen haben, hielt inne, überlegte angestrengt, als könnte er den Schaden noch begrenzen.

»Vielleicht kann Birkás selbst ...« Er zögerte, ruderte zurück. »Anna, ich muss die Kuratorin treffen.«

»Hast du Routineoperation gesagt? Routine, als würde mir der Blinddarm rausgenommen?« Ihre Stimme vibrierte. Handelte es sich um ein Missverständnis? Ihr Glaube an ihn, an ihre gemeinsamen Werte konnte nicht erschüttert worden sein! Sie forschte in seinem Gesicht nach Einsicht, einer Regung, doch es gelang ihr nicht zu ergründen, was hinter der ahnungslos scheinenden Fassade vor sich ging. Sie blickte in ein leeres Gesicht. Anna rang mit ihrer Fassungslosigkeit.

Er hielt die rechte Faust in der Linken vor der Brust wie einen Baseball im Handschuh. »Du hast recht«, sagte er mechanisch, als hätte er sich ergeben. »Das war dumm von mir. Ich werde mir etwas überlegen.«

»Gut!«, sagte sie scharf. Ihre Lippen bebten. Einen Augenblick lang standen sie sich im Schummerlicht an der Hauswand gegenüber, erschrocken von dem, was gerade geschehen war.

Annas Gedanken drehten sich im Kreis. Sie versuchte, sie anzuhalten, klar zu denken. Dann eilte sie voraus, als sei nichts mehr zu retten. Routine?

Der Gehweg vor ihr war aufgerissen. Rohe Erde, Brocken von Beton lagen im Graben, aufgewühlt wie ihr Innerstes. Ein spärliches Absperrband warnte vor der Baustelle. Sie wich auf die verlassene Straße aus. Die Nacht war still. Nur der Klang ihrer Absätze auf dem Kopfsteinpflaster war zu hören, ihr hektisches Klopfen gefolgt von dem Hall seiner dumpfen, ruhigen Schritte.

Das Gerlóczy war eine feine Brasserie mit wenigen luxuriös eingerichteten Zimmern über dem Restaurant. Eine Wendeltreppe führte in die oberen Etagen wie in das Innere einer Muschel. Als Anna über die mit Laternen behangene Terrasse ins Restaurant rauschte, vorbei an weiß betuchten Tischchen und tänzelnden Kellern mit bodenlangen Schürzen, und nach der Rezeption suchte, sah und hörte sie nichts. »Langsam, junge Frau!«, sagte ein älterer Herr an der Bar im Flüsterton zu ihr, ein Kellner nach Dienstschluss vielleicht, oder gar der Besitzer, es war ihr egal. Andächtig und mit mahnendem Blick hob der Mann den Zeigefinger zum Mund.

Erst da nahm sie die Klänge der Harfe wahr. Sie drehte sich um und erblickte das anmutige Instrument an der Schulter seines Spielers lehnend. Es schien leicht wie eine Feder. Als Michael zu ihr aufgeschlossen hatte, warteten sie an der Bar auf den Zimmerschlüssel und lauschten den kristallklaren Tönen des Harfenspiels. Anna kam sich vor wie in eine falsche Welt versetzt. Der Mann an ihrer Seite schien ein Fremder zu sein.

Im Zimmer stiegen sie wortlos nebeneinander in das Doppelbett und zogen das verspannte Oberlaken unter der Matratze hervor, wie sie es immer taten. Jeder für sich murmelte sein »Gute Nacht«. Anna knipste das Licht aus. Dann drehte sie sich nach außen und lag noch lange wach. Sie dachte an das Centre Pompidou, die Chance, die sich Michael eröffnet hatte. Ein Irrsinn war ihre Gabe, sich in den Perspektiven anderer zu verirren, zu verwirren, dabei womöglich die eigene zu vergessen. Ein Irrsinn!

Auch er schlief offenbar noch nicht und wälzte sich von einer zur anderen Seite.

Ihre Augen hatten sich an das Dunkel gewöhnt. Das Licht der Straßenlaternen filterte sanft durch die Gardinen. Sie lauschte seiner Atmung, die manchmal auszusetzen schien, als hielte er sie absichtlich an. Grübelte er? Er musste grübeln wie sie, längst wäre er in den Schlaf gesunken, sein Schnarchen hätte eingesetzt. Es war mehr ein sanftes, kehliges Atmen wie beim Yoga das Verengen der Stimmritzen. »Du bist laut, Schatz«, hätte sie ihm zugeflüstert, ihn sanft angestubst in einer gewöhnlichen Nacht. Er hätte sich auf die Seite gedreht und hätte geräuschlos weitergeschlafen. Doch diese war keine gewöhnliche Nacht.

»Michael?« Ihre Hand ruhte auf seinem Arm.

Er hob den Kopf. »Ist alles in Ordnung?«

Sie nickte im Halbdunkeln. Dabei war nichts in Ordnung. Die Ordnung war für Michael das Maß der Dinge. Unordnung machte ihm Umstände.

Mit sanftem Druck an der Schulter streichelte sie ihn zurück ins Kissen. »Du musst dich mit ihr treffen. Ich werde allein zurechtkommen.« Ihr Flüstern klang nicht überzeugt.

Er drehte den Kopf zu ihr und stützte sich auf einem Unterarm ab. Er hatte nicht geschlafen, bestimmt nicht.

Sie hörte sein Seufzen. Vielleicht wägte er ab, ob sie meinte, was sie sagte. Ihm sein Wegbleiben nachzutragen, so war sie nicht. Aber wie konnte sie wissen, ob ein Stachel verbliebe, ein gelegentlicher Piks, der zwischen ihnen alles veränderte. Die Bettdecke raschelte, als er sich aufsetzte. Er lehnte sich an das Kopfteil des Bettes zurück und atmete tief ein. Ein Luftzug ging zwischen ihnen durch das Bettlaken. »Es tut mir leid. Ich hätte gar nicht daran denken dürfen, dich allein zu lassen.«

Sie kroch zu ihm, legte den Kopf in die Kuhle seines Armes. Wählten sie nicht gerade ein Leben ohne Kinder, um Möglichkeiten wie diese ergreifen zu können?

»Ich habe mir das gut überlegt, Michael«, sagte sie im Flüsterton.

Sie spürte sein Nicken. »Lass uns darüber schlafen, Anna. Ich verstehe jetzt, wie schwer dieser Abbruch für dich ist.«

22
DIE BEGEGNUNG

Budapest 1951

Anderthalb Jahre waren vergangen seit Rebekas Vorsprechen.
István hatte an der Uni von Breitners Verlobung erfahren. Seither hatte er sie nicht wiedergesehen. Die Theaterplakate trugen
ihren Mädchennamen, verkürzt um das aristokratische Ypsilon,
das offenbar nicht zum Geist der Zeit passte. Er gönnte ihr den
Erfolg, hätte ihr gratuliert, tat es aber nicht. Sie gehörte nun zu
einem anderen.
   Er vergrub sich in der Arbeit, verbrachte Wochen und Monate in den Kellergewölben des Museums der Schönen Künste
beim Studium von Grafiken der Alten Meister. Er studierte Licht-
und Schatteneffekte, den Rhythmus von Linien, die Wirkung von
Proportionen und Raum. Seine Auseinandersetzung mit Dürer,
Rembrandt und Goya war so fruchtbar wie verzehrend. Sein Stil
verfeinerte sich. Er beobachtete, lauschte und lernte von den Geis-
tern. Je mehr er wusste, desto mehr zerfleischten ihn Selbstzwei-
fel. Er erkannte die Ungeheuerlichkeit seiner selbst auferlegten
Aufgabe, der Suche nach dem Sinn. Wozu das alles? Was war
der Mensch, was der Künstler wert? Er arbeitete Nächte durch,
rauchte und trank. Meist Wodka, weil er billig war und wirkte.
Im nüchternen Zustand plagte ihn die gewaltige Dimension seines

Vorhabens. Er wollte Zeugnis ablegen für die Nachwelt, für die Zeit, wenn Mensch, Tier und Baum zu Staub geworden waren. Dieser Kampf war einsam. Die Kraft, mit der es aus ihm drängte, schwächte ihn. Zweifel, durchgearbeitete Nächte und der Alkohol zehrten an ihm. Immer wieder rappelte er sich auf, versuchte wütend, seine Spur zu hinterlassen, doch sein Streben war zum Scheitern verurteilt. Sein Werk blieb vergänglich wie er selbst.

An der Hochschule ließ Hózer ihn in Ruhe. Breitner hatte Wort gehalten und sich für seinen Wechsel zu den Grafikern eingesetzt. Professor Kovács war ein wohlwollender Förderer, der Istváns Wesen verstand und respektierte.

So verblasste langsam seine Erinnerung an Rebeka. Die Wunde verheilte.

Es war das Frühjahr des Jahres 1951, eine ungewöhnlich heiße Nacht. István betrachtete aus angemessenem Abstand die auf dem Boden seiner Kammer ausgebreiteten Drucke. Die Hitze war unerträglich. Er riss das Fenster auf, doch auch im Hof stand die Luft still. Er öffnete sein Bier mit dem vertrauten Plock-Geräusch und nahm den ersten wohltuenden Schluck.

Auf dem Boden zu seinen Füßen lag das Volk als Engelsheer von Panzern erfasst, in den Boden gestampft; ein alter Mann auf den Knien betend vor einem gepanzerten Ritter. István kniete sich auf den Dielenboden und hoffte, aus der veränderten Perspektive das Wesentliche erkennen zu können. Revolte war das Thema der Serie. Wie entstand der kollektive Antrieb der Massen? Woher rührte die Kopfverlorenheit im Interesse eines höheren Zieles? Er suchte nach der sinnvollen Reihenfolge, stellte die Bierflasche ab, nahm ein Blatt in die Hand und legte es beiseite. Das Geschrei der Katzen durchbrach die Stille im Hof. Es war nichts, dachte er, betrachtete das Engelsheer, setzte dieses Blatt ans Ende, nahm ein anderes heraus und legte es auch beiseite.

Ein Klopfen ließ ihn aufhorchen. Er schaute sich um, lauschte, nichts rührte sich. Seine Armbanduhr zeigte zwanzig nach zwei. Hatte sein innerer Unruhestifter wieder Lärm geschlagen? Er setzte die Arbeit fort, doch der Faden seiner Konzentration war gerissen.

Am Fenster huschte ein Schatten vorbei. István schnellte hoch, ein Gedanke schoss ihm durch den Kopf. Vielleicht entwich ihm sogar ein Laut, eine dieser Fehlleistungen, gegen die er sich immer wehrte, als wollte er sie ausradieren wie verfehlte Handstriche auf dem Papier.

Das vermeintliche Klopfen war ein Auslöser. Manchmal reichte schon ein Duft, eine vorbeigehende Fremde im Augenwinkel, die ihr ähnlich sah, und seine Wunde im Inneren platzte auf. Es waren Schritte, echte Schritte. Er vernahm den schwachen Klang einer Stimme. »Ich bin es«, kam dünn und weinerlich vom Umlaufbalkon. Die Stimme gehörte Éva.

Er sah an sich herab, auf das übliche karierte Hemd, die ausgebeulte Hose, wischte sich über den Schoß, als seien dort Krümel – als machte es ihr etwas aus, wie er aussah, als hätte sie ihn nicht schon in ganz anderem Zustand erlebt!

»Augenblick«, rief er und hob hastig die Drucke vom Boden, brachte sie in einem geordneten Stapel in der Ecke des Zimmers in Sicherheit. Er zog schnell die Decke auf seinem Bett zurecht und öffnete dann die Tür.

Mit verheulten Augen, rot und geschwollen, stand sie dort, versuchte, etwas zu sagen, doch ihre Stimme versagte.

Er zog sie herein, befreite sie von der Kamera um den Hals und führte sie ans Bett. Sie sank in seinen Arm, grub ihren Kopf hinein und klammerte sich an ihm fest. Eine ganze Weile musste er sie so halten, bis sie sich beruhigt hatte.

»Ich hab's nicht mehr ausgehalten«, sagte sie leise. »Ich kann sie an ihm riechen, István. Jedes Mal, wenn er bei ihnen war und danach zu mir ins Bett steigt. Ich kann die Frauen riechen, verstehst du? Ich gebe dann vor, schon zu schlafen. Innerhalb von Minuten höre ich an seinem gleichmäßigen Atem, dass er eingeschlafen ist, und ich liege da, hellwach, und weine mich in den Schlaf. Ich bin weggelaufen.« Sie schluchzte.

»Jetzt bleibst du erst mal hier und schläfst dich aus. Morgen könnt ihr euch aussprechen.«

»Ich werde die Scheidung einreichen.«

Éva war ihm wie eine Schwester. Sie begegneten einander mit einer Zärtlichkeit, die István nur mit ihr kannte. Manchmal gingen sie auf der Straße Arm in Arm, er hob sie hoch, wirbelte sie herum, weil sie so leicht war wie ein Kind. Niemals war mehr zwischen ihnen passiert, selbstverständlich nicht.

Nun spürte er ihren Herzschlag und hatte ein schlechtes Gewissen. Auch er hatte sie betrogen. Längst wusste er von Rudis Frauen. Er hatte ihn ein paarmal zur Seite genommen, mehr nicht.

»Ist es eine ganz bestimmte oder mehrere? Sagst du es mir?«

Er zögerte, fragte sich, ob sie eine Antwort wirklich wollte. Er küsste sie auf die Stirn, betrachtete ihren langen Nacken. Verlegen neigte sie den Kopf und rollte sich dann wie eine Katze auf seinem Bett zusammen. Er legte die Decke über sie.

»Sie ist nicht gut für dich, du solltest sie vergessen«, sagte sie nach einer Weile.

»Wen vergessen?«

»Rebeka. Du hast ihren Namen gerufen.«

Er machte sich ein Lager auf dem Boden und knipste das Licht aus.

Die Sonne stand hoch am Himmel, als István erwachte. Er blinzelte. Oder träumte er? Der durchdringende Geruch von gedünsteten Zwiebeln mit Paprika lag in der Luft.

Er schlug die Augen auf. Éva stand brutzelnd am Sparherd.

Den benutzte er sonst nur als Ablage. Sein Zimmer war aufgeräumt, die Pinsel geordnet im Einmachglas, die leeren Wein- und Wodkaflaschen verschwunden, sein Bett gemacht und der Tisch, auf dem sich am Abend noch Bücher, Zeitungen und Skizzen gestapelt hatten, war mit Messer und Gabel eingedeckt. Besorgt blickte er zu der Stelle auf dem Boden, wo er seine Drucke gelassen hatte.

»Ich habe sie nicht angerührt«, sagte sie und reichte ihm eine Tasse Kaffee.

Er hielt die Tasse, als wüsste er nicht, was er damit sollte.

»Ich war einkaufen, musste mir von deiner Hausdame aber eine Pfanne leihen. Du hast ja gar nichts da.« Sie stellte die dampfende Pfanne auf den Tisch und wischte sich die Hände an ihrem Rock ab. »Hast du keinen Hunger?«

István pellte sich vom Boden und streckte den schmerzenden Rücken.

Sie tat ihm eine große Portion von dem Rührei auf und setzte sich neben ihn auf den leeren Platz.

»Du isst nicht mit?«

»Ich habe schon.«

Er machte sich mit Appetit an das Frühstück. Voller Anerkennung nickte er mit vollem Mund und überlegte, wie er ihre gute Laune deuten sollte. Was hatte ihre Fürsorge zu bedeuten? Sie konnte unmöglich bei ihm bleiben, das musste sie auch wissen.

Es war heiß, die Luft in dem kleinen Raum verbraucht.

»Lass uns Levin abholen und in die Kunsthalle gehen. Wir sehen uns die Pseudo-Kunst des werktätigen Volkes an, was meinst du?«

Wenn sie so befremdet guckte, die Lippen zusammenpresste, als würde sie verhindern wollen, dass die Mundwinkel nach unten rutschten, wirkte sie noch zerbrechlicher. Doch sie nickte. »Das ist eine gute Idee.«

Sie fanden Levins Wohnheimzimmer verlassen vor. Sein Bett war ungemacht, der Schreibtisch mit Papieren übersät, als hätte er etwas gesucht und wäre abrupt aufgebrochen. Gewöhnlich war es bei ihm so aufgeräumt wie in einem Spind beim Militär, dabei hatte er nie gedient. Éva und István tauschten besorgte Blicke aus. Sein Mitbewohner tauchte auf, erzählte, jemand wäre von der AVO abgeholt worden, mitten in der Nacht. Levin? Nicht Levin, irgendein Freund seines Vaters. Levin sei abgehauen ohne ein Wort.

István warf sich auf Levins Bett und legte die Beine hoch. »Das geht zu wie im Faschismus«, sagte er.

Éva begann aufzuräumen. »Unsinn! Steh da auf, los. Wir wissen gar nicht, was passiert ist.« Sie zerrte die Decke unter ihm weg.

Er raffte sich auf, um ihr Platz zu machen. «Leute werden verschleppt und verschwinden, oder nicht? Levin wird bei seinem Vater sein. Wahrscheinlich ist der Alte auch in Gefahr«, sagte er.

Éva strich die Bettdecke glatt. »Sein Vater hat doch nichts getan. Unschuldige Leute werden nicht einfach abgeholt.«

Nur kurze Zeit später kam Levin zurück. Éva umarmte ihn, tastete ihn ab, als sei er verletzt worden.

»Mein Vater glaubt, er sei als Nächster dran«, sagte Levin und nahm die Brille ab. Das Brillengestell hatte eine Rötung auf seinem Nasenrücken hinterlassen. Er rieb sich die schmerzende Stelle und setzte die Brille wieder auf.

»Jetzt setz dich erst mal«, sagte Éva.

»Einer seiner Klienten wurde vergangene Nacht von der AVO abgeholt.«

István und Éva schwiegen betroffen.

»Habt ihr die Zeitung gelesen?«, fragte Levin. »Budapester Villenbesitzer werden ausgelagert. Es sei eine Maßnahme im

189

Dienste der völkischen Demokratie! Die kommen im Morgengrauen, geben den Leuten vierundzwanzig Stunden, ihre Angelegenheiten zu regeln, ein paar Koffer zu packen, und dann werden sie nach Sibirien oder Gott weiß wohin verschickt.«

»Das ist eine Lüge!«, rief Éva. »Du kannst nicht verdrehten Informationen Glauben schenken, die von Leuten in die Welt gesetzt wurden, denen die Sache nicht passt. Dieser Klient deines Vaters wurde wahrscheinlich verhaftet, weil er das Gesetz gebrochen hat. Die Ausgelagerten werden nicht nach Sibirien gebracht, ihnen werden Häuser auf dem Land zugewiesen. Arbeiterfamilien mit sechs Kindern hausen in einem Zimmer, dein Vater hat selbst jetzt noch reichlich Platz in seiner Villa, nachdem die Beamtenfamilie zu ihm eingewiesen wurde.«

»Zwei Zimmer.«

»Und die Bibliothek.«

»Es sind eben nicht Arbeiterfamilien, denen diese Villen zugewiesen werden, sondern hochrangige Beamte, AVO-Leute.«

»Natürlich!«, rief Éva und hob entschuldigend die Hände.

»Évica, du klingst wie eine Propagandamaschine«, sagte István und verzog die Mundwinkel zu einem zynischen Lächeln.

»Hört auf, bitte!« Éva öffnete die Tür und blieb stehen. »Ist es nicht die Gerechtigkeit, für das dieses Land steht? Dein Vater spricht vom Marx'schen Ideal der klassenlosen Gesellschaft. Aber nur in der Theorie. Das nenne ich Doppelmoral!«

»Ich bin in dem Haus aufgewachsen, Éva. Es gehörte meinem Großvater. Von mir aus sollen sie Fabriken verstaatlichen, aber nicht den Leuten ihr Heim wegnehmen!«

István bugsierte die beiden durch die offene Tür nach draußen.

»Lasst uns die Beine vertreten, kommt schon!«

Der Spaziergang im Sonnenschein auf der Andrássy út löste die Spannung zwischen ihnen. Die prächtige Allee war schon vor einiger Zeit in Sztálin út umbenannt worden, aber daran hatten sich noch keiner gewöhnt.

Éva hakte sich versöhnlich bei Levin ein. »Ich habe es nicht so gemeint.«

»Ich auch nicht, Alter«, sagte István im Scherz und lachte als Einziger. »Sei nicht so ein Griesgram! Berichtet die Zeitung schon von den Auslagerungen, ist die Aktion längst gelaufen.«

Levin blieb stehen. »Mein Vater will abhauen.«

Die Reichweite dieses Entschlusses war allen klar. Ließ Levin seinen Vater auswandern, würde er ihn nie wiedersehen. Levins Reisepass würde ihm entzogen werden und der Kadereintrag ihm ein Leben lang nachhängen. Ging er mit ihm, musste er Ungarn für immer verlassen.

Levin zuckte mit den Schultern. Sein Gesicht spiegelte Ratlosigkeit. »Ich habe versucht, es ihm auszureden.«

István stieß einen Stein auf dem Pflaster vor sich her, der bei jedem Tritt einen Sprung machte und dann langsam vor sich hin kullerte. Was bedeutete Heimat überhaupt? War es ein Ort? Seine Stadt? Dieses großzügige, niemals zur Ruhe kommende, stinkende Tier, das er kannte wie einen Komplizen? Waren es die Menschen in seinem Leben? Seine Freunde? Oder war Heimat seine Muttersprache, die Sprache, die ihn mit den Riesen der ungarischen Literatur verband, den Adys, József Attilas und Petőfis? Sie war jedenfalls die einzige Sprache, die er hatte. Ohne seine Sprache, seine Wurzeln – was bliebe ihm? Er wäre ein Taubstummer, ein Analphabet, ein ewiger Bittsteller. Selbst seine Kunst bliebe stumm in der Fremde. Er stupste den Stein mit der Fußspitze weiter. Einen Neubeginn wagen? Ohnehin raste das Leben an ihm vorbei. Menschen häuften Verdienste an, gründeten Existenzen, fanden ihr Glück, verliebten und trennten sich, irgendwann starben sie. Und er? Er sammelte nichts, weder Verdienste noch Geld oder Liebe. Was hatte er zu verlieren?

Sie gingen noch eine Weile schweigend nebeneinander her. Im Stadtwäldchen machte Éva Fotos von ihnen. Sie nahmen sie in ihre Mitte, liefen den ganzen Weg zu Fuß bis zum Heldenplatz, vorbei an der Säulenreihe der im Krieg angeschlagenen Statuen, bis zur neu eröffneten Kunsthalle.

An der Kasse reihten sich die Besucher in einer aussichtslos langen Schlange. István bemerkte einen Bekannten am Eingang, der die Eintrittskarten kontrollierte. Er nahm Éva an der Hand und zog sie an der Menschenmenge vorbei. Levin folgte ihnen. »Komm schon, sei solidarisch!«, bat István seinen Kumpel. Der blickte zu den Wartenden, als würde er abwägen, ob sie ihn lynchen würden, dann ließ er die drei durch die Tür schlüpfen. Sie hörten das Aufstöhnen der Menge hinter sich, bevor sich die Tür verschloss.

Das Interieur wirkte nüchtern. Die ehemals prunkvollen Räume hatten einen weißen Anstrich erhalten. Das Glasdach war mit einer abgehangenen Decke ersetzt worden. Das Parkett hatte nacktem Beton Platz machen müssen. Die Organisatoren der Ausstellung waren von dem Ansturm überrascht worden.

Eine groß gewachsene Frau mit Schultern, die doppelt so breit wie Évas waren, drängelte sich unter Einsatz ihrer Ellenbogen vor sie. Ihr untersetzter Mann folgte ihr schnaufend, rempelte Éva auch an und entschuldigte sich. Die Frau versperrte Évas Sicht auf die »Erntezeit«, ein großflächiges Bild, das Bauern bei der Ernte abbildete.

»Man kann die Gesichter auf dem Bild nicht erkennen, Lajos, sieh mal!« Die Frau klang aufgebracht.

Ihr Mann tat wie geheißen, drehte mit leidendem Gesichtsausdruck den Kopf zum Gemälde, als erforderte die Bewegung höchste Anstrengung. Offenbar interessierte ihn die Ausstellung nicht im Geringsten.

»Sieh nur! Die Bauern sind gesichtslos!«

Ein junger Mann pflichtete ihr bei, der auch das Bild betrachtete.

Das mache den Künstler verdächtig, sagte eine alte Frau, die die Unterhaltung mit angehört hatte. Sie machte ein empörtes Gesicht und zupfte an ihrem verrutschten Kopftuch. Jemand widersprach, die Farben seien schön kräftig, das symbolisiere doch Hoffnung und Freude. Eine Debatte entfachte.

Éva flüchtete in den nächsten Raum, wo ein überlebensgroßes Rákosi-Porträt die Wandfläche einnahm.

Die Frau mit Kopftuch, die das Erntebild für verdächtig gehalten hatte, stand wieder neben ihr. »Sehen Sie nur das feine Dämchen, die hält sich für was Besseres«, sagte sie laut und deutlich zu Éva.

Die Leute drehten die Köpfe zu dem Paar am Eingang.

Die junge Frau, die die Blicke auf sich gezogen hatte, schritt im Bewusstsein, beobachtet zu werden, auf das Rákosi-Bild zu. Sie trug ein Sommerkostüm, Absatzschuhe und echte Perlons, fiel Éva auf, selbst bei dieser Hitze. Ihr Begleiter stellte sich beschützend hinter ihr auf. Das war Professor Breitner! Dann musste sie Istváns Rebeka sein! Éva schaute sich alarmiert nach István um, doch Breitner hob schon die Hand und winkte. Zu István? Nein, tatsächlich, er grüßte sie. Überrascht wandte sich Éva ein zweites Mal um, diesmal, um sich zu vergewissern, dass sie gemeint war. Hatte der Professor sie erkannt? Ihr Blick raste zurück zum Eingang. István und Levin konnten jeden Augenblick den Raum betreten.

»Frau Varga, wie schön, Sie hier zu treffen! Auch das rege Kunstinteresse der einfachen Leute ist erfreulich!« Sein tadelnder Blick heftete auf der Alten, die neben Éva herumstand wie ihr Schatten.

»Róbert, jetzt lass doch«, sagte Rebeka und legte beschwichtigend ihre Hand auf seine.

Die Alte schlich unbemerkt davon.

»Verzeih mir, das musste sein«, sagte Breitner zu Rebeka und wandte sich gleich Éva zu. »Frau Varga, darf ich vorstellen, Fräulein Bárdossy, oder sollte ich besser sagen: Frau Breitner?« Er lächelte Rebeka an. »In wenigen Tagen wird diese bezaubernde junge Dame meine Frau werden.«

Éva schüttelte Rebekas Hand, doch ihr Blick klebte an der Tür, wo István und Levin gerade den Raum betraten. Rebekas Blick folgte dem ihrem.

István wurde bleich wie die Wand hinter ihm. Auch Breitner registrierte ihn sofort. Sie nickten einander zu, István kam zu ihnen, und grüßte förmlich.

Rebeka reichte ihm und Levin die behandschuhte Hand.

»Wir haben lange nichts von Ihnen gehört, Szabó! Ja, gibt es gar keine Skandale mehr?«

»Ich gebe mir Mühe«, sagte István zu Breitner, doch sein Blick ruhte auf Rebeka. Er drückte ihre Hand, suchte nach einer Regung, nach einem Zeichen, das für ihn bestimmt war. Er glaubte, Traurigkeit in ihrem Blick zu erkennen, so subtil, dass es außer ihm keiner bemerken würde. Ein altes Gefühl kam in ihm hoch, ein Unbehagen, das seine Kehle zuschnürte, ein Gefühl, von dem er gedacht hatte, es ausgelöscht zu haben.

István war Levin dankbar. Er bemühte sich, Breitner in ein Gespräch über das Erntebild zu verwickeln. Das gab István Gelegenheit, den Blickkontakt mit Rebeka herzustellen.

»Was Sie nicht sagen, Herr Légrády! Ich erinnere mich noch an die Furore um Herrn Szabós »Weinende Engel« an der Hochschule letztes Jahr. Stellen Sie sich einmal vor, wie das Bild hier für Gesprächsstoff gesorgt hätte.«

István riss sich von Rebekas Blick los und machte eine wegwerfende Handbewegung. »Das Bild heißt »Frieden der Menschheit«, Herr Professor.«

»Natürlich!« Breitner grinste.

Rebeka hakte sich bei Breitner ein und flüsterte ihm etwas zu, worauf der besorgt nickte und um Entschuldigung bat, sie müssten nun aufbrechen.

Wie ein verwundetes Reh wirkte diese starke Frau an Breitners Arm. Sie waren ein schönes Paar, dachte István bitter und bahnte sich den Weg durch die entgegenkommende Menschenmenge, die Treppen hinunter zum Ausgang. Mit einer abweisenden Handbewegung machte er der ihm nachrufenden Éva klar, er wolle allein bleiben. Ihr Zureden hätte er jetzt nicht ertragen. Mit halb zugekniffenen Augen rannte er an den Leuten vorbei, endlich an die frische Luft, und suchte dort Halt an der Hauswand.

Rebeka war unglücklich, jawohl, unglücklich! Es erschien ihm alles so klar. Seine Liebe ließ sich nicht einfrieden, wegdenken oder wie eine Krankheit heilen. Das dumme Herz pochte wütend in seiner Brust und begehrte nun auf. Auch er wollte Glück und Liebe wie die anderen. Sein Verstand rebellierte, doch Istváns Herz stellte sich taub. Er richtete sich auf und lächelte.

Eine Weile später fanden Éva und Levin ihn draußen, lässig an die Mauer gelehnt mit einer Zigarette zwischen den Lippen.

»Ist alles in Ordnung?«

István reckte wortlos den Daumen in die Höhe.

Éva wurde misstrauisch. »Isti, sie ist so gut wie verheiratet.«

»Eben, so gut wie! Sie hätte den Kerl schon vor anderthalb Jahren heiraten können. Sie hat es nicht getan.«

»Seine Mutter ist gestorben, das weißt du.«

István winkte ab.

»Besser, sie heiratet ihn schnell, bevor sie auch Besuch von der

AVO bekommt. Die Bárdossys wohnen um die Ecke von meinem Vater«, sagte Levin.

István Gesichtsausdruck verfinsterte sich. Daran hatte er nicht gedacht. »Glaubst du, sie ist in Gefahr?«

»Du hast selbst gesagt, die Aktion sei längst vorbei«, sagte Levin. »Breitner wird sich schon um sie kümmern, vergiss sie endlich!«

István schnipste seine halb gerauchte Zigarette auf den Boden und eilte davon.

23
FIEBERTRÄUME

Budapest 1951

»Danke, Mari. Das ist alles.«

»Viel Glück, Frau Bárdoss!« Mari, die Maskenbildnerin, schloss ihren Schminkkoffer und wandte sich zum Gehen. Rebeka nickte ihr durch den Spiegel zu. Noch immer kam ihr der Künstlername fremd vor, dabei nutzte sie ihn seit Monaten. Das aristokratische Ypsilon wecke im Kulturbetrieb neuerdings ungünstige Assoziationen, hatte der Direktor mit entschuldigender Miene zu ihr gesagt.

Mari raffte beim Hinausgehen diskret ein paar Kleidungsstücke vom Boden auf.

Rebeka ließ sich ihre Ungeduld nicht anmerken. Endlich allein! Sie brauchte diese Viertelstunde der Ruhe für ihre Atemübungen vor der Vorstellung. Als die Tür hinter ihr zufiel, lies sie mit einem Seufzer den Kopf zurückfallen. Sie knetete sich den Nacken selbst ein paarmal und richtete sich wieder auf. Langsam atmete sie ein und aus. Jedes Mal hielt sie den Atem dabei an und zählte bis zehn. Sie wiederholte diese Übung mehrere Male, bis sich ihr Herzschlag beruhigte und die Magenkrämpfe verschwanden. Dabei lief doch alles gut mit ihr! Der üppige Rosenstrauß auf dem Tisch zeugte von Róberts Aufmerksamkeit als

Bräutigam, die schwierige Zeit nach dem Tod seiner Mutter lag nun hinter ihnen, die Hochzeit stand bevor.

Es klopfte kurz. Rebeka drehte den Kopf zur Tür. Kann ich nicht fünf Minuten für mich haben, dachte sie.

Die Tür ging vorsichtig auf.

Da stand er auf der Schwelle und blickte sie an.

»Du darfst ihn nicht heiraten«, sagte István besonnen, fast väterlich.

Kein Gruß, keine Entschuldigung.

Er kam auf sie zu. Rebeka hielt den Atem an. Das durfte nicht passieren. Nicht jetzt.

Sie atmete langsam aus und wandte ihm den Rücken zu. Als würde sie im Spiegel ihren Lidstrich korrigieren, fuhr sie mit dem Zeigefinger unter dem Auge entlang. »Wen ich heirate, geht dich nichts an.« Sie bewegte die Lippen kaum, als könnte die winzigste Bewegung Schaden anrichten.

»Es geht mich sehr viel an. Ich liebe dich!«

Für einen Moment erlaubte sie sich, die Augen zu schließen. Es war nicht, was er sagte. Es war der vertraute Klang seiner Stimme, der sie innerlich erschütterte.

Da berührten seine Hände ihre Schultern. Sie zuckte und schnellte hoch. »Was bildest du dir ein?«

István nahm ihre Hand und drückte sie. Es fühlte sich gut an, kräftig und entschlossen. Sie zog sie zurück. »Du bist von heute auf morgen einfach verschwunden.«

»Ich war da. Deine Antigone war sinnlich, stark, voller Sehnsucht nach Leben. Du hast sie mit Leidenschaft gespielt. Ich bekam Gänsehaut. Doch die Art, wie du Breitner umarmtest ... Ich habe es nicht ausgehalten.«

Ihre Augenbrauen hoben sich.

Istváns Fernbleiben von ihrem Vorsprechen hatte sie damals verletzt. Als Breitner an demselben Abend den Ring aus der Westentasche geholt und ihr angesteckt hatte, ohne Worte, nur mit diesem Blick, der suggeriert hatte, dass er genau wüsste, was er tat, da hatte sie nicht Nein gesagt.

Der Ring passte, als wäre er für sie gemacht worden, und so würde auch ihre Ehe passen. Sie waren gut füreinander.

»Ich werde seine Frau, weil es das Beste ist«, sagte sie mit fester Stimme und machte eine Faust. Es wirkte entschlossen, in Wirklichkeit half es ihr, das Zittern der Hand zu unterbinden.

»Du liebst ihn doch gar nicht!« Sein Ton duldete keine Widerrede. »Du willst nur Frau Professor werden, das ist alles.«

Unverschämter! Rebeka stand auf und wies zur Tür. »Ich muss mich vor dir nicht rechtfertigen.«

»Rebeka! Breitner ist ein Opportunist. Er wird dich niemals glücklich machen.« Sein schaler, alkoholisierter Atem schlug ihr entgegen.

»Aber du? Bezahl erst einmal deine Miete und hör auf zu trinken.«

Für einen Moment starrten sie sich erschrocken an. Dann löste er sich von ihrem Blick und ging ruhig zur Tür.

»Ich habe es nicht so gemeint!«, rief sie ihm nach, doch da schloss sich die Tür bereits hinter ihm.

Auf dem Flur, auf der Treppe, auf der Straße – István fühlte nichts. Rebeka gab es nicht mehr. Ende. Der große edle Schmerz, den er erwartete, um sich ihm hinzugeben, stellte sich nicht ein. Er war leer, so leer wie noch nie. Unendliche Müdigkeit überkam ihn. Der bittere Geschmack in seinem Mund betäubte seinen Rachen. Seine Gedanken kreisten.

Er irrte durch die Gassen und kam schließlich in irgendeiner Kneipe an. Erst spätnachts erreichte er seine Wohnung, übernächtigt und betrunken, mit einer angebrochenen Flasche Wodka unter dem Arm. Säufer hatte sie ihn genannt. Er hatte nichts als

Verachtung für sich selbst übrig, vergrub das Gesicht im Kopfkissen und gab sich dem Schlaf hin.

Viele Stunden später erwachte er aus einem traumlosen Schlaf wie aus einem Koma. Er hörte die Uhr der Nachbarn elfmal schlagen. War es draußen wieder dunkel? Wie konnte das möglich sein? Er versuchte, sich hochzuziehen, doch seine Kräfte verließen ihn. Sein Herz raste, sein Kopf war schwer und fiebrig.

Er horchte in die Stille. Nichts. Er ließ sich zurück ins Kissen sinken und genoss es, sich dem Leiden hinzugeben. Sollte es nur richtig wehtun! Wirre Bilder kreisten vor seinem inneren Auge.

Es schien ihm, als vergingen Stunden. Es klopfte. Mit Mühe setzte er sich auf und horchte. Alles war still. Er griff nach der Wodkaflasche auf dem Nachttisch. Der Alkohol brannte in seiner Kehle. Er fröstelte. Sie waren wieder da, die Stimmen. Das Klopfen setzte wieder ein, nur diesmal lauter, als hämmerte jemand mit der Faust gegen die Tür. István erschrak. Sie kamen, um ihn abzuholen! Seine Augenlider waren so schwer, es gelang ihm nur, sie einen Spalt zu öffnen, bevor sie sich wieder schlossen wie Falltüren.

Für einen Moment konnte er im Halbdunkel zwei Männerstiefel erkennen. Jemand hielt ihm eine Pistole an den Kopf. István zog sich hoch, doch überwältigt von Müdigkeit ergab er sich und sank in sein Kissen zurück. Eine Stimme, gedämpft wie aus der Ferne, redete auf ihn ein. Eine Frauenstimme. Wer waren diese Leute? Jemand zerrte an seinem Arm. Mit aller Kraft riss er die Augenlider auf. Die Stiefel waren verschwunden. Er blinzelte.

»Isti, wach auf! Mein Gott, Schatz, du bist ganz fiebrig.«

Évas liebliches Gesicht erschien ihm wie das einer Heiligen. Sie tupfte mit dem kühlen Stoff ihres Halstuches seine Stirn.

»Ich habe geträumt, sie wollten mich verhaften.«

»Es ist alles gut. Wir haben uns Sorgen um dich gemacht.«

Levin, der am Fußende des Bettes stand, nickte aufmunternd. »Du hast zwei Tage nichts von dir hören lassen, nachdem du Hals über Kopf weggerannt bist.«

»Was ist mit deinem Vater?«

»In Wirklichkeit hängt er genau wie ich an diesem unglückseligen Land.«

István nickte.

»Warst du bei Rebeka?«, fragte Éva.

István schloss die Augen. »Es ist vorbei. Ich bin ein für alle Mal geheilt.« Er versuchte ein Lächeln.

Mit einem Seufzer legte Éva ihre Hand auf seine Stirn. »Du hast Fieber. Du brauchst etwas zu essen.«

Sie ging hinaus und holte von der Hausdame einen Teller Suppe. »Die alte Hexe ist plötzlich ganz reizend«, sagte sie zu István. »Sie wollte dich schon auf die Straße setzen, da hat Levin deine Schulden und die Miete für den Monat im Voraus bezahlt.«

»Mach dir keine Sorgen, Alter. Zahle es mir zurück, wenn du kannst.«

István hatte keine Kraft zum Protestieren. Er versuchte zu lächeln und ließ sich in sein Kissen sinken.

Der Arzt kam, hörte ihn ab und verordnete ihm Ruhe. Es seien die Nerven, sagte er zu Éva. Der Alkohol, die Zigaretten, das alles müsse aufhören. Er zeigte kopfschüttelnd zum Nachttisch mit den Spuren der letzten Nächte.

Éva blieb die nächsten Tage bei ihm. Sein Fieber ging herunter, die Albträume hörten auf. István war dankbar, nicht mit seinen Gedanken allein sein zu müssen, und genoss ihre Fürsorge. Sie kochte für ihn, wusch seine Wäsche und schnatterte den ganzen Tag, was ihn ablenkte.

Rudi ließ sich nicht blicken. Wahrscheinlich befand er sich im Dauerrausch, um zu vergessen. Éva hatte ihn verlassen. István war froh, sich nicht erklären zu müssen. Dabei lief ja nichts mit Éva, das hätte Rudi schon verstanden.

Bald ging es ihm besser. Wie an den Abenden zuvor machte Éva sich einen Schlafplatz auf Decken zurecht, doch er drängte sie zu tauschen.

»Denkst du noch an sie?«, fragte sie im Dunkeln.

István versuchte, eine halbwegs bequeme Position auf dem Boden zu finden. Wie hatte Éva das die Nächte zuvor ausgehalten?

»Ich sage dir, das Thema ist erledigt.« Die Decken unter ihm verrutschten, sein Rücken schmerzte.

Ein paar Minuten vergingen. Dann hörte er ihr leises Schluchzen, ein unterdrücktes Wimmern.

»Éva, weinst du?«

Sie antwortete nicht.

»Ist es wegen Rudi?« Er rappelte sich auf und setzte sich zu ihr auf das Bett.

»Er fehlt mir, István.«

Er nahm sie in die Arme, sie legte ihren Kopf auf seine Schulter. »Komm, heule dich aus.«

Er wiegte sie, sie schluchzte.

Es war nur ein Impuls, die sich aufstellenden, feinen Härchen an ihrem Nacken zu küssen. Sie hob den Kopf und bot ihm ihre leicht geöffneten Lippen an. Ablehnen konnte er nicht. Er wollte sie nicht verletzen. Sie roch vertraut, ihre Haut war weich.

Es war ihm nicht möglich, sie von sich zu weisen. Sie war wie eine Blüte, die sich für ihn geöffnet hatte und ihn nun mit ihrem Duft betäubte. Er sog ihren Nektar auf und gab den Widerstand auf.

24
DER BEFEHL

Budapest 1951

Nach der Vorstellung wartete auf Rebeka der Wagen ihres Vaters. »Hatte das Fräulein einen angenehmen Abend?«, fragte der alte Fahrer, der sie kannte, seitdem sie auf der Welt war. Rebeka ließ sich in den Sitz sinken. »Fahren Sie nur, Péter!«

»Ist etwas nicht in Ordnung, liebes Fräulein?« Unter den buschigen Brauen verliefen Furchen, die sich über die Jahre dort eingegraben hatten.

Rebeka musste lächeln. »Sie merken alles, nicht, lieber Péter? Sorgen Sie sich nicht um mich. Es gab Bravorufe, der Direktor verehrt mich. Es ist alles wunderbar.« Rebekas Gesicht verzog sich im Schmerz.

Der Fahrer blickte in den Rückspiegel. »Soll ich anhalten?«

»Es sind die Magenkrämpfe. Fahren Sie nur!«

Der Alte schüttelte den Kopf.

Die Krämpfe kehrten verlässlich nach jeder Vorstellung zurück wie Vorboten des Unglücks. Im Rampenlicht regnete es Rosen, nach dem Höhepunkt blieb nur der Fall. Wie oft war es das wohlwollende Zuhören des alten Péter mit dem gleichmäßigen Summton des Wagens im Hintergrund, das sie auffing und einen Zusammenbruch verhinderte.

Der Krampf hatte sich gelöst. Rebeka lehnte sich vor. »Sie kannten doch meine Mutter schon als junges Mädchen. Erinnern Sie sich noch an die Zigeunerfamilie im Dorf?«

Der Fahrer blickte wieder in den Rückspiegel.

»Sie ist mit diesem Jungen weggelaufen, nicht?«, fragte Rebeka.

Er wandte sich kurz um. »Warum fragen das Fräulein?«

»Sie waren verliebt. Es wusste das ganze Dorf davon.«

Er räusperte sich. »Das weiß ich nicht mehr, liebes Fräulein.«

»Wie war der Name des Jungen?«, fragte sie.

Der Fahrer heftete seinen Blick auf die Straße, als erfordere das Fahren höchste Konzentration. Sie zogen an Wäldern und Wiesen vorbei. Kühle Waldluft drang durch das offene Fenster.

Rebeka wiederholte ihre Frage. Sie war inzwischen ganz zu ihm vorgerutscht, ihr Blick bedrängte ihn.

»Sein Name war János Balogh. Wir nannten ihn Jimmy«, sagte er endlich.

»Jimmy? Sie kannten ihn?«

»Er war älter. Mein Bruder hat mit ihm musiziert. Jimmy war ein recht ordentlicher Sänger.«

»Was ist mit ihm passiert, danach?«

»Er hat wohl seine Zeit abgesessen.«

»Im Gefängnis?«

»Acht Jahre hat er bekommen.«

»Acht Jahre!« Rebekas Augen öffneten sich weit. »Aber wofür?«

»Sie haben die Amtswaffe Ihres Großvaters mitgenommen, Gott weiß, was sie damit wollten. Das Militärgericht hat ihn verurteilt, Jimmy war eben gerade eingezogen worden. Ihre Mutter war noch minderjährig und Jimmy eben ein Zigeuner.«

»Acht Jahre?« Rebeka lehnte sich zurück. Ihre jugendliche

Stirn kräuselte sich. »Hätte Großvater nicht etwas für ihn tun können?«

Der alte Péter nahm den Blick nicht von der Fahrbahn, doch so, wie das Borstengewirr über seinen Augen zuckte, wollte er sich mitteilen.

Rebeka bohrte nach: »War mein Großvater für das Urteil verantwortlich?«

Jetzt schüttelte er den Kopf. »Es gab Gerüchte. Ich müsste spekulieren.«

»Bitte!«

»Ihr Großvater hat nichts im Sinne des Jungen getan.«

Rebeka sah ihn fragend an. »Aber in seiner Position hätte er die Möglichkeit gehabt?«

Der Fahrer nickte.

»Sehen Sie, Fräulein Rebeka, es ist die Pflicht eines Vaters, sein Kind zu schützen. Ihre Mutter war auf den falschen Weg geraten.«

Rebeka lehnte sich in den Sitz zurück.

Der Wagen kämpfte sich mit einem Summgeräusch die Anhöhe hinauf, vor ihnen in der Kurve lag die Villa. Sie hielten, das Motorgeräusch verebbte. Die nächtliche Stille machte sich breit.

»Auf den falschen Weg«, wiederholte sie.

»Es klingt ungerecht«, sagte der Fahrer mit väterlicher Sorge in der Stimme. »Doch haben Sie eines Tages selbst Kinder, werden Sie Ihren Großvater verstehen.«

»Können Sie ihn verstehen, Péter? Sie haben Kinder.«

Der Alte zögerte. »Ich war nie in einer einflussreichen Position wie Ihr Großvater.«

»Sie sind ein guter Mensch, Péter.«

Der Alte öffnete schweigend die Tür und lief um den Wagen herum, um ihr beim Aussteigen zu helfen.

»Was ist aus Jimmy geworden?«, fragte Rebeka.

Wie es seine Gewohnheit war, begleitete Péter sie zum Hauseingang. Sie blieben stehen. »Er wohnt noch im selben Dorf, arbeitet auf dem Bau, hat fünf oder sechs Kinder. Er ist ein tüchtiger Mann«, sagte er.

»Tüchtig«, wiederholte sie leise und nickte nachdenklich.

»Darf ich fragen, wie das Fräulein darauf kommen?«

»Nur so, Péter, vergessen Sie bitte, dass ich gefragt habe.«

Der Auslagerungsbefehl erreichte sie drei Tage später am 20. Juni 1951 um sechs Uhr morgens. Vor dem Haus hielt ein Wagen. Zwei Männer stiegen aus, zogen die Hüte vor der Tür wie Beamte.

Zu Dadas Morgentoilette gehörte es, ihr langes weißes Haar, das nicht mehr so voll war wie einst, zu einem Dutt zu binden.

Sie hatte es kommen sehen; Nacht für Nacht hatte sie ihr Gesicht im Kissen verborgen und geheult, bis keine Träne mehr übrig war. Nun strich sie die Falten ihrer Schürze glatt, die sie im Haus über ihrem guten Kleid trug, und ging an die Tür. Der Herr sei noch nicht aufgestanden, sagte sie den Männern mit eisiger Miene.

»Dann holen Sie ihn, aber schnell!«

Sie weckte Bárdossy, als wären Gäste eingetroffen, die sie erwartet hatten. Bárdossy nickte mit der Gewissheit, das Missverständnis aufzuklären, erhob sich, zog den Gürtel seines Morgenmantels fest und folgte ihr in den Flur.

Der Auslagerungsbefehl gab ihnen vierundzwanzig Stunden, das Nötigste zusammenzupacken, nicht mehr als fünfzig Kilogramm pro Person. Das sei eine Unverschämtheit, brüllte Bárdossy, als nichts mehr half.

Die Männer gaben sich unbeeindruckt. Morgen um die gleiche Zeit käme der Laster, sagte der eine mit starrer Miene.

Selbst seine arme Irma sei im Bescheid mit aufgeführt gewesen, welch unerhörter Fehler, schimpfte Bárdossy, als die Männer gegangen waren. Dada? Nein, Dada könne in der Stadt bleiben, müsse aber auch das Haus räumen, hatte der Untersetzte, der aussah wie ein Türsteher, gesagt.

Bárdossy breitete die Landkarte auf dem Küchentisch aus und zeigte auf einen Punkt in der ungarischen Tiefebene. Dort lag das Dorf Szolmár, in das sie laut Bescheid gebracht werden sollten.

Rebeka beugte sich über die Karte und sah mit Entsetzen zu ihrem Vater auf. »Das ist tiefste Provinz!«

»Und was soll aus mir werden?«, fragte Dada mit weinerlicher Stimme, den Blick zur Decke gerichtet.

Rebeka umarmte die alte Amme. »Machen Sie sich keine Sorgen, Papa wird das regeln«, sagte sie.

Bárdossy begrüßte den Anwalt an der Tür. Wie ein Geschlagener kam Domokos herein und kratzte sich am kahlen Hinterkopf. Er hätte alles versucht, selbst sie in einem der begehrten Dörfer in der Nähe von Budapest unterbringen zu lassen, doch es ließe sich nichts machen.

Bárdossy polterte durch das Haus, sie gingen nirgendwo hin! Er nahm den Hörer in die Hand. »Vermittlung? Verbinden Sie mich mit Dr. Fekete im Ministerium für Inneres. Es ist dringend!« Er brüllte ins Telefon. Hier handle es sich um eine unerhörte Verwechslung, flüsterte er mit vorgehaltener Hand und wartete, verbunden zu werden. Bei der Verstaatlichung der Fabrik hätte er vorbildlich kooperiert, man sei ihm im Ministerium gut gesinnt.

Rebeka nahm Dadas Hand. Sie lauschten, in der Leitung regte sich nichts. Bárdossy klimperte mit dem Kleingeld in der Hosentasche, eine schlechte Angewohnheit, die ihn überkam, wenn er ungeduldig wurde.

»Ist nicht zu sprechen? Können Sie mir sagen, wann … Hallo?« Die Leitung wurde unterbrochen.

Bárdossy brüllte erneut in den Hörer, doch die Leitung blieb stumm. Er wählte die Vermittlung. »Dr. Bárdossy hier. Wir wurden getrennt. Wie bitte?« Sein Gesicht verdüsterte sich. Er hängte ein. »Was ist passiert?«

»Die Sekretärin hat einfach aufgelegt. Die wusste gar nicht, wer ich bin!«

Rebeka verdrehte die Augen. »Gib mir das Telefon.«

»Was hast du vor?«

Rebeka nahm den Hörer an sich. »Ich rufe Róbert an.«

Bárdossy sank auf einen Stuhl, sein Hals verschwand zwischen den Schultern. Er vermied den Blickkontakt mit Domokos, der wie beim Tennis abwechselnd zu ihm und Rebeka schaute.

»Einen Auslagerungsbescheid, heute Morgen!«, rief sie in den Hörer. »Papa hat niemanden erreicht.« Sie nickte Dada und ihrem Vater aufmunternd zu. »Gut, also dann warten wir? Danke, Róbert!« Sie legte mit einem stolzen Lächeln auf. »Wir sollen uns keine Sorgen machen. Er wird nicht zulassen, dass seine Familie so behandelt wird.«

Nach dem Telefonat brach Domokos auf. Die drei setzten sich an den Küchentisch und warteten. Es gab nichts zu tun, nichts zu bereden. Trotz ihrer Zuversicht war Rebeka unwohl zumute. Sich Szenerien auszumalen war unmöglich, die Konsequenzen unaussprechlich. Sie alle hatten im Verlauf der letzten Wochen die Meldungen in der Zeitung gelesen. Rund fünftausendfünfhundert Familien wurden aus der Hauptstadt entfernt und enteignet. Bárdossy hatte Bekannte unter den Betroffenen. Schrecklich und unerhört hatten sie diese Fälle gefunden und selbst nichts unternommen.

Das Ticken der Küchenuhr wurde unerträglich. Der Zeiger schleppte sich voran und erreichte die Zehn. Das Telefon rührte sich nicht.

»Wieso dauert das nur so lange?« Rebeka hob den Blick, die Kuckucksuhr im Wohnzimmer begann zu schlagen. Sie zählte mit.

Als das Telefon endlich klingelte, sprangen sie gleichzeitig auf. Rebeka nahm den Hörer ab. Bárdossy und Dada horchten. Rebeka hob die Hand zum Mund, es sei Róbert. »Er sagt, er könne nicht zu den Entscheidungsträgern durchdringen.« Bárdossy nickte; er fühlte sich offenbar bestätigt. Mit offenen Handflächen bedeutete er: Seht ihr, es geht ihm wie mir! »Das kann nicht dein Ernst sein, Róbert! Vernünftig sein? Und wann kannst du uns da rausholen?« Rebeka schloss die Augen. »Dann komm erst mal her ... Wie bitte?« Ihr Gesicht lief purpurrot an. »Dann brauchst du dich hier nicht mehr blicken zu lassen. Scher dich zum Teufel!« Sie legte leise den Hörer auf.

Bárdossy und Dada starrten sie an. »Was hat er gesagt?«

Rebeka stieß einen Seufzer aus, als würde sie es selbst nicht glauben. »Er könne im Moment nichts ausrichten und herkommen könne er auch nicht. Der Mistkerl hat Angst, es würde seinem Ruf schaden, mit uns in Verbindung gebracht zu werden.«

Bárdossy striegelte nachdenklich seinen Bart. »Und was hat er noch gesagt?«

»Irgendein Beamtentrottel wird einen Fehler gemacht haben. Wir sollen erst mal mitgehen, und er wird versuchen, uns da rauszuholen.«

»Dachte ich es mir doch!«, rief Bárdossy und schlug auf den Tisch. »Der Breitner kann auch nichts machen.«

Rebeka winkte ab und vergrub ihren Kopf in den Händen.

»Wir sind erledigt«, sagte Bárdossy.

Dada schluchzte.

Rebeka kamen Istváns Worte in Erinnerung. Die Erkenntnis erschütterte sie. Breitner war ein Opportunist und niemals, unter keinen Umständen würde sie seine Frau werden!

»Verbinden Sie mich mit Herrn Rosenthal in der Váci utca«, sagte sie in den Hörer.

»Was tust du?«, fragte Bárdossy.

»Ich rufe den Gebrauchtwarenhändler an und verkaufe unsere Möbel.«

»Das ist absurd!«

»Róbert wird sich nicht für uns die Hände schmutzig machen, Papa. Wir werden hierher nie wieder zurückkehren, versteh das endlich!«

»Das ist lächerlich«, sagte Bárdossy, doch es klang wenig überzeugt. Er sank in seinen Stuhl und schien um Jahre gealtert.

Rebeka feilschte so lange mit dem Händler, bis er sechshundert Forint für alle Möbel zusammen bot, eine lächerliche Summe. Verwandte und Bekannte kamen anschließend, um mitzunehmen, was noch übrig war. Es war nicht die richtige Zeit darüber zu verhandeln, ob die Sachen zur Aufbewahrung geliehen oder geschenkt waren. Onkel Géza versprach, die Bibliothek in seinem Keller aufzubewahren, wo die Bücher wahrscheinlich verschimmeln würden. Es herrschte Chaos, Leute gingen ein und aus, die Rebeka gar nicht kannte.

Bárdossy verkroch sich in seinem Arbeitszimmer und war den ganzen Tag nicht zu sehen. Rebeka trug ihm auf, sich wenigstens um die Papiere zu kümmern, und ließ ihn allein. Mit Dada debattierte sie darüber, was an Bettzeug, Küchenutensilien und Geschirr mitmusste. Sie versuchten, das Nötigste in dem großen Schiffskoffer zu verstauen. Auch das Tafelsilber kam in die Truhe. Zu gegebener Zeit würden sie einen besseren Preis dafür bekommen. Kleidung konnte in den Handkoffer. Sie höhlte die Korksohle ihrer Sandalen aus und versteckte dort die Perlen ihrer Mutter.

Der Verlobungsring an ihrem Finger funkelte noch, als wäre

nichts geschehen. Zurückschicken? Behalten? Kurz entschlossen ließ sie den Ring auch in der Schuhsohle verschwinden. Er konnte ihr noch von Nutzen sein, wenn es dieser Mistkerl schon nicht war.

Gegen Abend hatte sich das Haus geleert, die Möbel waren abgeholt worden, die meisten Gemälde und Teppiche verkauft oder verschenkt. Nur das Porträt ihrer Mutter lehnte noch an der Wand zwischen Magazinstapeln und wertlosem Zeug. Die Kronleuchter waren auch abgeholt worden, eine einzelne Glühbirne in der Fassung baumelte von der Decke und spendete schwaches Licht. Rebeka telefonierte mit Frau Szalai, der Dame, die Dadas Schwester beschäftigte. Schlimme Zeiten seien das, klagte auch sie, erklärte sich aber bereit, Dada aufzunehmen. Es sei ja nur für den Übergang, sagte Rebeka zu ihr, doch glaubte sie selbst nicht daran.

Nach dem Telefonat sank sie erschöpft auf einen Hocker und zündete sich eine Zigarette an. In ihrer Lunge breitete sich die wohlige Wärme aus. Sie betrachtete die abbrennende Zigarette, die schlank aus dem Mundstück ragte. Das berühmte Lied der Karády über die kleine Zigarette, die langsam im Ascher verglimmt, fiel ihr ein. Gerüchte kursierten, die Künstlerin sei in den Westen abgehauen, schon vor Monaten. Man hatte sie fallen lassen, glühend weggeworfen wie die kleine Zigarette in ihrem Lied. Die Karády war gegangen, als es noch nicht zu spät war. Und ihr Vater? Hatte er das nicht alles schon einmal erlebt? Hatte er vergessen? Wut schnürte ihre Kehle zu. Wo steckte ihr Vater überhaupt?

Sie drückte die Zigarette aus und fand ihn am Schreibtisch, wo sie ihn am Morgen zurückgelassen hatte. Seine Möbel, Bücher, die Bilder an den Wänden – alles war an seinem Platz, als wäre nichts geschehen.

»Papa, hast du gar nicht gepackt?«

»Ich habe keine Kraft, Liebes.« Seine Stimme klang dünn wie die eines Kindes. Er starrte aus dem Fenster, seine Hände ruhten auf der aufgeräumten Tischoberfläche. Ihre Wut verflog bei dem hilflosen Anblick, den er bot. Sie nahm seine Hände und streichelte über die Spuren, die die Zeit auf ihnen hinterlassen hatte. Ihr Vater war alt geworden. Es war nun an ihr, erwachsen zu werden.

25
DER ABSCHIED

Budapest 1951

Im Morgengrauen fand Rebeka ihren Vater im Arbeitszimmer. Er hatte sich erhängt. Der leblose Körper hing an einem der Tragebalken. Um den Hals spannte sich eine fachmännisch gebundene Schlinge, die sich beim Erhängen durch das Gewicht zusammengezogen und den Hals zusammengeschnürt hatte. Der Vater hatte sich einen dunklen Anzug angezogen, die Schuhe poliert und den Hocker unter sich weggestoßen.

Rebeka berührte die erdige alte Hand. Sie war kalt. Sie suchte nach dem Puls, doch ihr eigenes Herz klopfte so heftig, dass sie nicht feststellen konnte, ob noch Leben in ihr war. Sein Gesicht schien leer wie eine verlassene Hülle. Sie stieß einen Schrei aus.

Im Haus rührte sich nichts. Totenstille.

Die Unfassbarkeit des Geschehenen erstickte ihre Tränen. Mit weichen Knien sank sie zu Boden. Sie musste sich beherrschen. Ließ sie sich jetzt gehen, würde sie nicht die Kraft haben durchzustehen, was noch auf sie zukam. Dada war schon zu ihrer Schwester gefahren. Sie war allein.

Sie raffte sich vom Boden auf. Einen Krankenwagen rufen, die

Polizei verständigen, Domokos musste kommen ... Die Wanduhr zeigte vier Uhr, ihr blieb nicht viel Zeit.

Auf dem Schreibtisch fand sie zwei Briefe, einer war an den Anwalt adressiert, auf dem anderen stand ihr Name. Darunter entdeckte sie ihre Geburtsurkunde, amtliche Papiere und das Bargeld, das ihr Vater im Haus hatte. Selbst die Sterbeurkunde von Rebekas Mutter hatte er voller Voraussicht herausgelegt, da auch Irma Bárdossy versehentlich auf dem Auslagerungsbescheid mit aufgeführt gewesen und von einem der AVO-Männer nur gestrichen worden war.

Rebeka schloss die Augen.

Die Zeit, bis der Krankenwagen eintraf, fühlte sich an wie eine Ewigkeit. Sie banden ihn ab, deckten ihn mit einem Laken ab und trugen ihn davon. Die Polizei befragte sie, die Nachbarin kam. Sie solle ihren Tränen freien Lauf lassen, sagte sie. Ohrfeigen hätte Rebeka jemandem geben können, nicht weinen.

Endlich traf Domokos ein, übernahm das Reden, und Rebeka konnte sich zurückziehen. Sie setzte sich an den Küchentisch, denselben, an dem sie gestern gemeinsam gewartet hatten – als es noch Hoffnung gab, als sie dachten, ein Leben in der Provinz wäre das Schlimmste.

Die Küchenuhr, eines der letzten verbliebenen Dinge im Haus, tickte gleichmäßig, als wäre nichts geschehen. Müsste dieser verdammte Zeiger nicht stehen bleiben, drehte sich die Welt schon nicht weiter?

Sie faltete den Brief ihres Vaters auseinander und betrachtete die charakteristisch geneigten Buchstaben. Seine sichere Handschrift war ihr vertraut. Nichts wies darauf hin, dass er nicht gewusst hatte, was er tat.

Meine liebe Tochter,

Gott wird mir meine Tat verzeihen und mich zu sich rufen, von wo ich, wieder vereint mit deiner Mutter, über Dich wachen werde. Es ist die Pflicht eines Vaters, alles in seiner Macht Stehende zu tun, seiner Tochter ein gutes Leben zu ermöglichen. Dies kann ich am besten, indem ich aus dieser Welt gehe. Die alten Werte, die harte Arbeit, das Wort eines Mannes, das alles zählt heutzutage nicht mehr. Ein alter Mann wie ich wird sich nicht mehr ändern. Das wissen die, und deshalb müssen sie mich loswerden. Doch Du, meine Tochter, bist klug, schön, und das Leben liegt noch vor Dir. Du wirst Deinen Weg gehen. Höre auf mich und heirate den Professor, einen Mann, der Dich liebt und Dir ein gutes Leben bieten wird. Dein alter Vater will dem nicht im Weg stehen. Handle klug, mein Kind.

In ewiger Liebe,

Dein Vater

Handle klug, mein Kind! Rebeka schlug mit solcher Wucht auf die Tischplatte, dass der Schmerz bis in den Ellenbogen schnellte.

Der kleine Zeiger stand auf Fünf. Noch eine Stunde, bis sie kamen. Ihr Blick wanderte zum offenen Fenster. Weglaufen? Draußen standen Leute um das Polizeiauto. Auch der Milchjunge war von seinem Rad gestiegen und beobachtete neugierig das Geschehen. Rebeka kritzelte ein paar Zeilen auf einen Zettel, holte einen Geldschein aus der Tasche und lief nach draußen.

»He, du! Komm mal her!«

Der Junge wandte sich zu ihr um.

»Wie schnell kannst du nach Pest radeln?«

26
IM ZUG NACH BUDAPEST

Wien 2017

Anna schüttelte den Regenschirm auf dem Boden aus und reichte zum Klingelknopf über dem vergilbten Namensschild, auf dem handschriftlich Bárdossy geschrieben stand. Ihre Handtasche vibrierte. Zwei verpasste Anrufe. Christoph und Márta, dazu eine ungelesene Nachricht von Krüger im Posteingang. Sie überflog die Nachrichten. Márta hatte Krüger Instruktionen zu ihren Bildern geschickt? Es war Zeit, nach Berlin zurückzufliegen.

Rebeka erschien auf der Türschwelle, herausgeputzt mit Schirm und Handtasche in der Hand. Sie begrüßte Anna so kühl, wie sie am Telefon geklungen hatte.

»Vom Diglas!« Anna reichte ihr den eingepackten Kuchen.

»Unser Zug fährt um vierzehn Uhr«, sagte Rebeka, ohne der Aufmerksamkeit Beachtung zu schenken.

Anna ließ die Hand sinken. »Unser Zug?«

»Wir treffen Dr. Karsay in Róberts Wohnung. Willst du erben, kannst du mir auch behilflich sein.«

Anna hatte geplant, am Abend wieder in Berlin zu sein. Sie hatte keine Wechselwäsche dabei.

Bevor sie etwas sagen konnte, schwang Rebeka ihren Schirm, als wollte sie Anna damit beiseiteschieben, und trat in den Hausflur. Ihr Koffer wartete im Flur darauf, hinausgetragen zu werden.

»Kann ich wenigstens noch die Toilette benutzen?«

Ungehalten machte Rebeka kehrt, ging geradewegs in die kleine Küche neben dem Eingang und setzte sich auf einen Hocker. Die Handtasche behielt sie auf dem Schoß. »Beeile dich!«, rief sie Anna hinterher.

Anna erinnerte sich an den Flur mit seinen verschlossenen Türen aus ihrer Kindheit. Sie hatte ihn länger, geräumiger in Erinnerung. Der Geruch von feuchten Wänden lag in der Luft. Schimmelflecken zogen sich unterhalb der Decke die Tapete entlang.

Die Toilette befand sich linker Hand am Ende, die Tür gegenüber führte in die Stube. Nur kurz hineinschauen wollte sie dennoch. Sie wandte sich um, dann drückte sie die Klinke herunter und spähte ins Halbdunkel des Zimmers hinein. Altmodische Gardinen und schmiedeeiserne Gitterstäbe filterten das einfallende Licht. An seinem alten Platz stand das kantige Sofa mit den großen Zierkissen. Als Kind hatte sie mit seinen goldenen Bommeln gespielt, sie wie Haare gestriegelt und die kühle Seide wieder und wieder durch die Finger gleiten lassen. Gefühlte Ewigkeiten hatte sie auf diesem Sofa sitzen und sich benehmen müssen. Sie hatte nichts anfassen dürfen, eigentlich nicht einmal diese Bommeln, und schon gar nicht die feinen Tasten des Klaviers berühren.

Das kleine Zimmer war mit dem Sofa, dem Röhrenfernseher und dem Klavier schon vollgestellt. Ihr Blick fiel auf eine Gipsbüste auf dem Klavier mit dem Abbild ihrer jungen Mutter. Auch diese kannte sie aus ihrer Kindheit. Das Parkett knarrte, als sie zum Klavier trat und eins der gerahmten Bilder in die Hand nahm. Es zeigte sie mit ihrer Mutter bei ihrer Abiturfeier. Wie ertappt stellte sie das Bild zurück an seinen Platz und eilte auf Zehenspitzen über den Flur ins Bad.

Das Taxi brauste mit ihnen über den Währinger Gürtel. Der Fahrer, ein junger Araber, navigierte flink durch den Verkehr. Mit einer Hand auf dem Lenkrad, der anderen auf dem Schalthebel wechselte er die Spur wie ein kühner Tänzer, beschleunigte, überholte und schlüpfte dann wieder in die Lücke zwischen zwei Autos. Vom Rücksitz aus betrachtete Anna seinen prächtigen Vollbart. Bestimmt bedurfte dieses Kunstwerk der peniblen Pflege. Noch nie hatte sie einen so kraftstrotzenden, glänzenden Bart aus der Nähe betrachtet. In der Bahn hätte sie den Blick abgewandt, aus Anstand vielleicht, ohne sich ihre Scheu einzugestehen.

Rebeka interessierte sich nicht für den Bart des Fahrers. In aufrechter Haltung hielt sie sich an der Kopfstütze des Vordersitzes fest und lugte nach vorn, als traute sie dem Mann nicht, den schnellsten Weg zum Bahnhof zu nehmen.

»Du musst noch im Duna-Hotel zwei Einzelzimmer reservieren«, sagte sie zu Anna, ohne den Blick von der Straße zu nehmen.

»Im Duna-Hotel?«

Rebeka sah sie an, als wäre sie nicht von dieser Welt. »Vielleicht heißt das Hotel heute anders. Du kannst auf deinem Gerät danach suchen, oder nicht?«

Anna bedachte sie mit einem Stirnrunzeln, aber tat wie geheißen. Ihre Suche nach »Duna-Hotel« und dessen ungarischem Pendant »Duna szálló« ergab keine Treffer, bis sie auf einen Zeitungsartikel über die Geschichte der Donaupromenade stieß. Sie schlug die Beine übereinander und sah zu Rebeka auf. »Das Duna-Hotel wurde in den Sechzigerjahren abgerissen, an seiner Stelle steht jetzt das Marriott. Möchtest du dort wohnen?« Ihr Ton war spitz.

Rebeka blickte starr geradeaus und presste die Lippen zusammen.

»So wird das nichts mit uns, Großmutter. Ich bin nicht deine Assistentin, und ich will auch dein Erbe nicht. Ich habe dir lediglich meine Hilfe angeboten.«

Rebeka drehte den Kopf zu ihr. Ihr Blick war streng. »Ich bin eine alte Frau, aber bestimmt nicht dumm. Du weißt selbst, es geht nicht um diese Wohnung. Róbert hat mir seine Kunstsammlung hinterlassen. Nicht der Nationalgalerie, sondern mir!«

Anna spürte die Röte in ihre Wangen steigen.

»Du wirst diese Bilder für mich verwalten, einen Teil verkaufen, einen Teil vielleicht erben. Wir werden sehen.« Feine Fältchen des Triumphes tanzten um ihre Lippen.

Das Taxi hielt an einer Ampel. Der Motor schaltete sich automatisch ab.

Anna rutschte auf ihrem Sitz vor. Sie bemühte sich, einen professionellen Ton zu treffen. »Nachdem wir die Sammlung besichtigt haben, werde ich einen Vertrag aufsetzen.«

Jetzt war die Überraschung auf ihrer Seite. Sie glaubte, ein Zucken um Rebekas Mundwinkel zu erkennen, als wollte ihre Großmutter etwas sagen. Doch Rebeka nickte nur kurz.

Die Ampel wechselte wieder auf Grün, der Motor fuhr mit einer leichten Vibration hoch. Der Bahnhof lag schon vor ihnen.

Am Gleis kündigte die Ansage den RailJet nach Budapest-Keleti an. Sie sprachen kein Wort. Der Zug fuhr ein und kam mit quietschenden Bremsen zum Stehen. Im Großraumabteil überließ Anna Rebeka den freien Fensterplatz an einem der Tische. Sie selbst verstaute Rebekas Koffer im dafür vorgesehenen Bereich und setzte sich neben sie an den Gang.

Der Zug rollte langsam aus dem Bahnhof. Rebeka hielt die Hände im Schoß gefaltet und sah aus dem Fester, als wäre sie beleidigt.

Anna tauschte sich über Textnachrichten mit Christoph aus und las online Nachrichten. Erst als sie Wien längst hinter sich gelassen hatten und Ruhe in das Abteil eingekehrt war, legte sie ihr Handy beiseite.

Die weite Landschaft Niederösterreichs zog mit hoher Geschwindigkeit an ihnen vorbei. Anna fragte sich, womit Rebeka ihre Tage verbrachte. Sie stellte sich wartend in ihrer kleinen Küche vor. Alte Leute warteten doch; sie warteten auf das Mittagessen, auf den Abend, auf Besuch, den Tod. Sie »verwarteten«, was vom Leben übrig blieb. Doch Rebeka schien dem Warten erhaben, sie scherte sich nicht darum, was noch kam. Ihre Erinnerungen beherrschten sie. Sie lebte in ihnen, erfand sich neue Rollen, schrieb das Drehbuch um wie ein Autor mit höchstmöglicher Freiheit. Anna selbst kannte die magischen Auslöser, die ihre eigene Kindheit zurückbringen konnten, wie den Geruch von verbranntem Toast oder das Parfüm ihrer Mutter an einer Fremden. Rebeka reichte bereits ein Stichwort, und das Tor zu ihrer inneren Welt tat sich auf. Noch immer saß sie schweigend da und schaute aus dem Fenster.

»Du sagtest, das Erbe sei Breitners Abbitte?«, fragte Anna und gab sich Mühe, beiläufig zu klingen, mit vertraulicher, gedämpfter Stimme, als hätten sie sich die ganze Fahrt über unterhalten.

Rebeka reagierte nicht. Hatte sie Anna nicht gehört? Die Frau auf dem Platz gegenüber hob den Kopf, als wartete auch sie auf eine Antwort.

Anna verharrte in ihrer Rebeka zugewandten Haltung und ärgerte sich, die Frage gestellt zu haben. Dann lehnte sie sich verlegen wieder in ihren Sitz zurück.

Die Frau gegenüber, eine Mittfünfzigerin, blätterte mit müden Schlenkern des Handgelenks in einer Zeitschrift. Die Anhänger an ihrem Armband schlugen dabei gegen die Tischplatte. Anna nervte das Geräusch. Die Frau schien sich an ihm nicht zu stören.

»Es waren die üblen Fünfzigerjahre«, begann Rebeka. Anna war nicht ganz klar, ob sie auf ihre Frage antwortete oder einfach nur laut ihren Erinnerungen nachhing. »Sie drohten Róbert, er würde seine Stellung an der Universität verlieren, wenn er sich nicht von uns distanzierte. Ich war eine Bárdossy, eine enteignete Bürgerliche, eine Persona non grata. Er tat, was er tun musste.« Rebekas Blick ging an die Decke, als suchte sie dort in den Erinnerungen. Sie sprach sehr deutlich, wirkte fast so, als inszenierte sie ihre Rede für ein Publikum, doch gleichzeitig schien sie entrückt von den Menschen um sie herum. »Róbert war kein schlechter Mensch. Er wusste, was er mir antat, aber wir lebten in schwierigen Zeiten. Er spielte die ihm zugedachte Rolle, und in seiner Stellung gehörten eben Kompromisse dazu. Erst Jahre später verstand ich das und konnte ihm verzeihen.«

Annas Lippen öffneten sich zum Sprechen. Sie zögerte. »Und meine Mutter?« War sie damals schon unterwegs gewesen? Die Erniedrigung, verlassen worden zu sein, schwanger, von der Gesellschaft ausgestoßen – war all dies der Grund für Rebekas Geheimnis um den Vater ihres Kindes? Das erschien Anna nachvollziehbar und menschlich.

Das Gesicht ihrer Großmutter blieb starr wie eine Maske. »Ich hätte deine Mutter nie bekommen sollen!«, sagte sie. Rebekas dunkel gefärbte Stimme war das Einzige durch nichts unterbrochene Geräusch im Abteil. Anna bekam Gänsehaut. Auch die Frau im Sitz gegenüber hatte ihr Geklapper unterlassen und die Zeitschrift in den Schoß gesenkt.

Rebeka schien das Publikum nichts auszumachen. Scheinbar befeuerte es sie sogar. Sie hatte Annas Empörung bemerkt. »Du glaubst, eine Mutter denkt so etwas nicht?« Sie lachte auf. Es war ein höhnisches Lachen.

Anna bedeutete ihr mit dem Zeigefinger, die Stimme zu senken.

»Vielleicht hast du recht«, kam es leiser. »Nur wer die Wahl hat, kann etwas bereuen. Ich war schwanger und habe mich durchgeschlagen.«

Das klang wie ein Vorwurf, so kam es Anna vor, ein Vorwurf an sie persönlich, als müsste ihr selbstbestimmtes Leben sinnerfüllter und glücklicher sein, als es Rebekas je hätte sein können. Aber war es so? War ein Leben, in dem sich die Wahlmöglichkeiten potenzierten, nicht sogar das schwierigere?

»Es gab Frauen, die nahmen eine sterile Gummispritze, ein wenig destilliertes Wasser und mit größter Behutsamkeit ...« Rebeka beendete den Satz nicht. Dann nickte sie, als wäre ihr etwas klar geworden. »Ich war zu feige, viel zu naiv. Hätte ich gewusst, wie schwer es werden würde, ein Kind allein aufzuziehen, aus ihm einen guten Menschen zu formen, hätte ich das Risiko vielleicht auf mich genommen.« Sie machte eine wegwerfende Handbewegung mit ihrer gesunden Hand. Die andere blieb steif im Schoß liegen wie ein lebloses Tier. Mit dem Grün ihrer Augen fixierte sie Anna, als wäre ihre Enkelin für ihr ganzes Leid verantwortlich.

»Ich habe mein Kind geliebt. Ich wollte sie doch nur zu einer unabhängigen Frau erziehen.«

Rebeka als Opfer! Anna schlug selbstvergessen mit der geballten Faust auf den Oberschenkel. »Du hast sie in ein Internat gesteckt und wolltest eine Opernsängerin aus ihr machen! Hast du sie jemals gefragt, was sie wollte? Warum glaubst du, ist sie bei der ersten Gelegenheit abgehauen, weit weg von Wien, weg von dir?«

Rebeka musterte sie mit einem strengen, durchdringenden Blick. Diesmal hielt Anna ihm stand. Sie musste ihre Mutter verteidigen, die nicht kaltherzig, nicht undankbar war, sondern Luft zum Atmen vor der alles erstickenden Selbstliebe ihrer Mutter brauchte!

Grenzsoldaten betraten das Abteil. Der Zug war offenbar in

Hegyeshalom eingefahren. Die Beamten näherten sich mit schweren Schritten, drei, vier Männer hintereinander.

Anna wandte sich von Rebeka ab und holte die Fahrkarten aus ihrer Tasche hervor. Wo aber war ihr Pass?

Die Frau ihr gegenüber hielt ihre Dokumente auf dem Schoß bereit und lächelte mit der Zufriedenheit einer rechtschaffenen Bürgerin. Anna rutschte auf ihrem Sitz vor und kramte in der Handtasche.

Die Männer kamen zügig durch das Abteil, wahrscheinlich suchten sie nach Flüchtlingen. Zwischen Papieren und ihrem Laptop ertastete sie endlich den Pass. Da gingen die Grenzer schon an ihnen vorbei, ohne anzuhalten.

»Gesichtskontrollen«, murmelte der Mann am Gang gegenüber und schüttelte den Kopf.

Annas Puls beruhigte sich. Sie verstaute die Reisedokumente wieder in ihrer Handtasche. Die Frau gegenüber hatte ihre Arme vor der Brust verschränkt und wirkte mürrisch. War sie enttäuscht, nicht kontrolliert worden zu sein? Hatte sie sich einen Skandal erhofft, eine kleine Aufregung? Wäre jemand ohne Dokumente abgeführt worden wie in den Zeiten des Eisernen Vorhangs hätten sie dann alle den Blick abgewandt? Anna atmete tief ein, doch die Enge in ihrer Brust verblieb.

Ihre Großmutter hatte sich in ihren Sitz zurückgelehnt und hielt die Augen geschlossen. Ihre Unterhaltung war scheinbar beendet.

27
DIE FAHRT INS UNGEWISSE

Ungarn 1951

Die ersten Sonnenstrahlen erhellten das Zimmer mit noch kaltem, grellem Licht, das die Staubkörnchen in der Luft tanzen ließ. István blinzelte und blickte auf seine Armbanduhr. Es war erst kurz vor fünf, viel zu früh zum Aufstehen. Er drehte sich auf die andere Seite und zog die warme Bettdecke über die frei gewordene Schulter.

Plötzlich war sie wieder da, die Erinnerung an letzte Nacht. Panik erfasste ihn. Er setzte sich auf, mit trockenem Mund, und blickte auf die mit leisem Atem friedlich schlafende Frau zu seiner Linken.

Éva. Die Frau seines besten Freundes.

Er ballte eine Faust und hätte am liebsten in etwas hineingeschlagen. Er musste leise sein. Raus hier, sofort! Vorsichtig kletterte er aus dem Bett, doch der Versuch, jedes Geräusch zu vermeiden, führte zu mehr Lärm als nötig. Éva wachte nicht auf, sie bewegte sich etwas und faltete die weißen, zierlichen Arme wie ein Kissen unter dem Kopf.

Mit offenem Hemd, Socken in die Hosentasche gestopft, Schuhe und Tasche in der Hand, schlich István zur Tür.

Dann blieb er mit der Hand auf der Türklinke stehen und hielt inne. Sich aus dem Staub machen? Das ging mit vielen, aber nicht mit ihr. Und wo sollte er hin? Er stellte die Tasche zurück auf den Boden, ließ sich resigniert auf den Schreibtischstuhl gleiten und starrte ratlos die Frau in seinem Bett an. Der Schlaf gab ihrem Gesicht die Lieblichkeit eines Kindes.

Rudi fehle ihr, hatte sie gesagt. Sie war einsam. István war krank. Und auch einsam. Und so waren sie eben gemeinsam einsam. Umstände, unvermeidliche, die von einem zum anderen geführt hatten. Außerhalb ihrer Kontrolle. Schämte er sich? Warum?

Éva drehte sich und stöhnte auf, als hätten Istváns Gedanken Lärm geschlagen. Ihre Augenbrauen zuckten, die kleine Stirn warf Falten, als verspüre sie Lust oder Schmerz. Es tanzte ein Lächeln auf ihren Lippen, begleitet von kleinen Grübchen um die Mundwinkel, die es schuldbewusst, aber genießerisch aussehen ließen. War auch ihre Erinnerung an die letzte Nacht zurückgekehrt?

Sie schlug die Augen auf. »Du bist schon wach?«, fragte sie sanft und setzte sich im Bett auf. Die Bettdecke hielt sie mit einem Arm vor der Brust und streckte die andere Hand zu ihm aus.

István rührte sich nicht.

Sie ließ enttäuscht den Arm sinken. Mit dem anderen zog sie die Bettdecke fester an sich heran, als würde sie hinter ihr Schutz suchen. »Bereust du, was passiert ist?«

»Es hätte nicht passieren dürfen«, sagte er.

Er suchte in ihrem Blick nach Zustimmung, doch sie hielt nur die Knie umklammert und schloss die Augen. »Ich dachte, du empfindest etwas für mich.«

»Das tue ich.«

»Du liebst noch immer diese Frau.«

»Ich habe dir gesagt, sie ist für mich ...«

»Erledigt, ja, ich weiß.«

Sie vergrub das Gesicht in den Armen. Er widerstand dem Impuls, zu ihr hinüberzugehen und sie in den Arm zu nehmen.

»Wir waren beide einsam«, flüsterte er. »Ich war zu schwach, und du warst so wundervoll. Ich konnte nicht widerstehen.«

»Ich weiß nicht«, seufzte sie. Ihre Worte gingen in einem Schluchzen unter. »Vielleicht habe ich dich nur benutzt, um Rudi wehzutun, vielleicht habe ich mich aber auch in dich verliebt.«

»Éva, wir dürfen das nicht.«

Wie sie nackt dort saß, mit den Armen die Beine umschlungen, sah sie so verletzlich aus. Er wünschte, er könnte sie lieben.

»Es ist besser, ich gehe jetzt«, sagte er. Mehr fiel ihm nicht ein. Éva schaute so traurig, es brach ihm das Herz. Er ging erneut zur Tür. Diesmal zwang er sich, nicht zurückzuschauen.

Da klopfte es. Er zog die Hand erschrocken von der Türklinke zurück und blickte sich zu Éva um. Sie sah alarmiert zu ihm auf und verbarg ihre Nacktheit hinter der Bettdecke. Das konnte nur Rudi sein. Wer sonst würde um diese Zeit bei ihm vorbeikommen?

Das Klopfen wiederholte sich, diesmal bestimmter.

»Lass uns so tun, als wäre niemand da«, flüsterte sie und ging auf Zehenspitzen in die Decke gehüllt zu ihm.

István winkte ihr, leise zu sein. Er trat vorsichtig ans staubige Fenster und blickte hinaus auf die Galerie. Er hätte das Fenster öffnen und sich hinauslehnen müssen, um die Person vor der Tür erkennen zu können.

Noch einmal klopfte es. István zögerte. Dann aber riss er sich zusammen und trat an die Tür. Konfrontation war der einzige Weg, beschloss er, und öffnete.

Draußen wartete ein junger Bursche, den er noch nie gesehen hatte.

»He! Hast du bei mir geklopft?«

»Sind Sie Herr Szabó?«

István nickte, worauf ihm der Junge einen gefalteten Zettel reichte. »Sie müssen schnell kommen!«
Er entfaltete den Zettel und erkannte die Handschrift sofort.

István!
Papa hat sich umgebracht. Um sechs Uhr kommen sie,
um mich abzuholen. Ich bin allein und weiß nicht weiter.
Bitte, du musst kommen!
Rebeka

Das Blut wich aus seinem Gesicht, der Magen sackte ab, die Knie wurden schwach. Betrogen ihn der Verstand und die Vernunft – sein Körper offenbarte ihm seine Gefühle. Mit gequältem Gesichtsausdruck sah er zu Éva und reichte ihr den Zettel. Er wusste, was er ihr damit antat, doch er hatte keine Wahl. Er beugte sich zu ihr und gab ihr einen leichten Kuss auf die Stirn. Ohne ein Wort ging er davon.

Rebeka stand vor dem Küchenfenster und wartete. Der am Vortag aufgewirbelte Staub hatte sich von innen auf die Fensterscheiben gelegt. Die graue Schicht verlieh der verlassenen Straße dort draußen eine Trostlosigkeit, die zu Rebekas elender Stimmung passte. Sie wartete, dass irgendetwas geschähe. Die Kraft hatte sie verlassen, ihre Gedanken an Flucht hatte sie verworfen. Sie glaubte nicht, dass István kommen würde. Was könnte er schon ausrichten?
Pünktlich um sechs hielt ein mittelgroßer Planenwagen vor dem Haus. Zwei Männer mit schwarzen Lederjacken stiegen aus dem Führerhaus. Ein weiterer Mann sprang hinten aus dem Laderaum und begann, die Plane zur Seite zu schieben. Es waren andere Männer als gestern.
Beherrscht schloss sie die Fenster, überprüfte den Gashahn,

ging noch ein letztes Mal durch die leeren Zimmer. In ihrem Schlafzimmer lagen die Bücher, Fotoalben und Kleider, die sie nicht mitnehmen konnte, ordentlich zusammengelegt auf dem Boden. Wer wusste schon, was mit diesen Dingen passieren würde. Ihren Vater, ihr Leben, das Haus – alles würde sie zurücklassen. Selbst den Hund hatte sie weggegeben. Seinen traurigen Blick hätte sie nicht ertragen können.

Zwei Familien, der Graf und die Gräfin aus der Nachbarschaft und eine Familie mit einem kleinen Jungen, die Rebeka nicht kannte, saßen schon unter der Plane. Ihre Habseligkeiten waren fachmännisch am Führerhausende der Ladefläche gestapelt.

»Mithelfen!« befahl eine der Lederjacken.

Der alte Graf, längst nicht mehr so fit, und der Familienvater erhoben sich. Der Familienvater bedeutete dem Grafen, er solle sitzen bleiben, und kletterte allein von der Ladefläche, um beim Einladen von Rebekas Möbeln mit anzufassen.

Erleichtert, nicht allein zu sein, grüßte Rebeka mit einem Kopfnicken. Der Graf murmelte sein Beileid.

Eine der Lederjacken, der jüngste von den AVO-Männern, lud zusammen mit dem Familienvater Rebekas Matratze, den Schrank mit Schubladen, den Küchentisch, die alte Schiffstruhe mit den persönlichen Sachen und den Koffer auf. Es blieb nicht viel Platz für die Menschen.

Derselbe AVO-Mann half Rebeka beim Aufsteigen. »Es tut mir leid, Fräulein Bárdoss«, sagte er so leise, dass ihn außer ihr keiner hören konnte.

Rebeka vernahm ihren Künstlernamen und blickte in ein freundliches, schüchtern lächelndes Gesicht.

»Ich bin Ihr Verehrer. Ich habe jedes Ihrer Stücke gesehen.«

Dem ersten Impuls folgend wollte sie ihm danken, doch sie besann sich, senkte den Blick, presste die Lippen zusammen und tat, als hätte sie ihn nicht gehört.

Sie setzte sich zu den anderen auf den Boden. Einer der AVO-Männer stieg mit auf die Ladefläche, dann wurde die Plane wieder von außen verschnürt. Niemand sagte ein Wort. Alle waren körperlich und seelisch erschöpft von den Strapazen des Vortages, der schlaflosen Nacht und von der Ungewissheit, der sie nun entgegensahen.

Der Wagen fuhr ruckelnd an; Rebeka fasste schnell eine Stange des Planengerüstes, um nicht durch den Wagen geschleudert zu werden.

Kaum war der Laster angefahren, hielten sie abrupt wieder an. »Elender Idiot!«, hörten sie aus dem Fahrerhäuschen, dann Stimmen. Der Motor des Lasters übertönte sie. Die Sitzenden tauschten fragende Blicke aus, der AVO-Mann wirkte nicht unruhig, aber wachsam.

Rebeka vernahm Istváns Stimme. War er das wirklich? Wie wollte er sie hier herausholen? Sie konnte nicht verstehen, was sie sagten, doch die Diskussion war hitzig. Schließlich machte sich jemand an der Plane zu schaffen und schnürte sie auf. Sie öffnete sich einen Spaltbreit und Licht drang in das Innere des Transporters.

Rebeka jubelte innerlich. Sie machte sich bereit aufzustehen, in letzter Minute gerettet zu werden, wie durch ein Wunder. Sie sah kurz das Gesicht des jungen AVO-Mannes, der ihr in den Wagen geholfen hatte, und dann, tatsächlich István, der zu ihnen in den Wagen stieg.

Rebeka presste vor Freude die Hand auf den Mund. Ein Jauchzer entwich ihr.

Die Plane wurde wieder verschlossen, die Schnur festgezogen.

»Was machen die da?« Sie sah ungläubig zu István, dann zur Plane und wieder zu ihm.

Er bedeutete ihr, leise zu sein. Der AVO-Mann im Wageninnern guckte argwöhnisch und noch mürrischer als vorher. István nickte ihm wie selbstverständlich zu, setzte sich neben Rebeka und legte einen Arm um sie. »Ich werde bei dir bleiben, bis du in Sicherheit bist.« Er flüsterte, doch seine Stimme war voller Entschlossenheit.

Rebeka schüttelte den Kopf. Er war nicht ihr Retter! Er war ein Verrückter, ein Idiot, der sich selbst für nichts und wieder nichts ins Verderben stürzte, anstatt sie hier rauszuholen. Ihre Augen wurden feucht, sie versuchte, Haltung zu bewahren, doch dieser Irrsinn war zu viel. Schluchzend hielt sie sich an ihm fest und vergrub ihr Gesicht an seiner Schulter. Sie klammerte sich fester an ihn, notgedrungen, da der Laster sich in Bewegung setzte. Tränen kamen, viele Tränen. Tränen, die sie nicht hatte weinen wollen.

Während der Fahrt verging die Zeit in Stille. Niemand hatte Lust, Höflichkeiten auszutauschen. Das schwer beladene Gefährt ratterte über das Kopfsteinpflaster der Budaer Straßen, der Boden war hart. In den Kurven musste sich Rebeka mit aller Kraft an István und der Halterung abstützen. Ihre Wut war gewichen, doch Istváns Märtyrertat gab ihr keine Kraft. Sie machte sie vielmehr verletzlich, gerade weil er jetzt bei ihr war und sie nicht mehr stark sein musste.

Der Lastkraftwagen hielt, die Handbremse wurde geräuschvoll angezogen. Die Insassen des Wagens blickten auf und lauschten. Eine Bahnhofsansage ertönte.

»Das muss der Güterbahnhof Magdolnastadt sein«, sagte der Graf.

Auf dem Bahnsteig drängelten sich unzählige Ausgelagerte und AVO-Männer. Ein Güterzug stand im Gleis, mit abwechselnd offenen Loren für die Möbel und geschlossenen Waggons für die Personen. Letztere sahen aus wie Viehwaggons, mit großen Schiebetüren und kleinen Schlitzen an der Seite, die etwas Luft hereinließen.

Die fremde Familie wurde von ein paar Lederjacken in Empfang genommen; Rebeka verlor sie in dem Gewimmel schnell aus den Augen. Stiegen sie weiter hinten in denselben Zug, oder wurden sie ganz woanders hingebracht?

Eine Lederjacke half István, die Möbel vom Laster auf eine der offenen Loren zu laden. Hatten sie Pech, regnete es auf der Fahrt, und ihre Habe würde nass werden.

Die Waggons, in die sie nun zum Einsteigen aufgefordert wurden, waren tatsächlich umfunktionierte Viehtransporter. Jemand hatte sie wohl mit einem Wasserschlauch ausgespritzt und neues Stroh ausgestreut, aber es roch noch immer nach Schwein. Hier und dort schien ein krustiger Kotfleck unter dem Stroh durch. Rebeka ekelte sich. Graf und Gräfin, denen derselbe Wagen zugewiesen wurde, hielten sich tapfer angesichts ihres mehrfachen sozialen Sturzes vom Hochadel in die Bürgerlichkeit und nun in diesen Viehtransporter. Zumindest ein Eimer Wasser mit einer Kelle war für die Reisenden bereitgestellt, in der Ecke stand ein Korb mit ein paar Weißbroten und ein Eimer mit Deckel, wahrscheinlich für die Notdurft.

István breitete seine Jacke auf dem Boden an der Wand aus und zog Rebeka zu sich hinunter. Der Graf tat es ihm gleich, legte sein Sakko mit der Innenseite nach unten auf den Boden und bot seiner Frau den Platz zwischen sich und Rebeka an. Die Gräfin zögerte erst. Dann zog sie ihren bodenlangen Nerzmantel aus, der überhaupt nicht zu dem warmen Junitag passte, legte ihn sorgfältig zusammen und presste ihn im Sitzen an die Brust.

Weitere Ausgelagerte stiegen auf Anweisung ihrer Lederjacken hinzu. Fahrzeuge hielten vor dem Bahnhof und spuckten weitere Menschen aus. Rot geweinte Augen, Tränen überall.

Die Gräfin fragte Rebeka nach der Adresse ihrer Zwangsunterkunft.

»Szolmár, ein Dorf irgendwo bei Miskolc«, antwortete sie.

Die Gräfin nickte: »Auch Szolmár!«

Ein Mann gegenüber flüsterte, das sei keine Garantie. »Bestimmt bringen sie uns nach Sibirien in ein Arbeitslager.«

»Reden Sie nicht so einen Unsinn! Keiner wird nach Sibirien gebracht«, sagte der Graf.

»Woher wissen Sie das?«, fragte jemand.

»Mein Anwalt hat Erkundigungen eingeholt. Man wird uns bei wohlhabenden Kulakenfamilien auf dem Land einquartieren, für den Übergang.«

»Nach Urlaub auf dem Land sieht dieser Viehtransporter nicht aus«, sagte der Mann.

Eine junge Frau in der Ecke schluchzte auf und klammerte sich an ihren Verlobten.

»Das ist ein haltloses Gerücht«, sagte der Graf mit ruhiger Stimme zu der jungen Frau.

Der Mann schüttelte den Kopf und zog sich in eine entfernte Ecke des Waggons zurück.

Die Gräfin erklärte Rebeka, das Mädchen sei die Tochter eines jüdischen Bankiers. Die ganze Familie sei 1944 deportiert worden, nur das damals dreizehnjährige Mädchen hatte überlebt. Ihr Vater hatte sie bei einer befreundeten christlichen Familie untergebracht, die sie als die ihre ausgab.

Rebeka vergrub ihr Gesicht in den Händen.

Es kehrte Ruhe ein im Waggon, doch die Luft blieb voller Anspannung, die sich auch nicht löste, als es endlich losging. Die Schiebetür wurde von außen geschlossen und geräuschvoll verriegelt. Quietschend setzte sich der Zug in Bewegung.

Nun gab es kein Zurück mehr. Sie waren den Lederjacken komplett ausgeliefert.

Stundenlang ratterte der Zug ohne Halt durch die ungarische Tiefebene. Die Waggons ruckelten im gleichmäßigen Takt, die

Menschen wiegten im selben Rhythmus die schweren Gedanken in ihren Köpfen. Trotz der Lüftungsschlitze war es stickig, der Eimer Wasser schnell geleert. Viele der auf dem Boden sitzenden Insassen waren eingeschlafen, die anderen starrten im Schummerlicht vor sich hin.

István sah durch einen der Luftschlitze in die Weite. Bahnhöfe mit verschwommenen Ortsschildern rauschten vorbei. Weizenfelder bedeckten das Land, soweit das Auge reichte. Dort draußen ging alles seinen gewohnten Gang wie an einem beliebigen Junitag. Mit der schlafenden Rebeka im Arm lauschte er dem Singsang des Zuges und atmete den geliebten Duft ihres Haares ein. Auf eine wilde, verrückte Weise war er glücklich.

Auf offener Strecke quietschten plötzlich die Bremsen des Zuges. Er wurde allmählich langsamer und hielt dann vollständig an.

»Wo sind wir?«, fragte Rebeka schlaftrunken.

István schaute prüfend durch seinen Spalt und schüttelte unsicher den Kopf. »Ich habe keine Ahnung, hier ist weit und breit kein Bahnhof.«

Alle horchten, keiner wagte es, sich zu rühren. Doch da war nichts, keine Schritte, keine Stimmen, nichts. Nur der Wind über dem Weizenfeld. Die Hitze wurde drückender mit jeder Minute, in der nichts passierte.

»Jetzt werden sie uns einen Graben ausheben lassen und anschließend in den Hinterkopf schießen«, sagte der Mann, der zuvor schon von Sibirien gesprochen hatte. Er fing an zu lachen. Es war ein nervöses, verstörendes Lachen, das István eine Gänsehaut verursachte.

Ein Raunen ging durch den Waggon. Eine Frau weinte hysterisch auf. Ihr Mann drückte sie fest an sich, doch das beruhigte sie nicht.

Schließlich hörten sie Stimmen draußen neben dem Gleis,

Männer liefen vorbei. Die Gespräche im Waggon verstummten. Sie verstanden nichts. Auch durch den Lüftungsschlitz konnte István nichts erkennen.

»István«, sagte Rebeka und nahm seine Hand, »ich hätte dich nicht gerufen, hätte ich gewusst …«

Er bedeutete ihr mit der Hand, leise zu sein. Die Stimmen draußen klangen nun gedämpfter, weiter entfernt. Ein Ruck ließ sie alle zusammenschrecken, und der Zug setzte sich geräuschvoll wieder in Bewegung. Manche bekreuzigten sich, bei vielen entlud sich die Spannung in einem großen Seufzer. Das Gefühl, dem Tode gerade so entronnen zu sein, löste die Zungen, ja, führte teilweise zu Heiterkeit.

»Ich bin so froh, dass du bei mir bist«, sagte Rebeka und drückte sich noch enger an István heran.

Am späten Nachmittag kamen sie in Miskolc an. Die Schiebetüren wurden geräuschvoll geöffnet. Die Sonne erhellte des Innere des Waggons und blendete sie. Neue Lederjacken erschienen an der Öffnung, hielten Listen in der Hand und bellten Namen.

»Bárdossy!« Rebeka war unter den Ersten, die aufgerufen wurden.

Rebeka und István erhoben sich. Der AVO-Mann kontrollierte den Auslagerungsbescheid und wies ihnen einen weiteren AVO-Mann zu, der mürrisch auf dem Bahnsteig stand. Sie folgten der Lederjacke zum nebenliegenden offenen Güterwagen. István wurde aufgefordert, ihre Sachen zu holen. Hilfe wurde keine angeboten, sie waren auf sich allein gestellt. Gemeinsam wuchteten sie den Schrank und die alte Schiffstruhe erst auf den Bahnsteig, schoben sie dann bis zu einem mit laufendem Motor wartenden Laster und hebelten sie mit vereinten Kräften auf die Ladefläche. Mit Rebekas restlichem Gepäck kam István allein zurecht. Blieben nur noch die Koffer und der Küchentisch.

Der AVO-Mann bot Rebeka mit süffisantem Lächeln an, doch im Führerhaus Platz zu nehmen. Sie lehnte ab und kletterte auf die Ladefläche. Sie hoffte insgeheim, István würde nicht zu lange brauchen.

Nachdem István die letzten Gegenstände auf den Laster gehievt hatte, wollte er umkehren, um dem Grafen zu helfen, der mit seiner Frau demselben Fahrzeug zugeteilt worden war. Aber der AVO-Mann stellte sich ihm in den Weg und schlug ihm die behandschuhte Faust in den Magen. »Der Alte kann sich selbst helfen. Mach dich zu deiner Dirne auf den Wagen, Jungchen.«

Der Planenwagen war ebenso fensterlos und beengend wie der, der sie am Morgen an den Pester Güterbahnhof gebracht hatte, nur dass dieses Mal keiner der AVO-Männer auf der Ladefläche mitfuhr. Nach einer halben Stunde Fahrtzeit hielten sie an. Rebeka hielt sich an der Halterung fest. Der Graf wurde durch den unsanften Halt von seinem Platz geschleudert. Auf allen vieren kroch er rasch neben die Gräfin zurück. Eine Weile tat sich nichts. Sie warteten und lauschten den Männerstimmen. Endlich begann jemand, am Verschluss zu hantieren.

»Alles klar da drinnen?«, machte sich eine der Lederjacken lustig. Rebeka erkannte den AVO-Mann, der István in den Magen geschlagen hatte.

Das Verdeck wurde zur Seite geschoben. Die Lederjacke stand neben einem schnurrbärtigen älteren Mann, der nicht nach AVO aussah. Er trug eine einfache Stoffhose und ein kurzärmliges Hemd mit Schlips. »Kálmán Bárdossy?«, rief er ihnen zu.

István stand unsicher auf.

Rebeka tat es ihm gleich. »Ich bin Rebeka Bárdossy «, sagte sie ungefragt.

Der Alte sah sie an, blätterte stirnrunzelnd in seinen Papieren. Abwechselnd sah er zu ihnen und zu dem AVO-Mann. Inzwischen war der andere auch aus der Fahrerkabine hervorgekrochen und stand dort mit einem genervten Gesichtsausdruck, als stünde nur noch der Alte zwischen ihm und seinem Abendessen.

Rebeka erstarrte und sah, wie István neben ihr bleich wurde.

Fragten sie István nach seinen Papieren, würde er auffliegen.

Doch das Gesicht des Alten hellte sich auf. Er machte sein Häkchen und nickte dem AVO-Mann zu.

»Na also, alles klar dann«, sagte die Lederjacke mit einem Augenrollen.

István gewann seine Farbe wieder und gab dem Grafen zum Abschied die Hand.

»Kommen Sie, ich helfe ihnen noch!«, sagte der Graf mit einem Blick zu Rebekas Schrank. »Einen alten Mann werden die schon nicht verprügeln.«

»Beeilung Bárdossy! Wir haben nicht ewig Zeit«, brüllte die Lederjacke.

Rebeka nickte erschrocken und wandte sich István zu, der ihr die Hand reichte, um ihr vom Wagen herunterzuhelfen.

Der Graf ließ den Schrank langsam von der Wagenkante auf Istváns Rücken gleiten, von wo der ihn vorsichtig auf dem vom Regen aufgeweichten rutschigen Boden abstellte.

Rebeka mühte sich währenddessen zusammen mit der Gräfin ab, den Tisch herunterzuhieven. Der AVO-Mann stand daneben und rauchte eine Zigarette.

Der Schnurrbärtige sprang zu Rebeka und nahm ihr mit leichter Hand das Möbelstück ab. »Jetzt packen Sie schon mit an, junger Mann! Was sind das für Manieren?«, rief er.

Die Lederjacke schnipste widerwillig die brennende Zigarette weg und kletterte in den Lagerraum.

»Ist das Ihrer?«, fragte er Rebeka auf einen der Koffer zeigend. Auf ihr Nicken, hob er den Koffer an und warf ihn achtlos zu der Schiffstruhe und den Möbeln in den Schlamm.

Der Schnurrbärtige schüttelte den Kopf. »Ich bitte um Verzeihung für dieses Verhalten, Frau Bárdossy. Bei uns ist so etwas nicht üblich.« Er stellte sich als der Gemeinderatsvorsitzende von Szolmár vor. Rebeka schüttelte seine Hand und wunderte sich über die Höflichkeit.

Der Gemeinderatsvorsitzende machte den Lederjacken ein Zeichen, er würde gleich nachkommen. Die sprangen auf den Transporter auf und fuhren mit der Grafenfamilie davon.

Szolmár war ein verschlafenes Achthundert-Seelen-Dorf in der ungarischen Tiefebene. Miskolc, die nächstgelegene Stadt, die Rebeka am Tag zuvor noch als Provinz bezeichnet hatte, erschien ihr nun im Vergleich wie eine Metropole.

Die Nachmittagssonne tauchte die ungepflasterte Dorfstraße in ein warmes Licht. Die Straße war menschenleer, aus der Nähe brüllte Volksmusik aus einem Lautsprecher, dort musste das Dorfzentrum sein. Einfache Bauernhäuser, gepflegte Vorgärten, ein grinsender Gartenzwerg – das war die Endstation.

Der Ratsvorsitzende wies auf das Haus, vor dem sie standen. »Das ist bis auf Weiteres Ihre Unterkunft.«

Rebeka riss die Augen auf. »Bissiger Hund!« stand auf dem Tor. Da hörte sie auch schon das Geräusch der Kette. Sie machte einen Schritt zurück und suchte hinter István Schutz. Die Kette klirrte, das Tier zerrte und bellte sich die Seele aus dem Leib.

Auf den Larm hin kam die Hausfrau heraus und ließ den Kuvasz mit einer gebieterischen Handbewegung verstummen. »Hier gibt es keinen Platz für diese Leute!«, rief sie.

Der Ratsvorsitzende versuchte, sie zu beschwichtigen, doch als er ihr das amtlichen Schreiben zeigte, wurde sie nur aggressiver. »Die sollen sich wegmachen, sonst lasse ich den Hund von der Kette!«

Ihre Kinder, ein Mädchen und ein Junge, vielleicht vier und sechs Jahre alt, beobachteten das Geschehen von der Haustür aus.

Der Ratsvorsitzende bedeutete István, er würde das schon regeln und versuchte weiter, der Frau gut zuzureden.

Sie aber hörte gar nicht hin. »Alles Land hat uns die Bodenreform genommen! Wissen Sie, was es bedeutet zu hungern? Wie soll ich meine Kinder satt kriegen?«

Rebeka starrte die Frau an, die nicht viel älter als sie selbst war.

»Nehmen Sie sich zusammen, Mariska«, warnte der Ratsvorsitzende jetzt in schärferem Ton.

»Dreißig Morgen!« Jetzt brüllte sie. »Das ist ja wohl genug Beitrag zum sozialistischen Aufbau!« Auch der Hund setzte wieder an. Rebeka trat noch einen Schritt zurück.

Ein Mann, offenbar ihr Ehemann, kam über das Nachbargrundstück, schob den Torriegel beiseite und ging auf die aufgebrachte Frau zu. Er befahl Frau und Hund zu schweigen, beide verstummten. Wie ein ungezogenes Kind führte er sie am Arm ins Haus.

Die drei rührten sich nicht vom Fleck. Der Hund fixierte sie und knurrte. Endlich kam der Hausherr wieder heraus und schloss das Tier in den Zwinger. Mit einer Handbewegung bedeutete er dem Ratsvorsitzenden, allein reden zu wollen. Rebeka blickte fragend zu István.

Die Männer schienen sich zu einigen. Sie gaben sich die Hände. Der Hausherr kam auf sie zu. »Lipót«, sagte er knapp und hielt István die Hand zum Gruß entgegen.

István erwiderte den Händedruck.

»Herr Lipót wird Ihnen Ihre Unterkunft zeigen«, sagte der Ratsvorsitzende. »Sie werden sich innerhalb von drei Tagen Arbeit suchen und sich anschließend beim Gemeinderat melden. Sie dürfen das Dorf nicht verlassen, verstanden?«

Rebeka und István nickten. Der Ratsvorsitzende ging zu Fuß davon. Weit konnte er es nicht haben.

Lipót wies ihnen den Weg über den Hof. Mühsam folgten sie ihm über den schlammigen Boden. Am Hundezwinger schritt der weiße Riese auf und ab und beobachtete sie wie Freiwild.

An der Scheune blieb der Hausherr stehen und sah kopfschüttelnd auf Rebekas Füße. »Sie werden hier ordentliche Schuhe brauchen.« Er öffnete die verwitterte Durchgangstür im Tor. Sie mussten beim Eintreten die Köpfe einziehen. »Das hier ist Ihre Unterkunft.«

Die schräg stehenden Strahlen der untergehenden Sonne erhellten das Innere der Scheune. Rebeka sah nun, was Lipót Unterkunft nannte: Durch die Bretter der Wand pfiff der Wind. Der Fußboden bestand aus ausgestampftem Lehm.

»Das ist nicht Ihr Ernst!«

»Junge Frau, ich habe mir das nicht ausgesucht. Das Weib mag hysterisch sein, aber es hat recht. Ich habe zwei Kinder zu ernähren von dem lächerlichen Gehalt aus der Ziegelbrennerei. Obendrauf habe ich auch noch Sie am Hals. Reißen Sie sich nicht zusammen, werden wir keinen Spaß miteinander haben.«

Rebeka verschränkte die Arme und wandte den Blick ab.

Lipót zeigte István einen Stapel Bretter auf dem Hof. »Für den Boden. Ich helfe Ihnen, sie reinzutragen.«

István nickte überrascht. »Jetzt gleich?«

Die Männer holten erst die Möbel in den Hof, stapelten Tisch, Bett und Koffer an der Scheunenmauer, dann packten sie zusammen an und wuchteten Balken und Bretter durch das Scheunentor. Lipót holte seine Werkzeugkiste und half István, die Bretter längs im Raum auszulegen und an den quer liegenden Balken festzunageln.

Rebeka betrachtete das reibungslose Zusammenspiel der beiden, als wären sie alte Bekannte. Es machte sie rasend. Sie ging auf dem staubigen Lehmboden umher wie auf Stelzen. Dauernd war sie im Weg. Auspacken konnte sie nicht, bevor der Boden lag. Es roch nach modrigem Stroh. Der Staub reizte sie zum Husten. Sie fasste sich an den Hals, als bekäme sie keine Luft.

Lipót schüttelte den Kopf und ging hinaus. Nach einer Weile kam er mit einem alten Besen wieder. Er stellte ihn wortlos an die Wand und ging wieder an seine Arbeit. Mit einem Seufzer riss Rebeka das Scheunentor weit auf. Frische Luft strömte herein. Sie schnallte sich die Sandalen ab, band ihr langes Kleid um die Hüfte und begann zu fegen.

Um drei Uhr nachts waren sie fertig. Rücken an Rücken saßen István und Rebeka erschöpft auf dem neuen Bretterboden. Im Schein der Petroleumlampe war die Scheune nicht wiederzuerkennen. Der Boden war etwas amateurhaft verlegt, aber wenigstens hatten sie einen richtigen Fußboden. Eine gespannte Wäscheleine mit einem darüber geworfenem Laken teilte den Raum, dahinter hatte Rebeka das Badezimmer eingerichtet. Es bestand aus einer Waschschüssel und einem aufgehängtem Handspiegel. Lipót hatte ihnen versprochen, aussortierte Ziegelsteine aus der Fabrik mitzubringen und bot István Hilfe an, auf der Windseite der Scheune eine richtige Mauerwand zu errichten.

»Was glaubt der eigentlich, wie lange wir hier hausen werden?«, fragte Rebeka.

István musste lächeln. Er legte einen Arm um sie und betrachtete das Resultat ihrer Arbeit. »Es ist gar nicht übel.«

Rebeka sah zu ihm auf, als wäre er verrückt geworden. Dann brachen sie in Gelächter aus. Es war ein befreiendes Lachen. Die Anspannung des vergangenen Tages fiel von ihnen ab.

Rebeka hatte bisher kein Wort über ihren Vater verloren. Die angstgeschwängerte Stimmung im Zug, die Schikane der AVO, die Ungewissheit – all das hatte ihre Trauer verdrängt.

»Willst du über ihn reden?«, fragte István ernst.

Rebeka holte den Abschiedsbrief aus ihrem Kleid hervor und knetete ihn in den Händen. »Es gibt nichts zu reden, er hat mich verlassen.«

»Darf ich?«

Ihren Blick auf den Boden geheftet reichte sie ihm den Brief. István faltete vorsichtig das Papier auseinander, las die säuberlich geschriebenen Zeilen, einmal, ein zweites Mal. Die schwungvoll geformten Buchstaben waren mit unbeirrter Hand geschrieben. Er stellte sich die Leichtigkeit des Augenblicks vor, als Bárdossy aus der Vogelperspektive, den Strick um den Hals, den Hocker noch fest unter den Füßen, herabgesehen haben musste. Wie unkompliziert die Widrigkeiten des Lebens erscheinen mussten, war die Erlösung von der irdischen Verantwortung und den Demütigungen des Lebens nur noch einen winzigen Schritt entfernt! Bárdossy hatte sich in dem Glauben gewogen, der eigene Tod sei eine Märtyrertat, der einzige Weg, seine Tochter zu retten.

»Dein Vater war ein alter Narr, aber er hat dich sehr geliebt«, sagte István und legte das Papier sorgsam entlang der Faltstellen zusammen. »Er hat geglaubt, durch seinen Tod würden sie dich verschonen und du könntest mit Breitner glücklich werden.«

Rebeka schüttelte den Kopf und verbarg das Gesicht in den Händen. »Breitner ist für mich gestorben.« Ihre Stimme bebte.

István zog sie an sich heran und erzeugte einen lang gezogenen Zischlaut, den ein Vater für sein Kind zur Beruhigung macht. Sie schmiegte ihren Oberkörper an seinen. Ihr Kopf hob sich von seiner Brust, wie sich Sonnenblumen gegen das Licht neigen. Ihre Lippen boten sich ihm leicht geöffnet an, als könnten sie ihm neues Leben einhauchen. István verging in dem lustvollen Spiel ihrer Zungen, atmete und sog sie in sich auf.

Ein Stöhnen entwich ihr.

Ausgelöst von ihrem Laut schoss der Gedanke an Breitner durch seinen Kopf. Er sah vor sich, wie dieser Mann sich an seiner Rebeka zu schaffen machte, sie an Stellen berührte, die ihm selbst verborgen waren.

Es war, als wäre etwas in ihm zerrissen. Er drückte sie sanft von sich. Es war unmöglich, sie geradeaus zu fragen. Hatte er ein Recht, es zu wissen? Was würde es ändern?

Vielleicht alles.

Er drückte einen Kuss auf ihre Stirn. Sie forschte in seinem Gesicht, offenbar forderte sie eine Erklärung, doch er wandte den Blick ab, beschäftigte sich mit einer Schabe auf dem Boden, die er mit der Schuhspitze totzutreten versuchte. Das Tier schleppte sich fort, scheinbar war es schon verletzt.

»Denkst du an Róbert? Du weißt, es ist vorbei.«

István wartete den richtigen Moment ab, platzierte den Fuß über die Schabe und trat zu. Volltreffer! Natürlich dachte er an Breitner, wie sollte er nicht an ihn denken.

Die Schabenmission vollendet, sah István auf. »Hast du mit ihm geschlafen?«

Rebeka wich zurück. »Was bildest du dir ein?« Ihre Augen, weit geöffnet, voller Empörung, klagten ihn an, als hätte er etwas verbrochen.

»Ihr wärt längst verheiratet, wäre seine Mutter nicht verstorben,« sagte er.

»Und dir geht es nur darum?«

István atmete tief aus, seine Knie gaben nach, er sackte auf den Hocker, der hinter ihm stand. Vorgebeugt stützte er sich auf die Knie und starrte auf den Boden.

»Ihr Männer seid armselig.« Rebeka wandte ihm den Rücken zu und kramte in der Schiffstruhe nach Handtüchern. »Warum gehst du nicht Wasser holen und an die frische Luft«, sagte sie über die Schulter und verschwand mit zwei Handtüchern hinter dem Vorhang.

Für István änderte das tatsächlich alles. Hatten sie es mehrmals getan? Hatte sie Lust dabei empfunden oder es nur ertragen? Hätte er doch bloß nicht damit angefangen! Wie mechanisch drehte er an der Kurbel, die den Eimer in die Tiefe des Brunnens sinken ließ. Es machte ein blechernes Geräusch, als er auf der Wasseroberfläche auftraf.

Mit der beruhigenden Gewissheit ging sein Blick in den Sternenhimmel, wenigstens der Mond und die Sterne würden an ihrem Platz zu finden sein. Er nahm den vollen Eimer aus der Halterung, füllte seine Lunge mit der kühlen Nachtluft und ging wieder hinein.

Die Waschschüssel stellte er stumm auf dem Hocker hinter dem Vorhang ab und überließ Rebeka den abgetrennten Raum. Sie entkleidete und wusch sich.

István kroch ins Bett. Die Vorstellung von ihrem weißen, geschmeidigen Körper unter Breitners Last ließ ihm keine Ruhe. Es veränderte alles!

Als sie, mit der dürftigen Toilette fertig, in einem bodenlangen Nachthemd hinter dem Vorhang hervortrat, stellte er sich schlafend.

»Du verurteilst mich, nicht wahr?« Sie beugte sich mit verschränkten Armen über ihn. István schlug die Augen auf, rappelte sich auf wie ein Kranker und starrte sie ratlos an. Er war hundemüde, körperlich und seelisch völlig am Ende. Er glaubte überhaupt nichts! Er machte ihr doch gar keinen Vorwurf! Er wollte nur schlafen.

»Mein süßer Dummkopf«, sagte sie mit mütterlicher Stimme und setzte sich zu ihm ins Bett. »Du kannst Róbert einiges vorhalten, aber ein Gentleman ist er immer gewesen.«

István sah zu ihr auf, als erschiene ihm die Heilige Maria. Ihr unschuldiges Lächeln bestätigte es: Es war nichts geschehen! Er spürte das Leben in ihn zurückkehren, das Blut wieder fließen.

Sie kroch zu ihm unter die Bettdecke und legte ihren Kopf in die Kuhle an seiner Schulter. »Und auch du brauchst dir keine Hoffnungen zu machen, Herr Bárdossy!«

Ihr Hauchen an seinem Ohr, ihr weicher Körper, der Rosenduft ihrer Haare – es war zum Wahnsinnigwerden. Er entließ einen Seufzer der Erleichterung, als würde er von einer Last befreit.

»Ich werde mich beim Pfarrer beschweren«, sagte er im Flüsterton und reichte nach der brennenden Kerze, um sie mit Daumen und Zeigefinger zu löschen.

28
DAS DORF

Szolmár, Ungarn 1951

Heftige Gewitter hatten die Hauptstraße über Nacht in ein Schlammbad verwandelt. Es war ein heißer Tag. Rebeka schlüpfte aus ihren Sandalen und überquerte die Straße barfuß, um ihre Schuhe nicht zu ruinieren.

Die Wege waren nicht lang in Szolmár. Neben der Dorfkirche, die beim Abzug der Deutschen vollständig ausgebrannt war, bestand das Dorfzentrum aus einer Post, dem Gemeinderatsamt und einem Gebäude, das sich Kulturzentrum nannte. Hier wurden Hochzeiten, Parteiversammlungen und der Gottesdienst abgehalten. Aus der Not heraus hing das Kruzifix neben dem Rákosi-Porträt und schien niemanden zu stören.

Etwas außerhalb, entlang der Unteren Straße, wie die Dorfbewohner den südlichen Verlauf der Hauptstraße nannten, befand sich die alte Ziegelbrennerei, die zahlreiche Familien ernährte. Auch Lipót arbeitete dort seit der Enteignung seines Grundbesitzes. Außer den Lipóts gab es eine andere Kulakenfamilie im Dorf, die das Schicksal der Lipóts teilte. Bei ihnen wohnte bereits ein jüdischer Juwelier aus Budapest mit seiner Tochter, und dort waren auch der Graf und die Gräfin eingelagert worden.

Die meisten Bauern lebten von den bescheidenen Erträgen ihrer Felder, von denen sie bis zur Hälfte als Zwangsabgaben abliefern mussten. Sie horteten, was sie konnten, versteckten Wein und Most in den Kellern und in der Gore, einem gedeckten, aus Latten bestehenden Maisspeicher. Jedem Kind war das Spielen in den zwei Meter hohen Maisstängelbündeln bis zum Spätherbst aus gutem Grund streng verboten. Die Kontrolleure der AVO, von den Dorfbewohnern »Finanzer« genannt, kamen nach der Erntezeit in ihren Bürgerstiefeln, mit Aktenkoffern unter dem Arm, und durchkämmten die Dachböden, stocherten mit langen Stäben in den Maisbündeln herum und wehe dem, der erwischt wurde.

Rebekas Weg zum Gemischtwarenladen, dem einzigen Laden im Dorf, führte an der Dorfkneipe vorbei, einem säuerlich riechenden, verrauchten Loch, in das keine anständige Frau einen Fuß setzte. Ein paar übernächtigte Gestalten lungerten auf dem Gehweg vor der Kneipe herum. Rebeka spürte die Blicke der Männer wie schmierige Arbeiterhände auf ihrem Hintern. Sie hielt die Luft an und beschleunigte ihre Schritte.

In der Nachbarschaft befand sich der Laden von Onkel Tungli, dem einzigen Juden im Dorf. Rebeka strich ihr Kleid glatt und betrat den Laden. Mit den baumelnden Sandalen an ihrem Handgelenk ging sie barfuß zwischen Obstkisten mit duftenden Pfirsichen, Tomaten und Paprika umher, an Blecheimern und geflochtenen Körben vorbei zur Theke.

Ein fünf bis sechs Jahre alter Bursche und zwei Frauen warteten. Die Frauen vermaßen sie von oben bis unten. Die Ankunft der Städter hatte sich schnell herumgesprochen. Rebekas kräftiger Gruß entwaffnete die jüngere der beiden, eine zierliche Person mit nervösem Blick. Sie presste die Lippen zusammen und wandte sich der Schiefertafel über die Theke zu, als studierte sie das Angebot. Angeschrieben wird nicht! stand über der wuchtigen Registrierkasse. Die andere, eine kräftige, hochgewachsene Bäuerin, starrte beharrlich auf Rebekas nackte Füße.

Die Kuhglocke über der Ladentür machte ein blechernes Geräusch, als die Tür erneut aufging. Ein Mütterchen, von Kopf bis Fuß in Schwarz gekleidet, betrat den Laden, hinter ihr folgte eine schwangere junge Frau. Die Alte drängelte sich mit ihrem Gehstock an Rebeka vorbei.

»Kommen Sie, Frau Bözsi, na, kommen Sie vor!«, rief die kräftige Bäuerin ihr zu, die hinter dem Jungen als Nächste in der Reihe wartete. Sie zog den Buben am Arm und ermahnte ihn.

»Bálint, lass Frau Bözsi vor, na los!«

Der Junge machte stumm Platz.

»Du bist doch dem Szekér seiner nicht, mein Junge?«, fragte das Mütterchen.

Der Junge nickte.

»Braver Bub!«

»Haben Sie die Kirchenglocken gehört heute Morgen?«, fragte die Kräftige.

»Es ist der Schuster von der unteren Straße.«

»Schlaganfall?«

»Das Herz!«

Das Mütterchen hob den Blick zur Decke. »Der Glückliche!«

»Andika, meine Liebe!«, rief die Kräftige zu der Schwangeren. »Wann ist es so weit?«

Die junge Frau seufzte und strich liebevoll über den Bauch. »Noch zwei Wochen, Frau Klári.«

»Schauen Sie nur dieses runde Becken«, rief die kräftige Bäuerin. Sie legte ihre flache Hand auf den Bauch der Schwangeren. Die zuckte leicht, ihr Hilfe suchender Blick traf Rebekas.

Der Verkäufer reichte der Alten einen Laib Brot, den er für sie zurückgelegt hatte, und wandte sich an den Buben, der nun endlich drankam. »Was darf es sein, Bálint?«

Der Junge trat an den Tresen, stellte sich auf Zehenspitzen und begann, eine Liste abzulesen. »Und zwei Öcsi, bitte«, sagte er zum Schluss mit Nachdruck.

Der alte Tungli lächelte lobend und begann, mit Muße die Lebensmittel heranzuschaffen. Er wog die Wurst ab, notierte das Gewicht und verpackte die abgeschnittenen Scheiben sorgfältig in Butterbrotpapier. Mit einem kleinen Bleistiftstumpf, der anschließend hinter seinem Ohr verschwand, notierte er den Preis auf seinem Block. Für jedes der Produkte wiederholte er diesen Vorgang mit einer routinierten Gemütlichkeit, als sei außer dem Kind kein Mensch im Laden.

Rebeka schaute ungeduldig zu der Uhr über dem Ladentisch.

Onkel Tungli hielt inne. »Sag mal Bálint, hat die Oma auch die Öcsi aufgeschrieben? Jetzt zeig mal den Zettel her.«

Bálint knüllte den Einkaufszettel in die Hosentasche und nickte eifrig.

»Na dann«, murmelte der alte Verkäufer. Seine Lippen verzogen sich zu einem verschmitzten Lächeln. Er nahm einen Glasbehälter voller Dominosteine vom Regal und schüttelte das Glas. Die Würfel kullerten hin und her. Mit einer Zange fischte er zwei Öcsi heraus. Ein Stück packte er ein, das andere gab er dem Jungen auf die Hand.

Bálints Augen blitzten auf.

Flink addierte der Alte die Preise, riss schließlich den Zettel ab und gab ihn dem Jungen als Beleg.

Natürlich kam genau der Betrag heraus, den der Kleine aus seiner Hosentasche hervorkramte. »Bis auf den Fillér! Die Oma rechnet immer richtig, nicht?«

Mit dem Blick auf seinen Schuhen rief Bálint »Küss die Hand« und schleifte den großen Flechtkorb hinter sich zur Tür. An der Tür blieb er stehen und wandte sich zu Rebeka um.

»Sind Sie von den Kriminellen?«

»Bálint!«, rief die Schwangere.

Rebeka zwang sich zu lächeln.

Die Alte, die eben noch munter geschwatzt hatte, zupfte an ihrem Kopftuch herum.

Rebeka und die schwangere Andi hatten den gleichen Weg. Sie streckte Rebeka ihre Hand zum Gruß entgegen und stellte sich vor. Würde es ein Mädchen, sollte es Katalin heißen, nach der berühmten Schauspielerin, die würde Rebeka doch bestimmt kennen? Rebeka nickte. Ein stolzes Lächeln machte sich in Andis Gesicht breit. Sie winkte ab, Rebeka wisse ja, die Leute im Dorf redeten. Natürlich wären die Städter keine Kriminellen. Sie kenne sogar den Juwelier aus Budapest persönlich, ein wirklich netter Mann, überhaupt nicht versnobt wie die meisten. Rebeka sei auch so jemand, so sympathisch!

Andi schwatzte, ohne Luft zu holen. Sie erzählte von ihren Zwillingen, Áron und Attila. Das seien zwei kleine Teufel! Sie hätte gar kein drittes Kind gewollt, es sei schon hart genug, die Jungs im Zaum zu halten. Sie kämen im Herbst in die Schule, wie der kleine Bálint aus dem Laden. Und was das alles koste, sie könnten es kaum stemmen, die vielen Bücher und die Schulmappe ... Aber was könnten sie schon machen? Gott habe ihnen ein Geschenk gemacht. Sie kicherte. Der Lajos, ihr Mann, hoffe auf einen Jungen, damit der auf dem Feld mit anpacken könne, später natürlich. Aber Rebeka solle doch auch mal erzählen.

Und Rebeka erzählte.

Andis Augen blitzten auf. »Schauspielerin? Am Theater?« Sie nahm Rebekas Hand und schielte dabei auf Rebekas nackte Füße. Endlich jemand, der diesen alten Tratschweibern mal die Stirn bot. Sie müssten Freundinnen werden! Andi lächelte schüchtern. Sie liebe die Bühne auch, vor den Kindern sei sie selbst oft aufgetreten. Sie hätte die Julia gespielt im Kulturzentrum zum Jakobsfest.

Rebeka zwang sich, interessiert zu nicken, und entzog ihre Hand unter dem Vorwand, den Tragebeutel in die andere Hand zu wechseln.

Lipót verhalf István zu einer Arbeit in der Ziegelbrennerei als Heizergehilfe. Sein Tag bestand darin, Kohlen zu schippen, Schlacke aus dem Ofen zu kratzen, die heiße Schlacke in einer Schubkarre abzutransportieren und auszuschütten. Es war Schwerstarbeit. Anfänglich verbrannte er sich ständig und glaubte, die Arbeit würde ihn umbringen. Zum ersten Mal in seinem Leben betete er zu Gott, er solle ihn befreien, Stalin solle verrecken und alles zu Ende sein. Lipót, wortkarg wie er war, sagte, der Mensch gewöhne sich an alles.

Trotz der Handschuhe verwandelten sich Istváns Hände in raue Arbeiterhände und waren mit Verbrennungen übersät.

Die Wochen vergingen, und Lipót sollte recht behalten: Es wurde leichter. Anfänglich hatte István eine halbe Schubkarre voll Kohlen in einer Tour geschoben und war nach drei Runden fast zusammengebrochen. Nach dem ersten Monat schaffte er locker drei Fuhren mit vollen Schubkarren. Er arbeitete zehn Stunden am Tag und verdiente lächerliche 120 Forint im Monat. Das Geld reichte vorne und hinten nicht, doch sie hatten noch die Ersparnisse von Rebekas Vater. Langsam fand sich István in seine neue Rolle hinein. Er ging mit Lipót morgens um halb sieben aus dem Haus, und sie kehrten abends gemeinsam wieder heim. Bei der Arbeit waren sie bald aufeinander eingespielt. Lipót sprach nicht viel, außer er hatte etwas zu sagen. Das respektierte István.

Rebeka war nach ihren Erkundigungen an der Dorfschule, bei der Schneiderin auf der Hauptstraße und in Onkel Tunglis Laden schnell klar geworden, dass keiner im Dorf eine Ausgelagerte einstellen würde. Es war Lipót, der den Gemeinderatsvorsitzenden überzeugte, seine Frau könnte Rebekas Hilfe im Haushalt gebrauchen. Wohnten die Städter schon bei ihnen, könnten sie auch mit anpacken. Doch das Klima zwischen den Frauen war feindselig. Bereitete Rebeka das Abendessen vor, stand die Lipót hinter dem Fliegenvorhang zur Küche und lauerte auf ihr Missgeschick. So sehr Rebeka versuchte, ihr alles recht zu machen, sie spürte stets die wachsamen Augen der Hausfrau auf sich wie die einer Aufseherin. Wischte Rebeka den Boden, nörgelte die Lipót mit verschränkten Armen von der Türschwelle, Rebeka solle nicht den Boden streicheln, sondern ordentlich schrubben. Sie ließ Rebeka den Stall ausmisten und schickte sie anschließend zum Postamt. Es sei nicht nötig, sich erst »aufzuhübschen«, sagte sie schnippisch, als Rebeka sich waschen ging.

Lipót war froh, als István Rebeka einen Gaskocher besorgte und die Frauen sich von da an aus dem Weg gingen.

Am Abend pflegte Rebeka Istváns Wunden und bekochte ihn mit Eiergerichten, Mohnnudeln und Paprikakartoffeln wie eine frisch vermählte Hausfrau. Für das Abendessen deckte sie mit der weißen Damasttischdecke ein und zündete Kerzen an, die sie in der Schiffstruhe zusammen mit dem Nötigsten mitgebracht hatte.

Nach der Arbeit in der Fabrik, taumelnd vor Erschöpfung, bemerkte István nicht, ob Kerzen brannten oder ob sie sich für ihn die Lippen rot angemalt hatte. Er verschlang alles voller Dankbarkeit. Meist sank er als Erster in die Kissen und streckte seine Glieder von sich wie ein müder Hund.

Sie verrichtete mit herrlicher Müßigkeit ihre Abendtoilette und wusste, dass er ihr dabei zusah. Manchmal ließ sie ein Unterhemdchen herumliegen oder ein Höschen, als hätte sie es auf der Stuhllehne vergessen. Anschließend stieg sie zu ihm ins Bett und las ihm manchmal noch aus dem Petőfi-Gedichtband vor, ihrem einzigen Buch.

»Der Herbstwind flüstert traurig mit den Bäumen«, sprach sie auch an diesem Abend das Gedicht, die Silben auswendig, tief und weich klingend, mit geschlossenen Augen. Ihre Finger spielten in dem Gewirr seiner Haare, streichelten, wanderten über den müden Nacken hin und her, »... lieg lesend ich, zur Seite mir gestellt, in meinem Arm ihr Köpfchen friedlich liegend, schläft meine kleine Frau, entrückt der Welt.« István hob den Kopf, als wuchtete er einen Stein hoch, und vergrub ihn in ihrem Schoß. Seine Arme falteten sich um ihre Mitte, so wiegte er sich in dem Ein und Aus ihrer Atemzüge.

Sein heißer Atem schickte Wellen durch ihren Körper. Ihre Stimme wankte, versagte. »Ich fühle ihren Herzschlag mit der Linken, die ihre süße Brust umfangen hält ...« Sie räusperte sich und spürte, wie die liebkosende Hand an ihrer Seite hinaufwanderte. Ihr Atem stockte. Sie ergriff seine Hand und gebot ihr Einhalt unter dem Herzen, doch das Buch ... »Ein heiliges Buch halt ich in meiner Rechten ...« Das Buch entglitt ihrer Hand. So war es um sie geschehen.

»Komm zu mir«, hauchte sie kaum hörbar. Ihre Finger vergruben sich in seinem Haar.

Er sah ungläubig zu ihr auf. »Bist du sicher?«

Natürlich war sie sich nicht sicher. Abend für Abend hatten sie nebeneinander auf dem Rücken gelegen und dem Atem des anderen gelauscht. Sie hatte sich gewünscht, er würde sie nehmen, mit ihr verschmelzen, irgendwie im Glück vergehen. Doch sie hatte nicht gewagt, sich zu rühren.

Als es nun passierte, war alles, was sie denken konnte, dass es passierte. Sie spürte nichts außer einem dumpfen Schmerz irgendwo in ihrem verworrenen Ineinander.

Als es geschehen war, blickten sie wieder in die Balken über ihren Köpfen und lauschten dem Atem des anderen. Es hatte ihnen die Sprache verschlagen.

29
DER STREIT

Die Sommersonne brannte über den goldenen Weizenfeldern. Die Erntezeit war gekommen. István hatte aufgehört, die Tage zu zählen. Doch Rebeka wurden sie länger und länger. Nachdem sie nicht mehr für die Lipóts arbeitete, blieb ihr nichts anderes übrig, als sich zur Feldarbeit zu melden. Auch der Graf und seine Frau teilten ihr Schicksal.

Nach einer Woche auf dem Acker bei dreißig Grad in der prallen Sonne hatte sich das leichte Seidenunterhemdchen an ihrem Körper in Fetzen aufgelöst. Sie gab es auf, sich am Morgen zurechtzumachen. Es gab ohnehin kein fließendes Wasser zum Haarewaschen. Wochen vergingen, und ihr Äußeres machte ihr nichts mehr aus. Ihre Arbeiterhosen ließ sie am Bettende liegen. An der Stuhllehne baumelten statt vergessener Hemdchen nun kaputte Strümpfe. In der Enge ihrer Behausung nutzte sich die Wirkung nachlässiger Erotik rasch ab, die Entzauberung nahm ihren Lauf. Am Abend schlief sie erschöpft ein wie ein geprügelter Hund, ohne sich István auch nur zuzuwenden.

Jeden Morgen stand Rebeka um fünf Uhr auf, um nach einem vier Kilometer langen Fußmarsch die Feldarbeit anzutreten.

Schritt für Schritt mähten sich die Bauern durch die wogenden Halme. Hinter ihnen folgten in der Spur die Frauen und rafften den Weizen auf. Die Sonne brannte sich durch Rebekas Kopftuch, Getreidestaub fraß sich in ihre schwitzende Haut, und Durst verschnürte ihre Kehle. Es waren noch fünfzig Schritte bis zum Rain, fünfzig Schritte bis zum Wasserkrug. Die Haut juckte. In die Füße bohrten sich die spitzen Stoppeln des abgemähten Getreides. Jeder Schritt schmerzte. Rebeka zählte: noch neunundvierzig, noch achtundvierzig, siebenundvierzig.

»Die zarten Händchen sind nicht für die Feldarbeit geschaffen«, bemerkte die Bäuerin zu Rebekas rechter Seite durchaus wohlwollend. Sie überholte Rebeka mit gemächlicher Leichtigkeit, ihre Bewegungen waren effizient und präzise. Mit der Sichel in der Hand raffte sie geschickt einen Armvoll Weizen und legte ihn auf Binden aus Getreidehalmen. Sie zeigte Rebeka, wie sie ihren Rücken halten sollte, um die Schmerzen beim Aufrichten zu vermeiden. Mit kleinen kräftigen Händen band sie ein Bündel nach dem anderen. Die Männer stellten die Garben dann zum Trocknen auf.

Rebeka schleppte sich vorwärts, Schritt für Schritt wie ein müder Gaul, und schmiedete Rachepläne. Sie stellte sich Kriminelle vor, Mörder im Arbeitslager, die es besser hätten als sie. Die wussten wenigstens, wie lange sie ihre Strafe zu verbüßen hatten! Sie hingegen war verurteilt ohne Urteil, bis auf Weiteres, für Monate, für Jahre. Niemand wusste, wie lange dieser Zustand anhalten konnte. Der Graf, mit dem sie in eine Einheit eingeteilt war, hörte amerikanisches Radio und empfing Besucher aus Budapest. Er sagte, der Westen würde kommen, um sie zu befreien. Es gab keine Aufseher mit Gewehren, die sie antrieben, trotzdem begehrte niemand auf. Der Juwelier glaubte, sie würden nach Sibirien verschickt werden, sollten sie versuchen, zu fliehen. Der Graf sagte, die Amerikaner würden sie freikaufen, mehrere Tausend Dollar pro Familie zahlen.

Der Herbst kam und lichtete die Baumkronen. Dichter Nebel hüllte die Äcker ein. Kartoffeln und Rüben waren eingemietet, Roggen und Weizen gedroschen, die Aussaat überstanden. Nun wurden sie zum Umgraben auf die Felder geordert, die im Frühjahr bestellt werden sollten. Das Umgraben war schwer und aussichtslos, der Boden frostig und hart. Rebekas Hände, rissig und stumpf geworden, schmerzten. Stöhnend ließ sie sich am Feldrand nieder und vergrub das Gesicht in den Armen. Sie konnte nicht mehr, sie hasste dieses verdammte Leben, dieses stumpfsinnige, nie endende Malochen! Eine Reihe Rüben war eine Reihe Rüben, aber das kilometerlange Umgraben – Folter. Das verdammte Feld sah nachher genauso aus wie vorher.

»Schluss, vorbei!«, sagte sie am Abend zu István. »Ich weigere mich, jemals wieder einen Fuß auf einen Acker zu setzen.« Sie gab ihm eine große Kelle von der aufgewärmten Linsensuppe auf den Teller, das gleiche Essen wie am Vortag und am Tag zuvor. Wenigstens beschwerte er sich nicht. Er beschwerte sich nie.

»Es wird leichter mit der Zeit, du wirst sehen«, sagte er, als sei alles gar nicht so schlimm. Das sagte er wieder und wieder, und es wurde nicht besser. Wie oft hatte sie sich seine Reden anhören müssen von der gottgesandten Fähigkeit des Menschen, sich an alles zu gewöhnen. War es etwa an der Zeit, dass sie durch die Hölle ging, um diese Erfahrung zu machen?

»Du gewöhnst dich an alles. Passt dich schön an. Lässt alles mit dir machen, nicht?« Sie verbarg die Verachtung in ihrem Ton nicht. Sie hatte keine Lust mehr dazu.

»Hast du mal gefragt, wie es mir eigentlich geht?«, sagte er fast beiläufig und löffelte weiter seine Suppe.

Rebeka zuckte innerlich zusammen. Mit einer Handbewegung winkte sie ab, ohnehin stritten sie nur. Sie stritten ständig. Ihre Nerven lagen blank; sie waren wie überspannte Saiten eines Instruments, jede Kleinigkeit konnte sie zum Reißen bringen.

Dunkle Schatten hatten sich unter ihren Augen gebildet. Ihre alten Kleider hingen wie Säcke an ihr herunter. Ohnehin trug sie nur noch die graue Arbeitskleidung, die sich zur Feldarbeit eignete, alles war ihr egal.

»Was sollen die schon mit mir machen?« Ihre Augen blitzten vor Entschlossenheit.

»Dich einsperren?«

»Nur zu, selbst das ist besser als diese Sklavenarbeit.«

Sie wünschte sich, er würde etwas Nettes zu ihr sagen, einfach mal anerkennen, wie ungerecht das Leben war.

Doch er verzog nur das Gesicht. »Dein ständiges Leiden, das Jammern, deine Launen nerven, Rebeka. Mach deine Arbeit wie jeder andere auch!«

Rebekas Gesichtszüge erstarrten. Mit zusammengekniffenen Lippen erhob sie sich, um den Abwasch zu erledigen. Sie würde ihn mit Nichtbeachtung strafen, den ganzen Abend.

»Beklage ich mich etwa?«, fragte er leise, fast resigniert, doch sie wandte sich nicht um. Sie hörte seinen Seufzer, ein gewaltsames Ausstoßen der Luft, ein Ventil seiner Wut, als hätte er genug von ihr, vom Leben, von allem.

Die Tür schlug hinter ihm zu, und Stille stellte sich ein. Das einzige Geräusch, das blieb, war ihr Geklapper in der Waschschüssel. Sie trocknete sich die Hände, hängte die Schürze an den Haken neben der Kochstelle und legte sich in ihren Kleidern ins Bett. Dort versuchte sie, lautlos zu weinen.

Am nächsten Morgen machte sie die Augen erst wieder auf, als die Sonne schon hoch am Himmel stand. In Decken gehüllt schrieb sie am Küchentisch Briefe an Domokos, das Innenministerium, das Kulturministerium, selbst an das Sekretariat von Rákosi. Sie wusste, ihre Briefe würden auf der Post geöffnet werden, deshalb kleidete sie sich warm ein, band sich ein Kopftuch um, wie es die älteren Frauen im Dorf taten, und machte sich auf den Weg zum Postamt in Csád. Der Graf kannte die junge Frau, die die Post sortierte. Für ein Päckchen echten Bohnenkaffee brachte sie ihm seine Briefe persönlich. So hatte er noch Kontakt mit Budapester Bekannten, die ihm regelmäßig Nachrichten zustellten und Päckchen mit Kaffee und Kakao schickten.

Täglich wiederholte sie den Gang nach Csád, doch ihre Briefe blieben unbeantwortet. Ihre Verzweiflung wuchs, das Warten auf eine Antwort wurde zur Obsession.

Irgendwann stand sie am Morgen nicht mehr auf. »Wofür? In diesem elenden Dorf bin ich lebendig begraben«, sagte sie vom Hustenreiz geschüttelt zu Andi.

Ihre Worte verletzten Andi. Dennoch kam sie jeden Tag mit ihrem Baby vorbei, um nach ihrer Freundin zu sehen.

»Es gibt in diesem Kaff noch nicht einmal eine Bibliothek«, wetterte Rebeka. »Was in aller Welt tun die Leute den ganzen Tag? Immer nur malochen? Den ganzen elenden Tag wie Vieh auf dem Feld ackern? Dieses sinnlose, sich immer wiederholende Eindreschen auf die Erde. Diese Bückerei! Deshalb kriegen hier die Frauen einen Buckel wie Buckelrinder.«

Andi senkte beschämt den Blick. Sie schwieg, stand nur da, geduldig wie eine Kuh, und wartete darauf, dass Rebeka sich abreagierte.

Rebeka nippte an ihrem Ersatzkaffee und seufzte. »Ich verdorre, Andi! Sieh dir meine Hände an! Alt und brüchig wie die einer Achtzigjährigen. Da, sieh nur, wie die Adern hervorquellen!«

»Das ist, weil du nichts isst, Rebeka. Du bist ja ganz abgemagert.« Andis Stimme war ruhig, ihr Blick mild.

Rebeka begann wieder zu husten, zerrte an ihrem Nachthemd und entblößte Hals und Dekolleté in der Kälte der Scheune. »Fass ruhig an! Ich werde schrumpelig.«

»Sprich nicht so viel«, mahnte Andi und drückte Rebeka sanft in die Kissen zurück. Sie deckte sie sorgsam zu und legte ihre kühlende Hand auf die fiebrige Stirn.

»Sollen sie mich nur holen, diese Sklaventreiber! Es hat eh alles bald ein Ende.«

»Deine Stirn glüht ja! Ich werde den Doktor holen. Du bleibst schön im Bett liegen.«

Rebekas Herz raste. »Es wird wieder Krieg geben, Andi. Das ganze Land wird in einer großen Explosion untergehen. Ich kann so etwas spüren.«

Abergläubisch zog Andi ihre Hand zurück. Sie schlüpfte in ihren Mantel und eilte los.

Beim Öffnen der Tür blies der Herbstwind ins Innere der Scheune. Die kühle Luft war eine Wohltat für Rebekas angespannte Nerven. Draußen wütete der Wind in den Baumkronen und wirbelte das Laubkleid der Bäume durch die Luft.

Rebeka war eingeschlafen, als Andi mit Doktor Hudák zurückkehrte. Der Arzt hörte Rebeka ab, nahm den Puls, klopfte und horchte und sah sich in der spärlich möblierten Scheune mit den schimmligen Wänden um. Eine Grippe. Der alte Doktor verordnete ihr Bettruhe für die verbleibenden zwei, drei Wochen der Saison.

Dann stand der Winter auch schon vor der Tür, die Äcker waren für den Winterschlaf vorbereitet. Harter Frost legte sich über den Boden, die Bauern zogen sich auf die Ofenbänke zurück, das Leben im Dorf ging schlafen.

Durch Andis Fürsorge wurde Rebeka wieder kräftiger. Sie brachte ihr so viel Kraftsuppe, dass Rebeka allein schon darum gesund wurde, um nicht noch mehr Suppe essen zu müssen. Sie verbrachte die Tage in Langeweile, an Sonntagen spielte sie Bridge mit dem Grafen und dem jüdischen Juwelier. Der Alte war zusammen mit seiner achtzehnjährigen Tochter ausgelagert worden, einem scheuen Wesen, das wenige Tage vor seiner Abschlussprüfung aus der Schule genommen worden war. Früher hatte das Mädchen geschmeidige Hände gehabt und Beethoven-Sonaten gespielt. Nun waren auch sie rissig und rau von der Feldarbeit.

Sobald die Zwillinge morgens aus dem Haus waren, kam Andi mit der kleinen Katalin nach Rebeka sehen, bevor sie sich ans Kochen machte. Sie fand Zeit für einen Kaffee, den sie aus Getreide zubereiteten und tranken wie echten, obwohl auch Hof und Tiere auf sie warteten.

Jedes Mal deckte Rebeka hübsch ein, als hätten sie etwas zu feiern.

»Alles an dir ist so elegant«, schwärmte Andi. »Selbst in einer Schürze bewegst du dich wie eine Dame.«

Rebeka war zärtlich zu ihr. Sie fand Gefallen an dem Mädchen, das Träume hatte, etwas Seltenes unter Bauern. Andis Schwärmerei schmeichelte ihr, doch sie bewunderte auch ihre Freude an einfachen Dingen wie an einem Feldblumenstrauß von Lajos. Sie war verliebt in ihren Mann. Rebeka beobachtete die zärtlichen Gesten, die kleinen Bevormundungen zwischen ihnen und verglich sich und István mit dem Paar. Sie spottete mit István über Lajos' kindliche Ergebenheit, wenn Andi ihm bei Tisch ein Tuch umband, in der Öffentlichkeit seine Mundwinkel mit dem Daumen abwischte oder ihm Strohhalme aus den Haaren zupfte. Sie fragte sich, ob das die wahre Liebe war.

Andi hatte die Dorfschule nach der sechsten Klasse verlassen. Ihr Leben drehte sich um Kinder, Haus und Hof, doch sie sog alles auf, was Rebeka ihr erzählte. Vom Morgengrauen bis in den Abend hinein kochte, wusch, putzte sie und versorgte Tiere, Kinder und Mann. Trotzdem bestand sie darauf, für Rebeka und István mit zu kochen, nur sollte Rebeka bei ihr sitzen und ihr erzählen. Zwei Mäuler mehr oder weniger, das machte ja keinen

Unterschied. Die Takács hatten wenig Geld, doch sie erwirtschafteten alles, was sie fürs Leben brauchten.

Rebeka protestierte nicht, sie hielt das Arrangement für fair. Sie gab ihr mehr als genug Geld, um die Ausgaben zu decken. So reichte es auch mal für neuen Stoff, aus dem Andi sich ein schönes Kleid nähte. Das Geld, das István nach Hause brachte, war zu wenig. Monat für Monat brauchten sie das Geld ihres Vaters auf.

Am Abend bei Tisch hatte István noch kein Wort gesagt. Er löffelte seine Gulaschsuppe aus, als hätte er seit Tagen gehungert. Den Hals vorgestreckt ging sein Oberkörper bei jedem Löffel Suppe zum Teller.

»Du isst wie ein Bauer«, sagte Rebeka angewidert.

Er ließ den Löffel in den Teller sinken. »Ist die Suppe wieder von Andi?«

Rebeka nickte. »Sie ist gut, nicht?«

»Ich mag es nicht, dass du dich von Andi bekochen lässt.« Er schob den leeren Teller beiseite und verschränkte die Arme.

»Was ist dabei? Ich würde dasselbe für sie tun. Eines Tages, wenn wir hier rauskommen, nehme ich sie mit nach Budapest. Ich werde ihr das Leben zeigen, sie mal so richtig verwöhnen.«

István hob den Blick zur Decke und stöhnte. »Versuch dir doch einmal vorzustellen, dass nicht jeder so leben will wie du.«

Mit dem Löffel in der Hand verharrte Rebeka, lehnte sich vor und starrte ihn an. Sie wünschte sich, sie könnte in seiner Stirn lesen wie in einem Buch. »Warum bist du eigentlich hier? Wirklich, ich meine, du kommst in keiner ihrer Listen vor. Du könntest jederzeit deine Sachen packen und abhauen. Was hält dich hier? Offensichtlich bin ich es ja nicht.« Sie legte den Löffel aus der Hand. Die Erregung hatte ihre Wangen gerötet, ihre Augen glühten.

»Ist das dein Ernst?« Istváns Augenbrauen hoben sich.

Da war Hass in seinen Augen! Samt Stuhl wich sie unwillkürlich zurück. »Du hast mich satt, nicht wahr? Geh! Mach dir um mich keine Sorgen, ich komme wunderbar zurecht.«

István schlug mit der Faust auf den Tisch. Die Teller machten einen Sprung. Rebeka zuckte. Sie kniff erschrocken die Augen zusammen.

Er stand vom Tisch auf und ging zur Tür.

»Bleib hier und rede mit mir«, sagte sie gefasst.

»Ich brauche frische Luft, um nicht zu ersticken. Du hast recht. Ich habe keine Ahnung, was ich hier mache. Die Frau, für die ich mein Studium geschmissen, mein Leben aufgegeben habe, gibt es nicht mehr. Ich rackere mich ab für hundertfünfzig Forint im Monat für eine verbitterte, undankbare, versnobte Fremde, die unfähig ist, sich anzupassen. Sie hält es nicht für nötig zu arbeiten, selbst ein verdammtes Abendessen zu kochen übersteigt ihre Fähigkeiten. Ich muss verrückt geworden sein!« Er griff nach seinem Mantel an der Tür.

»Wenigstens habe ich noch ein wenig Achtung vor mir selbst und bin nicht zu einem Jasager geworden«, rief Rebeka. »Wenn sie dich morgen in den Zug nach Sibirien stecken, wirst du brav mitgehen und das Beste draus machen, nicht wahr?«

»Ja genau!«, sagte István und schlug die Tür hinter sich zu.

30
UNERWARTETER BESUCH

Szolmár, Ungarn 1951

Rebeka spürte, dass er nicht neben ihr lag. Sie drehte den Kopf und schlug die Augen auf. Sein Kissen lag unberührt an seinem Platz. Draußen graute schon der Morgen.

Die ganze Nacht hatte sie auf ihn gewartet und gegrübelt über die Dinge, mit denen sie einander verletzt hatten. Jetzt brauchte sie nicht mehr gegen die Tränen anzukämpfen, die sich den Weg an die Oberfläche bahnten und in einem Rinnsal über ihre Wangen liefen.

István war fort.

Das Feuer in dem kleinen gusseisernen Ofen war über Nacht verloschen. Ein tiefer Seufzer entwich ihr und ließ ihren Atem in der kalten Luft sichtbar werden. Sie nahm die Bettdecke und hüllte sich in sie ein, um Feuerholz nachzulegen. Beim Hinhocken zog sich ihr Magen im Krampf zusammen. Der Schmerz, ihr lästiger Besucher, war zurückgekehrt und krümmte sie. István war fort! Sie kniff die Augen zu.

Das Holzstück war zu groß, es fing kein Feuer. Mit zittriger Hand holte sie es wieder heraus und baute mit Kleinholz einen Haufen, so wie sie es bei István gesehen hatte. Es klappte. Das Häufchen begann zu brennen. Sie legte das große Stück an und stopfte noch etwas Papier in die Luke, nur zur Sicherheit. In der Waschschüssel war das Wasser wieder gefroren. Sie berührte die dünne Eisschicht mit dem Finger. Es gehörte zu ihren kleinen, selbstquälerischen Freuden am Morgen, sie aufzuknacken. Sie tauchte die Hand langsam in das eiskalte Wasser ein und unterdrückte den Drang, sie sofort wieder zurückzuziehen. Das Kribbeln musste erst in einen stechenden Schmerz übergehen, der nicht mehr auszuhalten war. Der Schmerz schnellte in den Ellenbogen. Sie zuckte lustvoll und zog die Hand zurück.

Es klopfte. Rebeka hob den Kopf.

Die junge Frau an der Tür sah nicht aus wie eine vom Dorf. Mit dem Hut, den Absatzschuhen und dem viel zu dünnen Mantel kam sie auf den ländlichen Straßen nicht weit. Der Schlamm war in den letzten Nächten zu Eis gefroren und hatte sich in klumpige Hindernisse verwandelt.

Der Mann an ihrer Seite war zu gut aussehend für sie. Er hob den Hut zum Gruß.

Rebeka erkannte Rudi. Die junge Frau an seiner Seite musste Éva sein.

István sei Holz holen gegangen, sagte sie in der Not und bot den Gästen an, sich an den Tisch zu setzen. Eilig raffte sie herumliegende Kleider auf, ließ das schmutzige Geschirr in einem Eimer verschwinden und zupfte die Bettdecke zurecht. Sie verschwand hinter dem Vorhang, blickte in den Spiegel und erschrak. Eine ungeschminkte Fremde begegnete ihr. Sie spritzte sich Eiswasser ins Gesicht für ein bisschen Röte an den Wangen und band sich das Haar in einen Knoten, so war's schon besser. Das Hemd, in dem sie geschlafen hatte, zog sie hastig über den Kopf, rollte ein Paar dicke Wollstrümpfe über und schlüpfte in ein Wollkleid.

Rudi und Éva hatten sich nicht gesetzt. Stattdessen ging Rudi, die Hände ineinandergefasst auf dem Rücken, auf und ab und begutachtete die Schimmelflecken an den Wänden wie die Wunden eines Verletzten.

»Wenigstens haben wir einen Ofen«, sagte Rebeka mit einer entschuldigenden Geste.

Rudi wandte sich zu ihr um und nickte. In seinem Gesicht lag Traurigkeit.

»Kann ich Ihnen einen Kaffee anbieten? Ich meine Ersatzkaffee, echten haben wir nicht.«

Éva nahm dankbar an. »Wir haben den Wagen am Waldrand abgestellt und sind den ganzen Weg gelaufen.«

»Die AVO kontrolliert meistens nachts, nicht um diese Zeit.«

Éva schaute sie verunsichert an. »Sie kontrollieren?«

Rudi unterbrach sie und zeigte auf ein Paket auf dem Tisch. »Wir haben ein paar Lebensmittel mitgebracht.«

Éva wickelte die Mitbringsel aus dem Papier. Bohnenkaffee, Tee, Salami – es war wie Weihnachten. Rudi holte auch noch einen Kognak aus seiner Manteltasche hervor. Rebeka wollte sich bedanken, auch für István, doch ein Kloß versperrte ihrer Stimme den Weg.

Éva wickelte eine kleine Schachtel mit nagelneuen Malfarben aus dem Papier und lächelte. »Die sind für István!«

Rebeka schloss die Augen.

»Ist Ihnen nicht gut?«

Nichts war gut. Évas angestrengte Freundlichkeit, die Fassungslosigkeit, mit der Rudi sich umsah – es war eine Anklage.

»Setzen Sie sich, bitte!«, sagte Rebeka mit Nachdruck. Sie schwankte und hielt sich an der Tischkante fest.

Rudi trat zu ihr und bot ihr seinen Arm an.

Rebeka schüttelte den Kopf. »Es geht schon, danke. Ich werde István holen. Bleiben Sie, bitte!« Ihre Stimme versagte, sie fasste sich an den Hals. »Er wird sich so freuen.«

Sie zog ihren Mantel an und rannte aus dem Haus.

Krähen schrien auf in der Dämmerung. Schwere Wolken hingen über der Hauptstraße und filterten das Licht der Morgensonne. Der Frost hatte sich über die Landschaft gelegt wie eine dünne Schicht Puderzucker. Rebeka zog ihren Mantel fester zusammen, der Eiswind kroch ihr bis in die Knochen, sie fröstelte. Von der Kellertreppe, die zu der Kneipe hinunterführte, drang ein säuerlicher Geruch auf die Straße. Sie zögerte, stieg aber die Treppen hinab und verharrte an der Tür. Am Tresen saß eine bewegungslose Gestalt, den Kopf in die Hände gestützt. Die Stühle waren hochgestellt, nur an einem der Tische zockten noch vier Männer. Im Radio spielte leise Dudelmusik.

»Noch eine Runde, Józsi!«, rief einer der Spieler mit heiserer Stimme.

Der Wirt drehte das Radio ab. »Schluss jetzt. Feierabend!«

Rebeka trat an den Tresen und fragte nach István. Sie spürte die Blicke der Männer auf sich.

Der Wirt zuckte mit den Schultern. »Junge Frau, was weiß ich? Meinen Sie, ich führe Buch über das Kommen und Gehen meiner Gäste?«

»Er ist nicht nach Hause gekommen.« Die Verzweiflung stand ihr ins Gesicht geschrieben.

»Das kommt schon mal vor«, rief einer der Männer vom Spieltisch. Die anderen brachen in heiteres Gelächter aus.

Rebekas Herz raste. »Bitte, ich mache mir Sorgen!«

»Vielleicht war er hier auf ein, zwei Kurze«, sagte der Wirt.

»Wissen Sie, wann er gegangen ist?«

Der Wirt hob genervt die Arme.

Rebeka wandte sich zum Gehen.

»Machen Sie sich keine Gedanken«, rief der Wirt ihr nach. »Sie kommen alle wieder.«

»Versuchen Sie es mal im Puff, bei der dicken Moni!«, grölte einer der Männer. Wieder setzte Gelächter ein.

Rebeka rannte wütend auf die Straße. Vor ihr lag die menschenleere Landstraße nach Csád, links führte ein Feldweg zu den Kellern in den Weinbergen, und rechts ging es über den Fußballplatz zum Teich.

Vor der Scheunentür sah István noch einmal an sich hinunter, klopfte seinen Mantel ab und hauchte in die offene Handfläche. Der süßliche Geruch von Alkohol strömte aus seinem Atem. Er wappnete sich innerlich und drückte die Klinke herunter.

»István!«

Éva stand vor ihm und knetete sich vor Glück die Hände.

»Mein Gott, Éva!« Jetzt erst bemerkte er auch Rudi, der gerade ein Glas Kognak mit einem Schluck leerte.

»Bekomme ich auch einen? Was tut ihr hier?«

Éva streckte die Arme aus und umarmte ihn. Wie eine Ohrfeige traf ihn die Erinnerung an den Morgen, als er sie in seinem Bett zurückgelassen hatte. Sie hatte ihre dünnen Beinchen umklammert gehalten und ihm mit einem schmerzerfüllten Blick nachgesehen. Es hatte ihm das Herz gebrochen.

István reichte Rudi die Hand. Seine Kehle war so trocken, dass er kein Wort herausbrachte.

»Du siehst jämmerlich aus«, sagte Rudi nach einer Pause und klopfte ihm kräftig auf die Schulter.

István forschte in dem Blick seines Freundes, registrierte aus dem Blickwinkel Évas Ehering, ihr Lächeln. Alles schien in Ordnung. Er seufzte innerlich erleichtert auf. »Ihr könnt euch gar nicht vorstellen, wie ich mich freue!«

»Lasst uns anstoßen!« Rudi füllte die Gläser.

István sah sich um. »Wo ist Rebeka?«

»Sie wollte dich holen gehen.«

»Wir haben uns gestritten«, sagte István knapp.

Rudi reichte ihm das Glas. Éva begann von ihrer abenteuerlichen Fahrt zu erzählen, der Aktion mit dem geliehenen Wagen, den sie am Waldrand abgestellt hatten, ihrem Fußmarsch über die vereisten Felder im Morgengrauen. István hörte nicht zu. Sie verstummte. Ihr Blick folgte dem Kognakglas, das István zum Mund führte und mit einer einzigen Bewegung leerte.

»István?«

Er hob ruckartig den Kopf. Rebeka war da draußen in der Kälte, rief seinen Namen, suchte nach ihm! Er hatte sie bestrafen wollen mit seinem Fernbleiben, doch jetzt machte er sich Sorgen um sie.

»Treibst du dich nachts noch immer in Kneipen herum?«, fragte Rudi spöttisch.

»Komm mit uns nach Hause«, flehte Éva.

»Ihr versteht das nicht.«

»Sieh dich an. Du bist ein Wrack!« Éva sah ihn beschwörend an.

István begutachtete eingehend seine Schuhe.

»Lass ihn, Éva.« Rudi legte seiner Frau den Arm um die Schulter. »Jetzt erzähl schon! Wie ist das Landleben?«

István erzählte von der Fabrik, vom wortkargen Lipót, mit dem er alles eingebaut hatte, von dessen Kindern, Juli und Pityu, die ihm nach der Schule halfen, die Tiere zu füttern. Maisstängel müssten gehäckselt, Rüben geraspelt werden, das Ganze dann mit Wasser und Weizenkleien vermischt ergäbe Futter für die Kühe und des Nachbarn zwei schöne Pferde, Bogár und Lenke. Sie selbst hätten jetzt auch eine eigene Kuh, und zehn Küken seien geschlüpft, erst letzte Woche. Boriska, die Kuh, sagte er mit strahlenden Augen, sei in Lipóts Stall untergebracht, dort gäbe es genug Platz. Im Gegenzug würden sie das abendliche Füttern der Tiere übernehmen. Etwas mürrisch wirkten die Lipóts, doch sie seien anständige Leute. Sie hätten eben viel durchgemacht. Rebeka und die Lipót! István lachte. Das Landleben mache Rebeka ziemlich zu schaffen. Im Sommer würde es wieder leichter werden, wenn morgens die Kühe vom Hirten angeführt die Straße hinunterschritten und die Kuhglocken läuteten, wenn das uralte Mütterchen von nebenan mit gebeugtem Rücken und zittrigen Händen am Gartenzaun stünde mit zwei duftenden Pfirsichen in der Hand, wenn der Nachbar mit seinen Selbstgebrannten an den Gartenzaun käme, während die Bengel auf der Straße mit Geschrei Krieg spielten, wenn der kleine Pityu, gerade einmal vier Jahre alt, Freudensprünge machte, weil seine Schaukelpferde wie die richtigen Pferde über Nacht das Häcksel aufgefressen hätten, das István heimlich weggenommen hatte.

»Ich kann wieder frei atmen«, schloss István. Sein Atem stieg wie Nebel in der kalten Luft auf.

Éva kreuzte fröstelnd die Arme vor der Brust.

»Man gewöhnt sich auch an die Kälte«, sagte István und reichte ihr eine Decke.

Rudi versuchte ein zustimmendes Nicken. »Und deine Arbeit?« Er schaute sich um, suchte nach den Bildern, den Farben, dem künstlerischen Durcheinander.

István wandte ihnen den Rücken zu und hockte sich vor den Ofen, um einen Holzscheit nachzulegen. »Ich male nicht mehr«, sagte er mit bemühter Beiläufigkeit, als spräche er vom Wetter.

Rudis wohlwollendes Lächeln verging. Seine Augenbrauen hoben sich. Éva schüttelte den Kopf, als sähe István es nicht, und bedeutete Rudi stumm, sich zurückzuhalten.

István hockte vor dem Ofen, pustete im stetigen Strom in die Glut und fachte sanft die Flammen an. Es brannte schön. Die Stille dehnte sich aus.

»Du Volltrottel!«, brach es aus Rudi heraus.

István sah überrascht auf.

»Deine Arbeit ist deine Identität. Du wirfst sie weg für diese Frau?« Rudis Stimme vibrierte.

István atmete tief ein. Rudi lag ihm am Herzen. Er wollte sich seinem besten Freund erklären. Sein Rückzug war keine Resignation, es war ein Scheitern vielleicht, doch ein gut überlegtes. Er klopfte die Asche von seiner Hose ab und trat an Rudi heran. Um auf einer Augenhöhe mit ihm zu stehen, musste er sich gerade machen, sich ein klein wenig auch auf die Zehen stellen. »Ich hatte immer den Anspruch, etwas von Bedeutung zu schaffen«, begann er. »Dieser Anspruch hat mich im Innern aufgezehrt. Wütend habe ich versucht, mein Zeichen zu setzen. Aber wozu? Für wen?« István hob fragend die Arme und hielt inne, nur für einen Augenblick, um zu sehen, ob Rudi ihm folgte. »Dann sehe ich diese einfachen, guten Menschen, die mit der Arbeit ihrer zwei Hände täglich etwas erschaffen. Sie haben wenig, doch sie sind zufrieden. Ihre Kinder sind die Spur, die sie hinterlassen. Ich bin in der Kunst gescheitert an etwas, was jeder einfache Mann schafft, ohne einen Pinsel in die Hand zu nehmen.«

Rudi verzog zynisch das Gesicht. »Jetzt willst du Kinder kriegen, und das war's?«

»Du verstehst nicht«, sagte István ruhig. »Wir leben, sterben und werden zu Staub wie Tiere und Pflanzen auch. Genügt das nicht?«

István wartete auf Rudis Reaktion, doch der ließ nur einen Seufzer entweichen.

»Es geht doch um das Glück!«, versuchte es István weiter. »Wir sind in diesem Universum nichts als Partikel, die zufällig existieren. Machen wir das Beste aus unserer Zeit auf Erden und verzehren uns nicht, etwas zu schaffen, was nach uns ebenso zu Staub wird wie wir selbst.«

»So redet nicht der brillante Künstler, den ich meinen Freund nannte«, sagte Rudi traurig.

»Ich habe den Kunstbetrieb satt, satt, mich ständig verbiegen zu müssen. Das Leben auf dem Land ist hart, aber du weißt, woran du bist. Du pflanzt im Herbst Mutterkartoffeln in den Boden und im Frühjahr erntest du die neuen Pflanzen.«

»Du betrügst dich selbst, mein Freund. Du redest dir diese verschimmelte Scheune schön. Du selbst hast gepredigt, die Kunst sei das Einzige, was nach uns bleibt, was Generationen nach uns bereichert. Du hattest den Anspruch, einer von diesen wenigen zu werden, die Zeugnis ablegen dürfen für die Welt nach uns.«

István winkte ab. »Ich habe mich geirrt. Das ist alles nicht wichtig. Den Menschen hier geht es um das Existenzielle. Hast du acht Stunden lang in der Ziegelfabrik Schlacke aus dem Ofen gekratzt, ist die heiße Hühnersuppe am Abend das Glück auf Erden. Wir Künstler faseln über den Sinn. Es gibt keinen Sinn. Es geht ums Überleben. Und weißt du was? Die Zufriedenheit, die es mir gibt, das Gepflanzte wachsen zu sehen oder eine Mauer aus Ziegelsteinen zu errichten, übertrifft alles, was ich je als Künstler empfunden habe.«

Rudi forschte in Istváns Gesicht, vermutlich um hinter der vermeintlichen Maskerade seine wahren Gedanken zu ergründen. Traurigkeit spiegelte sich in Rudis Blick. Alles, was Rudi zu erkennen glaubte, das wusste István, war das Lächeln eines Verblendeten.

Ihre Blicke verhakten sich ineinander. Es war das alte Spiel: Wer zuerst wegsah, würde dem anderen recht geben müssen.

Rudi war es, der als Erster seinen Blick abwandte. Er musste längst an dem wilden Leuchten in Istváns Augen erkannt haben, dass seine Entscheidung unumkehrbar war. Er reichte István ohne Überzeugung die Hand. István schlug dankbar ein.

Rebeka irrte inzwischen durch das menschenleere Dorf. Sie bog auf die Hauptstraße und sah sich um. Vielleicht wussten Andi und Lajos etwas von István.

Wie der Nebel sich lichtete, klärten sich auch ihre Gedanken. István hatte seine Freunde aufgegeben, seine Arbeit, seine Zukunft. Für sie. Saß er nicht schon längst im Zug nach Budapest, würde er mit seinen Freunden mitgefahren sein. Sie dachte an das Entsetzen in Rudis Gesicht beim Anblick ihrer Scheune. Sie selbst nahm den Gestank von feuchtem Stroh gar nicht mehr wahr. Auch ohne Worte urteilten seine Blicke. Sie konnte unmöglich dorthin zurück.

Sie sah in den Garten der Takács hinein.

Ein plötzlicher Wetterumschwung hatte Sturm gebracht. Das Pferd trat gegen die Stallwände, so heftig, dass die Heiligenbilder in der Kredenz wackelten, das Geschirr klirrte. Lajos ging nach dem Rechten sehen. Rebeka und Andi blieben in der Küche. Andi gab einen satten Löffel Fett in die Pfanne. Das Fett zischte. Der aufsteigende Wasserdampf schlug sich an den Scheiben nieder.

Rebeka saß in Decken gehüllt auf der Ofenbank. Die Tasse Tee in ihren Händen war in ihren Schoß gesunken. Ausdruckslos starrte sie auf die Kuckucksuhr an der Stubenwand.

Andi zog die Pfanne vom Feuer. »Einen Ehemann wird man so schnell nicht los, bestimmt ist er längst zu Hause und wartet auf dich.« Es war verdächtig still im Haus. Die Zwillinge spielten Karten am Küchentisch und stritten nicht.

»István ist nicht mein Ehemann«, sagte Rebeka leise.

Der Kochlöffel in Andis Hand blieb stehen.

»Wir sind nicht verheiratet«, wiederholte sie bestimmter.

Andis Stirn kräuselte sich. Sie hob die Hand zum Mund. Draußen pfiff der Wind, es stürmte. »Los ihr Faulpelze, geht Eurem Vater helfen, zack, zack!« Sie scheuchte die friedlich spielenden Zwillinge davon. Unter Protest, lautem Gestöhne und Füßescharren schob sie die Jungs aus dem Haus.

Rebeka wickelte die Decke fester um sich, sie fröstelte. Andis nervöser Blick ging zur Großmutter. Sie war im Sessel weggenick und prustete im Schlaf. Leise setzte sie sich zu Rebeka auf die Ofenbank, wandte sich noch einmal um und rückte näher zu ihr heran. Ihr Blick urteilte nicht, doch er forderte eine Erklärung.

Rebeka wischte mit dem Fuß über den Boden. Sie erzählte von Breitner, dem gebildeten, gut situierten Professor, um den sie ihre Freundinnen beneidet hatten. Sie seien ein Paar gewesen, nach dem sich Passanten auf der Straße umdrehten. Sie beschrieb Stunde für Stunde den Tag, an dem ihnen der Bescheid zugestellt worden war. Sie erzählte von der Ohnmacht ihres Vaters, wie er an einem Tag um Jahre gealtert war, und von der Leere, die in ihr verblieb, als sie ihn am Morgen hängend am Tragbalken vorfand.

»Ich habe ihn lange gehasst, mir jede Träne verboten aus Wut, weil er mich verlassen hat.« Ihre Stimme zitterte beim Sprechen. »Das Einzige, was mich davon abhielt, mich gleich neben ihn zu hängen, war Feigheit, verstehst du?«

Andi nahm ihre Hand und schwieg.

»Dann kam István. Er fragte nichts, er forderte nichts, er war nur da. Er stieg mit mir in den Transporter und blieb.«

Mit dem Zipfel ihrer Schürze trocknete Andi Rebekas Tränen.

»Ich war die ganze Zeit so sehr mit mir selbst beschäftigt, seine Liebe war mir selbstverständlich geworden.« Rebeka lachte verbittert auf. »Ich habe immer geglaubt, ich müsste jemanden wie Breitner heiraten, um das Glück zu finden. Bei Istváns Versuchen, mir näherzukommen, stellte sich meine gutbürgerliche Erziehung ein wie eine Muttersprache. Mein Vater pflegte zu sagen: Du bist eine Bárdossy! Das bedeutete Verpflichtungen und Opfer. Dabei war das Glück vor meiner Nase, ich hatte es nur nicht sehen wollen.«

Andis Gesicht hellte sich auf. »Ganz bestimmt wartet er zu Hause auf dich!«

»Er ist längst weg, Andi. Ich kann heute unmöglich allein sein. Bitte, kann ich bei euch bleiben?«

Die Mittagsglocken ertönten. Andi blickte verstohlen zum Sparherd. Die Suppe kochte auf leichter Flamme. Die Mehlschwitze dämmerte ausgekühlt in der Pfanne vor sich hin. Sie drückte Rebekas Hand. »Komm, wir gehen zusammen nachsehen. Ich wette, er ist da. Und ist er fort, bleibst du bei uns.«

Die Frauen brachen auf. Lajos begleitete sie. Sein Widerwille entging Rebeka nicht. Nicht nur seines Mittagessens wegen, sondern weil er sie für den falschen Umgang für seine Frau hielt. Er fürchtete, sie würde Andi unzufrieden machen mit dem, was sie hatten. Doch das Bitten Andis, ihr süßer Blick – er konnte ihr keinen Wunsch abschlagen.

Sie stemmten sich gegen den pfeifenden Wind, Regen peitschte ihnen ins Gesicht. Noch fünfzig Meter waren es bis zum Haus der Lipóts. Am Tor umarmte Andi Rebeka und versprach zu warten, bis Rebeka ihnen ein Zeichen gab, dass alles in Ordnung war.

Der Regen wurde noch heftiger und kam jetzt von allen Seiten. Selbst der große Hund der Lipóts hatte sich im Zwinger verkrochen, nur sein Wimmern war zu hören. Lajos vergrub die Hände in den Hosentaschen und trat ungeduldig von einem Bein auf das andere. Mit seinem Blick bedeutete er Rebeka, sie solle sich beeilen.

Im schummrigen Licht der Scheune bereitete sich István ein Brot. Er verstrich das Schmalz, schälte eine Zwiebel wie einen Apfel und ließ den Kringel unter der Klinge des Messers länger werden.

Er sehnte sich nicht nach der Großstadt oder dem Universitätsbetrieb, so verrückt das für Rudi klingen musste! Er träumte davon, eines Tages ein eigenes Häuschen zu pachten. Eine Kuh und Hühner hatten sie schon. Wäre sie nur glücklich mit ihm!

Die Tür ging auf, die Blätter der Zeitung flogen auf. Rebeka stand vom Sturm zerzaust in der Tür. Sie schlug die Hände zusammen wie ein Kind vor dem Weihnachtsbaum.

Er sah zu ihr auf und blieb sitzen. Ihr lieblicher Anblick war die Antwort auf seine Zweifel. Er liebte diese Frau, so einfach war das.

Der Hocker machte ein quietschendes Geräusch. Er erhob sich und ging zu ihr. Mit dem Handrücken wischte er ihr die Regentropfen von der Wange.

»Ich dachte, du seist fort«, sagte sie schaudernd. Ein Schleier aus Tränen benetzte ihre Augen.

»Wo sollte ich denn hin?«

Sie atmete ein, seufzte. Er nahm ihr den nassen Mantel ab, öffnete Knopf für Knopf das wollene Kleid, das sich schwer um ihren Körper hüllte. Ihre Haut kam zum Vorschein, sie glänzte im Licht der Petroleumlampe. Das Kleid fiel zu Boden.

Sie senkte verlegen den Blick, als würde er nicht jeden Zentimeter ihres nackten Körpers kennen. »Was ich gestern Abend alles Hässliches gesagt habe …«, begann sie und schaute zu ihm auf.

Er legte sanft einen Finger auf ihren Mund, beugte sich zu ihr und küsste die Stelle, die sein Finger berührt hatte. Seine Lippen trockneten die Perlen von Tränen an ihren Wangen und wanderten die Linie ihres Halses entlang bis zum Schlüsselbein. Rebeka atmete tief, ihr Brustkorb hob und senkte sich. Sie dachte an Andi, die draußen mit Lajos im Regen stand. Doch sie hatte keine Kraft, sich von seinen Liebkosungen zu lösen. Ihre Finger wanderten durch sein Haar. Er hob sie mit Leichtigkeit hoch, als sei sie eine Feder, und trug sie in ihr gemeinsames Bett.

31
DAS WEIHNACHTSFEST

Szolmár, Ungarn 1951

Der Ratsvorsitzende genehmigte die Umsiedlung der Bárdossys zu den Takács und statuierte damit ein Exempel der gegenseitigen Solidarität.

Andi wrang die Hände vor Aufregung, als Rebeka und István die gute Stube bezogen. Sie hatte alles so liebevoll für sie hergerichtet und ärgerte sich sichtlich über Lajos, der in der Küche auf und ab ging wie ein gefangener Bär. Sie nickte Rebeka ruhig zu, alles sei in Ordnung, sie sollten sich keine Gedanken machen.

Nach dem Abendessen zogen sich István und Rebeka zurück, um die beiden allein zu lassen. Die gute Stube war nun ihr neues Heim. Der Raum war geräumig, ein Kachelofen spendete Wärme. Ein langer Tisch stand in seiner Mitte, den die Familie nur zweimal im Jahr für Gäste eindeckte: zum Jakobsfest im Juli und zum Schlachtfest im Winter. Den Rest des Jahres lagerten sie auf ihm Schinken, Brot, und Tera Mama breitete hier ihre Fadennudeln zum Trocknen aus. In einer großen Kommode bewahrte die Familie das gute Geschirr und Besteck auf, in der blumenbemalten Truhe die Bettwäsche. Rebeka hatte nie verstanden, wieso die Bauern die »gute Stube« unbenutzt ließen. Die ganze Familie drängte sich in der Küche. Das Haus der Takács war mit einer Schlafkammer, der Stube und der Küche für die vierköpfige Familie verhältnismäßig groß. Andis Urgroßvater, der »Richter-Großvater«, wie sie ihn nannten, hatte das Haus erbaut. Kerzengerade wachte er Nacht für Nacht über sie von dem vergilbten Hochzeitsbild an der Wand. Daneben hing eine Fotografie von Lajos und Andi mit den Jungs vor einem heubeladenen Wagen. Es musste aufgenommen worden sein, kurz nachdem Lajos aus dem Krieg zurückgekehrt war. Lajos und Andi waren über einen entfernten Verwandten vermittelt worden. Es hatte geheißen, Lajos wäre ein bescheidener, anständiger Mann und ein guter Bauer. Ansehnlich fand Andi ihn auch, nur die riesigen Hände, klagte sie ihrem Vater, wenn er ihr mit denen eine scheuern würde! Nach Kriegsende wartete sie zwei Jahre lang auf ihn, ohne Nachricht. Eines Tages hörte sie beim Melken das Rufen ihrer Mutter. Mit dem Melkstuhl noch am Hintern lief sie ihm entgegen. Seither waren sie keinen Tag voneinander getrennt gewesen.

Der Umzug in die gute Stube war ein ungeheurer Aufstieg, fand Rebeka. Sie kletterte in das von István schon vorgewärmte Bett und schmiegte ihren Rücken an seine Brust. Er schlang seine Arme um sie.

Ein Knall aus der Küche nebenan ließ sie aufhorchen, als zerschepperte etwas auf dem Boden. Fußtritte, Stille.

»Für den Übergang?« Lajos brüllte.

»Zsch!«

»Das glaubst du doch selbst nicht! Es wird keine Amnestie geben!« Lajos sprach nun mit gesenkter Stimme, aber Rebeka und István konnten jedes Wort durch die Tür verstehen.

Wieder herrschte Stille. István blickte Rebeka fragend an. »Du hast gesagt, Lajos sei einverstanden.«

Rebeka legte den Finger an die Lippen. Sie stand auf und ging barfuß zur Tür.

Andi weinte. »Du hast selbst diese Scheune gesehen«, sagte sie flüsternd.

Wieder Fußtritte. Die Tür knallte. Wahrscheinlich ging Lajos hinaus zu den Tieren. Nun war es still im Haus. Der Lichtkegel unter der Tür erlosch.

Rebeka eilte auf Zehenspitzen zurück ins Bett. Nur das leise Wimmern der Großmutter drang noch aus der Küche zu ihnen. »Wir können nicht hierbleiben. Ich muss mit Lajos sprechen«, sagte István. Er setzte sich im Bett auf.

»Warte!«, flüsterte Rebeka mit der Hand auf seiner Schulter. »Lass sie sich aussprechen. Wir reden morgen mit ihnen.«

István rutschte widerwillig unter die Bettdecke. So lagen sie in der Stille nebeneinander.

»Umarmst du mich?«, fragte Rebeka nach einer Weile und schmiegte sich an ihn.

Er legte seinen Arm um sie und atmete schon bald tief und ruhig. Sie selbst konnte nicht einschlafen. Was sollte aus ihnen werden? Zu den Lipóts konnten sie nicht zurückziehen. Lieber würde sie sich nach Sibirien schicken lassen. Gedanken an die Flucht kamen ihr. Vielleicht schafften sie es, das Land zu verlassen.

Ein Geräusch wie ein Kichern riss sie aus den Gedanken. Sie hob den Kopf und lauschte. Das rhythmische Quietschen des Bettgestells drang von nebenan zu ihnen. Offenbar hatten sie sich versöhnt, dachte sie schmunzelnd, drehte sich nach außen und umarmte ihr Kissen.

Die Kirchenglocken läuteten zum Advent. Von den Schornsteinen stieg der Duft frisch gebackener Kekse auf. Die Kinder zogen singend von Haus zu Haus und verteilten Einladungen für die Weihnachtsaufführung. Kleider wurden geändert, Anzüge gestopft, Kuchen gebacken, die Stube geschrubbt. Für das Festmahl schnappte sich Tera Mama ein fettes Huhn an den Flügeln und klemmte das aufgeregt gackernde Tier unter ihre kurzen, kräftigen Arme. Mit der linken Hand legte sie den Kopf nach hinten und setzte mit der rechten das geschärfte Messer an. Rebeka kniff die Augen zu. Áron hingegen jubelte. Das Blut spritzte mit einem Schwall in die Emailleschüssel.

Die Vorstellung der Kinder war das Großereignis zu Weihnachten. Alles fand sich geschniegelt und gebügelt im Kulturzentrum ein. Am Eingang wurden Eintrittskarten kontrolliert. Die Leute drängelten sich in den Zuschauerraum und sicherten sich die besten Plätze auf den unbequemen Holzstühlen.

Rebeka beobachtete das Treiben im Zuschauerraum. Früher hatte sie von der Bühne aus durch einen Spalt im Vorhang das Eintreffen der Zuschauer auf diese Weise beobachtet.

Andi strahlte in ihrer neuen Bluse. Sie hatte sie in den vergangenen Nächten selbst bestickt. Auch István machte eine stattliche Figur in seinem neuen Anzug, den ihm Onkel Tungli, der Gemischtwarenhändler, gebraucht besorgt hatte. Rebeka gefielen seine kräftigen Schultern und der schön geformte Rücken. Die Ackerei in der Fabrik war nicht spurlos an ihm vorbeigegangen.

Ein kleiner Bursche zog den Vorhang auf. Lehrerin Vilma hatte die Kinder auf der Bühne zu einem Chor aufgestellt. Das Publikum klatschte.

»Ach, wie hübsch die Kindchen doch sind.«

»Sieh nur, da ist Attila und vorne rechts Áron«, sagte Andi im Flüsterton. Sie knetete vor Freude die Hände.

Der Kinderchor begann zu singen: »Vom Himmel kommt der Engel ...« Ein fünfjähriges Mädchen mit langen Zöpfen und einer großen weißen Schleife im Haar trat als Nächstes vor den Chor und stimmte mit heller Stimme ein Weihnachtslied an.

»Das ist dem Lipót seine, die Juli«, kam von hinten. Das Publikum war begeistert.

»Lehrerin Vilma leistet gute Arbeit mit den Kindern«, sagte Andi zu Rebeka.

»Das ganze Bücherzeug!«, zischte jemand von hinten. »Die Burschen sollen lieber zu Hause mit anfassen. Chor ist für Mädchen!« »Willst du, dass aus deinem Sohn auch ein Hornochse wird?«

»Tsch ...!«

Als Nächstes kam der kleine Bálint aus Árons und Attilas Klasse auf die Bühne. Die Leute nickten ihm zu. Er schaute in die Menge und ließ die Ärmchen hängen, als wären sie angenäht. »Die Henne meiner Mutter«, begann er das berühmte Gedicht von Sándor Petőfi.

Aus dem Publikum kam Gelächter und erstarb gleich wieder. Alles horchte und wartete gespannt auf Bálints Vortrag. Bálint sah sich um.

Warum trägt er nicht ein Weihnachtsgedicht vor?, fragte sich Rebeka. Sie fühlte mit dem Kind und ballte die Fäuste für ihn.

Er setzte erneut an: »Die Henne meiner Mutter, von Sándor Petőfi.«

Stille. Rebeka hielt den Atem an. Sie durchlebte Bálints Ohnmacht als ihre eigene. Ihre Eingeweide taten weh. Sie tauschte mit István ein banges Lächeln aus. Auch Bálints Mutter, Frau Szekér, wrang die Hände.

Totenstille.

Da brach es aus Bálint heraus, ein drittes Mal. Diesmal sagte er den Titel laut und rhythmisch. Er fasste Vertrauen, so schien es, doch kaum hatte er Titel und Verfasser erneut rezitiert, machte er eine tiefe Verbeugung, streckte die Brust raus, drehte sich auf dem Absatz um und ging von der Bühne.

Wieder Stille.

Rebeka kam zu sich und begann als Einzige zu klatschen, erst leise, dann entschiedener. István nickte ihr zu, machte mit, Andi und Lajos ebenso. Die Leute um sie herum setzten auch ein, ein

Pfiff der Anerkennung kam aus dem Publikum. »Tapferer Bursche!«

Der Vorhang fiel.

Auf der Bühne stellten sich die Kinder nun für das Bethlehem-Spiel auf. Unruhe entstand im Zuschauerraum. Manche standen auf, Stühle wurden hin und her geschoben. Bálints Mutter versuchte, sich unter Entschuldigungen durch die Reihen zur Bühne vorzuarbeiten. Rebeka stand auf und ging ihr nach.

»Darf ich?«, fragte sie. Bálints Mutter nickte. Sie liefen über die Bühne in den hinteren Saal, wo die Vorbereitungen zu dem Stück liefen.

Bálint saß mit zusammengekniffenen Lippen neben Lehrerin Vilma auf einer Bank.

»Er lässt nicht mit sich reden«, sagte die Lehrerin leise zur Mutter.

Frau Szekér setzte sich neben ihren Sohn. Bálint kämpfte sichtlich mit den Tränen, doch er blieb aufrecht sitzen, ohne seine Mutter anzusehen. »Du musst dich nie wieder für mich schämen, Mutter«, murmelte er.

Sie fasste an seine Stirn.

Er zuckte und riss den Kopf weg. »Ich bin nicht krank!«

Rebeka beobachtete aus dem Hintergrund, wie Mutter und Lehrerin auf das Kind einredeten. Dann sprang Bálint auf und rannte weg.

»Er wird sich schon beruhigen«, sagte die Lehrerin. Frau Szekér verbarg das Gesicht in den Händen.

Rebeka ging dem Kind nach. Sie fand es draußen auf der verschneiten Treppe. Ein paar Stufen höher setzte sie sich auch und steckte sich eine Zigarette an. »Willst du mal ziehen, sie wärmt.«

Bálint hob den Kopf.

Sie reichte ihm die Zigarette runter. »Hast du schon mal probiert?«

»Klar«, sagte Bálint und nahm die Zigarette zwischen Daumen und Zeigefinger, wahrscheinlich, wie er es von seinem Vater gesehen hatte. Er zog an ihr und musste nicht einmal husten.

»Ist mir auch schon mal passiert.«

»Ihnen?« Balint drehte sich um.

»Ich bin Schauspielerin, wusstest du das?«

»Ich habe kein Talent, mache mich nur zum Affen.«

»Das hat mit Talent nicht viel zu tun. Es ist Technik. Das kannst du alles lernen.«

Bálint schüttelte den Kopf und reichte ihr lässig die Zigarette zurück. »Die Leute haben gelacht, weil es kein Weihnachtsgedicht war.«

»Ich finde es trotzdem ganz schön.«

Bálint nickte. »Das Lachen hat mich rausgebracht. Es war bestimmt Áron.«

»Das Publikum kann erbarmungslos sein. Du musst deinen Text sehr gut können. Nichts darf dich aus dem Konzept bringen.«

»Ich konnte es auswendig.«

»Das glaube ich.« Rebeka zog an der Zigarette und blies kleine Kringel in die Luft. »Manchmal reicht das eben nicht. Du musst es im Schlaf auswendig können. Dann kann dich auch Árons Lachen nicht rausbringen.«

»Warum sind Sie Schauspielerin geworden?«

»Ich liebe die Bühne.«

»Auch wenn das Publikum so gemein ist?«

Rebeka lächelte nachdenklich. »Lieben sie dich, ist es, als könntest du fliegen.«

»Fliegen?«

Rebeka betrachtete die lange Zigarette. »Wie fliegen.«

»Würden Sie mir das beibringen? Ich meine, das Gedichtvortragen?«, fragte Bálint.

Rebeka blies den Rauch aus, der in einer weißen Wolke zusammen mit ihrem warmen Atem aufstieg. »Ich dachte, du würdest nicht mehr auftreten?«

»Ich will es Áron zeigen.«

»Warum nicht?«

»Wirklich?« Bálint sprang auf und ballte kämpferisch eine Faust vor Freude.

Am ersten Weihnachtsfeiertag gingen die Vorbereitungen für das Festessen weiter. Rebeka und Andi hatten gemeinsam das Haus geputzt. Tisch und Bank waren weiß gescheuert, im Ofenrohr brutzelte die Gans, knusperbraune Beiglistangen dufteten auf der Ofenbank. Tera Mama hatte sich eine frisch gesteifte Schürze umgebunden und ein sauberes Kopftuch umgeknüpft. Sie lugte in den Ofen, um nach der Gans zu sehen. Ihre vielen Röcke wippten dabei. Ein sauberes Wandtuch hatte sie auch aufgehängt, jenes über dem Sparherd hatte zu viele Fettflecken gehabt.

Auch Rebeka machte sich mit großer Sorgfalt zurecht, rollte sich die guten Strümpfe über, band die Haare in einen Dutt und legte die Perlen ihrer Mutter an. Aus dem Augenwinkel merkte sie, wie István sie beim Anziehen beobachtete. Ihre Rundungen waren wiedergekehrt, seit sie bei Andi und Lajos lebten. Es lief gut mit ihnen.

Mit Einbruch der Dunkelheit saßen sie alle am Tisch. Andi hatte die Kerzen am Tannenbaum angezündet. Walnüsse, Äpfel und in goldenes Papier gewickelter Zucker schmückten den Baum. Das Christkind hatte sie gebracht. Der Kerzenschein tauchte die Stube in feierliches Licht. Der Duft von Braten und gebrannten Nüssen lag in der Luft.

István und Rebeka hatten noch etwas Geld vom Vater übrig und planten, ein zweites Pferd zu kaufen. István würde im Frühjahr in der Fabrik aufhören und Lajos auf dem Acker zur Hand gehen.

Lajos füllte die Gläser mit dem guten Birnenschnaps. »Auf die Arbeit!«, rief er aufgekratzt. So kannten sie ihn gar nicht. Selbst die Jungs bekamen einen Schluck von der Birne eingegossen. Andi schwärmte von der Idee, mit den Kindern eine Theatergruppe zu gründen. Rebeka sollte sie leiten. Gleich nach den Festtagen würden sie zu Lehrerin Vilma gehen. Rebeka lächelte, ließ den Kopf hin und her wippen, als würde sie den Vorschlag abwägen. Der Schnaps ließ wohlige Wärme und gute Laune aufkommen. Alles schien möglich.

Die Frauen erledigten den Abwasch und machten sich fertig für die Kirche. Rebeka ging hinaus in den Stall, um nachzusehen, wo Lajos und István blieben.

»So meine Schöne, friss! Frohe Weihnachten!«, sagte Lajos gerade zu dem Pferd und schaufelte ihm ein Extramaß Futter in die Troge. Auch den Tieren sollte es gut gehen an Weihnachten.

István kam mit Decken für die Frauen und legte sie auf der Wagenbank aus. Mit den Kirchhüten tief im Gesicht saßen die Männer vorn auf dem Bock, die Frauen und die Kinder hinten auf den Wagen. So ging es über die verschneite Landstraße nach Csád in die Kirche.

Rebeka lächelte. Es war ein glücklicher Tag gewesen.

32
DER TODESKAMPF

Szolmár, Ungarn 1952

Schnee bedeckte das Tal wie eine Daunendecke. Das Krächzen der Saatkrähen brach die Stille.

Bevor István in die Fabrik aufbrach, schippte er im Morgengrauen den Weg zum Tor frei. Auch Rebeka war seit dem ersten Hahnenschrei auf den Beinen und kümmerte sich um die Tiere, gab dem Rigó sein Heu, etwas Maishäcksel, manchmal gemischt mit Karotten, waren noch welche da. Der Hafer war schon ausgegangen, das Heu knapp geworden, oft blieb nur Stroh und Häcksel für das abgemagerte Pferd. Es kaute traurig an dem Futter herum.

Lajos ging auf dem Hof umher, klopfte, hämmerte, reparierte den Wagen und Werkzeuge für das Frühjahr. Noch schlief der Acker unter der dicken Schneedecke, und die Zeit schlich dahin, als wollten die dunklen Tage nie enden.

Rebeka verbrachte viel Zeit mit Tera Mama, schaute ihr beim Kochen und Backen zu und ließ sich Geschichten erzählen vom Großvater und vom Krieg.

Die Alte war eine besondere Frau. Ihre silbernen Haare hielt sie in einem dicken Knoten im Nacken unter ihrem Kopftuch verborgen. Seit dem Tode ihres Mannes hatte sie das Schwarz

nie abgelegt, trotzdem legte sie Wert auf ihr Äußeres. Sie musste
einst eine schöne Frau gewesen sein. Manchmal sah Rebeka
ihr unbemerkt beim Anziehen zu. Ihr Kopftuch band sie mit
so viel Sorgfalt, wie man ein Abendkleid anlegt. Das große, ge-
stärkte Tuch faltete sie kunstvoll zu einem Dreieck, prüfte, ob
die drei Spitzen genau übereinandersaßen, dann, mit einer ge-
übten Handbewegung, die Längsseite des Dreiecks tief an der
Stirn angelegt, zupfte sie die Spitze am Hinterkopf zurecht und
knüpfte gekonnt die seitlichen Enden zu einem festen Knoten
unter dem Kinn. Die Längsseite des Tuches an der Stirn musste
akkurat abstehen. Warum sie ein Kopftuch trage, fragte Rebeka
sie einmal, worauf die hellblauen, wachen Augen der Großmutter lächelten. Sie sei es eben so gewohnt, sagte sie. Ihre Augen
strahlten, doch das Leben hatte Furchen in ihr Gesicht gegraben. Die Feldarbeit hatte ihren Rücken gebeugt und sie zu einer
alten Frau gemacht.

Andi knetete Brot. Rebeka machte mit den Zwillingen am Küchentisch die Schularbeiten. Die Jungs übten das Lesen und beugten ihre Köpfe tief über die Bücher. Es herrschte Ordnung.

Rebeka genoss ihre Rolle in der Familie. Der Rückhalt der Takács und die Arbeit mit den Kindern in der Schule brachten ihr
auch im Dorf zunehmend Respekt ein. Sie hatte zusammen mit
der Lehrerin Vilma eine Theatergruppe ins Leben gerufen. Es
hatte sich herumgesprochen, dass sie von Beruf Schauspielerin
war. Sie war nicht mehr die Ausgelagerte, manche Eltern sprachen sie sogar mit »Frau Künstlerin« an.

»Leg das Kartenspiel weg!«, sagte sie nun zu Áron im mah-
nenden Ton. »Jetzt ist erst Attila mit dem Lesen dran.«

Attila fuhr mit dem Finger unter den Silben entlang und las
laut vor. »Die Bärenmutter hatte ihren Jungen das Herz zer-
legt ...«

Áron brach in Gelächter aus. Rebeka ließ ihn verstummen und

wandte sich Attila zu. »Setz dich gerade hin und lies den Satz noch einmal, aber langsam, Silbe für Silbe.«

Attila seufzte.

»Die Bä-ren-mut-ter hat-te ih-ren Jun-gen das Herz zer-legt.«

»Was steht da?«

»An das Herz gelegt!«, sagte Áron spöttisch.

»Das reicht!«, rief sein Vater. Lajos war gerade aus dem Stall hereingekommen und hatte die Szene mit angesehen. Er schickte Áron in die Ecke.

Mit strengem Blick sah auch Rebeka dem Jungen nach, obwohl er ihr leidtat. Áron musste die Unebenheiten der weiß gemaserten Wand mittlerweile auswendig kennen. Er hatte ihr einmal erzählt, wie er in den Stunden des Wartens das Webenreich der Spinne im dunklen Winkel zwischen Kommode und Wand studierte. Wenn er Glück hatte, konnte er beobachten, wie die Spinne gerade eines ihrer Opfer verspeiste. Wurde ihm langweilig, zerstörte er das mühsam gewebte Netz, nur um zuzusehen, wie das Opfer sich befreite und die Spinne sich hastig davonmachte. Kurze Zeit später würde sie hervorkommen und wieder von Neuem zu weben beginnen.

Aus dem Kartenspiel der Jungs wurde nun nichts mehr. Sie entließ Attila und setzte sich mit einem Roman auf die Ofenbank. Sie hatte sich das Buch aus der bescheidenen Bibliothek im Kulturhaus ausgeliehen, die sie selbst mit der Unterstützung der Lehrerin aus Mitteln der Gemeinde zusammengetragen hatte.

»Der Rigó hat wieder Bauchweh«, sagte Lajos mit Sorgenfalten auf der Stirn. »Ich werde ein paar Runden mit ihm gehen.«

Tera Mama schlug die Hände über dem Kopf zusammen. »Gott behüte! Was wird aus uns werden, wenn er den Winter nicht durchsteht?«

»Beruhigen Sie sich, Mutter, so weit kommt es nicht!«

»Sollten wir nicht den Tierarzt holen?«, fragte Rebeka.

Lajos schob die Mütze zurück und kraulte seinen Schnurrbart. »Es ist bestimmt nichts.«

»Die Kolik war schlimm das letzte Mal. Lassen wir es nicht darauf ankommen.« Andi legte ganz sachte ihre Hand auf den Arm ihres Mannes.

Lajos nickte. Der Arzt kostete Geld, das wusste auch Rebeka.

Lajos und Andi gingen zusammen hinaus. Tera Mama wischte sich mit der Schürze die Augen und schluchzte leise. Das war die zweite schlechte Nachricht des Tages, dachte Rebeka.

Die Zeichnungsfrist für die zweite Friedensanleihe war in der Fabrik bekannt gegeben worden. Jeder Arbeiter sollte einhundert Forint zeichnen, die Ausgelagerten das Vierfache. Das seien mehr als drei Monatsgehälter, hatte István protestiert. Sein Vorgesetzter hatte ihm nahegelegt, er könnte auch auf dem Polizeirevier darüber nachdenken.

Auch die Takács mussten zeichnen wie im letzten Jahr. Wenigstens wurde den Bauern eine Fristverlängerung bis nach der Ernte eingeräumt.

Das verbliebene Geld ihres Vaters würde gerade so für die Anleihe reichen. Mit Istváns 120 Forint im Monat konnten sie die Summe für Kost und Logis aufbringen, die sie mit den Takács vereinbart hatten. Darüber hinaus würde nicht viel übrig bleiben. Damit war der Traum vom zweiten Pferd geplatzt. Machte Rigó schlapp, mussten sie womöglich zu den Lipóts zurückziehen.

Der Tierarzt kam und bestätigte, dass das Pferd eine Kolik hatte. István und Lajos wechselten sich dabei ab, Rigó im Schritt über den Hof zu führen. Über Nacht banden sie das Tier hoch, aus Angst, es könnte sich niederlegen und am Morgen nicht mehr aufstehen. Lajos und István machten sich ein Lager im Stall. Die Zwillinge, die das Abenteuer auch gern mitgemacht hätten, wurden ins Bett beordert.

Der Tierarzt hatte dem Pferd Glaubersalz und Paraffinöl durch die Nase eingegeben, doch die Infusion schien nicht zu helfen. Rigó blieb unruhig, scharrte mit den Hufen und versuchte, sich in den Bauch zu beißen. Lajos musste auch seinen Kopf festbinden. Mitten in der Nacht wurden die Krämpfe stärker. Das Pferd tobte vor Schmerz und trat gegen die Stallwände. Das Haus erzitterte bei jedem Tritt. Rebeka und Andi liefen im Nachthemd in den Stall.

»Ruhig, mein Großer, ruhig.« Lajos redete auf das Tier ein, doch Rigó ließ nicht einmal ihn in seine Nähe. Er atmete stoßweise, kalter Schweiß brach auf seinem Rücken aus.

Lajos ging auf und ab. »Lieber Gott im Himmel! Ich flehe dich an, nimm mir nicht mein Pferd!«

Lajos und István lösten die Halterung. Rigó sank zu Boden und wälzte sich. Es waren Todeskämpfe, so ging es schneller.

Rebeka und Andi liefen wieder hinein. Sie konnten das Leiden nicht mit ansehen. Wie Donnerschläge schlugen die Tritte gegen die Stallwand im Haus ein. Tera Mama weinte und betete.

Irgendwie überstanden sie die Nacht. Zum Morgen entspannten sich die Krämpfe. Rigó war erschöpft, doch ruhig. Das Tier ließ den Kopf hängen und verweigerte weiterhin Futter und Wasser. Ohren und Beine waren kalt geworden. Lajos wusste: Rigó hatte aufgegeben.

»Es geht bergauf, nicht?«, fragte Andi den Tierarzt.

»Wir werden sehen«, sagte er. Über die Nase gab er dem Tier eine weitere Infusion, um das Austrocknen zu verhindern.

István machte sich am Morgen auf den Weg in die Fabrik. Als er am Abend zu Hause eintraf, lebte Rigó nicht mehr.

»Was soll aus uns werden?«, wimmerte Tera Mama im leisen Singsang. Rebeka rieb mit den Händen kleine Kreise auf ihrem Rücken. Unermüdlich hatte Tera Mama in der Nacht zum lieben Gott gebetet, er möge das Tier retten. Doch Gott hatte andere Pläne. Die Alte wusste, dass es so weit war, als Boriska, die Kuh, zu brüllen begonnen hatte. Die Tiere waren ihre Boten der Natur. Sie sah den Schwalben, den Kühen, den Gänsen an, wann der Regen kam. Sie sagten einen harten Winter voraus oder eine gute Ernte. Doch auch für Tera Mama war Gottes Hand unergründlich wie der Sternenhimmel einer warmen Augustnacht. So war es nun an Rebeka, sie zu trösten und im Arm zu halten, bis sie sich beruhigte.

Dann zog sie sich zurück in die Stube. Hinter der verschlossenen Zimmertür sank sie aufs Bett. Sie hasste es, eine Last zu sein. Nichts deutete darauf hin, dass sich ihre Situation verbessern würde. Die Kommunisten feierten die voranschreitende Verstaatlichung von Privateigentum, und alles jubelte an Stalins Geburtstag. Es fiel kein Wort von Amnestie für die Ausgelagerten. Selbst der Graf glaubte nicht mehr, dass der Westen ihnen zu Hilfe kommen würde. Über geheime Postwege schrieb ihr Domokos, er hätte alles versucht, sie zurückzuholen, ohne Erfolg. Auch Geld könne er nicht schicken, das Vermögen ihres Vaters sei komplett beschlagnahmt worden.

Rebeka trat zum Wandschrank. Beim Öffnen machte die alte Tür ein jämmerliches Quietschgeräusch. Ihre Sandalen mit den Plateausohlen waren in der hinteren Ecke verborgen. Seit ihren ersten Tagen in Szolmár hatte sie die Schuhe nicht mehr getragen. Sie hob vorsichtig die Einlage im rechten Schuh. In der Aushöhlung der Korksohle steckte ihr Verlobungsring von Róbert, genau dort, wo sie ihn damals versteckt hatte. Niemand wusste von dem Ring, auch István nicht. Sie zögerte. Der Ring war ihr Startkapital für den Neuanfang. Sie fischte ihn mit zwei Fingern heraus, steckte ihn sich an und betrachtete ihn nachdenklich.

In der Stube herrschte noch immer gedämpfte Stimmung. István und Lajos saßen schweigend am Küchentisch und tranken Schnaps. Die Jungs spielten ohne Streit Karten. Andi brachte gerade die Kleine ins Bett. Das Wasser hatte sich inzwischen auf dem Sparherd erwärmt. Rebeka band sich ihre Schürze um und goss Wasser für den Abwasch in die Waschschüssel. Der Ring an ihrem Finger blitzte im Wasser auf.

Die Vergangenheit schmerzte. Sie dachte an den Abend ihrer Verlobung mit Róbert. Der Teppich im Restaurant war so dick gewesen, so fein gewebt, dass ihre Absätze in ihm versunken waren. Sie hatten von edlem Porzellan mit Silberbesteck gegessen. Jetzt schrubbte und kratzte sie an dem Schmutzgeschirr. Das Bratenfett haftete hartnäckig an den Töpfen. Die Wand hinter dem Ofen war schwarz, das Dach nicht dicht, die Wände nass. Sie hatte den halben Tag damit verbracht, die Gardinen zu waschen, doch der Grauschleier war nicht aus ihnen herauszubekommen. Der Regen prasselte auf die Dachschindeln.

Sie legte den schmutzigen Topf beiseite, mit dem Fuß rückte sie den Eimer unter der undichten Stelle zurecht. Nun trafen die Tropfen mitten hinein und machten ein blechernes Geräusch beim Aufprall. Die kleine Katalin weinte auf. Andi beugte sich liebevoll über das Kind, prüfte, ob es gleichmäßig atmete, und deckte das Beinchen zu, das unter der Bettdecke hervorlugte. Sie hatte dieses verliebte Lächeln einer Mutter beim Anblick ihres schlafenden Kindes. István hatte recht gehabt, dachte Rebeka. Wahrscheinlich hätte sie für nichts auf der Welt ihr Leben für ein anderes eingetauscht.

Draußen zerrte der Wind an den Bäumen, der Regen peitschte gegen die Fenster. Ein Blitz erhellte die Stube. Rebeka trocknete die Hände an der Schürze ab und zog den Ring vom Finger. Sie ging zu den Männern, legte eine Hand auf Istváns Schulter, mit der anderen setzte sie den Ring direkt vor Lajos auf den Tisch. »Das ist ein Geschäft, kein Almosen!«

Lajos' Blick wanderte von den Brillanten zu Rebeka. Auch Andi sah mit leicht geöffnetem Mund zu ihnen herüber.

»Der Wert dieses Ringes sollte für ein Pferd reichen. Dafür bekommen wir freie Kost und Logis für das nächste Jahr.«

Lajos hob die Augenbrauen. Er nahm den Ring vorsichtig zwischen zwei Finger und betrachtete ihn, als könne man unmöglich ein ganzes Pferd damit kaufen. Zwischen seinen klobigen Fingern wirkte der Frauenring noch zerbrechlicher.

»Ihr werdet ihn verkaufen müssen«, sagte Rebeka und schaute dabei Andi an, deren Augen sich vor Überraschung weit öffneten.

»Hier werden wir so etwas nicht los«, sagte Lajos. Er schüttelte den Kopf und legte das Schmuckstück wieder auf den Tisch, als sei die ganze Idee eine Totgeburt.

»In Budapest schon«, bemerkte István mit einem zustimmenden Blick zu Rebeka. Die Geste musste wirken wie das Einverständnis eines Eingeweihten. Aber Rebeka entging das leichte Zucken seiner Mundwinkel, die zusammengekniffenen Lippen. Er war nicht gefragt worden! Er wusste noch nicht einmal, dass Rebeka den Verlobungsring behalten hatte.

Die Gedankenspirale in seinem Kopf setzte sich in Gang. Ein Gedanke löste den nächsten aus. Bevor er etwas tun konnte, flutete die alte Eifersucht sein Hirn.

Mit verschränkten Armen hörte er sich Rebekas fertigen Plan an wie einen Trumpf, mit dem sie sich als Retter der Familie aufspielte: Andi und Lajos würden nach Budapest reisen. Der Pester Juwelier von der Unteren Straße könne helfen. Sein Name sei eine Autorität in der Branche. Rebekas Anwalt würde sie beim Verkauf unterstützen und das Verhandeln übernehmen. Andi müsse unbedingt dabei sein. Einer Frau stellte man weniger Fragen.

Überrumpelt kratzte sich Lajos am Hinterkopf. Er sah verunsichert zu seiner Frau, die sich gerade den Ring ansteckte, als probierte sie ein anderes Leben aus. Lächelnd hielt sie die Hand von sich weg wie eine Weitsichtige und bewegte den funkelnden Stein im Licht hin und her. Als sie Lajos' tadelnden Blick bemerkte, blinzelte sie verlegen und zog den Ring wieder aus.

»Wir schaffen das«, sagte sie zu Lajos. Es klang wie eine Bitte.

Er seufzte, schüttelte ungläubig den Kopf. »Das gibt Ärger!«

Andi ging um den Tisch zu ihm herum und umarmte ihn von hinten. Sie war noch nie in Budapest gewesen.

Und wenn es klappte? Was, wenn es klappte?

33
FRÜHLINGSERWACHEN

Szolmár, Ungarn 1953

Die Sonne wurde von Tag zu Tag kräftiger und ließ den Schnee auf dem Acker schmelzen. Tauwasser befeuchtete die Saat. Das Gezwitscher der Vögel weckte das Dorf aus seinem Winterschlaf. Der schwerhörige Nachbar, Onkel Jani, hatte seinen dreibeinigen Hocker vor der Pforte aufgestellt und beobachtete das Treiben auf der Straße. Rebeka und Lajos grüßten über den Zaun. Der Alte sah sich um, ob er sich verhört hatte, und kaute dann weiter an seinem Tabak. Lajos winkte mit einem Lächeln ab und werkelte weiter an dem Holzgestell der Frühbeete, damit Rebeka sich an die Saat von Salat und Kohl machen konnte. Rebeka jätete Unkraut.

»Sieh nur, deine Radieschen sprießen!«

Sie hob den Kopf und bestaunte in kindlicher Aufregung ihre Pflanzen. Das Leben war gut zu ihr in diesen Tagen. Ihre Wangen waren rosig von der frischen Luft, ihre Laune gehoben, selbst die Lust brodelte in ihr.

Ein Pfiff kam über den Zaun. Offenbar hatte Onkel Jani sie jetzt auch bemerkt. Sie winkte ihm zu. »Einen schönen Morgen, Onkel Jani!«

Sein breites Lächeln entblößte die zwei verbliebenen Zähne in seinem Gebiss. Rebeka wandte verlegen den Blick ab.

Lajos lachte. »Der alte Jani ist blind und taub geworden, aber ein schönes Mädchen entgeht ihm nicht!«

Wo war István nur? Sie wollte ihm ihre Pflanzen zeigen. Lajos wies zum Stall. Bestimmt fütterte er die Tiere. Rebeka konnte ein Gefühl der Zufriedenheit nicht unterdrücken. Immer öfter gönnte sie sich diese Momente wie kleine luxuriöse Ausschweifungen. Ihr war, als schaute sie sich selbst auf der Bühne zu. Sie spielte ihre Rolle so gut, sie fühlte sich echt an. Doch fiel der Vorhang, würde sie wieder in ihr eigenes Leben zurückversetzt werden.

Andi und Lajos hatten einen stattlichen Erlös für den Ring erhalten. Selbst der Juwelier von der Unteren Straße zeigte sich zufrieden. István hatte in der Fabrik gekündigt, um wie abgemacht den Takács bei der Feldarbeit zu helfen. Er genoss die Arbeit an der frischen Luft und verstand sich gut mit Lajos. In ihr Leben war Normalität eingekehrt. Sie waren zu einem Teil der Familie geworden und hatten ihre Rollen gefunden. Rebeka kümmerte sich um Haus, Hof und die Kinder. Andi und die Männer spannten in aller Frühe das Pferd ein und fuhren auf den Acker. Es war März, die Kartoffeln mussten in die Erde. Rebeka blieb das gebeugte Gehen, das Schleppen der Bauchbürde, die ganze verhasste Feldarbeit erspart. Sie machte die Jungs fertig für die Schule, versorgte die kleine Katalin, fütterte das Vieh. Während Tera Mama das Mittagessen kochte, sah sie ihr von der Ofenbank zu und lauschte ihren Geschichten aus dem Krieg. Das Essen musste pünktlich auf dem Tisch sein, kehrten die hart Arbeitenden zu Mittag heim. Eine Stunde Mittagspause, Lajos war streng in diesen Dingen. Manchmal blieb noch Zeit für ein schnelles Schläfchen, das sie gern mit István teilte.

István begann, vom Heiraten zu sprechen. Erst kürzlich beim Zubettgehen hatte er wieder seinen Scherz gemacht, er würde sich beim Pfarrer beschweren, sie lebe schließlich in Sünde mit ihm. Sein feierlicher Gesichtsausdruck war ihr aufgefallen. Sie hatte den Moment verstreichen lassen, sich vielleicht abgewandt, vielleicht auch beschämt gelächelt, sie wusste es nicht mehr.

Sie mochte nicht ans Heiraten denken. Ihr Leben befand sich in der Schwebe, einer Art Übergang, in dem sie es sich nicht gemütlich machen durfte. Wer richtete sich in einem Durchgangszimmer ein?

Doch Istváns Gestalt in ihrem Bett war ihr inzwischen so vertraut geworden wie Orte ihrer Kindheit. Er war nicht nur der erste Mann, der ihren Körper kannte, sondern auch der einzige Mensch, der sie sah, wie sie wirklich war.

Sie hob den Eimer vom Brunnenrand und schöpfte frisches Wasser. Von Weitem sah sie Attila auf der Straße. Er stieß einen Stein vor sich her, verpasste ihm einen Tritt. Der Stein landete im Graben. Vor dem Tor klopfte sich der Junge die verdreckte Hose ab und steckte das Hemd hinein.

»Was ist los? Wo ist Áron?«, fragte Rebeka ihn.

Er zuckte mit den Schultern und ging an ihr vorbei ins Haus. Rebeka wusch sich die Hände im Eimer, wischte sie sich an der Schürze ab und ging ihm nach.

Er legte sich am Küchentisch eine Patience.

»Habt ihr euch gestritten?«

»Männerkram.«

Sie verbarg ihr Schmunzeln und ließ ihn in Ruhe. Um die Mittagssuppe aufzuwärmen, musste sie den Sparherd einheizen. Sie lockerte den Zug, hockte sich vor die Klappe und stopfte reichlich zerknülltes Papier und Kleinholz hinein. Beim Anzünden machte das Streichholz ein Zischgeräusch, und der Schwefelgeruch stieg ihr in die Nase. Sie wartete ein wenig. Das Kleinholz fing Feuer.

Attila hatte die Karten vor sich ausgelegt und starrte sie nun an. Irgendetwas war vorgefallen.

Sie legte ein größeres Holz nach, lehnte die Klappe nur an, damit ausreichend Sauerstoff hineingelangte. Das musste funktionieren.

Attila ließ die Karten auf dem Tisch liegen und setzte sich neben sie auf die Ofenbank. Tera Mama war irgendwo draußen, sie waren allein.

»Tante Rebeka?«

Rebeka sah zu ihm auf.

»Áron und ich haben geboxt.«

»Sagst du mir, warum?«

Bevor sie sich zu ihm setzen konnte, prüfte sie noch einmal, ob die dicken Holzscheite Feuer gefangen hatten. Sie legte reichlich nach. Sie stand auf und befühlte mit der Hand vorsichtig die Ofenplatten. Sie wurden langsam warm. Rebeka zog die Suppe auf die Feuerstelle, hob den Deckel und tauchte die Kelle tief in die Suppe. Dicke Fettaugen schwammen auf der Oberfläche.

»Es ist schlimm«, sagte Attila. »Versprechen Sie mir, dass Sie nicht weitersagen, dass ich gepetzt habe?«

»Versprochen.« Rebeka nahm die Kelle heraus, legte sie auf einem Teller ab und sah ihn mit ernstem Blick an.

»Áron hat allen gesagt, dass Sie mit Onkel István …« Der Junge stockte. Er schien nach den richtigen Worten zu suchen, vielleicht sammelte er Mut.

Rebeka machte sich auf das Schlimmste gefasst.

»Dass Sie in einem Bett schlafen.«

Erleichtert lachte sie auf. »Na, das ist doch nicht so verwunderlich, oder?«

Ein vorsichtiges Lächeln der Erleichterung kam auch ihm über die Lippen. »Und auch, dass Sie nicht verheiratet sind.«

Rebeka hob den Kopf. Hitze stieg in ihr auf und machte sie schwindlig. Sie atmete tief ein. »Woher habt ihr das?«

Attila schwieg.

Sie zögerte. »Das ist etwas kompliziert.«

»Áron hat es allen erzählt. Deshalb habe ich ihn geboxt. Dann hat Áron mich getreten.«

Rebeka räusperte sich. Jetzt suchte sie nach den richtigen Worten. Sie hockte sich vor den Jungen auf den Boden und sah zu ihm auf. »Du hast uns verteidigt, das weiß ich zu schätzen. Es stimmt, wir sind nicht verheiratet. Es hat sich so ergeben.«

Attila sah sie mit großen, erschrockenen Augen an. Rebeka legte ihre Hände auf seine. Sie ruhten wie kleine Brotlaibe in seinem Schoß.

»In einem Bett zu schlafen, das ist nicht richtig, du hast recht. Aber es ist nicht so schlimm, weil ...« Sie überlegte. »Weil wir uns lieb haben.«

Attila zog die Augenbrauen hoch, auf seiner Kinderstirn entstanden kleine Sorgenfalten. »Werden Sie denn heiraten?«

Rebeka zog ihre Hand zurück. Eine Strähne in ihrem Gesicht diente als Vorwand. Sie strich sie zurück und blickte zur Decke. »Irgendwann«, sagte sie wie eine Frage.

»Sind Sie böse?«

Rebeka strich dem Kind über den Kopf und schloss beruhigend die Augen.

Attila seufzte erleichtert. Dann sprang er auf, als sei ihm ein wichtiger Gedanke gekommen. Seine Schulmappe lag noch in der Ecke, wo er sie beim Hereinkommen hingeworfen hatte. »Den soll ich eigentlich Mutter geben, von der Lehrerin.«

Er reichte Rebeka einen Brief. »Es ist besser, wenn Sie ihn zuerst lesen.«

Rebeka sah ihn fragend an. Der Brief war an Andi adressiert.

»Ich wollte ihn verstecken, aber dann war Áron so gemein, und ich dachte ...« Er sprach nicht weiter.

Rebekas Zeigefinger war schon unter die Lasche gerutscht. Sie trennte den Umschlag auf. Beim Überfliegen der Zeilen öffnete sich ihr Mund. »Áron hat es mit der Henne von Frau Lipót getrieben?« Sie brach in Gelächter aus.

»Der Pityu auch!«, sagte Attila mit wichtiger Miene.

Als sie den ernsten Gesichtsausdruck des Kindes sah, zügelte sie sich. »Sag deinem Vater nichts davon! Ich werde das klären.«

Sie hörten den Wagen, der mit einem Quietschgeräusch in den Hof einbog.

»Lass mich das machen, abgemacht?«

Attila nickte. Sie versteckte den Brief in ihrer Schürze und lief den Heimkehrenden entgegen. Die Stute blieb vor dem Stall stehen. Rebeka nahm die Zügel in die Hand und kraulte dem Pferd den Hals. »Meine Schöne! Du hattest es aber eilig, nach Hause zu kommen.«

Die Stute riss den Kopf hoch, gierig nach ihrem Hafer, der schon im Futtertrog wartete.

István sprang herunter und kam auf sie zu, um sie zu umarmen.

»Fass mich nicht an, du bist dreckig!« Sie kreischte lachend auf und drückte ihn von sich.

Lajos koppelte den Wagen ab. Rebeka zog István zum Brunnen. Er benetzte Gesicht und Hals mit dem kühlen Wasser. »Ich habe einen Bärenhunger!«

»Áron hat es mit dem Huhn der Lipóts getrieben«, sagte sie ernst. Wäre es nur irgendein Huhn gewesen!

István prustete los, hilflos vor Gelächter.

»Lehrerin Vilma hat Andi einen Brief geschrieben.«

István beruhigte sich, kratzte sich am Hinterkopf. »Das wird Tränen geben.«

»Wir sollten Lajos nichts davon erzählen.«

»Das ganze Dorf wird davon sprechen.«

Rebeka nickte.

»Und Attila?«

»Der hat damit nichts zu tun. Die Kinder haben sich gestritten. István, da ist noch etwas.«

»Lass uns erst mal etwas essen.«

»Aber es ist wichtig.«

István zog sie ins Haus.

Rebeka nahm Andi beiseite und erzählte ihr von Áron.

Andi brach in Tränen aus. »Lajos wird ihn umbringen!« Sie schluchzte, sie habe ihr Kind nicht im Griff. Áron entgleite ihr. Wo steckte der Bengel überhaupt? »Mache ich alles falsch?«

»Du machst gar nichts falsch, ach komm her, das ist alles nicht so schlimm.« Andi heulte, Rebeka nahm sie in den Arm. Dabei dachte sie daran, dass ihr Betrug nun auffliegen würde. István lebte unter falschem Namen mit ihr zusammen. Die AVH würde ihn verhören. Lajos würde sie rausschmeißen. Andi löste sich aus ihrer Umarmung. »Ich weiß gar nicht, wie ich all das ohne dich durchstehen würde«, sagte Andi und küsste Rebeka die Hand.

Rebeka wandte ihren Blick mit schlechtem Gewissen ab.

Beim Abendessen herrschte bedrückte Stille. Áron kniete in der Ecke in Erwartung der Gürtelhiebe, die sein Vater ihm angekündigt hatte. Andi und Tera Mama löffelten schweigend ihre Suppen.

»Lajos, jetzt überlegen Sie sich das noch einmal«, sagte Rebeka. »Das Kind hat in der Schule schon nachsitzen müssen. Es hat doch verstanden, dass es nicht rechtens war, was es getan hat.«

Lajos trommelte mit den Fingern auf den Tisch und sah an Andi vorbei zu dem Kind. Die Stirn in Falten gelegt, erhob er sich, nahm den Hocker mit einer Hand, als wäre es ein Spielzeug, und stellte ihn vor das Kind. »Mischen Sie sich da nicht ein, Rebeka. Der Junge hat mich zum Gespött des ganzen Dorfes gemacht. Er wird daraus lernen.«

Áron presste sich mit dem Rücken an die Wand.

Lajos hantierte an seinem Gürtel. »Knie dich über den Hocker, mach schon!«

Áron regte sich nicht. Er stand da wie versteinert. Nur einmal hatte sein Vater die Hand gegen ihn erhoben, als er mit Attila nach Einbruch der Dunkelheit an den See gegangen war, das hatte Áron Rebeka erzählt. »Auch Großmutter befühlt die Hühner«, sagte Áron. Das kam ganz leise.

Rebeka senkte den Blick in Erwartung von Lajos' Ausbruch. Der Junge hatte auch noch den Mut zu widersprechen! Er sah seinem Vater mit zusammengekniffenem Mund direkt in die Augen.

Die Großmutter befühlte die Hühner tatsächlich – um zu sehen, ob sie Eier legten. Rebeka schloss die Augen und schüttelte den Kopf. Sie wusste, Áron würde nicht weinen, schon gar nicht vor ihr.

Es klopfte an der Tür.

Onkel Jani, der schwerhörige Nachbar, und seine Frau traten herein. Die Frau hatte Tränen in den Augen, Onkel Jani hielt sich kerzengerade wie ein Soldat am Arm seiner Frau. »Haben Sie es schon gehört? Genosse Stalin ist gestorben!«

»Was sagen Sie da?«

»Vor dem Kulturhaus stehen die Leute. Da bringen sie es im Radio. Es war ein Schlaganfall.«

»Der Stalin ist dahin?«, kam aus der Ecke.

»Áron!«

Rebeka schlug die Hand vor den Mund, sie konnte kaum atmen.

Ihr Puls raste. Stalin gestorben? Sie wollte einen Schrei der Erleichterung ausstoßen, doch sie zügelte sich, die Nachbarn sollten ihre Erregung für Betroffenheit halten. Ruhig stand sie auf. »Ich muss an die frische Luft.« Sie nahm ihren Mantel vom Haken und ging hinaus.

Draußen herrschte Stille. Sie blickte hinauf in das Meer der Sterne, das über dem Dorf hing wie eine bemalte Decke. Sie dankte dem Himmel, dem Kosmos, dem Gott, so es einen gab, und füllte ihre Lungenflügel mit der kühlen Luft.

Die Tür öffnete sich. István trat nach draußen. Sorgenfalten bedeckten seine Stirn. »Eine Zigarette?«

Rebeka nickte.

Das Streichholz ging in heller Flamme auf. Er steckte sich eine Munkás an und gab sie Rebeka. »Du musst dich zusammenreißen«, sagte er. Natürlich hatte er ihr die Aufregung angesehen. »Die Amnestie wird kommen, du wirst sehen! Es wird Veränderungen geben, István! Rákosi ist nichts als eine Marionette. Jeder weiß das.«

Er ließ einen Seufzer entweichen, der in einem Kondenswölkchen emporstieg. »Veränderung muss nichts Gutes sein.«

Sie schloss die Augen. Du wirst schon sehen, dachte sie.

»Ich möchte Kinder von dir«, brach es aus ihm heraus.

»Jetzt sofort?«, unkte sie. Dann wurde ihre Miene ernst. »István!«

»Was?«

»Was redest du da?«

Es war nicht der richtige Zeitpunkt, wahrhaftig nicht, doch das interessierte ihn jetzt nicht mehr.

»Rebeka, hör mir jetzt gut zu.« Er nahm ihre Hand und ging auf die Knie vor ihr. »Ich möchte mit dir Pläne machen, ich will mein Leben mit dir teilen und eines Tages möchte ich Kinder mit dir.«

Ihr erschrockener Gesichtsausdruck ließ ihn innehalten. Von hier gab es keinen Weg zurück.

»Ich weiß, du hast dir dein Leben anders vorgestellt. Nach den letzten zwei Jahren weiß ich aber, wir sind gut füreinander.

Ich werde dich glücklich machen!« Er stockte, nur für einen Augenblick. Er wartete auf ihre Reaktion, hielt ihre Hand fester, als suchte er Halt an ihr.

»Willst du meine Frau werden?«

Sein Blick heftete auf ihrem, abwartend, bangend.

Sie wandte ihren ab, sah wieder zu ihm. Da war sie also, die Frage. Die Zigarette zwischen ihren Fingern leuchtete in der Dunkelheit. Sie zitterte. Jede Sekunde, die ohne ihre Antwort verstrich, war wie ein Schlag in sein Gesicht.

Er zählte die Stille, die Ohnmacht. Wie weißer Rauch stieg sie auf und erstickte ihn langsam. István löste seinen Blick von ihr und starrte in die Weite.

»Ich weiß es nicht«, kam ganz leise.

Er sah sie an wie vernichtet. Sein Oberkörper hielt der Last nicht mehr stand, sackte in sich zusammen, die Arme baumelten leblos an der Seite. Die Erschöpfung war wie ein Sog, der ihn zu Boden zog. »Und wenn die Amnestie nicht kommt? Was machen wir dann?«

Die Amnestie? Was hatte die verdammte Amnestie mit ihnen zu tun? Er wusste es ja auch nicht, Herrgott noch mal! Vielleicht käme sie nie! Er war es leid, ständig darüber nachzudenken, was kommen würde. Sie konnten ohnehin nichts daran ändern. Es interessierte ihn nicht. Was ihn beschäftigte, war das Hier und Jetzt.

Er hatte sie angeschrien und es nicht bemerkt. Seine Härte hatte sie zusammenzucken lassen. Er bremste sich und atmete durch. »Wir müssen geduldig sein. Im Winter gehe ich wieder in der Fabrik arbeiten, und wir sparen etwas Geld zusammen. Eines Tages pachten wir uns ein Stück Land, ein Haus mit Garten. Bist du denn nicht glücklich mit mir?«

Rebeka sah zu ihm auf. »Ich möchte dich heiraten. Aber nicht hier, nicht so, verstehst du? Ich will kein Haus mit Garten, ich will endlich unser altes Leben zurück.« Tränen liefen über ihre Wangen. Sie schlang die Arme um István. Ihr Kopf fand Platz in der Kuhle an seiner Schulter, der Kuhle, die für sie gemacht war.

Vorsichtig legte auch er den Arm um sie. War das ein Ja? Er wagte es nicht auszusprechen. »Es wird alles gut«, sagte er leise. »Du willst also meine Frau werden?«

Rebeka nickte und hob ihren Kopf. »István«, sagte sie noch, doch ihre Stimme brach. Sie versuchte es noch einmal. »Können wir es langsam angehen? Ich meine, können wir mit der Hochzeit, dem Haus und den Kindern warten, bis sich abzeichnet, was geschehen wird?«

István fühlte, wie die Taubheit aus seinen Gliedern wich.

»Natürlich, meine Schöne, wir machen alles, was du willst.« Jetzt erst begriff er: Sie hatte Ja gesagt! Flügel wollten ihm wachsen. Er hob sie hoch. Am liebsten hätte er sie im Walzerschritt über den Hof geführt.

Die Tür knarrte. Die Nachbarn brachen auf. Er setzte sie wieder ab. Rebeka wischte sich die Augen.

Die Nachbarin breitete ihre Arme aus. Ausheulen solle sie sich, sagte sie tröstend. »Das Heulen tut uns Frauen gut. Der Stalin war so ein guter Mann.«

Vom Schlag sei er getroffen worden, redeten die Leute im Dorf. Sie waren dem lieben Gott dankbar dafür, so deutete István ihre Blicke in den Himmel. Was diese Nachricht für sie alle bedeutete, das wusste niemand. Offiziell war das Dorf in Trauer. An den öffentlichen Einrichtungen wurden die rote Flagge und die Trauerflagge gehisst. In den Fenstern stellten die Leute Stalins Porträt auf, abgedeckt mit einem schwarzen Tuch. Auf der Straße begegnete István ernsten Männergesichtern und Frauen mit verheulten Augen. Lehrerin Vilma ließ die Kinder in Festtagskleidung in einem Trauerzug aufmarschieren. In der Fabrik wurde die Arbeit für eine Schweigeminute niedergelegt. Viele Arbeiter kamen in Gruppen zusammen und diskutierten. Viele beschäftigte die Zukunft, manche bangten um die Stabilität des Friedens. Sie sagten, die Imperialisten würden nun Stalins Tod ausnutzen und einen Dritten Weltkrieg anzetteln.

Die Leute fragten sich, wer nun käme. Genosse Molotow sei der klare Nachfolger, hieß es auf der Straße. In der Woche nach Stalins Tod tauchte die AVH zweimal mitten in der Nacht zur Razzia auf. Sie behielten die Ausgelagerten im Auge. Auch Rebeka sagte, sie fühle sich beobachtet. Ihrem freundlichen »Guten Morgen« würden die Leute mit gesenkten Blicken begegnen.

Das Gerücht um ihn und Rebeka verbreitete sich schnell im Dorf, doch die Reaktionen waren milder, als István erwartet hatte. Wahrscheinlich hatte die Nachricht von Stalins Tod dazu beigetragen. Sie seien verlobt gewesen, sagten sie allen, die fragten. Die Leute wären davon ausgegangen, dass sie verheiratet waren. Aus Angst, getrennt zu werden, hätten sie nichts gesagt. Sie gaben den Termin der Hochzeit bekannt, das beruhigte die Gemüter. István begegnete einigen abgewandten Gesichtern auf der Straße, aber die meisten Bekannten beteuerten, sie selbst hätten nicht anders gehandelt.

Trotzdem nahmen die Eltern ihre Kinder aus Rebekas Theatergruppe. Sie wisse ja, das Gerede! Die Lehrerin sagte, es täte ihr leid. Sie war eine gebildete Frau und mochte Rebeka. Für sie war der Fall mit Rebekas Erklärung abgeschlossen.

István wurde auf das Polizeirevier nach Csád bestellt und verhört. Fehlleitung der Behörden durch seine falsche Identität, Unterstützung antisozialistischer Kräfte, womöglich Beihilfe zur Flucht. Das sei doch sein Motiv gewesen! Eine halbe Nacht hielten sie ihn fest, dann bürgte der Gemeinderatsvorsitzende für ihn. István sei ein vorbildlicher Arbeiter und hätte sich in die Dorfgemeinschaft integriert. Als freier Mann könne er leben, wo er wolle. Außerdem sei die Ausgelagerte seine Verlobte, die er heiraten wolle.

István hatte fast das Gefühl, dass die AVH nur halbherzig gegen ihn vorgegangen war. Der Gemeinderatsvorsitzende, ein gemäßigter Mann, der zuvor ihren Umzug zu den Takács bewilligt hatte, sagte zu István hinter vorgehaltener Hand, er hätte Glück gehabt, es gäbe offenbar nach Stalins Tod gewisse Anzeichen einer politischen Entspannung.

Auch Lajos nahm die Neuigkeit von ihrem Betrug überraschend gelassen auf. Ob István und Rebeka nun heiraten würden? István bejahte. Lajos riet ihm, sich rasch und ohne viel Aufsehen vom Pfarrer trauen zu lassen. Das Gerede müsse ein Ende haben! Damit war die Sache für Lajos erledigt.

34
AM SCHEIDEWEG

Szolmár, Ungarn 1953

Bei einem Spaziergang durch die Umgebung hatte István ein unbewohntes Bauernhaus entdeckt. Auch ein brach liegendes Stück Land gehörte dazu. Es war das letzte Haus entlang der Staubstraße der noch zu Szolmár gehörenden Siedlung. Hier standen keine Gartenzwerge und Rosenbüsche in den Vorgärten. Herrenlose Hunde streunten in der Gegend. Am Straßenrand weidete eine Kuh unbehelligt von der kreischenden Kindermeute. Sie trieben ein Wagenrad vor sich die Straße entlang. Die ärmsten Familien Szolmárs, abgeschnitten von der Infrastruktur des Dorfes, lebten hier, auch die einzige Zigeunerfamilie der Gegend. Zigeuner Vendel galt als hart arbeitender Mann, der von Gelegenheitsarbeiten im Dorf lebte. Auch Lajos gab ihm in der Erntezeit Arbeit.

Das schlichte Bauernhaus am Ende der Staubstraße war seit Jahren verlassen. Risse hatten sich entlang der Wände gebildet, das Dach war undicht. Vom Nachbarn erfuhr István, das Haus mit dem Grundstück wäre mangels Erben an die Gemeinde übertragen worden. Schon seit Jahren versuche die Gemeinde, es zu verpachten.

István fing Feuer und pilgerte täglich zu dem Haus. Durch den verfallenen Säulengang der Veranda blickte er in die Weite der Weizen- und Maisfelder. Das erste Mal seit Langem nahm er einen Kohlestift zur Hand. Aufwendige Holzschnitzarbeiten schmückten das mit Wein bewachsene Geländer auf seinen Zeichnungen. An den Abenden brütete er über den Plänen für die Renovierung. Lajos und Lipót boten sich an, beim Umbau zu helfen. Lipót versprach, aussortierte Mängelziegel aus der Fabrik zu beschaffen. Nun galt es, den Gemeinderatsvorsitzenden zu überzeugen, ihnen das Haus günstig zu verpachten. Der Mann schätzte István und war ihm durchaus wohlgesonnen. Er zwirbelte seinen Schnurrbart und nickte nachdenklich. István solle noch etwas abwarten. Auf Istváns fragenden Blick hoben sich seine Augenbrauen. Hatte er nicht gehört? Die Rákosi-Regierung sei zurückgetreten. Der Landwirtschaftsminister, Nagy Imre, würde Ministerpräsident werden.

István stutzte. Damit stand ein Richtungswechsel bevor. Man musste nur abwarten, in welche Richtung der Wind nun wehte. Der Gemeinderatsvorsitzende versprach, das Haus zunächst nicht anderweitig zu vermieten.

In den Nachmittagsstunden wehte kein Lüftchen in den Baumkronen. Die Hitze flimmerte über das flache Land, als hätte der Sommer gerade erst begonnen. Der Hund lag wie totgestellt mit hinausgestreckter Zunge im Baumschatten. Nicht einmal die Hühner pickten nach Körnern. Rebeka hörte die Kuhglocken auf der Unteren Straße erklingen und eilte hinaus. Der Hirte führte die Kühe gewöhnlich bis zum Dorfeingang. Von dort fanden sie instinktiv nach Hause.

Die alte Dame wartete schon geduldig und starrte mit weidentrunkenen Augen auf das verschlossene Tor.

»Da ist sie schon! Na komm, du Kluge. Ich ziehe dir gleich frisches Wasser vom Brunnen.« Rebeka führte Boriska in den

Stall. Sie liebte die treuen Augen der Kuh und erzählte ihr gern von ihren Sorgen und Freuden. Der Stall war ihr Rückzugsort, wo sie Tera Mamas Geplapper und dem Gezanke der Jungs entkommen konnte.

»Heiß ist es, nicht?« Rebeka stellte der Kuh das frische Wasser hin. Beim raschen Aufrichten wurde ihr schwarz vor den Augen. Sie musste sich setzen. Der dreibeinige Hocker stand gerade richtig. Sie wischte sich mit der Schürze über die Stirn und stützte den Kopf an den warmen Bauch des Tieres. Das Licht kehrte rasch wieder.

Dankbar schlürfte Boriska das Brunnenwasser. Vorsichtig säuberte Rebeka das Euter und begann, mit rhythmischen Bewegungen zu melken. Die warme Milch spritzte in den Eimer und machte ein blechernes Geräusch. Kinderstimmen kamen von der Straße. War es schon Zeit?

Die Stalltür ging mit einem lauten Knall auf, und die Jungs platzten hinein wie bei einem Überfall.

»Mein Gott! Was ist so dringend?«

Attila hielt eine Riesenkröte in den Händen und fuchtelte damit vor ihr herum. Rebeka sprang auf. Der Hocker fiel um und machte ein dumpfes Geräusch. Das Tier quakte jämmerlich. Es war so groß wie der Handteller eines erwachsenen Mannes.

»Schafft die Kröte raus. Verschwindet!«

Das strampelnde Tier nutze das Überraschungsmoment, stieß sich mit kräftigen Hinterbeinen ab, befreite sich aus dem Griff des Jungen und flog im hohen Bogen auf Rebeka zu. Es landete sicher auf ihr und klammerte sich wie ein Neugeborenes an der Mutterbrust fest.

Rebeka kreischte aus voller Lunge. Sie trat auf der Stelle und schlug das Tier von sich ab. Die Kröte fiel mit dem klatschenden Geräusch eines nassen Lappens auf den Boden und hüpfte quakend davon.

»Raus mit euch!«

Die Jungs machten, dass sie davonkamen.

Rebeka bückte sich nach dem Hocker und sackte auf ihn hinab. All diese Zeit hatte sie sich glücklich gewähnt! Sie gab sich ihren kleinen Ausschweifungen hin und glaubte, sie befinde sich nur auf einem Umweg zurück in ihr richtiges Leben. Sie freute sich auf ihre bevorstehende Hochzeit, die Trauung in der Dorfkirche in Csád und das anschließende Fest im Garten der Takács. Es sollte klein, aber festlich werden.

Seine Braut verdiene ein schönes Fest, sagte István allen, die fragten, worauf sie noch warteten. In Wirklichkeit zögerte István die Trauung hinaus. Jetzt erst realisierte sie das! Er hatte die fixe Idee, ihr zuvor etwas bieten zu müssen, ein Heim, eine Zukunft. Daher rührte seine Besessenheit, mit der er Skizzen vom Haus anfertigte. Er war im Begriff, sich in Szolmár sesshaft zu machen.

Rebeka legte den Kopf zurück. Wie konnte ihr das nur entgangen sein!

Ein paar Tage später wartete Rebeka in der geputzten und aufgeräumten Stube auf Istváns Eintreffen. Sie hatte eine Überraschung für ihn und konnte es kaum erwarten, sie ihm zu zeigen.

Ihr Blick wanderte zur Uhr. Sie klappte das Buch in ihrem Schoß zu, selbst Emma Bovarys Sehnsucht nach etwas Höherem konnte sie nicht wie sonst fesseln. Das Wagengeräusch! Sie bogen gerade auf den Hof.

»Wo hast du die denn her?«, fragte István, als er die auf dem Tisch arrangierten Malfarben erblickte. Sein Ton war zornig.

»Ich habe Onkel Tungli gebeten, sie mir aus Csád zu besorgen. Freust du dich gar nicht?«

»Was hast du dir bloß gedacht?« Als er ihre Enttäuschung sah, dämpfte er die Stimme. »Täubchen, ich male nicht mehr.«

»Aber du zeichnest wieder. Die Kunst war dir einst so wichtig.«

Er winkte ab. »In einem anderen Leben.«

Trotzig verschränkte sie die Arme vor der Brust. Sie hatte gehofft, die Farben würden seine Sehnsucht nach dem künstlerischen Schaffen wiederbeleben. Es war ein plumper Versuch. Sie ärgerte sich über sich selbst.

István hatte sie natürlich durchschaut und versuchte jetzt grinsend, die Verschränkung ihrer Arme zu lösen.

Auch sie musste lächeln. »Sieh mal, Schatz!« Sie schlang die Arme um seinen Hals. »Ich glaube, dich lähmt die Eintönigkeit dieses Ortes. Ist das hier erst vorbei, kommt die Inspiration wieder. Du wirst sehen.«

Er befreite sich aus ihrer Umarmung und schüttelte den Kopf, als hätte sie nichts verstanden. »Ich will nicht, dass es vorbei ist. Das ist unser Leben. Lass endlich los und lass es zu.« Er kramte aus seiner Hosentasche einen gefalteten Zeitungsartikel hervor und reichte ihn ihr wie einen Vorwurf.

Rebeka überflog die Zeilen. »Die Amnestie! Da steht es. Die Ausgelagerten sollen sich in Zukunft frei niederlassen können. Wir sind frei!« Sie sah zu István auf. Hatte sie richtig verstanden?

Er nickte.

Sie machte einen Luftsprung vor Freude, drückte seine Hand, tänzelte um ihn herum. Er drehte sich auf dem Absatz ihr nach. »Freue dich, István! Verstehst du nicht, was das bedeutet?«

»Ich kann mich erst freuen, wenn wir ein amtliches Schreiben in der Hand haben.«

»Das ist eine Verordnung, beschlossen vom Parlament. Ist das nicht amtlich genug?«

»Ich will nicht, dass du enttäuscht wirst.«

Dieser Satz erinnerte sie an ihren Vater. Rebeka hörte zu tänzeln auf. Ihre Augen blitzten auf. »Lass uns zum Pfarrer gehen und uns trauen lassen, gleich morgen! Nur wir und die Takács. Dann packen wir unsere Sachen und hauen ab. Wir gehen nachts, kein Mensch wird uns bemerken. Wir schmuggeln uns auf den Zug nach Miskolc und von dort nach Budapest. Niemand wird sich für uns interessieren, jetzt wo die Verordnung da ist. Warum sollten sie uns suchen?«

»Das ist verrückt! Du wirst doch nicht kurz vor Schluss alles aufs Spiel setzen?«

»Was sollen die denn jetzt noch mit uns machen?«

»Uns einsperren?«

Rebeka schwieg. Seine Teilnahmslosigkeit dämpfte ihre Freude. Was war nur los mit ihm?

»Ich habe vorhin mit dem Ratsvorsitzenden gesprochen. Unter diesen Umständen kann er uns das Haus verpachten. Wir werden es bekommen.«

»Das Haus?« Rebeka verstand nicht.

»Wir machen seit Wochen Pläne!«

»Aber doch nur unter der Annahme, dass wir hier eingesperrt sind.«

»Ich hatte den Eindruck, du seiest glücklich mit mir.«

»Ich bin glücklich mit dir! Aber ich will mein altes Leben zurück. Es steht schwarz auf weiß in der Zeitung, was brauchen wir noch? Lass uns wie mündige Bürger gehen, fertig.«

István sank auf einen Stuhl.

Sie starrte auf seine runden schwarzen Fingernägel und das von Schweiß und Staub verdreckte Hemd. »Willst du wirklich so leben, István? Wo ist der Mann, in den ich mich einst verliebt habe?«

Irritiert zog er seine Hand zurück und verbarg die Nägel in der Faust. »Die Hochzeit bedeutet dir also nichts?«

»Das Fest?« Sie ließ die Hände sinken. »Versteh doch, ich bin nicht wie Andi. Ich bin Schauspielerin. Hast du das vergessen? Ich will mehr vom Leben, als das Feld bestellen und Kinder großziehen. Ich habe mich in einen aufstrebenden Künstler verliebt, voller Ambitionen und Ideale, nicht in einen Bauern. Einen Mann, der sich selbst nie untreu geworden wäre, der gegen Ungerechtigkeit aufbegehrte und nach etwas Höherem strebte. Einen Lehrer, der mir Standpauken hielt, ich solle mich zusammenreißen und für meine Ziele arbeiten, einen Intellektuellen, der mit mir Theaterstücke analysierte und über Gott und die Welt philosophierte. Manchmal kommt es mir vor, als gäbe es diesen Mann nicht mehr.«

Ihr Worte mussten ihn treffen. Dennoch war es ihre Pflicht, ihn aufzurütteln. Ihre Wimpern hoben sich, sie forschte in seinem Gesicht und fand dort Schmerz und Verzweiflung. Er hatte längst verstanden. Jetzt verstand auch sie. Es gab hier keine Zukunft für sie. Sie musste weggehen, auch ohne ihn.

Da wandelte sich sein Gesichtsausdruck. Wut loderte in seinen Augen, verbissen stand er am Abgrund und schien bereit zum Sprung. Sie realisierte, dass dieser Streit einer von den übleren sein würde, einer, der tagelang ging. Sie musste da durch, ihn aus seiner Bequemlichkeit herausholen, herausdrängen, wenn nötig.

»Der Mann von damals?«, brach es aus ihm heraus. Er ballte die Faust. »Ich habe mich verändert, jawohl! Über Nacht habe ich mein Leben, meine Freunde, mein Studium hingeschmissen. Ist das der Dame entgangen?«

Sie griff nach seiner Hand. Es war ein Beschwichtigungsversuch, den er mit bebender Faust abschmetterte. Rebeka wich zurück.

»Du bist undankbar!«, schrie er sie an. »Immer wirst du unzufrieden sein mit dem, was du hast. Passt dir dieses Leben nicht, dann geh doch, hau endlich ab, und hör auf, auch mein Leben elend zu machen!«

Stille, lange Stille folgte. Rebeka starrte ihn an. Viele kleine Erdbeben erschütterten sie im Inneren. Ihre Tränen brachen hervor und liefen ihre Wangen hinunter.

Er erhob sich geräuschvoll und ging zur Tür. Mit der Klinke

in der Hand verharrte er. »Geh nicht, ohne Andi auf Wiedersehen zu sagen.«

Beherrscht schloss er die Tür hinter sich.

Rebeka versuchte, nicht zu schreien. Was war gerade geschehen? Der Impuls kam ihr, ihm nachzulaufen, doch sie verharrte. Es gab keinen gemeinsamen Weg für sie. Dieses Leben konnte sie nicht mit ihm teilen, keinen Tag länger. Eher sollte der Schmerz ihr Herz zerreißen. Sie ließ sich nicht einfrieden in ein Leben auf Sparflamme. Ein Leben so klein, dass es ihr die Luft abschnürte.

Sie fasste sich an den Hals, atmete tief ein und aus, um sich zu beruhigen. Es war sein Geist, sein Scharfsinn, sein Talent, das sie liebte. Er malte nicht mehr, er las kein Buch, ihre Gespräche drehten sich um die Ernte, das Wetter, wie viel Milch Boriska gegeben hatte, wie viele Eier die Hühner legten und natürlich um die Kinder. War erst das eigene da! Außer den sich ewig wiederholenden Jahreszeiten, dem Zyklus der Saat und der Ernte war in Szolmár alles im geistigen Stillstand.

Tränen benetzten ihre Wangen. Sie holte Stift und Papier aus der Kommode und setzte sich vor das leere Blatt.

Sie stellte sich vor, wie István im Morgengrauen verkatert, mit tiefen Rändern unter den Augen, heimkam und sich umblickte. Die Stube war aufgeräumt, das Bett gemacht und säuberlich abgedeckt, als wäre es nur zum Anschauen da. Die neuen Malfarben schlummerten in Papier eingewickelt auf dem Bett, die Staffelei lehnte an der Wand.

Er näherte sich dem Briefumschlag auf der Kommode, fand seinen Namen auf ihm und hatte eigentlich schon begriffen. Dennoch trat er zum Schrank, öffnete die angelehnte Tür mit einem Finger einen Spaltbreit und fand drinnen Leere. Vielleicht nickte er. Weg also.

Alles, was sie hinterlassen hatte, waren diese Zeilen:

Liebster,

ich gehe zurück nach Budapest. Nicht aus Trotz, nicht aus Wut und nicht, um Dich zu verlassen. Ich muss fortgehen. Was ich tue, tue ich für uns. Ich habe Hoffnung, dass Du verstehen wirst und nachkommst. Ich warte auf Dich.

Deine Rebeka

PS: Ich werde bei Domokos meine Adresse hinterlassen.

35
DAS MARRIOTT-HOTEL

Budapest 2017

Eine Trennung entsteht im Bauch, nicht im Kopf. Auch lässt sie sich nicht einfach nach Plan ausführen. Sie reift im Unbewussten, steigt aus eigener Kraft an die Oberfläche und bricht im Affekt aus. Das gesprochene Wort wird zur Wirklichkeit und lässt sich nicht mehr leugnen. Weitere Worte fallen, verselbstständigen sich, sind nicht mehr zu halten.

Anna hatte nicht daran geglaubt, Michael nach ihrem Streit am Flughafen jemals wiederzusehen. Sie erinnerte sich an das wütende Aufblitzen seiner Augen, als sie ihm das Ultimatum gestellt hatte. Sie oder seine Frau!

Ihr Zug fuhr nun mit hoher Geschwindigkeit durch die eintönige Landschaft Ungarns. Rebcka neben ihr hielt die Augen geschlossen.

Anna dachte daran, wie Michael damals durch die Sicherheitskontrolle geschritten war und sie allein zurückgelassen hatte im selbst erschaffenen Vakuum ihrer Worte, mitten im geschäftigen Treiben der Abflughalle.

An Ort und Stelle wollte sie das Gesagte ungeschehen machen, hoffte, dass er sich meldete, bevor sein Flieger abhob. Doch es kam kein Anruf, keine Nachricht, nichts, auch nicht, als er längst planmäßig gelandet war. Die Nacht verbrachte sie allein, die schwülen Gerüche ihrer Liebe aus ihrem Kopfkissen einsaugend wie eine Süchtige. Sie verzehrte sich nach ihm. Sie quälte sich.

Am frühen Morgen nach ein paar Stunden des ohnmächtigen Schlafes erwachte sie vom Ton seiner Textnachricht. Er bräuchte Zeit zum Nachdenken. Sonst nichts. Das war ihre Strafe. Dabei litt er wie sie, das musste er.

Sein Schweigen war Tarnung, doch seine Kälte traf sie hart, verwandelte ihre Trauer in Wut. Ihre Freundin Maja kam, versuchte sie aus dem Sumpf ihrer zermürbenden Gedanken zu ziehen, doch sie brachte nicht einmal die Kraft auf, aus dem Bett aufzustehen.

Wochen vergingen, elende, die sie arbeitsunfähig machten. Sie verkroch sich, meldete sich krank, als endlich seine Nachricht kam. Willst du mich noch?

Mit zitternden Fingern tippte sie in ihr Handy: »Ich will dich noch«, und presste Senden.

Sie verabredeten sich im Budapester Marriott-Hotel, an ebendem Ort, an dem sich Rebekas und ihre Erinnerungen offenbar kreuzten. Michael war in Berlin ihr Gast gewesen, in Budapest war sie seiner. Sie war die Ungarin und doch die Fremde. Er führte sie an der Hand durch die Christinenstadt, dieses intime Budaer Viertel am Fuße der Burg. Sie spazierten an bunten Auslagen duftender Erdbeeren vorbei, an Süßkirschen in großen Holzkisten. Michael verschwand im Laden und kam mit einem Plastikbeutel voller Kirschen wieder. Hand in Hand, den Beutel zwischen sich schwingend, schlenderten sie durch die Gassen und kicherten wie frisch verliebte Teenager. Die Klänge eines Akkordeonspiels lockten sie in den Horváth-Garten. Unter Kastanien tranken sie Rotwein und tanzten. Die Abendsonne neigte sich bereits über den Dächern der Stadt, doch die eigentliche Frage stand noch immer zwischen ihnen. Anna lauerte, wartete auf ein

Zeichen von ihm, aber fürchtete sich, die Frage zu stellen. Es gab Wörter, die alles verderben würden.

Sie trugen den schwülen Duft der Sommernacht über die Elisabethbrücke in ihr Hotelzimmer. Dort entluden sich die Düfte, vermischten sich mit ihren Gerüchen, Wünschen, Ängsten und geflüsterten Worten.

»Ich konnte es ihr nicht sagen«, sagte er so leise, als hoffte er, sie überhörte ihn.

Wie hätte sie das nicht hören können! Es traf sie mit der Wucht eines Bebens. Seine Erklärungen hallten nach und zerplatzten.

Was schließlich zurückblieb, war das zerknüllte Laken auf dem leeren Hotelbett, Ernüchterung und die Einwegzahnbürste, die sie mitnahm – als Relikt ihrer Affäre.

36
DAS ANKERHAUS

Budapest, 2017

Von Weitem erkannte Anna Karsay, den Anwalt, am Eingang des Ankerhauses. Über seinem Kopf zog sich in der ganzen Breite der Pforte mit goldener Schrift und Großbuchstaben die Aufschrift »Az Anker«. Es war der Name der Versicherungsgesellschaft, der das Gebäude bis zur Verstaatlichung in den Fünfzigerjahren als Firmensitz gedient hatte. Der aus schwarzem Granit gefertigte Eingang erinnerte Anna an die Pforte einer Familiengruft und Karsay in seinem dunklen Anzug an den Vertreter des Beerdigungsinstituts.

Sein Gesicht hellte sich auf. Er begrüßte Rebeka mit einem breiten Lächeln. »Küss die Hand, gnädige Frau!« Anna nickte er zu. Dann gab er den Türcode ein. Die Pforte öffnete sich automatisch.

Sie traten in den von Säulen getragenen Hausflur. Feine Risse zogen sich entlang der Wände wie Spinnweben, stellenweise waren Verzierungen am Treppengeländer aus Porzellan mit gewöhnlichen Kacheln ausgebessert worden. Dennoch war das vornehme Flair vergangener Tage so allgegenwärtig zwischen den alten Mauern zu spüren wie der müde Atem einer behäbigen alten Dame.

Karsay ging voraus und schritt die ausladende Treppe hinauf. Rebeka blieb am Fuße der Treppe stehen. »Einen Fahrstuhl gibt es nicht?«, rief Anna ihm nach. Peinlich berührt von seiner Unachtsamkeit drehte Karsay um und eilte die Stufen wieder hinunter. »Verzeihen Sie, gnädige Frau. Leider ist der Fahrstuhl defekt.«

An seinem Arm schritt Rebeka Stufe für Stufe mit kleinen Pausen über das Hochparterre und das Mezzanine hinauf in den ersten Stock, der eigentlich der dritte war. Auf jeder Etage führte seitlich der breiten Treppe ein passagenartiger Gang weiter in das Gebäude hinein. Es war leicht, sich in seinen Fluren und Gängen zu verlaufen, dachte Anna, als sie den typischen Umlaufbalkon erreichten.

An der ersten Tür blieb Karsay stehen und führte den Schlüssel in das Oberschloss. Das Schloss knackte auf. Der Querriegel jedoch hakte, Karsay versuchte einen anderen Schlüssel, rüttelte etwas an ihm, so ließ sich das Querschloss entriegeln. Das Hauptschloss ließ sich problemlos öffnen. Rebeka betrachtete das Prozedere. Karsay sagte, Gitter und Riegel seien üblich in diesen Gebäuden. Anna lugte durch die Gitterstäbe eines der verhangenen Fenster in die Wohnung hinein. Vermutlich befand sich die Küche unmittelbar neben dem Eingang. Beim Eintreten war sie überrascht von der peniblen Sauberkeit und Eleganz des Vorzimmers. Warum hatte sie sich eine vernachlässigte Wohnung vorgestellt? Die Wände waren mit Grafiken und kleinformatigen Gemälden übersät. Sie gelangten von dort in das Halbdunkel des Salons – der große Raum mit sicher vier Metern Deckenhöhe ließ sich nur so nennen. Ein Flügel stand in seiner Mitte, ein kantiges Sofa mit Lesesessel und Beistelltischchen waren die einzigen Möbel. Der Fußboden war blank, auch die Rollos aus Leinen schlicht und funktional wie in einem Museum.

Ihr Blick fiel auf den großformatigen Kassák an der Wand.

Die typischen abstrakten geometrischen Formen waren ihr sofort aufgefallen. Eine Reihe von Grafiken um das Gemälde herum konnte sie auf den ersten Blick nicht einordnen.

Die Wände waren tapeziert mit Kunst. Sie entdeckte eine Zeichnung von der Frau mit Cello, vermutlich eine Vorstudie zu Róbert Berénys berühmtem Gemälde, das in der ungarischen Nationalgalerie hing. Berény sei ein Kollege Breitners an der Kunsthochschule gewesen, erklärte Karsay. Er deutete zu verschiedenen weiteren Gemälden, als dirigierte er ein Orchester. »Csernus, Vajda, Lachner!« Er rief fast mit Schadenfreude die Namen dieser großartigen ungarischen Künstler aus. Karsay und sie hatten keinen guten Start miteinander gehabt, dachte Anna.

Über die offen stehenden Flügeltüren war der Salon mit Breitners Arbeitszimmer auf der einen und dem Schlafzimmer auf der anderen Seite verbunden. Anna hatte Lust, mit ausgebreiteten Armen durch die Räume zu wandeln, doch sie blieb an einem der Fenster stehen und zog das Rollo auf. Sonnenlicht flutete den Salon. Sie entriegelte das Fensterschloss und trat hinaus auf den kleinen französischen Balkon. Tief über die Balustrade gebeugt sah sie hinab in den Berufsverkehr auf der Bajcsy Zsilinszky út. Die Hitze flimmerte über der Stadt, Straßenlärm und Staub fielen durch das Fenster in den Salon.

Karsay ermahnte sie hereinzukommen. Anna löste sich von dem Anblick der Sankt-Stephan-Basilika und den langsam schaukelnden Gondeln des Riesenrads gegenüber. Kaum war sie vom Balkon wieder in das Zimmer getreten, verschloss Karsay das Fenster hinter ihr, zog das Rollo herunter und bedachte sie mit einem tadelnden Blick, als müsste sie es besser wissen. Die Gemälde! Sie tat, als bemerkte sie seinen Tadel nicht. Das alte, nachgedunkelte Parkett knarrte geräuschvoll unter ihren Füßen. Auch im Schlafzimmer befand sich nur der nackte Holzboden, nicht einmal ein Bettvorleger. Anna sah den alten Breitner beim

Aufstehen direkt vom Bett in seine Hauspantoffeln schlüpfen. Sie trat zum Kleiderschrank, drehte an dem kleinen Schlüssel im Schloss und breitete quietschend seine Türen aus. Schneeweiße Bettwäsche und Frotteehandtüchern frisch zusammengelegt, stapelten sich in den Regalen. Sonst Leere, von Breitners Sachen, Anzügen, Schuhen keine Spur.

»Auf Dr. Breitners Wunsch haben wir die Wohnung für Ihre Ankunft hergerichtet, gnädige Frau.«

Rebeka war von den Vorkehrungen sichtlich ergriffen. Die Hand auf das Herz gepresst betrachtete sie einen beeindruckenden Strauß weißer Rosen neben dem Bett. Anna hingegen fand die Vorstellung befremdlich, in der Wohnung des Verschiedenen zu übernachten.

Plötzlich stieß Rebeka einen kleinen Schrei aus und presste die gesunde Hand auf den Mund. Anna folgte ihrem Blick zu dem Gemälde über dem Bett. Es war Rebekas Porträt, dasselbe, das Christoph inzwischen zurückgesandt hatte. Tränen füllten Rebekas Augen. »Komm, lass uns ein Glas Wasser trinken, du musst auch noch die Papiere unterschreiben.«

Karsay hatte inzwischen die Verträge auf dem Küchentisch ausgebreitet. »Wir haben ein kaltes Abendessen vorbereitet«, sagte er mit einer einladenden Handbewegung zum Kühlschrank.

»Wir werden im Marriott übernachten und vorher noch etwas essen gehen«, sagte Anna.

»Warum? Wir bleiben hier«, widersprach Rebeka.

Anna drehte sich überrascht zu ihr um. »Findest du das nicht etwas ... morbide?« Sie hatte gezögert und flüsterte das letzte Wort. Es war ihr vor Karsay unangenehm.

»Es war Róberts Wunsch.«

»Ich habe das Hotel schon bezahlt.«

»Ich bitte dich! Du kannst mich in der ersten Nacht nicht allein lassen!«

In der ersten Nacht? Wie lange wollte Rebeka hierbleiben?

Ihre Großmutter machte es sich mit demonstrativer Entschlossenheit am Küchentisch bequem. Immerhin hatte sie bitte gesagt, dachte Anna, und sah in den Kühlschrank, der tatsächlich für sie bestückt worden war. Sie nahm Butter, Käse und Wurst heraus. Ein paar frische Tomaten und Paprika von der gelben, länglichen Sorte gab sie in eine Schüssel.

Rebeka unterschrieb an den Stellen, die Karsay ihr markierte, und ließ sich erklären, welcher Schlüssel in welches Schloss passte.

Dann machte Karsay sich auf den Weg. Anna reichte ihm die Hand zum Abschied. »Bitte bemühen Sie sich nicht«, sagte er zu Rebeka. Sie erhob sich dennoch und begleitete ihn hinaus. Anna blieb allein in der Küche zurück. Sie deckte den kleinen Tisch ein und schnitt das Brot. Ein unbehagliches Gefühl erfasste sie, als sei sie schon einmal in dieser Situation gewesen. Sie fuhr mit dem großen Brotmesser durch das Brotlaib und hielt inne. Das Déjà-vu verblieb beharrlich.

Rebeka kehrte allein zurück und setzte sich mit einem genüsslichen Seufzer an den Tisch. Sie bestrich eine Brotscheibe mit Butter und belegte sie mit einigen Scheiben Fleischwurst. Anna betrachtete sie dabei und wunderte sich über die Selbstverständlichkeit, mit der sie sich beim Abendbrot gegenübersaßen.

Sie erinnerte sich an einen Besuch bei ihrer Großmutter in ihrer Kindheit. In Wirklichkeit erinnerte sie sich an die Erzählung ihrer Mutter, die sie so oft gehört hatte, dass sie die Szene vor sich sah.

Sie musste sechs Jahre alt gewesen sein. Sie saßen in Rebekas Wiener Küche um den kleinen Tisch, der eigentlich nur Platz für zwei bot. Es gab Brot mit Wurst. Vielleicht war es Fleischwurst wie diese. Die Stille wurde nur unterbrochen von kurzen Wortwechseln zwischen ihrer Mutter und ihrer Großmutter. Als

Sechsjährige verstand sie die Spitzen zwischen den Zeilen nicht, die versteckten Kränkungen waren ihr entgangen. Die Anspannung jedoch hatte sie gespürt. Sie musste in ihrem festlichen Kleid aufrecht sitzen und still sein während des Essens.

»Wir reden nicht mit vollem Mund«, ermahnte ihre Mutter sie, als sie leise nach Wasser fragte.

Anna hasste Wurst, also ließ sie die verdächtigen rosa Scheiben auf dem Teller liegen. Zu allem Übel war ihr auch noch unsagbar langweilig. Sie knetete kleine Kügelchen aus dem Brotinneren und ordnete sie in einer Reihe auf der Tischdecke an.

»Wäre sie meine Tochter, würde ich ihr die Finger abschlagen.« Rebeka sagte das so beiläufig, als machte sie eine Bemerkung über das Wetter.

Bestimmt zuckte Anna zusammen, vielleicht zog sie instinktiv die kleinen Finger ein. Doch ihrer Mutter, so hatte Edit es immer erzählt, platzte der Kragen. Sie realisierte, dass sie ihre Tochter tyrannisierte und sich verhielt wie ihre eigene Mutter, nur um vor ihr zu bestehen.

»Ich schlage meine Tochter nicht«, sagte Edit ganz ruhig. Sie stand auf und forderte Anna auf, dasselbe zu tun.

Nie wieder hatte Anna danach ihre Jeans für ein Kleidchen tauschen und bei ihrer Großmutter gerade sitzen müssen.

37
DER AMERIKANER

Ungarn 1953

Die Ereignisse der vergangenen Nacht lagen hinter Rebeka wie ein böser Traum. Das Anstarren der verschlossenen Tür, das Hoffen, István würde eintreten, mit einem versöhnlichen Lächeln auf sie zugehen, die Arme um sie legen und flüstern, alles würde gut werden; Andis Tränen, die beim Abschied wie Perlen an ihren Wangen hinunterkullerten; der Fußmarsch im Morgengrauen entlang der taubedeckten Landstraße nach Csád; die bedrängenden Blicke der Reisenden am Bahnhof. All dies hatte ihr die Kraft geraubt.

Im Zweite-Klasse-Abteil nach Budapest sank sie in ihren Sitz und fiel in einen tiefen Schlaf. Der Zug ratterte im gleichmäßigen Takt durch das ebene Land.

Rebeka öffnete einen Spaltbreit die Augen. Die aufgehende Sonne tauchte die vorbeiziehenden Weizenfelder in schwaches Licht. Wo waren sie nur? Drei Reisende waren zugestiegen. Offenbar waren sie schon warm miteinander geworden. Ihr Rückgrat schmerzte, ein bitterer Geschmack hatte sich in ihrem Mund gebildet. In der Ersten Klasse wären die Polster weicher gewesen. Ein Seufzer entwich ihr. Sie musste sparsam sein.

»Fahren Sie nach Budapest?«, kam es von ihrer Linken.

Rebeka hob den Blick zu dem jungen Mann an ihrer Seite.

Er lächelte beharrlich. »Verwandte besuchen?« Rebeka bemerkte den fremden Akzent.

»Verwandte«, sagte sie und machte einen Schlenker mit dem Handgelenk. Sie wollte in Ruhe gelassen werden.

Auf dem Sitz gegenüber reiste ein Bauer mit seiner Frau, beide herausgeputzt, sie im guten Kleid ohne Schürze, er im Kirchenanzug in Schwarz. Die rauen Hände des Alten, die sonnenverlebte Haut der Frau ließen keinen Zweifel an ihrer ländlichen Herkunft. Rebekas Augenlider zuckten. Hatten das Landleben, das Ausmisten der Kuhställe, die frostigen Nächte in der Scheune auch in ihrem Gesicht Spuren hinterlassen? Die Bäuerin holte Speck, Brot und Paprika aus ihren Beuteln hervor und bereitete ihrem Mann auf ausgelegtem Butterbrotpapier ein Frühstück. Sie bot auch dem jungen Mann an, sich zu bedienen. »Greifen Sie zu, es ist genug da!«

Er bedankte sich, er habe schon gegessen, wirklich. Beleidigt wickelte sie das Stück Speck wieder in das Papier ein.

Rebeka stellte sich schlafend. Durch den Schlitz ihrer Augen betrachtete sie die gerötete Nase des Bauern. Sie sah aus wie die Knolle einer Rübe. Mit Sicherheit trank er gern.

Die Bäuerin holte zum Nachtisch auch schon den Pálinka aus einem ihrer gehäkelten Beutel hervor.

»Darf man fragen? Sie sind nicht aus der Gegend, oder?«, fragte der Alte den jungen Mann.

»Ich komme aus Boston. Ich bin Zeitungsreporter.«

Rebeka horchte auf. Natürlich, er rollte das R in Reporter wie ein Amerikaner.

»Meine Mutter ist Ungarin.«

Die Augen des Alten leuchteten auf. Mit kindlicher Freude klatschte er in die Hände. »Die Ungarn sind überall.«

»Die Nichte meines Vetters ist auch ausgewandert«, sagte die Bäuerin.

»Das interessiert den Jungen doch nicht, Bözsi! Was macht Ihre Familie in Amerika, darf ich fragen?«

»Meine Eltern stammen aus Temesvár. Sie sind nach dem Ersten Weltkrieg in die Staaten geflüchtet.«

Die Augenbrauen des Alten machten einen Sprung. Grabentiefe Falten erschienen auf seiner Stirn. Er nickte mit einem so betroffenen Gesichtsausdruck, als wollte er den armen Jungen, der nun weitab von der Heimat leben musste, umarmen. Sein Blick erinnerte an einen Kranken, der gerade an sein Leiden erinnert worden war.

Der Amerikaner senkte nickend den Blick und versuchte, ihm die bedrückte Miene gleichzutun, vielleicht aus Höflichkeit oder weil er aus Erfahrung wusste, dass der Verweis auf den Vertrag von Trianon einen Nerv bei den Ungarn traf.

Rebeka dachte an ihren Vater, der reagiert hätte wie der Alte. Nicht nur bei ihm hatte die Erwähnung der nach dem Ersten Weltkrieg verlorenen Landesteile einen Weltschmerz erweckt, der an ein nationales Trauma grenzte.

Peinliche Stille herrschte im Abteil. Selbst sein Schmatzen hatte der Alte ausgesetzt.

Der Amerikaner räusperte sich und brach die Stille mit einer bemüht korrekten ungarischen Aussprache. »Ich arbeite an einer Reportagereihe über die sozialistischen Länder Europas. Im Juni war ich in Berlin und habe über den Arbeiteraufstand berichtet. Nun will ich zurück, um zu sehen, wie sich die Lage verändert hat.«

Der Alte kaute wieder sein Brot und machte eine wegwerfende Handbewegung. »Diese streikende Horde! Jetzt stellen sie sich nur mal vor, ein Bauer würde die Ernte nicht einbringen. Wo gäbe es denn so was?«

»Wir würden alle verhungern«, sagte die Bäuerin mit dem Brotmesser in der Hand.

»Die Hälfte der Ernte, die ganze Hälfte mussten wir dieses Jahr in Steuern abliefern. Das hat uns die Bodenreform gebracht. Darüber sollten Sie schreiben.«

Der Alte schnitt ein großes Stück Speck ab und hielt es zwischen Finger und Messer geklemmt dem Amerikaner hin.

Der lächelte verlegen und hob abwehrend die Hände.

»Ihr dort drüben esst nur das schlanke Vieh, was?« Der Alte biss selbst in den Speck und schmatzte weiter. »Streik wird es hier nicht geben. Die Russen haben denen da drüben gezeigt, was den Streikenden blüht.«

Der Amerikaner senkte den Blick und schwieg.

Die ganze Kabine roch nach Räucherspeck. Rebeka ließ sich die Übelkeit nicht anmerken. Sie hatte der Unterhaltung gelauscht, dieser Amerikaner interessierte sie. Jetzt schlug sie die Augen auf und rekelte sich, als sei sie aus einem tiefen Schlaf erwacht. »Wo sind wir?«, fragte sie mit rauer, verkaterter Stimme in die Runde.

Der Alte kaute ungestört weiter, seine Frau war im Inhalt ihrer Beutel untergetaucht.

Der Amerikaner wandte sich ihr breit grinsend zu und sagte, sie hätten vor ein paar Minuten Mezőkövesd verlassen.

Rebeka hauchte ein »Danke«, nur hörbar für ihn, als hätte er ihr einen großen Gefallen getan. Sie hatte ihn an der Angel. Als bemerkte sie sein Interesse nicht, richtete sie sich auf und prüfte ihr Aussehen im Handspiegel. Man sah ihr nicht an, wo sie herkam. Zum Glück! Sie hatte die richtige Entscheidung getroffen. Sie und István wären mit der Zeit auch geworden wie dieses verschrumpelte Bauernpärchen. István würde inzwischen ihren Brief gelesen und sie verflucht haben. Doch liebte er sie – und das tat er –, würde er ihr nachreisen.

Sie fischte den Lippenstift aus ihrer Handtasche und zog sich die Lippen nach. Hin und wieder schickte sie dem Amerikaner einen Blick über den Spiegelrand. Er sah ihr zu, die ganze Zeit. Ganz in Ruhe prüfte sie noch den Lidstrich, klappte dann mit Entschlossenheit den Spiegel zu und holte aus ihrer Handtasche den Zigarettenhalter hervor, die kleine goldene Röhre, die sie früher stets bei sich getragen hatte. Sie klemmte sie gekonnt seitlich zwischen die Zähne. »Wollen wir?«, fragte sie.

Seine Augen öffneten sich weit vor Überraschung. »Mit Vergnügen!« Er sprang auf.

Rebeka ließ sich Zeit, richtete ihr Kleid, indem sie mit den Händen von der Taille hinab über ihre Hüften strich. Der Alte starrte auf ihren Hintern. Das wusste sie.

Wiegenden Schrittes ging sie ihrem Amerikaner voraus, erfüllt von dem Gefühl, dass sie in die Welt zurückgekehrt war.

Sie tranken Espresso und rauchten Franks amerikanische Marlboro im Speisewagen. So hieß er, Frank Crary. Rebekas Strahlkraft war ungebrochen, ihre Reflexe die alten. Sie fragte ihn aus und ließ ihn reden.

Seit Stalins Tod im März hatte Frank die DDR, Polen und Ungarn bereist. Er spüre die Veränderung in der Luft, sagte er. Der Arbeiteraufstand in der DDR sei nur der Anfang gewesen. Auch in Ungarn wehe ein frischer Wind, seit Rákosi nach Moskau beordert worden war und sein Ministerpräsidentenamt an Imre Nagy hatte abgeben müssen. Nagy sei ein Reformer. Die Verbesserung des Lebensstandards der Bevölkerung stehe für ihn an erster Stelle und nicht die Investitionen in die Schwerindustrie.

Rebeka nickte zustimmend.

Doch mit Rákosi als Erstem Sekretär der Partei sei noch nicht klar, wo der Machtkampf endete, sagte Frank. Er würde Nagy zu einem Interview in Budapest treffen, bevor er nach Berlin weiterfuhr.

Rebeka lauschte gespannt. Seine Augen waren stahlblau und voller Leben. Er hatte ein markantes Gesicht und eine große, schlanke Statur. Ein gut aussehender Mann, stellte sie mit schlechtem Gewissen fest, dabei waren ihre Absichten rein pragmatisch. Sie wusste sich eben mit den Methoden einer Frau zu helfen, daran war nichts Verwerfliches.

»Also Frank, Sie müssen gute Kontakte haben. Wie sind Sie an ein Interview mit Imre Nagy gekommen?« Sie schmeichelte ihm, das funktionierte immer. Ihre Finger strichen über den kleinen Blumenstrauß auf dem Tisch, ihr Blick war fest auf seinen gerichtet.

Er hielt ihm stand und grinste über das Kompliment. Er hätte einen guten Bekannten im Außenministerium. Der hätte einen guten Draht zum Pressesekretär von Nagy. »That's all«, sagte er und blickte ihr forschend ins Gesicht. »Sie haben noch nichts über sich erzählt.«

Rebeka schlug die Augen nieder. Sie sei Schauspielerin, nein, nicht beim Film, am Theater natürlich! Sie hätte eine Tante auf dem Land besucht. Die Tante sei vor zwei Jahren ausgelagert worden. Schlimme Verhältnisse, Bewachung, Razzien in der Nacht. Mit der Amnestie sei ja jetzt alles vorbei. Tantchen könne bald wieder nach Hause.

Frank hörte aufmerksam zu. Seine Augenbrauen hoben sich. »In Budapest wird sich Ihre Tante nicht niederlassen können.«

Rebeka hob überrascht den Blick. »Sie wird keine Niederlassungserlaubnis in der Hauptstadt erhalten?«

Frank schüttelte den Kopf. »Seien Sie vorsichtig. Ihre Tante illegal bei sich aufzunehmen, ist mit großen Risiken für Sie verbunden.«

Frank reichte nach ihrer Hand. Sie zog sie gereizt zurück.

»Verzeihen Sie! Wir Amerikaner haben keine Manieren.«

Es war nicht die Berührung, die sie wütend machte, sondern das Gefühl der Ohnmacht. Sie wollte schreien, toben, jemandem heimzahlen, was ihr angetan wurde, doch sie riss sich zusammen.

Sie brauchte Frank jetzt noch viel mehr, als sie ursprünglich gedacht hatte! Sie lachte auf, etwas zu schrill, und drückte sanft seine Hand. Ja, das hätte sie bemerkt, vor den Amerikanern müsse sie sich in Acht nehmen.

Als sie am Budapester Keleti pályaudvar, dem Ostbahnhof, einfuhren, reichte sie ihm erneut die Hand, diesmal zum Abschied. Er hielt sie länger, als sich ziemte. Ob sie mit ihm zu Abend essen würde, im Duna-Hotel?

Rebeka war erledigt von dem langen Tag. Ihr leidender Gesichtsausdruck war nicht gespielt, tatsächlich war ihr schwindlig vor Erschöpfung. Wellen der Müdigkeit überkamen sie in unbekannter Intensität. Sie ballte eine Faust, mit der anderen hielt sie sich an ihrem Koffer fest. Also gut. Heute Abend gegen acht. Sie würde ihn im Hotel treffen.

Erhobenen Hauptes schritt sie mit ihrem Koffer über den Bahnsteig. Aussteigende Fahrgäste, Wartende, Kofferträger versperrten ihren Weg, doch die Beine trugen sie jetzt mühelos.

Sie bahnte sich ihren Weg aus dem Bahnhof. Ein lässiger Pfiff und ein Taxi hielt.

Sie war wieder zu Hause.

38
ALTE BEKANNTE, ALTE ORTE

Budapest 1953

Rebeka ließ sich von dem Wagen in die Váci utca zu der Kanzlei ihres Anwalts fahren. Domokos war ihr Anker in der alten Welt. Er musste Bescheid wissen über Reserven ihres Vaters, sie aufklären, wie es mit ihrem Recht auf ihr Eigentum stand. Eine Niederlassungserlaubnis würde mit den richtigen Kontakten und etwas Kleingeld zu beschaffen sein.

Doch so sehr sein rundes Gesicht aufleuchtete, als er sie erblickte und sie in heller Aufregung zum Sofa führte, so wenig konnte er ihr helfen. Er reichte ihr ein Tablett mit zuckerüberzogenen Krapfen und schob sich selbst einen in den Mund, als bliebe ihm kein anderer Trost. Der Sitz unter ihr hob sich, als Domokos sich neben sie setzte. Eine Niederlassungserlaubnis? Bedauernd sah er sie an. Da sei nichts zu machen. Mit ihrem Kadereintrag eine Anstellung am Theater? Unmöglich! Sein halsloser Kopf schien sich in dem gewaltigen Körper verstecken zu wollen. Das Belvárosi sei verstaatlicht worden und operiere als das Kammertheater des Nemzeti. Selbst ihr Onkel Géza hätte sich in die Provinz abgesetzt, auch ihm sei die Luft in Budapest zu dünn geworden. Mit der einen Hand hielt er die Kaffeetasse, mit der anderen reichte er nach einem weiteren Zuckerkrapfen.

Puderzucker weißte seine Lippen. Vielleicht eine administrative Stelle? Er könne sich umhören. Als er Rebekas Blick sah, schüttelte er den Kopf. »Rebeka, Liebe! Nun schauen Sie nicht so entsetzt. Seit zwei Jahren wird dem Volk vorgelogen, Leute wie Sie seien Verbrecher. Sie müssen verstehen, die Menschen sind verunsichert. Selbst die Vernünftigen trauen sich nicht, Bürgerliche einzustellen. Auch mein Geschäft ist nahezu zum Erliegen gekommen.« Domokos rieb sich über den Hinterkopf. »Sie brauchen eine Unterkunft. Warten Sie! Ich habe einen Bekannten in Gödöllő, vielleicht weiß der jemanden, der ein Zimmer vermietet.«

»Gödöllő?« Rebeka stellte die Kaffeetasse ab, bereit zum Gehen.

»Liebe Rebeka, Sie werden nicht in Budapest bleiben können.«

»Mit allem Respekt, Herr Domokos! Machen Sie ein paar Anrufe, bestechen Sie Leute, wenn nötig. Das kann nicht so schwer sein.«

Der Anwalt senkte den Blick. »Ich verliere meine Lizenz. Es sind schwere Zeiten, auch für mich.«

»Was ist mit den Reserven meines Vaters?«

»Ich weiß von keinen Reserven. Alle Konten ihres Vaters wurden beschlagnahmt. Die Fabrik, das Haus, die Villa in Balatonföldvár, alles ist weg.«

Rebeka sah in das große, ruhige, glänzende Gesicht. Sagte er die Wahrheit? Alles, was sie dort fand, war aufrichtiges Mitgefühl, als sähe er noch immer das kleine Mädchen von früher in ihr.

Es seien ungerechte, verfluchte Zeiten, murmelte er.

Rebeka lehnte höflich ab, ein paar Nächte bei ihm und seiner Frau zu verbringen. Sie sehnte sich nach den weißen Armen ihrer Amme und der ruhigen Stimme, mit der sie sie als Kind in den Schlaf gewogen hatte. Ob Dada noch lebte? Rebeka hatte ihr nie vom Tod ihres Vaters geschrieben. Verlassen zu werden war leichter, als den Tod zu akzeptieren. Man konnte den anderen hassen.

Wenig später brauste sie in einem Taxi über die rekonstruierte Kettenbrücke, die in ihrem alten Glanz erstrahlte. Die Donau schimmerte grün im Sonnenlicht. Zu ihrer Linken lag die Ruine der einst so majestätischen Burg, vor ihr die Budaer Berge. Sie sollte hier nicht mehr willkommen sein? In ihrem Geburtshaus wohne nun eine Beamtenfamilie, hatte Domokos gesagt. Gegen die Enteignung könne kein Einspruch eingelegt werden.

Sie presste die Lippen fest aufeinander; Entschlossenheit funkelte in ihren Augen. Der Wagen fuhr entlang der jahrhundertealten Allee, auf der sich hinter hohen Steinmauern die Villen der Gegend reihten.

Sie bogen in die Ördögárok utca. Aus der Entfernung erblickte Rebeka schon das Eckhaus aus rotem Backstein. Die Villa stand noch, solide und still. Der Flieder wucherte über den Zaun und war bis an die Fenster hochgewachsen. Rebeka blieb auf der Straße stehen. In den großen Bogenfenstern an der vorderen Straßenfront hingen neue Vorhänge. Sie nahm tief Luft und stieg die Treppen hinauf. Ihr Zeigefinger berührte vorsichtig die Klingel. Sie las Szabó auf dem Klingelschild, den Nachnamen, den auch sie eines Tages tragen würde.

Sie verharrte horchend. Schon wollte sie kehrtmachen, da fiel ihr Blick auf die Rosenbüsche ihrer Mutter links und rechts vom Treppenaufgang. Prächtige Rosenköpfe blühten, als wäre nichts geschehen. Rebeka wünschte sich Genugtuung.

Schritte näherten sich. Sie hielt die Luft an.

Eine junge Frau öffnete. Sie trug ein Kind auf dem Arm. Es sah Rebeka mit großen neugierigen Augen an. Rebekas Kehle war trocken. Das freundliche Lächeln dieser Frau traf sie unvorbereitet.

»Ist Ihnen nicht gut, gnädige Frau?«

»Wissen Sie etwas über die früheren Besitzer dieses Hauses?«
Die junge Frau neigte ahnungslos den Kopf zur Seite. »Man
sagte uns, sie seien ausgewandert. Waren es Bekannte von Ihnen?«

Rebeka nickte. Ausgewandert. Das klang viel besser, nicht?
Die Hausfrau legte schützend den Arm um das Kind und zog
sich ein Stück hinter der Eingangstür zurück. Auch ihr Lächeln
war vergangen. Sie sahen einander tief in die Augen. Diese Leute
waren Mittäter an den Grausamkeiten, die ihr und ihrer Familie angetan wurden. Sie wollte dieser Frau klarmachen, wofür
sie mitverantwortlich war! Doch ein Schwindelgefühl überkam
sie. Das Licht vor ihren Augen erlosch für einen Augenblick. Sie
stützte sich am Geländer ab. Was tat sie hier? Sie wusste es nicht
mehr. Wie hatte sie sich Genugtuung von diesem Besuch erhof-
fen können?

Sie wandte sich zu den Rosenbüschen um und stieg, das Geländer haltend, die Treppen hinab. »Ich wollte Sie nicht belästigen, verzeihen Sie«, rief sie zurück und hob entschuldigend die
Hand. Wie sehr sehnte sie sich nach István und seiner beruhigenden Stimme.

»Möchten Sie eine Tasse Tee?«, fragte die Hausfrau hastig.
Rebeka wandte sich um. Die Dringlichkeit in ihrer Stimme überraschte sie.

Die junge Frau riskierte sogar ein Lächeln und machte die Eingangstür weiter auf. »Bitte, das ist das Mindeste!«

Das Mindeste, wiederholte Rebeka in Gedanken. Sie versuchte,
mit trockener Kehle zu schlucken. »Ein Tee würde guttun.«

Die Hausfrau ging voraus in den Salon und setzte das Kind in
sein Laufgitter. Es zog sich an den Stangen hoch und guckte neugierig heraus.

In dem Haus hatte sich einiges verändert. An dem Platz des Ohrensessels, in dem ihr Vater Abend für Abend gesessen hatte, stand nun ein gelbes Sofa. Eine gehäkelte Fransendecke war auf dem Boden ausgebreitet. Bauklötze lagen herum.

Frau Szabó reichte ihr Tee, fertig gezuckert mit Zitrone. Er schmeckte ein wenig süß, doch wohltuend.

»Ich fühle mich in dem großen Haus manchmal etwas verloren«, sagte die Hausfrau und wandte verlegen den Blick ab. Erst jetzt bemerkte Rebeka den Babybauch. Er zeichnete sich wie eine kleine Kugel unter ihrem Kleid ab. »Mein Mann und ich stammen aus einfachen Verhältnissen. Er hat in Moskau studiert. Wir waren viele Jahre getrennt und hatten kaum Geld.« Sie nippte an dem Tee, ließ die Tasse wieder in ihren Schoß sinken. »Das waren schwere Zeiten, auch für uns.« Das klang wie eine Rechtfertigung. Rebeka nickte. Sie schwiegen. Die Teetassen ruhten in ihren Schößen. Es war ein versöhnliches, hastiges Schweigen.

Rebeka zwang sich zu einem Lächeln und reichte der jungen Frau ihre Tasse. »Danke!«

»Ich bringe Sie hinaus.« Sie gingen, die Hausfrau voran, mit zügigen Schritten über den Flur zum Eingang.

»Sie haben mir Ihren Namen noch nicht verraten«, sagte die Hausfrau an der Tür.

»Ich heiße Szabó. Genau wie Sie.«

39
DAS WIEDERSEHEN

Budapest 1953

Rebeka schleppte ihren Koffer über den Donaukorso. Ihre alte Freundin Dóra, wahrscheinlich längst verheiratet, war auf ihren guten Ruf ebenso bedacht wie einst Breitner. Auch Dada konnte sie nicht um Hilfe bitten. Sie sollte nicht glauben, dass sie nur zu ihr kam, weil sie sonst keine Bleibe hatte. Das Hungergefühl wurde immer intensiver. Sie hatte seit den mitgebrachten Broten im Zug den ganzen Tag nichts gegessen und ihren Hunger mit Zigaretten gestillt.

Der alte Glanz des Donau-Korsos mit seiner Hotelzeile aus dem Carlton, Ritz, Hungária und dem Bristol gehörte der Vergangenheit an. Das einsam in der Baulücke stehende Duna-Hotel war das einzige Fünf-Sterne-Haus am Pester Donauufer, das den Krieg überstanden hatte. Für westliche Geschäftsleute, Touristen und Journalisten war dies eine beliebte Adresse geblieben. Auch Frank hatte sich hier eingebucht.

Rebeka erfrischte sich kurz auf der Toilette, gab ihren Koffer an der Rezeption ab und ließ sich in einem der einladenden Lobbysessel nieder, um nicht als Erste zu ihrem Treffen zu erscheinen. Ihren Kopf ließ sie auf dem Polster der Lehne ruhen. Nur für einen Moment. Sie atmete den unverwechselbaren Duft von

Leder, Zigarren und altem, mit Möbelpolitur behandeltem Holz ein, der hier über Jahrzehnte gereift war. Er erinnerte sie an ihren Vater.

Nur ein paar Minuten konnten verstrichen sein, in denen sie die Augen geschlossen hielt. Sie richtete sich wieder auf, fischte die Puderdose aus ihrer Handtasche und kontrollierte ihr Make-up. Über den Spiegelrand fielen ihr drei Männer an der Hotelbar auf. Tadellos geschnittene Anzüge, dünne Krawatten, zwei von ihnen dunkelhaarig, zweifellos Italiener. Der dritte trug Grau und gestikulierte stark. Guter Gott! Sie klappte den Spiegel zu. Das war Róbert! Er stand mit dem Rücken zu ihr, keine zehn Schritte von ihr entfernt.

Ihr Herz pumpte. Sie spürte die Röte in ihren Wangen. Ignorieren. Bloß nicht hinsehen! Konnte es Zufall sein, dass sie aufeinandertrafen? Sie erstickte diesen Gedanken und mahnte sich zur Ruhe.

Als hätte er ihren Blick gespürt, wandte Breitner sich um. Er hörte mitten im Satz auf zu reden. Ihre Blicke verhakten sich. Rebeka spürte das Ticken der Wanduhr wie eine Serie kleiner Erdbeben in ihrem Körper. Sie rührte sich nicht, hielt seinem Blick stand mit fest zusammengekniffenen Lippen. Breitner schien sich bei seinen Gesprächspartnern zu entschuldigen und wies in ihre Richtung. Die Italiener sahen neugierig zu ihr.

Rebeka suchte Zuflucht bei einer Zigarette. Das Streichholz zitterte und wollte erst nicht zünden. Hastig blies sie den Rauch zur Decke. Nach einer Weile riskierte sie erneut den Blick in seine Richtung. Er unterhielt sich wieder angeregt, als wäre nichts geschehen. Wie unverschämt! Sie drückte die angerauchte Zigarette aus und richtete sich auf.

Breitner machte eine Geste der Entschuldigung zu seinen Gästen. Dann kam er mit geschmeidigen Schritten auf sie zu.

»Rebeka!«

Sie blieb sitzen.

»Bezaubernd sehen Sie aus!«

Sie wartete auf mehr. Breitner forschte in ihrem Gesicht. Er schwitzte, offensichtlich. Wie oft musste er sich ein Wiedersehen mit ihr ausgemalt haben? Die Worte, erlesen wie edler Wein, musste er sich zurechtgelegt haben. Doch die Vorbereitung war offenbar umsonst gewesen. Ja, sie sah bezaubernd aus! War das alles, was ihm einfiel?

Seine Floskeln prallten an ihr ab. Sie machte sich unberührbar für ihn. Er musste diesen Blick kennen. Nacht für Nacht muss er ihre Stimme im Schlaf gehört haben. Er hätte doch nie aufgehört, sie zu lieben, würde er sagen. Selbst bei Péter Gábor, dem Chef der AVH, sei er angekrochen gekommen. Vergebens. Man hätte ihn gewarnt, er solle von der Bárdossy ablassen, wolle er seinen Posten an der Hochschule behalten. Hätten sich die Wogen erst geglättet, könne man etwas versuchen.

»Rebeka, ich bitte Sie!« Das klang grob, so konnte er es nicht gemeint haben. »Ich muss jetzt mit diesen Gentlemen zu Abend essen. Treffen Sie mich später auf ein Glas Wein, dann können wir reden.« Wieder stimmte der Ton nicht – was war nur los mit ihm?

Ernüchtert erhob sie sich. Schamesröte schoss in ihr Gesicht. Wie hatte sie nur hoffen können, hoffen auf Hilfe von ihm?

Breitner fasste sich an den Kragen. Seine Sache drohte zu scheitern. Was er getan hatte, habe er doch für sie beide getan, würde er zu ihr sagen, nachher bei dem Glas Wein. Er hätte ihr etwas bieten wollen, ein schönes Leben, ein Haus, einen Status. Sie verstand ihn doch? Dafür hätte er sich zunächst distanzieren müssen. Doch dann: der erhängte Vater! So etwas kalkulierte man nicht ein. Es wäre zu spät gewesen, bevor alles anfing. Sie wäre weg gewesen. Das Haus verschlossen, die Rollläden heruntergelassen, der Eingang mit dem Staatssiegel versehen. Diese Stille!

Er hatte sie im Stich gelassen, ohne es gewollt zu haben. Dann ließ sie sich auch noch von diesem Szabó trösten, diesem Rebellen, der bereit war, alles für sie hinzuwerfen. Drei Wochen vor der Verteidigung seiner Diplomarbeit abgehauen mit einer Bürgerlichen. Was für ein Narr! Talent sei eben nicht alles. Diesen Leuten mangele es am Verständnis für soziale Zusammenhänge. Das sei eine Frage des Intellekts. Vielleicht hielt er sich für einen Helden. Zurück konnte er jedenfalls nicht. Rebeka hingegen sei aus dem gleichen Holz geschnitzt wie er selbst. Sie hätte eine klare Vorstellung von ihrem Platz in der Gesellschaft.

Sie sah ihm an, wie sehr er litt.

»Rebeka, bitte hören Sie mich an!« Noch ein Anlauf. Die Vorstellung, sie hätte sich ihm hingegeben, diesem Szabó, musste ihn gequält haben. Bestimmt schlief er schlecht, stürzte sich in die Arbeit, veröffentlichte, reiste, hielt Reden auf Konferenzen. Sie sah ihm den Erfolg an. Vielleicht hatte er eine großbürgerliche Wohnung in der Innenstadt mit riesigen Zimmern, Flügeltüren und französischen Fenstern bezogen, zugewiesen für sozialistische Verdienste. Wer die Eigentümer gewesen waren, hatte er bestimmt nicht nachgefragt.

»Ich möchte mich entschuldigen, in angemessener Form. Ich möchte wissen, wie es Ihnen geht.«

Sie verbarg ihre Verachtung nicht. »Wie es mir geht? Das kann ich Ihnen sagen. Mein Geld reicht gerade noch für ein Taxi. Eine Parkbank wird sich für die Nacht schon finden. Mein Vater ist tot. Zwei Jahre meines Lebens habe ich eingesperrt in einem Achthundert-Seelen-Dorf verbracht, in meinem Elternhaus lebt eine fremde Familie, und am Theater wird mich keiner einstellen. In Budapest darf sich meinesgleichen ohnehin nicht mehr blicken lassen.« Mit einer Hand in die Hüfte gestützt, den Blick nach oben gerichtet, überlegte sie. »Warten Sie, ach ja, mein Verlobter ist ein feiger Hund. Er hat mich in der Not im Stich gelassen.«

Sie ließ ihn stehen. Die Italiener an der Bar schauten ihr mit Neugier hinterher.

Im Hotelrestaurant spielte leise Salonmusik. Frank wartete an einem Zweiertisch. Rebekas Gesichtsausdruck verriet, dass etwas vorgefallen war. Besorgt erhob er sich und drückte im Stehen seine Zigarette aus.

»Macht es Ihnen etwas aus? Ich möchte gehen.«

Er nickte ruhig, hinterließ etwas Kleingeld auf dem Tisch und reichte ihr den Arm. Ohne Hast schritten sie durch die Lobby, vorbei an der Bar, wie ein Liebespaar hinaus in den Sommerabend.

Ein laues Lüftchen wehte auf der Promenade. Touristen posierten im Sonnenuntergang vor der Silhouette der zerbombten Burg.

Franks Ruhe entspannte sie. Er stellte keine Fragen. Wortlos gingen sie eine Weile nebeneinander her in angenehmer Stille. Sie war zu erschöpft für die Rolle, die sie ihm vorgespielt hatte. »Ich habe keine Tante in Szolmár«, sagte sie.

»Möchten Sie sich setzen?«

»Lassen Sie uns weiterlaufen, wenn es Ihnen nichts ausmacht.«

Es machte ihm nichts aus. Frank war von Berufs wegen ein guter Zuhörer. Das schätzte sie. Sein Interesse, seine Ruhe halfen ihr, sich zu öffnen. Sie erzählte von ihrem Leben vor der Verbannung, der Verlobung mit Breitner, ihrem Vater, diesem Narr, der nur das Beste für sie gewollt hatte.

An manchen Stellen hob Frank die Brauen, seine Stirn legte sich in Falten. Manchmal verzog sich sein Mund zu einem Lächeln, oder er nickte. Er verstand. Sie sprach von der Auslagerung, den Widrigkeiten und den schönen Momenten in Szolmár, von Andi, der guten Seele.

»Wie hat sie mich angefleht, nicht wegzugehen, István nicht zu verlassen.«

Wärme ging von ihm aus und Wohlwollen. »Wieso haben Sie Ihren Verlobten verlassen?«

Rebeka schwieg. Wo sollte sie anfangen? Inzwischen war es dunkel geworden. Sie hatten die Promenade verlassen und spazierten die belebte Váci utca entlang. In der Nummer 9 war einst das Corso mozi, ihr Lieblingskino, gewesen. Das Kino gab es nicht mehr. Einiges hatte sich in Pest verändert wie auch in ihrem Leben.

Erleichtert fand sie ein paar Eingänge weiter das Kaffeehaus Anna. Kerzenschein funkelte in den Fenstern, schwarz-weiß gekleidete Kellner huschten um die runden, mit Spitze eingedeckten Tischchen, als wäre hier die Zeit stehen geblieben. Rebeka trat gedankenverloren in die Drehtür. Frank folgte ihr.

»Bringen Sie uns zwei Kognak und die Speisekarte«, wies sie den Kellner an. Sie hatten an einem der Fenstertische Platz genommen.

»Auf leeren Magen?«

Rebeka seufzte. »Dort drüben saß ich, als István mich ansprach.« Sie zeigte zu den Tischen am Tresen. Eine ältere Dame nippte an ihrem Sekt. Sie war etwas zu aufwendig zurechtgemacht für ihr Alter. »István ist ein Träumer, wissen Sie? Eine Kämpfernatur, wie ich ist er nicht. Einst sagte er zu mir, die Welt bräuchte Menschen, die sich auflehnen, um das Räderwerk der Maschinerie zum Knirschen zu bringen. Ich dachte damals, er meinte sich selbst. Ich habe mich getäuscht.«

Der Kellner brachte die Getränke. Sie hob das Kognakglas zum Mund und nahm einen großen Schluck. Mit dem Glas in der Hand verharrte sie. »Die Schufterei, die Drohungen, die Abhängigkeit von der Güte anderer hat ihn seine Träume vergessen lassen. Kaum hat er sich Respekt verschafft, macht er es sich gemütlich. Er will nun Bauer werden, ein Haus pachten. Und Kinder. Er redet schon lange von Kindern. Ich kann mich nicht verbiegen, wissen Sie? Meine Träume, die Schauspielerei aufgeben?«

Frank schien zu verstehen. Er selbst war ein Mensch, der ohne das Reisen, das aufregende Neue schnell rastlos wurde. So viel wusste Rebeka schon von ihm.

»Ich musste ihm die Augen öffnen, verstehen Sie? Er wird mir nachkommen, und eines Tages wird er mir dankbar sein.«

Frank musste nicht antworten. Sie fühlte sich von ihm verstanden. Sie steckte sich eine Zigarette an, blies den Rauch aus und sah sich nachdenklich in dem von Kronleuchtern beleuchteten Saal um. Paare tanzten zu den Klängen des Klaviers, andere unterhielten sich an kleinen Kaffeetischen.

Er bewundere Rebekas Mut, sagte Frank. »Es ist leicht, den Weg des geringsten Widerstandes zu gehen. Menschen wie Sie, Rebeka, haben Amerika aufgebaut. Menschen wie meine Mutter, die den Mut hatten, wieder und wieder neu anzufangen, um ihr Glück zu finden.«

Rebeka musste lächeln.

»Im Anna gibt es Edelnutten. Wussten Sie das?«

Frank stutzte. »Ist Prostitution hier nicht verboten?«

»Schauen Sie die da drüben mit dem Hut und dem edlen Halsschmuck. Der ist bestimmt nicht von ihrem Verlobten. Oder die ältere Dame am Tresen? Ich wette, sie wartet auf einen jungen Mann, der ihr ein Abendessen spendiert.«

Frank schüttelte den Kopf. »Woher weiß ich, welche eine ist und welche nicht?«

»Das können Sie so genau nicht wissen«, lachte Rebeka. »Das macht den Reiz der Sache aus, oder nicht?« Es war ein befreites, bezauberndes Lachen. Sie fühlte sich wohl mit Frank, aus irgendeinem Grund vertraute sie ihm. »Aber Schluss jetzt. Erzählen Sie, wie lief das Interview mit Imre Nagy?«

»Wir haben uns eine Stunde lang über Kunst, Fotografie und

Paris unterhalten. Erst dann ging es um seine Agrarpolitik und das Parteiprogramm. Er ist ein hochgebildeter, sympathischer Mann.« Frank überlegte. »Was werden Sie nun tun? Haben Sie Bekannte, bei denen Sie bleiben können?«

»Ich bin eine dieser Illegalen, von denen Sie gesprochen haben.« Rebeka lächelte geheimnisvoll. »Eine Freundin hat mich vorübergehend aufgenommen.« Sie schlug die Augen nieder, dachte an ihren Koffer im Hotel. Es gab keine Freundin, die sie erwartete. Was sie anfangen würde, nachdem sie sich von Frank verabschiedet hatte, wusste sie nicht, doch sie konnte ihn nicht um Hilfe bitten. Es hätte ausgesehen, als hätte sie ihm ihre Geschichte nur anvertraut, um ihm Geld abzunehmen.

»Erlauben Sie mir, einen Bekannten anzurufen. Vielleicht kann er helfen, Ihnen eine Niederlassungserlaubnis zu besorgen. Wie ich Ungarn inzwischen kenne, gibt es stets eine Ausnahme von der Regel. Das macht nicht nur die ungarische Sprache so schwierig.«

»Das würden Sie tun?« Sie strahlte ihn an.

Auch er lächelte, dann wandte er den Blick von ihr ab.

Sie gingen zusammen zurück zum Hotel. Ihre Freundin wohne nur ein paar Ecken entfernt. Rebeka bestand darauf, allein weiterzugehen. Frank gab ihr seine Visitenkarte. Auf der Rückseite notierte er die Adresse seines Bekannten. Rebeka verstaute die Karte in ihrer Handtasche und drückte seine Hand sanft mit beiden Händen. Sie empfand aufrichtige Zuneigung für ihren Amerikaner.

Die Geste gefiel ihm. Sie gefiel ihm, so etwas bemerkte sie. Sie schenkte ihm einen verlegenen Blick zum Abschied und ihre leicht geöffneten Lippen.

»Wiedersehen!«, sagte er.

Er hatte dem Wunsch widerstanden, sie zu küssen. Vielleicht sah er ihr nach, lauschte den kleinen, zügigen Schritten, mit denen sie an der Ecke in eine Gasse einbog und verschwand. Vielleicht wartete er, bis der Hall ihrer Absätze völlig verklungen war, steckte sich noch eine Zigarette an und überlegte, was er mit der angebrochenen Nacht anfangen sollte. Vielleicht erlaubte er sich auch ein Spielchen seiner Fantasie, indem der Klang ihrer Schritte auf dem Asphalt wieder auflebte und sie zu ihm zurückkam. Sie trat auf der Stelle, kramte eine Zigarette aus der angebrochenen Packung hervor. Vor Erschöpfung wankend lehnte sie an der Hauswand und steckte sich die Zigarette an. Sie hob einen Fuß aus dem Schuh, streckte die schmerzenden Zehen und schlüpfte wieder hinein.

In der Dunkelheit fuhren nur Taxis zu so später Stunde. Schatten tauchten auf und verschwanden. Rebeka sah sich mit Unbehagen um und zog an der Zigarette. Es war nur die Glut, die knisterte. Wo sollte sie hin? Ihr Knöchel kippte im Schuh zur Seite. Wie eine Prostituierte, die auf Kundschaft wartet, lehnte sie an der Hauswand.

Mit Verachtung für sich selbst richtete sie sich auf und schnipste die angerauchte Zigarette weg. Es war Zeit, ihren Koffer zu holen. Sie hielt die Luft an, horchte kurz und bog um die Ecke, komme, was wolle. Ihre Schritte wurden lauter, schneller, entschlossener. Der Platz vor dem Hotel war menschenleer. Was für eine Anmaßung zu glauben, Frank würde auf ihre Rückkehr warten! Den Blick auf den Boden gerichtet schritt sie zügig am Portier vorbei zur Rezeption.

Während sie auf ihren Koffer wartete, glitt ihr Blick über den blank polierten Marmorboden zur Bar. Dort hatte Róbert gestanden.

Eine Hand auf ihrer Schulter ließ sie den Kopf heben. Rebeka sank das Herz.

»Brauchen Sie ein Taxi, Fräulein?« Der Portier sah sie fragend an und reichte ihr den Koffer.

Sie verneinte, dankte ihm im Flüsterton und gab ihm das Trinkgeld. Hätte Frank sanft ihre Schulter angetippt, sie wäre ihm in die Arme gefallen. So tief war sie gesunken. Wütend über sich selbst ergriff sie ihren Koffer, wandte sich zum Ausgang und ging auf die Drehtür zu.

Da rief jemand ihren Namen. Sie stoppte, blickte sich um. Ein neues Trugbild ihrer Fantasie musste sie zum Narren halten. Sie schwankte.

Den grauen Anzug leger aufgeknüpft lüpfte Róbert seinen Hut vor ihr. Sie starrte ratlos in sein Gesicht. Dann konnte sie die Tränen nicht mehr zurückhalten und ließ die Arme sinken. Der Koffer glitt aus ihrer Hand und fiel zu Boden.

40
OFFENE WORTE

Budapest 2017

Nach dem Abendessen breitete Anna ihre in der Drogerie ge-
kauften Kosmetika im Badezimmer aus. Am Morgen würde sie
dieselbe zerknitterte Bluse anziehen müssen. Ihr Zimmer blickte
durch Gitterstäbe auf den Umlaufbalkon. Was machte sie nur
hier?

Sie band die Haare in einen Knoten und schäumte sich das
Gesicht mit der nach künstlichem Honig duftenden Waschcreme
ein. Sie hinterließ ein quietschig sauberes Gefühl auf der Haut.
Unter der Dusche wusch sie sich, als müsste sie sich den Tag von
der Haut schrubben. Sie hatte keine Lust mehr auf den schönen
Schein, den Rebeka so gern wahrte.

Mit nassen Haaren ging sie hinaus, das Handy in der Hand,
in ihrem kurzen Nachthemd, das sie auf dem Weg vom Bahnhof zusammen mit dem Nötigsten gekauft hatte. Die Reste ihres
Abendessens hatte Rebeka auf dem Küchentisch stehen lassen,
als würden sie sich von allein wegräumen. Anna fand sie im Lesesessel im Salon. Auf dem Nierentischchen stand eine Flasche
Sherry mit zwei Schwenkern.

»Trink noch ein Glas mit mir!«, winkte ihr Rebeka, als müssten sie etwas feiern.

Anna setzte sich auf das Sofa gegenüber, faltete die nackten Beine unter sich und legte das Telefon in den Schoß.

Rebeka schenkte ihr ein.

»Danke, ich trinke nicht.«

Rebekas Morgenmantel öffnete sich leicht und gab das Dekolleté und einen Teil ihrer Schulter frei. Der Anblick der verblühten, weißen Haut überraschte Anna. Sie erinnerte an zerknitterte Seide.

Kurz entschlossen hob Rebeka das volle Glas zum Mund und trank seinen Inhalt aus. Sie stellte das Glas zurück auf das Tischchen und ließ sich mit einem genüsslichen Seufzer in den Lesesessel zurücksinken. Ihre halterlosen Brüste zeichneten sich durch den dünnen Nachthemdstoff ab. Anna konnte ihren Blick nicht abwenden. Sie wölbten sich wie wunderbar reife Birnen durch das Hemd. Sie musste sich zwingen, in Rebekas Gesicht zu sehen und nicht länger auf ihre Brüste zu starren.

Dank des Alkohols hatten sich Rebekas Gesichtszüge entspannt, ja, die Fältchen um den mild lächelnden Mund fast geglättet. Anna beneidete sie um ihre Unbeschwertheit, die ihr selbst in den letzten Tagen abhandengekommen war. Kurz entschlossen reichte sie nach dem Sherry, um sich auch einzuschenken.

Rebeka lächelte mit geschlossenen Augen. Ihre gute Hand klopfte den Takt zu einer Musik, die nur sie hörte.

Anna nahm einen kräftigen Schluck und schloss ebenfalls die Augen. Der Alkohol brannte sich süß und heiß ihren Hals hinunter und entfaltete seine Wirkung.

Das schlechte Gewissen stellte sich sofort ein. Sie wusste, dass Alkohol auch in kleinen Mengen das Nervensystem des Neugeborenen schädigte. Mechanisch nahm sie ihr Handy, scrollte durch Facebook, aktualisierte ihre E-Mails, die sie erst vor einer Minute angesehen hatte. Es wird kein Neugeborenes geben, schoss es durch ihren Kopf.

Sie schaute vom Telefon auf. »Ich bin schwanger.« Sie presste die Hand auf ihren Mund, ihr war, als müsste sie sich übergeben. Sie wusste, dass die Übelkeit sich in wenigen Momenten verflüchtigen würde. Was bliebe, wären die Tränen, die ihr unkontrolliert die Wangen herunterliefen.

In diesem Augenblick wurde Anna klar, was sie sich bisher nicht hatte eingestehen wollen. Sie hatte nicht die Kraft, dieses Kind abzutreiben.

»Michael ist 54 Jahre alt. Er will keine Kinder. Ich fühle mich überfordert auch nur beim Gedanken daran. Wir haben ein erfülltes Leben, verstehst du? Es gibt Menschen, die sind nicht als Eltern geschaffen.« Sie gestikulierte mit dem Handy in der Hand, lechzte nach Mitgefühl, einem empathischen Blick wenigstens.

Rebeka blickte sie mit einem Gleichmut an, als prallten Annas Worte an ihr ab wie Regentropfen von einer Fensterscheibe. »Leute machen Fehler. Ich habe den Vater deiner Mutter verlassen, weil ich dachte, ich verdiente ein besseres Leben. Er war der einzige Mann, den ich je geliebt habe.« Nachdenklich wanderte Rebekas Blick an die Decke, als suchte sie dort nach den richtigen Worten. »Das Glück, Anna, ist nicht bombastisch, nicht ekstatisch. Es ist unscheinbar wie eine stille Geste oder ein Lächeln. Es ist wie Wasser, das dir durch die Finger rinnt. Das wusste ich damals nicht.«

Anna richtete sich in ihrem Sitz auf. »Ich dachte, Breitner hätte dich verlassen?«

»Róbert?« Rebeka lachte auf, schüttelte den Kopf, als wäre das unmöglich. »Diese Wohnung ist nicht nur seine Abbitte. Sie ist auch meine Strafe!« Sie prostete zur Decke, als würde Róbert von dort auf sie herabsehen. »Er wollte mir zeigen, was ich verpasst habe, das Leben, das ich mit ihm hätte haben können.« Rebeka schwenkte ihr Glas und betrachtete, wie die ölige Flüssigkeit langsam an der Glaswand herunterfloss. »Ich hatte einen

Fehler gemacht, der sich nicht wiedergutmachen ließ. So blieb ich mit meiner Tochter allein.« Sie nahm einen Schluck und fing an zu lachen. Es war ein schrilles, befremdliches Lachen. Unwillkürlich wich Anna mit dem Oberkörper zurück und betrachtete die alte Frau wie eine Fremde.

Rebeka fing sich wieder, als hätte sie sich ermahnt, Haltung zu bewahren. »Glück war etwas, das István mit mir nicht finden konnte.« Jetzt flüsterte sie, als hätte sie nur laut gedacht.

Anna hielt ihren Atem an. »István?«

»István, Róbert -« Sie machte eine Handbewegung, als wäre alles gleich. »Sie alle nicht, mein Kind. Ich bin nicht für das Glück geschaffen, weder für das kleine noch das große.«

Anna erinnerte sich plötzlich daran, wie Szabó sie in seinem Haus angeschaut hatte, als suchte er in ihren Gesichtszügen nach seinen eigenen. »Sie erinnern mich an sie«, hatte er gesagt und sich in seinem Stuhl zurückgelehnt. Sie dachte an den prüfenden Blick, mit dem er Michael während ihres Handschlags bedacht hatte wie ein Vater den zukünftigen Schwiegersohn. War Szabó ihr Großvater?

Die Erinnerungen kamen in Fetzen zurück: seine sich verdüsternde Miene beim Blick in den dunklen Himmel. Galt der Blick in Wahrheit ihrer Frage nach dem Vater ihrer Mutter? Wusste Szabó von seiner Tochter? Wollte er von ihr wissen? Er hatte nicht nach ihr gefragt.

»Du solltest Verantwortung für dein Kind übernehmen«, sagte Rebeka und riss Anna damit aus den Gedanken.

»Verantwortung?« Wütend richtete Anna sich auf. Musste sie sich von dieser Frau anhören, was Verantwortung bedeutete?

»Du selbst hast bereut, meine Mutter bekommen zu haben!«

Rebeka hielt Annas Blick stand und winkte ab, als hätte Anna nichts verstanden. Dann warf sie den Kopf zurück, erhob sich und wandte ihr den Rücken zu. Mit dem Sherry in der guten, ihrem

Glas in der anderen Hand ging sie barfüßig ins Schlafzimmer. Der offene Morgenmantel schleifte auf dem Boden hinter ihr her.

Anna blieb in Ratlosigkeit zurück, als die Flügeltüren leise hinter ihr zufielen.

Wie konnte sie sich der gewaltigen Verantwortung stellen, ein Kind zur Welt zu bringen? Hatte sie sich all die Jahre vor der ungeheuren Herausforderung des Mutterseins hinter Michael und seinem Alter versteckt? Waren sie schon jetzt ermüdet von den Aufgaben des Lebens? Wo sie doch gemeinsam alles schafften!

Beflügelt von ihrer Liebe hatte Michael einst Hunderte Kilometer durch die Nacht zurücklegt, um am Morgen mit Croissants vor ihrer Tür zu stehen. Pack deine Sachen, wir fahren an die Ostsee! Ihre nackten Beine auf dem Armaturenbrett seines alten Benz, die Zigarette zwischen den Fingern, klopfte sie die Rhythmen der Stones mit. Er hielt den Blick auf der Fahrbahn, doch sie wusste, dass er den Anblick ihrer nackten Beine im Augenwinkel kaum aushielt, oder die Art, wie sie die Lippen schürzte und den Rauch durch das offene Fenster blies.

Das war einige Wochen nach ihrem missglückten Wiedersehen in Budapest gewesen – der Beginn ihres gemeinsamen Lebens.

Rebeka hatte recht. Glück bedeutete mehr als diese Verrücktheiten, Grenzüberschreitungen, diese wahnsinnige Verliebtheit. Im Laufe der Jahre hatten sie mehr als nur die blauen Gauloises aufgegeben, doch der Wahnsinn war dem Gefühl des Einsseins gewichen. Sie kannte Michael so gut, manchmal fiel es ihr schwer, ihn nicht mitten im Satz zu unterbrechen, weil sie schon vorher wusste, was er als Nächstes sagen würde. Aus Höflichkeit hielt sie sich zurück. Nicht so mit ihren uralten Freundinnen. Ihre Unterhaltungen bestanden aus Gedankenfetzen, Blitzen, halb zu Ende gesprochenen Sätzen. Eine begann, die andere wusste schon, ein Handzeichen genügte, und sie setzte beim nächsten Gedanken an. Peng, peng, es war ein Hin und Her.

Mit Michael funktionierte das nicht. War die Geschwindigkeit aus ihrer Beziehung gewichen? Hatten sie vergessen, wie es sich anfühlte, das Gesicht in den Fahrtwind zu halten?

Annas Finger krampften sich um das Handy, als suchte sie Halt.

Sie wähle seine Nummer. Es klingelte zweimal, dreimal, gleich würde die Mailbox rangehen. Sie brach den Anruf ab und seufzte. Die Kraft hatte sie verlassen.

Kaum hatte sich das Zittern ihrer Hände gelegt, vibrierte das Handy in ihrem Schoß.

»Anna! Warte, lass mich mal rausgehen!«

Zwischen Fotomappen und Bergen von Abzügen hatte Michael das Telefon wahrscheinlich erst freilegen müssen. Wie sollte er sie aus dieser völlig anderen Welt heraus verstehen können? Sie hörte hallende Schritte auf dem Boden. »Anna?«

»Ich werde das Baby bekommen«, sagte sie leise.

Stille.

»Hatten wir nicht eine Entscheidung getroffen?« Er sprach behutsam wie mit einer Kranken und betonte das »Wir«, als hätte nicht er die Entscheidung für sie beide getroffen, ihre Zweifel formuliert, als wären es Fakten, und es hingestellt, als hätten sie eine Wahl.

Doch so war es nicht. Sie hatte keine Wahl.

»Ich kann nicht anders. Ich muss dieses Kind behalten.« Ihre Worte klangen so endgültig; ihr blieb keine Chance für ein Zurück.

Die Leitung wurde wieder still. Sie sah vor sich, wie sich Michaels Stirn in Falten legte, wie die Wut in ihm aufstieg. Wieder ein Ultimatum.

»Ich weiß, du willst dieses Kind nicht«, presste sie mühsam hervor. »Ich möchte dich nicht zwingen, ich will kein Opfer von dir. Es tut mir leid.«

Mehr gab es nicht zu sagen. Sie legte auf.

41

ISTVÁNS WEGE

Budapest 1953

István sehnte sich nach einem Leben fernab von den Höhen und Tiefen, die er mit Rebeka erlebt hatte, fernab vom Kunstbetrieb der Hochschule, wo er nicht mehr willkommen war. Er sah sich selbst auf einem alten retuschierten Familienfoto mit Frau und Kindern, der Hund dösend zu ihren Füßen. Mit ehrlicher Arbeit wollte er seine Familie ernähren, mehr erwartete er nicht vom Leben.

Am Budapester Keleti fand er eine funktionierende Telefonzelle. Sein Zeigefinger wanderte über die Zeilen im Telefonbuch, seitenweise Varga, bis er auf Rudis alte Adresse traf. Er machte sich auf den Weg in den alten Kiez. Beim Fleischer auf der Rákóczi út holte er sich 20 Deka Blutwurst mit Brot. Die Wurst war köstlich, das Brot frisch, vom gleichen Tag. Er aß an einem der Stehtische, genehmigte sich einen Gespritzten und beobachtete das Treiben auf der Straße. Der Gestank der Stadt, die Menschenmassen strengten ihn an.

Am Kiosk an der Ecke kaufte er die Tageszeitung und bog in ein Labyrinth aus Hinterhöfen. Hier war einst sein Zuhause gewesen. Inzwischen war ihm die Enge seiner alten Stubenküche unvorstellbar geworden. Er sehnte sich nach der Weite des Ackers, dem fernen Glockenläuten im Tal. In dem mehrstöckigen Mietshaus wimmelte es von Leben. Ein paar Jungs spielten Fußball im Hof. Flinke Füße scharrten auf dem Steinboden, Pfiffe und Schreie, hier und da ein ausgedehntes Fluchen. Mit der Hand auf dem abgegriffenen Geländer stieg István die Treppen hinauf in die erste Etage. Vor der Nr. 12 blieb er stehen und lauschte. Sein Herz klopfte. Er steckte sich das Hemd in die Hose und atmete durch. Würde Éva allein sein? Das schlechte Gewissen plagte ihn noch immer. Hatte sie ihm die gemeinsame Nacht verziehen? Bei ihrem Treffen in Szolmár schien sie ihm sein damaliges Verschwinden nicht nachzutragen, doch Éva konnte Frust und Trauer tief in sich begraben, und dort im Innern brodelte es weiter wie in einem Vulkan. Er drückte den Klingelknopf.

»István!«

Das Erste, was ihm auffiel, waren die Schatten, die ihre Augen rahmten. Vor Überraschung presste sie die Hand auf den Mund. »Ich kann's nicht glauben!«

István umarmte sie, hob sie hoch – seine zierliche Éva! Der kleine Spatzenkopf wippte vor Freude. Reinkommen solle er endlich. Rudi sei noch bei der Arbeit. »Wie der sich freuen wird!«

István schaute sich um, suchte nach einem kleinen Rudi, der sich hinter dem Rock seiner Mutter versteckte, doch Éva war allein.

Ihr Einfluss auf Rudis Leben war nicht zu verkennen. Die Stube war aufgeräumt, das Bett auf Kante gefaltet. Tischdecken, Topfblumen, keine Spur von leeren Bierflaschen und überquellenden Aschenbechern. Ein paar von Évas Fotografien schmückten die Wand. Es waren Bilder aus ihrem Schattenstudium, István konnte sich an die Motive erinnern. Spuren von Rudi fand er erst beim zweiten Hinsehen: die Gitarre, die an der Wand lehnte, die Bücher, der Stapel zusammengelegter Zeitungen auf dem Fußboden und an dem kleinen Schreibtisch am Fenster, dessen Beine sich unter dem Durcheinander von Papieren, Büchern und Zeitschriften bogen. Den Schreibtisch rühre sie nicht an, sagte sie und lachte.

Sie bot ihm einen Stuhl zum Sitzen an und überschüttete ihn mit Fragen. Gewissenhaft erzählte er, ohne etwas zu beschönigen. So kurz vor der Hochzeit, ja, so sei es gewesen. »Ich bin geheilt, Éva, ein für alle Mal!«

Éva nickte, doch er sah ihr an, dass sie an seinen Worten zweifelte. Sie hatte Rebeka noch nie gemocht. Sie ging in die Küche, um Wasser aufzusetzen.

»Rudi promoviert!«, rief sie. István hörte das Wasser in den Kessel sprudeln. »Das Geld ist knapp, aber wir kommen über die Runden. Hast du schon gegessen? Ich habe Bohnensuppe da.« Ohne eine Antwort abzuwarten, kam sie mit zwei Tellern und Brot wieder. »Es wird nur ein paar Minuten dauern.« Sie lehnte am Türrahmen. Die Hände hielt sie verborgen in den Taschen ihrer Schürze und betrachtete ihn.

»Geht es dir gut, Éva?«

Seine Nachfrage zauberte ein verhaltenes Lächeln in ihr Gesicht. »Das Kinderkriegen ist nicht so einfach, aber wir arbeiten daran.« Sie kam näher, setzte sich zu ihm an den Tisch.

»Das ist gut, Kinder sind etwas Schönes.«

Éva nickte. »István, ich weiß, du willst nicht über sie reden, aber ich muss ...«

»Lass mich dich ansehen!«, unterbrach er sie, nahm ihre Hand in seine, beugte sich zu ihr und schüttelte leicht den Kopf, als könne er seinen Augen nicht trauen. »Kleine Éva!«

Sie zog sanft ihre Hand zurück.

»Fotografierst du noch?«, fragte er, um das Thema endgültig zu wechseln.

Sie machte eine rechtfertigende Geste. »Wir haben geheiratet. Ich bin schwanger geworden. Da habe ich mit der Uni aufgehört.« Tränen rannten über ihre Wangen.

Er verstand nicht, forschte in ihrem Gesicht.

»Ich habe es verloren, István.« Sie stand wieder auf und wandte sich von ihm ab.

»Bestimmt wirst du bald wieder schwanger«, sagte er und ärgerte sich über die Banalität dieses Satzes. Er wollte zu ihr gehen, sie tröstend umarmen, da hörte er ihr Schluchzen.

»So leicht ist das nicht«, sagte sie und blickte ihn wieder an. »Manchmal denke ich, es war besser so. Rudi und ich, wir streiten viel. Keine sechs Monate waren es, dass ich zu ihm zurückgekehrt war, da ist er schon wieder huren gegangen. Ich war schwanger, da sind deine Sinne hochempfindlich.« Ihre Stimme brach.

Jetzt verstand István – die Schatten unter ihren Augen, die fragile Statur. Die Wut brodelte in ihm.

»Es war so eindeutig, er bemühte sich noch nicht einmal, es zu verheimlichen. Ganze Nächte blieb er weg. Ich lag wach und heulte in mein Kissen. Deshalb ist dieses Kind gestorben.« Ihre Hand strich über den Bauch. »Es wollte nicht in eine Familie geboren werden, die keine war.«

Dieser Hurensohn! Er hatte ihn gewarnt.

Éva legte beschwichtigend ihre Hand auf seine Brust. Sie konnte ihm den Zorn offenbar ansehen. »Weißt du, was das Schlimmste ist? Im Grunde liebt er mich. Wir hatten das schon tausendmal. Wie oft ist er vor mir auf die Knie gefallen und hat geschworen, dass es nie wieder vorkommt. Er nennt mich seine Elfe, beteuert, dass er mich über alles liebt, und dann, nach nur ein paar Wochen, geht alles von vorne los. Er kann nicht anders. Seine Hurerei ist eine Sucht, es ist eine Krankheit.«

»Das ist gewaltiger Pferdemist, Éva!« István ballte die Faust. »Jetzt nimm ihn noch in Schutz! Ich werde das regeln, du wirst sehen.«

»Misch dich nicht ein, István.« Ihre Miene war ernst, der Blick fest auf ihn gerichtet.

Das Blut pulsierte in Istváns Schläfen, seine Gedanken rotierten. Wie sollte er sich da raushalten?! Éva ging ihn etwas an – und wie sie ihn etwas anging. Er konnte nicht ertragen, dass sie unglücklich war. Er liebte sie wie eine Schwester.

Da! Wie mit einem Paukenschlag war ihm alles klar. Es war so eindeutig, er konnte nicht glauben, nicht schon vor Jahren darauf gekommen zu sein. An dem Morgen, als dieses Geschöpf in nichts als sein Hemd gekleidet in seinem Bett erwacht war und ihn angesehen hatte mit ihren sehnsüchtigen Augen, schon da hätte es ihm aufgehen müssen.

»Hör mir jetzt gut zu, Éva. Du musst ihn verlassen!«

Éva schaute erschrocken, als wäre ihr dieser Gedanke noch nie gekommen. »Lass das, István!« Sie zog ihre Hand zurück, doch Istváns Blick fixierte sie.

»Hör mich an«, wiederholte er. »Ich werde für dich sorgen, du kannst dich auf mich verlassen. Siehst du nicht? Wir sind genau richtig füreinander. Ich achte dich, und ich liebe dich wie meine Schwester. Wir haben diese Verbindung, findest du nicht? Was brauchen wir mehr als Respekt, Zuneigung und Freundschaft? Zum Teufel mit der Leidenschaft. Die Glut erkaltet, was bleibt, ist Schmutz und Asche. Ich will diese Tortur nicht mehr. Ich sehne mich nach einem Heim, einer Frau und Kindern. Ich will für dich da sein, Éva.«

Sie starrte ihn an wie einen Verrückten, doch als er erneut ansetzen wollte, schüttelte sie energisch den Kopf und wandte sich ab. »Lass das!«

»Ich hätte dich an dem Morgen nicht allein lassen dürfen. Gott, habe ich mich schlecht gefühlt! Aber damals konnte ich nicht anders. Das ist vorbei. Endgültig vorbei. Doch, hör mir zu! Dieser Abschnitt ist abgeschlossen, und ich bin froh darüber. Es ist, als wäre eine Last von mir gefallen.«

Éva wandte sich ab und heftete den Blick auf den Boden.

»Ich habe noch keine Arbeit, noch weiß ich nicht einmal, wo ich die Nacht verbringen werde, aber ich werde ein neues Leben aufbauen. Ein neues Leben für uns. Du sollst wieder fotografieren. Diese dunklen Ringe sollen unter deinen Augen verschwinden. Ich will, dass diese Lippen wieder lächeln.«

Er drehte sie zu sich und strich zärtlich über ihre Mundwinkel, als könnte er damit das Lächeln zurückbringen. Und tatsächlich, die Lippen stülpten sich unter, als wollten sie gegen das Lächeln ankämpfen.

»Hör auf damit, István. Ich bin zu müde für das alles. Ich erwarte mehr vom Leben, als geliebt zu werden wie eine Schwester. Das ist mir nicht genug.« Ihr Ton war sachlich, leise. »Rudi verursacht mir Schmetterlinge im Bauch. Aber eben auch Kummer. Das eine geht nicht ohne das andere.«

Er wollte sie unterbrechen, doch diesmal hob sie die Hand, und gebot ihm zu schweigen. »Richte du dich ein in deinem neuen Leben, finde heraus, was du willst. Mir einen Antrag zu machen, einer verheirateten Frau! Du Dummkopf, das geht so nicht! Du bist auch nicht fertig mit Rebeka. Man wird nicht vor seiner Hochzeit verlassen und vergisst im Nu alles. Das braucht Zeit. Außerdem gibt es etwas, das ich dir sagen muss.« Ihre Hand schlüpfte in die Schürzentasche. Die Teekanne pfiff. Éva forderte ihn auf, sich nicht vom Fleck zu rühren, und eilte in die Küche.

István ließ sich auf den Stuhl nieder und starrte durch das Fenster auf die gegenüberliegende Hauswand. Je mehr er darüber nachdachte, desto mehr empfand er ein Leben mit Éva als die natürliche Konsequenz all dessen, was in den letzten Jahren passiert war. Er dachte an Andi und Lajos, die miteinander verheiratet worden waren. Lajos war ein anständiger, hart arbeitender Mann. Er hatte gutmütige, warme Augen, das hatte Andi ausgereicht, um ihre Wahl zu treffen. Sie achteten einander und machten sich ein glückliches Leben. Zum Teufel mit den Schmetterlingen! Er stellte sich Éva vor, wie sie Abend für Abend in der leeren Küche neben dem kalt gewordenen Braten auf Rudi wartete, der nicht kam.

Éva brachte den Tee, doch István hatte seine Jacke angezogen und stand an der Tür. Es sei schon vier, besser, er begegnete Rudi nicht. »Ich meine es ernst. Es mag ein Impuls gewesen sein, aber ein langer Reifungsprozess ist dem vorausgegangen. Lass uns beide darüber schlafen.«

Er würde sich bald wieder melden, sobald er sein Leben geregelt hätte und ihr etwas bieten könne, sagte er noch und küsste der überraschten Éva die linke Hand. In der anderen hielt sie die Teekanne.

42
DER NEUBEGINN

Érd bei Budapest 1953–1954

István nahm sich ein Zimmer zur Untermiete in Érd, einem Dorf in der Umgebung von Budapest. Seine Vermieterin, Frau Janovics, lebte mit ihren vier Katzen bequem von der üppigen Kriegspension ihres Mannes. In der Stube der Dreizimmerwohnung bevölkerten Porzellanpüppchen das Sofa. István fühlte sich zwischen den lauernden Schlafaugen beobachtet. Wollte er sich setzen, musste er die Puppen vom Sofa auf dafür vorgesehene Häkeldeckchen umbetten. Er bewegte sich wie in einem Porzellanmuseum aus Angst, bei einer unvorsichtigen Bewegung bemalte Hunde, Katzen, Kaninchen oder die graziöse Tänzerin aus Glas in die Tiefe zu reißen. Bunter Stillleben-Kitsch und ein Wandteppich mit Jagdmotiv ließen das Weiß der Wände kaum durchscheinen. Trotz der zwanghaften Bemühungen seiner Hausdame um Sauberkeit hatte István unentwegt Katzenhaare an der Hose.

Er lebte seit etwas mehr als drei Monaten bei der Witwe und hatte eine Anstellung bei dem Tischler des Dorfes, Onkel Pali, gefunden – einem liebenswürdigen alten Trinker, der fluchen konnte wie kein anderer –, als Éva endlich seine Einladung, sich mit ihm zu treffen, annahm. István zweifelte keinen Tag an seinem Vorhaben, sie zur Mutter seiner Kinder zu machen. Er wartete beharrlich und ging Rudi aus dem Weg.

Sie trafen sich zu einer Fahrradtour im Érder Wald. Die Herbstsonne strahlte mit matter Wärme durch die Baumkronen. István stoppte am Waldrand. Sie stiegen von den Rädern ab, ließen sie umgekippt auf dem Waldboden liegen und stapften durch das hohe Laub. Évas Unbekümmertheit erinnerte István an alte Zeiten. Er zog sie hinter sich her, schneller und schneller, bis sie stolperten und hinabsanken in das weiche Blätterbett. Hoch über ihnen brach das Licht durch das Geäst, spielte in Honig-, Rost- und Rottönen. Éva drehte den Kopf zu ihm. Alles schien möglich in diesem Licht. Er wühlte im Laub nach ihrer Hand, ihre Finger fanden und paarten sich wie Glieder einer Kette. Sie ließ ihre Hand lange in seiner verweilen.

Nach diesem Nachmittag trafen sie sich wieder, heimlich, immer öfter und unvorsichtiger. Man musste sie für ein Liebespaar halten, und je mehr Zeit verging, desto mehr glaubten auch sie selbst daran.

Professor Kovács, Istváns ehemaliger Lehrer von der Hochschule, wohnte in der Gegend. István verbrachte lange Abende mit dem Professor und begleitete ihn auf seine Vogelbeobachtungen. Das Licht und die Ruhe in des Professors Werkstatt verführten ihn, die Arbeit an seinen alten Projekten wieder aufzunehmen. Ihre Gespräche über Kunst und Politik, die handwerkliche Arbeit am Tag und seine Treffen mit Éva erfüllten ihn.

Es war Mitte Januar des Jahres 1954, als Éva mit einem Koffer in der Hand bei ihm eintraf und ihm ihr Leben, ihre Zukunft und ihre Liebe anbot. Mit dem gekränkten Blick einer betrogenen Ehefrau vermaß Frau Janovics die junge Verlobte, als sie István samt ihren Koffern in sein Zimmer folgte.

Professor Kovács bot dem jungen Paar an, ihnen das zwar stark renovierungsbedürftige, doch geräumige Dienstbotenhaus zu vermieten, das auf seinem Grundstück seit den Kriegsjahren leer stand. Das Dach war undicht, doch Istváns Augen leuchteten auf. Zusammen mit dem Professor machten sie sich noch an demselben Wochenende an die Arbeit.

Éva strahlte vor Freude, als sie sich im großen Garten umsah. Im Frühling blühten hier Obstbäume und Forsythien. Nichts hätte dieses Glück trüben können, wäre da nicht ihre krankhafte Angst gewesen, István könne sie verlassen. Ihre Angst war wie ein Wahn, und sie war grundlos. Beim Abschied am Morgen, wenn István zur Arbeit ging, schossen ihr Tränen in die Augen. Er versuchte, sie zu beruhigen, nahm sich Zeit, hob sie in seinen Schoß wie ein versehrtes Kind. In Gedanken machte er Rudi für ihre Verletzlichkeit verantwortlich. Die Ringe unter ihren Augen waren bald zurückgekehrt. István machte sich Vorwürfe, sie sei nicht glücklich mit ihm.

Eines Tages löste sich das Problem wie von Gottes Hand. Éva wurde schwanger. Sie hörte zu weinen auf, die Röte kehrte in ihre Wangen zurück. Wie eine Vogelmutter bereitete sie das Nest für ihre Küken, nähte Kleidchen, bestickte Lätzchen. Sie werkelte, bemalte und wurde runder dabei. István nahm die Veränderung mit Erleichterung wahr und freute sich auf das Kind.

43
NATURGEWALTEN

Érd und Budapest 1956

Zwei Jahre gingen ins Land. Vielleicht war es ein Zeichen, als im Januar 1956 ein Erdbeben das Land erschütterte und ein bitterkalter Winter die Donau meterdick zufrieren ließ. Der Frühling kündigte sich mit einem bedrohlichen Rauschen an. Mit dem Tauwetter setzten sich die Eismassen auf der Donau in Bewegung. Die Eisschollen krachten, verkanteten, türmten sich in einen gewaltigen Staudamm. Die Wassermassen bahnten sich mit ungeheuerlicher Kraft den Weg in das Hinterland und überfluteten Dörfer und Städte entlang des Flusses.

István hatte im Radio von der Neubestattung Rajks, des ehemaligen Außenministers, gehört, der Jahre zuvor wegen Spionage hingerichtet worden war. Rajk sei unschuldig gewesen, sagten sie jetzt. Er erinnerte sich an den Nachmittag bei Légrády mit Levin und diesem Amerikaner, der behauptet hatte, die Partei hätte ein Exempel an dem Außenminister statuiert. Damals zweifelte István, doch seither war vieles geschehen.

In Istváns Leben war alles so, wie er es sich gewünscht hatte. Er hatte Arbeit, ein Haus mit Geranien in den Fensterläden, eine Frau, die ihn liebte, und einen Sohn, der schon Papa sagen konnte. Es wagte es kaum, sich einzugestehen, dass er das Familienleben als einengend empfand. Er sehnte sich nach den Gesprächen mit seinen alten Freunden und wünschte sich vor allem, Rudi wieder ins Gesicht sehen zu können.

Er flüchtete sich in die Arbeit, verbrachte ganze Wochenenden in der Werkstatt des Professors. In diesen Phasen war er hochproduktiv, kaum ansprechbar, bekam zu wenig Schlaf, trank zu viel wie früher, doch der Rückzug in seine Gedankenwelt erfüllte ihn. Er arbeitete nur für sich, ohne den Anspruch, seine Kunst auszustellen oder gar eine Wirkung zu erzielen.

Die Gespräche mit dem Professor kompensierten den Verlust seiner Freunde in einem gewissen Maße. Sie diskutierten oft nächtelang über Politik. Der für harmlos gehaltene Ornithologe vertrat handfeste, ja, radikale politische Ansichten. Kovács war überzeugt, es fehle nicht viel, bis das Fass überlief. Nagys Abgang sei ein klarer Fall von Vertrauensverlust aus Moskau. Seine Demokratisierungsversuche seien der sowjetischen Führung zu gefährlich geworden. Es sei nur eine Frage der Zeit, bis die Verhältnisse von 1953 wiederhergestellt werden würden. »Da können wir uns warm anziehen«, sagte der Alte und putzte gedankenversunken seine Hornbrille. »Sie müssen nur mit offenen Augen durch die Welt gehen, um zu erkennen, wie es in den Menschen brodelt. Die Opposition um Nagy formiert sich.«

»Glauben Sie an einen Putsch?«, fragte István mit zusammengekniffenen Augen.

Der Alte zuckte mit den Schultern.

Der 1. Mai war ein Feiertag, der Tag der Arbeit, der Tag des Volkes, der Arbeiterklasse, Tag der Aufmärsche und der Machtdemonstration der Kommunistischen Partei. Es war ein sonniger Frühlingstag, an dem von der bedrückten Stimmung im Land nicht viel zu spüren war. Die Parteileitung posierte zuversichtlich auf der Tribüne, die Hauptstadt war in die Nationalfarben gehüllt. Blumen schmückten die Fensterläden entlang der Ringstraßen. Der Verkehr wurde zwischen dem Heldenplatz und der Dózsa György út abgesperrt. Ganze Betriebsbelegschaften versammelten sich mit Transparenten, Ordner hielten Schilder hoch, die die Leute nach Bezirken einteilten. Die festlich gekleidete Menge rollte Fähnchen winkend an der Tribüne vorbei. Sich hier durchzudrängeln war nahezu unmöglich. Als die Nationalhymne aus den Lautsprechern ertönte, kam die Menge zum Stehen. Ergriffene Gesichter, sich bewegende Lippen, der uralte Nationalstolz der Ungarn ergriff die Menschen, die Sorgen des Alltags wichen. Endlich war der Frühling da; jeder war draußen, absolvierte den Umzug, versicherte sich, von Arbeitskollegen, Vorgesetzten, Parteigenossen gesehen zu werden und freute sich auf das Picknick danach. Am Nachmittag war das Gedränge am Eingang zum Stadtwäldchen am größten, wo man an Bier- und Würstchenständen seine Marken einlösen konnte. Der künstlich angelegte Ententeich im Stadtwäldchen war einer der beliebtesten Plätze zum Picknick nach dem Umzug, die Promenade um den Teich der Ort zum Flanieren. Hier kamen sie aufeinander zu. Die Kinderwagen hielten, Blicke verhakten sich, ein Ausweichen war nicht möglich.

Istvá́n zog die Schlüsse, die er ziehen musste. Er starrte auf die großen Kinderaugen, die zur Mutter hinaufblickten und spüren mussten, dass etwas Bedeutendes vor sich ging. Dann hob er den Blick zu Rebeka, bohrte, forschte in ihrem Gesicht und fand dort Kälte, sonst nichts. Es war unwirklich, es schmerzte. Sie trug den Kopf hoch erhoben, beobachtete das Geschehen wie eine Unbeteiligte. Istvá́n verschränkte die Arme vor der Brust und hätte schreien können, so schön war sie, verdammt, wie eine Dame von Welt an Breitners Seite! Der Schmerz übermannte ihn. Dem Ausbruch nahe hätte er gern eine Szene gemacht, Rebeka an den

Kopf geworfen, was sie war. Wie alt war dieses Kind? Lange schien sie ihm nicht nachgetrauert zu haben.

Doch zu einer Konfrontation kam es nicht. Er hörte sich Höflichkeiten mit Breitner austauschen, erwiderte Floskeln und Nachfragen nach dem Befinden.

Rebeka hingegen sprach kein Wort. Sie war dazu nicht in der Lage. Jede Faser ihres Körpers spannte sie, um nicht zusammenzubrechen und Istváns hasserfülltem Blick standzuhalten. Sie sah herab auf die Frau, die an seinen verschränkten Armen Halt suchte, sich an ihn klammerte und verzweifelt versuchte, die Verhältnisse klarzustellen. Die falsche Schlange! Éva muss diese Begegnung gefürchtet haben wie ihren eigenen Tod. Hochschwanger hatte Rebeka einst Rudi aufgesucht und ihn angefleht, ihren István zurückzuholen. Ihren Kugelbauch betrachtend hatte Rudi ihr einen Stuhl wie einer Kranken untergeschoben und gemurmelt, diesen Volltrottel würde er ihr, wenn nötig, an den Haaren herbeischleifen. Und Éva? Mit mildem Lächeln hatte sie die ganze Zeit danebengesessen und in ihrer Teetasse gerührt. Ihre Gelassenheit, dieses ungerührte, fast schon apathisch wirkende, verstockte Gesicht mit den leicht verzogenen Mundwinkeln hatte Rebeka damals der gegenseitigen Abneigung beigemessen. Jetzt erst verstand sie. Éva hatte sich in Schock befunden. Dem Alter dieses Jungen nach – er war István wie aus dem Gesicht geschnitten – musste Éva kurze Zeit später Rudi verlassen haben.

István machte Konversation mit Róbert wie ein Profi, doch sein inneres Zittern, Toben, Beben konnte er noch so zu verbergen versuchen. Seine verstohlenen Blicke zu Edit waren Rebeka nicht entgangen. Erkannte er seine Tochter? Sie hatte seine Augen. Auch das stumme Drängeln seiner Frau entging ihr nicht; István bemerkte davon offenbar nichts. Dabei kämpfte Éva, schnappte an seiner Seite nach Luft wie eine Ertrinkende.

Scheinbar war er zu sehr mit sich selbst beschäftigt, mit seinem zu engen Hemdkragen und damit, selbst atmen zu können. Der Goldring an seiner Hand blitzte auf. Rebeka schwankte.

Sie verabschiedeten sich wie zivilisierte Leute, alte Bekannte, die sich nichts zu sagen hatten. Schön zu sehen, dass sie alle wohlauf seien. Alles Gute, leben Sie wohl! Zum Abschied lüpfte Breitner den Hut, und sie spazierten davon.

Auf dem Weg nach Hause gingen István und Éva wortlos nebeneinander her. Er wusste, dass sein Schweigen sie verletzte. Angestrengt suchte er nach beruhigenden Worten. Er wollte ihr versichern, dass keine Gefahr bestand, dass der Anblick von Rebeka ihn nicht erschütterte, bis ins Mark verletzte. Dass dieses Kind ihn nicht eifersüchtig machte. Wie leicht wäre es gewesen, seine Frau in die Arme zu nehmen, ihr ein Lächeln zu schenken. Dummerchen, mach dir keine Sorgen!

Aber er brachte es nicht über sich, sie zu belügen. Er lenkte das Gespräch auf das prächtige Wetter, fragte, ob sie noch Lust auf ein Würstchen hätte. Und der Moment würde vorbeigehen, wie auch das Schauspiel aus Blicken und Gesten Éva entgangen sein wird, so hoffte er.

Wovon er nicht sprach, beschäftigte ihn nicht, so stellte er sich das vor, so wollte er es haben. Zu Hause würde er sich wieder in die Arbeit stürzen und Éva wäre für ihn da, würde dafür sorgten, dass er genug aß, Schlaf bekam und sich nicht in Selbstzweifeln verzehrte. Sie tat dies mit großer Hingabe. Drängte er sie, selbst wieder etwas mit ihrem Leben anzufangen, war sie gekränkt. Warum fotografiere sie nicht mehr? Es war ja nicht so, dass er ihre Strapazen als Mutter, die Arbeit im Haushalt nicht zu schätzen wusste. Sie kümmerte sich um Isti, sorgte für frische Wäsche im Schrank und dass warmes Essen auf den Tisch kam, jeden Tag. Doch schon lange hatte István aufgehört, mit ihr über seine Arbeit zu sprechen. Es war unmöglich geworden, einen Satz zu beenden. Mitten in der Unterhaltung ließ sie sich ablenken, wischte dem Kind den Mund oder ermahnte es, gerade zu sitzen. Immer öfter blieb István an den Abenden in der Werkstatt, ging mit dem Professor ein paar Bier trinken oder fuhr in die Stadt, um sich mit Levin zu treffen. Wieso sie nicht mal zu einer der politischen Versammlungen mitkäme? Ja, wo solle sie den Kleinen lassen, empörte sich Éva dann. Ihn auch noch mitnehmen, damit sie sich alle zusammen verhaften lassen konnten?

44
IN AUFRUHR

Budapest 1956

Der Professor führte István und Levin in den Petőfi-Kreis ein, einem spontanen Zusammenschluss von liberalen Kommunisten. Der Diskurs mit intellektuellen Visionären eines besseren Sozialismus zog sie in ihren Bann. Nächtelang diskutierten sie über Politik wie einst in Studienzeiten. Levin brachte manchmal Frank mit, einen Reporter aus den USA, den István vor Jahren in Légradys Haus kennengelernt hatte. Frank hielt sich in dieser Zeit viel in Budapest auf. Er spürte die politische Veränderung kommen und wollte vor Ort sein, wenn das Pulverfass explodierte.

Das Treffen des Petőfi-Kreises fand an diesem sonnigen Herbstnachmittag im Offiziersklub in der Innenstadt statt. Frank, Levin und István hatten sich Plätze gesichert. Der Raum füllte sich allmählich.

»Versteh mich nicht falsch«, sagte Frank zu István und hob die Handflächen wie zur Rechtfertigung. »Ich verschließe mich gegenüber der Grundidee des Sozialismus nicht. Aber ohne Privateigentum würde auch eine Regierung unter Imre Nagy scheitern.«

»Wären die Arbeiter Eigentümer ihrer Betriebe ...«

»There you go!«, unterbrach ihn Frank.

István stöhnte. Er unterbrach ihn ständig, das nervte. Dennoch hatte István inzwischen seine direkte, unverfälschte Art schätzen gelernt.

Eine Blondine schritt mit dem federnden Gang eines Mannequins an ihnen vorbei. Sie drehten die Köpfe nach ihr um.

»Mit deinen Sympathien für den Sozialismus bewegst du dich auf gefährlichem Grund«, sagte Levin.

Wahrscheinlich hatte er als einziger Mann im Raum das Mädchen nicht bemerkt.

Frank entließ die Schöne aus den Fesseln seiner Blicke und stieß einen Seufzer aus, in dem der ganze Ärger der vergangenen Wochen steckte. »Womöglich werde ich bei meiner Wiedereinreise in die Staaten verhaftet.«

»Verhaftet?«, fragte István verwundert.

Frank winkte ab, als ginge es nur um eine Unannehmlichkeit.

»So frei sind wir Amerikaner auch nicht.« Er wandte sich noch einmal nach dem Mädchen um und schüttelte mit Bewunderung den Kopf. Da machten seine Augenbrauen einen Sprung. »Gentlemen, für die da verbrenne ich meinen Pass!« Mit ausgestrecktem Arm winkte er einer jungen Frau zu, die gerade den Saal betreten hatte und auf sie zukam.

István erstarrte.

Offenbar sah Frank ihm die Überraschung an, doch István konnte sich jetzt unmöglich erklären, er konnte keinen klaren Gedanken fassen. Er wandte sich zur Bühne nach vorn und tat, als hätte er Frank nicht gehört. Der Moderator stellte soeben die Diskussionsteilnehmer vor. Aus dem Augenwinkel sah István, wie Rebeka Frank umarmte und Levin die Hand gab. Auch zu ihm streckte sie die Hand aus, doch er rührte sich nicht. Das Blut rauschte in seinen Ohren. Die Hand zog sich zaghaft wieder zurück. István blickte zu ihr auf, doch sie hatte ihm bereits den Rücken zugewandt und stand unsicher in der Stuhlreihe, als wollte sie wieder gehen.

Frank machte ihr einen Platz frei zwischen sich und István. Der Moderator bat um Ruhe im Publikum. István vernahm nichts von der Ankündigung, die Demonstration der Studenten wäre genehmigt worden. Auch die aufkeimende Unruhe im Saal war ihm entgangen. Rebeka setzte sich neben ihn auf die Stuhlkante und behielt ihre Handtasche auf dem Schoß. Eine winzige Bewegung, ein Zucken hätte gereicht, um ihre Hand zu berühren. Er konnte ihre schnellen, flachen Atemzüge hören, als galten sie ihm.

»Wie findet es dein Ehemann, dass du zu liberalen Treffen gehst?« Er richtete den Blick nach vorn, dennoch spürte er ihren, auch ohne sie anzusehen. »Oder hat Breitner inzwischen die Seiten gewechselt?«

»Deine Frau ist eine falsche Schlange!«, kam kurz und kalt als Antwort.

István drehte den Kopf zu ihr, doch sie wandte sich Frank zu und flüsterte ihm etwas ins Ohr. Hilflos sah István zu, wie sie anschließend aufstanden und sich durch die Stuhlreihe entfernten. Franks Hand ruhte auf ihrem Rücken, als müsste er sie stützen.

»Wo gehen sie hin?« István sah zu Levin an seiner Linken.

»Ich halte mich da raus«, sagte Levin. Seine Hände waren in Abwehrhaltung. Offenbar wusste er mehr, als ihm lieb war.

»Los raus!« István sprang auf und stupste Levin am Arm, er solle ihm folgen. Ihr Aufstehen verursachte Unruhe, doch István kümmerte sich nicht darum und zog ihn nach draußen.

Ein kalter Wind fuhr durch die kargen Baumkronen. Levin verbarg sein Gesicht im Mantelkragen, als wollte er ganz darin verschwinden.

»Sag schon Mann, was war da los? Woher kennen die sich?«

Mit der Schuhspitze fummelte Levin an einem Kieselstein, dann hob er den Kopf und sah zu István auf. »Rebekas Tochter ist von dir.«

István versuchte, die Worte zu entschlüsseln, die gerade über Levins Lippen gekommen waren. Welche Tochter?

»Ich glaube, Breitner unterstützt sie. Sie leben aber nicht zusammen.«

Noch war István unfähig zu verstehen, was Levin da sagte. Die Kleine von neulich? Von ihm? Wie war das möglich?

»Rebeka hatte erst spät von ihrer Schwangerschaft erfahren. Als sie dann versuchte, dich zu erreichen, warst du aus Szolmár bereits weggegangen.«

Der Wind wurde schärfer. István hörte nur noch ein dumpfes Wumm-Wumm-Geräusch aus der Ferne wie das einer Lawine.

»Ich habe eine Tochter?«

Levin nickte. István kniff die Augen zusammen. Rebekas Worte schnellten durch sein Hirn wie ein Stromschlag. Falsche Schlange! Falsche Schlange! Éva wusste davon? Das Dröhnen wurde lauter, immer unerträglicher. Er stützte sich an der Hauswand ab und schüttelte mit geballter Faust den Kopf, als ließe sich so das Getöse in seinem Hirn abschalten.

»Und du? Auch du wusstest davon?«

Levin war blass wie der Putz an der Hauswand. Am liebsten hätte István ihn am Kragen gepackt.

»Du warst längst mit Éva verheiratet. Isti war unterwegs. Sie hat mich angefleht, dir nichts zu sagen.«

István beugte sich vor und hoffte auf einen erleichternden Schwall, doch außer einem Würgereflex kam nichts. Levin reichte ihm ein Stofftaschentuch. István stieß es weg, taumelte los wie ein Betrunkener.

In seinem Kopf stürmten die Gedanken. Jetzt ergab Évas

krankhafte Angst, er könnte sie verlassen, einen Sinn! Er sackte auf einer Parkbank zusammen. Die ganze Zeit hatte sie von dem Kind gewusst? Seine Faust ging mit einer Wucht auf der Bank nieder wie eine Axt. Der Schmerz schnellte durch seinen Arm bis in den Ellenbogen. Levin setzte sich stumm neben ihn.

Der Wind fetzte durch die Baumkronen und wirbelte Laub durch die Luft.

»Éva liebt dich«, sagte Levin leise wie eine Entschuldigung. »Sie hatte Angst, du würdest zu Rebeka zurückgehen.«

István schüttelte den Kopf. Die Last auf seinem Nacken war so groß, er beugte sich vor und stützte die Ellenbogen auf die Knie. Wäre er zurückgegangen?

Die Veranstaltung im Offiziersklub war gerade zu Ende gegangen. István entdeckte Frank am Eingang. Die Leute strömten aus dem Gebäude auf die Straße. Die Stimmung war aufgekratzt. Frank sagte, Zehntausende hätten sich vor dem Parlament versammelt, um die Rede von Imre Nagy zu hören.

»Ihr müsst mitkommen!«

»Wo ist Rebeka?«

»Das ist ein historischer Moment. Du kannst Rebeka später sprechen. Sie hat gegen 23 Uhr Feierabend im Restaurant des Duna-Hotels.«

»Sie kellnert?«

Frank nickte ungeduldig. »Also, was ist?«

Levin fasste István am Ellenbogen. »Soll ich Éva anrufen und ihr sagen, dass du über Nacht bei mir bleibst?«

István verharrte. Éva? An sie hatte er gar nicht gedacht.

»Aber erwähne nicht … Warte, sag ihr …« István winkte ab. Er macht das schon, dachte István und war froh, nicht an Éva denken zu müssen. Levin nickte wortlos.

Das Duna-Hotel war nicht weit von dem Offiziersklub entfernt. István lief im Laufschritt die Donaupromenade entlang und stand innerhalb von Minuten am Eingang des Hotelrestaurants.

Rebeka trug ihre Kellneruniform mit dem weißen Spitzenkragen, die Haare zu einem Knoten in den Nacken gebunden. Routiniert bewegte sie sich zwischen den eingedeckten Tischen. Das volle Tablett schien gewichtslos in ihren Händen. Ihre Bewegungen hatten die Anmut einer Tänzerin, ihr Lächeln war herzlich, mal sanft, mal kokett, ihr Blick konzentriert.

Er nahm an einem der Fenstertische Platz. Im Hintergrund der Uferpromenade ragte die traurige Silhouette der zerbombten Burg auf der Budaer Seite empor. Das mondäne Treiben auf der Promenade aus den Zeiten vor dem Krieg war passé. Die Mädchen in wehenden Kleidern, die Herrschaften vor dem herrlichen Panorama der Burg gehörten der Vergangenheit an. Diese war nie Istváns Welt gewesen, dennoch schmerzte ihn der Anblick des verlassenen Donau-Korsos.

»Was machst du hier?«, fragte sie.

Er blickte ihr ins Gesicht. »Wir müssen reden.«

»Ich arbeite.«

»Ich kann warten.«

Wortlos legte sie die Speisekarte vor ihn auf den Tisch, zog Block und Bleistift aus ihrer Schürzentasche und fixierte ihn mit Ungeduld. István bestellte das Kalbsschnitzel mit Petersilienkartoffeln, dazu einen Doppelten. Sie notierte die Bestellung und ging. Wenig später brachte eine andere Kellnerin das Essen.

Erst gegen Mitternacht, nach zwei Doppelten und ungezählten Gläsern Rotwein, kam sie endlich an seinen Tisch. Ein Kellner stellte bereits an den umliegenden Tischen die Stühle hoch. Rebeka trocknete ihre Hände an der Schürze ab und setzte sich. Eine Weile saßen sie sich gegenüber und schwiegen.

Dann stahl sich ein Lächeln in ihr Gesicht. »Sie heißt Edit.«

Istváns Gesichtsausdruck blieb ernst. »Wie konntest du mir das antun? Du verlässt mich kurz vor unserer Hochzeit und wirfst dich Breitner an den Hals?«

Sie saß in kerzengerader Haltung ihm gegenüber. Ihr Lächeln war wie weggewischt. »Ich muss mich für nichts rechtfertigen.«

»Ich bitte darum!« István musste sich beherrschen. Während der Stunden des Wartens hatte er anfänglich ihre Unbeschwertheit bewundert, mit der sie von Tisch zu Tisch schwebte, freundlich und flink, als wäre gar nichts geschehen. Mit der Zeit aber war er immer gereizter geworden, ja ihre Schauspielerei hatte ihn wütend gemacht.

»Glaubst du, es war leicht für mich? So habe ich mir die Zukunft nicht vorgestellt.« Mit offenen Handflächen wies sie in den Raum. Tränen benetzten ihre Augen. »Ich habe nach dir gesucht, wir haben dich gebraucht, verstehst du nicht?«

Ein lauter Knall, zwei-, dreimal hintereinander schreckte sie auf. Es waren Schüsse. Sie kamen ganz aus der Nähe.

»Schnell! Vom Fenster weg!« István fasste ihre Hand und zog sie ins Innere des Restaurants. In der Küche hatte sich die Belegschaft um ein Taschenradio versammelt. Ernő Gerő hatte die Demonstranten vor dem Parlament Faschisten genannt. Am Radiogebäude seien Schüsse gefallen.

Rebeka blickte erschrocken zu István. »Edit ist mit Dada allein zu Hause.«

»Ich begleite dich«, sagte er entschlossen. Was immer zwischen ihnen passiert war, es war jetzt unwichtig.

Auf dem Weg durch die Lobby kamen ihnen Frank und Levin entgegen. Levins Gesicht war aschgrau, Franks Mantel blutverschmiert.

Rebeka lief zu ihm. Frank schüttelte den Kopf, er sei nicht verletzt. »Wir waren am Radiogebäude. Die Studenten forderten, ihre Punkte verlesen zu können. Da hagelten Tränengasgranaten auf uns nieder, Rauch überall, es brannte höllisch in den Augen. Dann kamen die Schüsse. Alles rannte auseinander. Ich dachte erst, es seien Platzpatronen, die AVO wolle uns Angst machen, aber da bricht dieser Junge neben mir zusammen. Kopfschuss, mausetot! Es gab kein Vor und kein Zurück. Levin und ich konnten uns gerade noch in einen Hausflur retten.«

»Jesus Maria!«

»Die ganze Bródy-Sándor utca ist ein Schlachtfeld. Auch die Demonstranten haben Schusswaffen. Es wird scharf geschossen.«

»Die Schüsse kamen aus nächster Nähe«, sagte István.

»Die ganze Stadt ist inzwischen bewaffnet. Teile der Armee haben sich auf die Seite der Demonstranten gestellt und ihre Waffenlager geöffnet.«

Levin stand stumm daneben und krümmte sich. Rebeka versuchte, ihn zu stützen.

»Ich bringe ihn auf mein Zimmer«, sagte Frank. »Ihr solltet auch nicht rausgehen. Die AVO schießt auf alles, was sich bewegt.«

»Ich muss nach Hause zu Edit!«, rief Rebeka schon vom Eingang.

»Dann nehmt die hier.«

Frank holte eine Pistole aus seiner Manteltasche hervor und reichte sie István.

»Wo hast du die her?«

»Ein Kerl hat sie mir auf der Straße in die Hand gedrückt.«

»Und was soll ich damit, jemanden erschießen?«

»Nimm sie!«

István überraschte das Gewicht der Pistole in seiner Hand. Er ließ sie in seiner Innentasche verschwinden, nickte Frank und Levin zu und eilte Rebeka nach.

Es war nach Mitternacht, die Straßen der Innenstadt waren belebt wie in einer Silvesternacht. István hielt nach einem Taxi Ausschau, doch jeder Wagen schien besetzt. Sie liefen im Laufschritt die Váci utca entlang. Binnen kürzester Zeit hatten sich überall Müll und Scherben angesammelt. Flugblätter wehten durch die Luft. Vor der sowjetischen Buchhandlung brannte ein Scheiterhaufen aus Büchern. Befremdet blieben sie wie angewurzelt stehen. Ein Mann rezitierte aus dem zerschlagenen Schaufenster der Buchhandlung das Nationallied von Petőfi Sándor.

»Auf, die Heimat ruft, Magyaren! – Zeit ist's, euch zum Kampf zu scharen!« Die Flammen loderten hoch bis in die erste Etage. Passanten standen mit glühenden Gesichtern um das Feuer. Die kraftvolle Stimme des Mannes schickte Schauer über Istváns Rücken. Ein paar Männer hatten Gewehre dabei und stellten sie neben sich auf dem Boden ab wie Regenschirme. Sie alle ließen sich von dem Pathos des Gedichtes einlullen.

Erst jetzt verstand István. Er war Zeuge eines historischen Momentes geworden. Die Energie der Masse entwickelte eine Eigendynamik, die nicht mehr aufzuhalten war. Im Schutze der Menge wagten die Leute, öffentlich Kritik zu üben, ja, Waffen zu tragen. Selbst der Abzug der Sowjets schien István jetzt möglich. Genau diese massenhafte Kopfverlorenheit im Interesse eines großartigen gemeinsamen Zieles hatte er in seinen Grafiken versucht, lebendig werden zu lassen.

»Komm, lass uns schnell weitergehen«, sagte Rebeka und hakte sich bei ihm ein. Auch ihre Nähe war jetzt möglich, selbstverständlich. Mit zügigen Schritten wichen sie herumliegenden Pflastersteinen aus, die die Leute offenbar von der anliegenden Baustelle entfernt hatten. Eine Gruppe grölender Jugendlicher zog an ihnen vorbei. Es waren Kinder, Vierzehn- bis Sechzehnjährige vielleicht. Kraftstrotzend schwenkten sie die Nationalflagge, aus deren Mitte das Wappen der Volksrepublik herausgeschnitten war. Keiner konnte ihnen etwas anhaben. Die Jungen liefen auf die Kreuzung zu. Eine Menschenmenge hatte dort einen Militärlaster angehalten. Die Soldaten verhielten sich ruhig. Sie waren von der Ladefläche gestiegen und diskutierten mit den Zivilisten.

István und Rebeka machten einen Bogen um den Tumult und gingen zügig die Üllői út weiter. Aus der Richtung der Corvin-Gegend, unweit von Rebekas Wohnung, hörten sie Rufe und Geschrei. Rebeka blickte besorgt zu István. Sie beschleunigten ihre Schritte.

Der Lärm kam von der Kilian-Kaserne. Die Toreinfahrt der Kaserne stand offen. Eine Ansammlung von Aufständischen und bewaffneten Soldaten rangelte miteinander um die Gewehre. Junge Männer versuchten, ein Militärfahrzeug zu starten. Offenbar waren die Aufständischen in die Kaserne eingedrungen. Das Militär hielt sich zurück. Es fielen keine Schüsse.

Rebeka und István wechselten rasch die Straßenseite. Der Getränkeladen gegenüber war auch aufgebrochen worden. Die Ladentür stand weit offen. Bis zu Rebekas Wohnung waren es noch zwei Querstraßen. Hand in Hand gingen sie mit flinkem Schritt die Häuserwand entlang. Dieser Abschnitt der Straße war überraschend leer, die Stille nun unheimlicher als das Chaos zuvor. Am Scheiterhaufen in der Innenstadt war István unantastbar gewesen. Nun fiel der unsichtbare Schutz von ihm ab wie der eines Schlafwandlers, wenn er aus dem Schlaf gerissen wird. Von jeder Ecke konnte jemand mit einem Gewehr auf sie schießen. In den Hausfluren lauerten Schatten. Rebeka hielt seine Hand so fest, dass es schmerzte. Noch schlimmer als die Stille zuvor war ein langsam anschwellendes, dumpfes Geräusch, das auf sie zukam.

»Was ist das?«, fragte Rebeka. Terror stand in ihren Augen. Das rollende Geräusch erinnerte an ein Erdbeben. István wusste, was es war. Sein Blick traf auf Rebekas, dann starrten sie beide auf die breite Üllői út. Ein sowjetischer T-34 rollte auf sie zu. Sie pressten sich gegen die Hauswand. Zum Weglaufen war es zu spät.

Der Panzer wurde langsamer und kam mit rasselndem Kettengeräusch zum Stehen. Offenbar sondierte er die Straße. Stille. Die Fenster der umliegenden Mietshäuser waren dunkel, doch István spürte die Augenpaare, die durch die Vorhänge spähten. Der wiederkehrende Albtraum!

»Komm!« Er flüsterte, als könnte das Ungestüm sie hören. Ihre Schritte knirschten auf dem Asphalt, sie liefen zügig, aber ruhig direkt auf einen Hauseingang zu. Nur keine abrupten Bewegungen machen, dachte István, wie man sie bei einem wilden Hund auf offener Straße vermeidet. Bloß nicht rennen.

Die Haustür war verschlossen. Alles Rütteln half nichts. Verborgen im Dunkeln des Eingangs drückten sie sich an die Wand und hielten den Atem an.

Das Ungestüm setzte sich rasselnd wieder in Bewegung und zog langsam an ihnen vorbei. Wie gebannt betrachtete István das Monster und ahnte, dass es nicht das Einzige bleiben würde. Rebeka zitterte sichtbar.

»Geht es dir gut?«

»Lass uns schnell nach Hause gehen!«

Rebeka bewohnte mit Edit und der Amme eine Einzimmerwohnung in einem der Mietshäuser auf der Üllői út. Sie kramte in der Handtasche nach dem Wohnungsschlüssel, da öffnete sich schon die Tür. Dada schlug die Hände zusammen und brach vor Erleichterung in Tränen aus. Rebeka eilte zu dem Bettchen in der Küche. István umarmte die alte Amme.

»Ich habe ihr von den Baldriantropfen gegeben, dann ist sie eingeschlafen«, sagte die Amme im Flüsterton.

Rebeka beugte sich über das Kind und deckte ein nacktes Ärmchen zu. István war an der Tür stehen geblieben.

»Willst du nicht reinkommen?«

Edit lag zusammengerollt auf der Seite und hielt ihren Stoffbären eng umschlugen. Der Anblick seines Kindes überwältigte ihn. Edit war seine Tochter!

So standen sie Schulter an Schulter vor dem Bettchen und bestaunten das schlafende Kind. Ihr Kind. Er spürte Rebekas suchenden Blick, doch er konnte sie nicht ansehen. Seine Augen wurden feucht.

Ihre Hand fand seine, ihre Fingerspitzen berührten sich und begannen ein zaghaftes Spiel im Verborgenen. Den ganzen Weg über hatte er ihre Hand gehalten, doch die Berührung jetzt überflutete ihn. Er wandte sich ihr zu, gab die Tränen preis, sein Innerstes, was immer es kostete, und zog sie an sich.

Sie hielten sich fest, hielten sich so umschlungen, als müssten sie sich im nächsten Augenblick für immer trennen. Mit Küssen bedeckte er ihr Gesicht, ihren Hals und verlor sich im Duft ihrer Haut. Ihn einzuatmen war wie nach Hause zu kommen. Seine Gedanken überschlugen sich. Seine Hand wanderte unter ihre Bluse, tastete sich entlang der geschmeidigen Linie ihrer Brüste. Was tat er nur? Gott, wie er sich nach ihr sehnte! Sein Verlangen wuchs und wuchs.

Als er die Augen schloss, sah er Éva. Er riss sie wieder auf. Er war in der Falle, was er auch tat, es war das Falsche.

So entschlossen er konnte, löste er sich von Rebeka und schob sie sanft von sich. »Ich weiß nicht mehr, was richtig ist.« Ein Kloß verengte seinen Hals. Er verstummte.

»Éva hat dich manipuliert. Sie hat dich betrogen«, sagte sie mit leiser, dunkler Stimme. »Ich war hochschwanger und habe Rudi um Hilfe angefleht. Sie saß daneben und wusste, wo du bist. Sie muss es gewusst haben. Sie wollte dich für sich, deshalb hat sie geschwiegen.«

Er ergriff ihre Handgelenke und schüttelte sie. Wie konnte sie alle Verantwortung von sich weisen? »Ich habe Éva gebeten, ja gedrängt meine Frau zu werden, verstehst du? Du bist auf und davon. Ich war fertig mit dir. Ich wollte nie wieder etwas mit dir zu tun haben. Das wusste Éva.«

Rebeka befreite sich aus seinem Griff. »So wie du mich eben geküsst hast, kannst du sie nicht lieben!« Ihr Blick war fordernd, voller Anklage.

Taumelnd machte er einen Schritt zurück, als müsste er die Flucht ergreifen. Die Umarmung, sein Verlangen – das war doch nicht echt, es konnte nicht echt sein! Er wusste nichts mehr.

»Was machst du sonst hier?«, fragte sie so ruhig, dass es ihn rasend machte. Die Kleine stöhnte auf im Schlaf. Rebeka trat zu dem Bettchen und legte eine Hand auf den kleinen Rücken.

István schwieg. Ja, was machte er hier? Ihre Anwesenheit war elektrisierend, sie zu küssen war, wie im Schmerz zu vergehen.

Doch was zählte, war seine Familie. Seine Frau, der er ein Versprechen gegeben hatte.

»Ich kann nicht bleiben«, sagte er.

Rebeka wandte sich um. Sie wirkte erschrocken, als hätte sie damit nicht gerechnet. »Du willst uns alleinlassen? Draußen wird geschossen!«

»Versteh doch, Éva macht sich Sorgen.«

Es schien ihm, als explodierte etwas in ihr. »Und was soll ich Edit sagen? Ich habe einen großen Fehler begangen, István. Aber ich habe teuer dafür bezahlt. Wir brauchen dich, bitte!«

Sie musste ihm seine Ratlosigkeit angesehen haben, denn der Glanz in ihren Augen ermattete. Sie schüttelte den Kopf und sank auf einen Stuhl. »Dann geh doch! Aber wenn du gehen musst, dann komm nie wieder.«

Sie sah verletzlich aus, wie sie dort saß. István legte eine Hand auf ihre Schulter, doch sie zuckte und stieß sie weg.

»Das alles hat mich überwältigt, Rebeka. Erst sehe ich dich wieder, an Breitners Seite. Und seit heute habe ich auch noch eine Tochter.«

Rebeka verbarg ihr Gesicht in den Händen und schwieg.

»Ich bringe euch morgen ein paar Lebensmittel. Verlasst das Haus nicht.«

Sie sah nicht auf. Erst als die Tür ins Schloss fiel, hob sie den Kopf. István war fort. Er wusste es selbst noch nicht, doch er hatte seine Entscheidung bereits getroffen. Er würde nicht wiederkommen.

Sie schlug die Augen nieder. Tränen weichten ihr Make-up auf, die Stirn glühte. Das erste Jahr nach Edits Geburt war das härteste gewesen. Sie war einsam, übermüdet, verzweifelt gewesen. Istváns Verschwinden war Verrat. Tage und Nächte hatte sie darauf gehofft, er würde vor ihrer Tür stehen. Irgendwann hörte sie auf zu warten. Es war leichter so. Sie arbeitete Doppelschichten, nahm an ihren freien Tagen Statistenrollen an. Sie kamen irgendwie zurecht, auch ohne ihn. Sie wartete nicht mehr.

Und nun das. Sein Auftauchen hatte die alte Sehnsucht entfacht. Sein Verschwinden die alte Leere hinterlassen. Welchen Sinn hatte ihr Leben? Ein Seufzer entwich ihr. Sie nahm eine angebrochene Flasche Rotwein aus der Kredenz und goss sich ein Glas ein. Sie trank nie während der Schicht, immer nur zu Hause und allein. Nur so ließ sich das Leben ertragen.

Es klopfte an der Tür. Sie hob den Blick. Das Klopfen wiederholte sich.

»Augenblick!« An der Tür sah sie an sich herab, zupfte ihren verrutschten Rock zurecht und öffnete.

»Róbert?«

Sie hätte enttäuscht sein können, doch Róberts Erscheinen war wie ein Segen. Was zwischen ihnen passiert war, lag in der Vergangenheit. In seiner Gesellschaft vergaß sie ihre Sorgen. Seine Aufmerksamkeiten – die Puppe für Edit, der rote Wintermantel, das zugesteckte Geld –, sie waren ihr unangenehm, doch der Stolz einer alleinstehenden Mutter war eine poröse Angelegenheit nach einem Vierzehnstundentag im Restaurant. Die Haushaltskasse, eine blecherne Dose, die sie in der Kredenz zwischen Mehl und Zucker aufbewahrte, war am Ende des Monats leer. Als ausgehaltene Frau fühlte sie sich nicht.

Doch Ungleichgewichte sind nie lange stabil, und eines Tages war das Unvermeidliche geschehen. Sie war selbst überrascht gewesen, wie unberührt sie es hatte über sich ergehen lassen, trotz seiner verzweifelten Zärtlichkeit. Noch im Schutze der Nacht hatte sie ihre Sachen zusammengerafft und sich wie eine Diebin hinausgeschlichen.

Es war bei diesem einen Mal geblieben. Gern hätte sie die Erinnerung an diese Nacht ausgelöscht. Ihre Scham wäre vielleicht verblasst wie ein schlechter Traum.

»Der Wagen wartet unten. Hier könnt ihr nicht bleiben«, sagte Breitner in seiner Art, die keinen Widerspruch duldete.

Rebeka zögerte.

»Da draußen herrscht Anarchie, Rebeka! Es wird Krieg geben. Die Russen sind da, um aufzuräumen. Sie werden diese Verräter zusammenschießen. Ihr seid mitten im Kreuzfeuer. Die Kaserne ist keine hundert Meter entfernt. Ihr könnt hier nicht bleiben.«

Rebeka schloss die Augen. Die Verräter zusammenschießen! Sie verschränkte die Arme und holte tief Luft. »Das da draußen sind junge Menschen, Róbert. Das ist das Volk!«

»Abtrünniges Militär ist das, das die Köpfe der jungen Leute verdreht. Du wirst sehen, die Verantwortlichen werden zur Rechenschaft gezogen. Diese Idioten haben Schwerverbrecher aus den Gefängnissen befreit. Die AVO wird nicht allein mit diesen Schurken fertig. Es wird ein großes Aufräumen geben.«

Ihr wurde übel, hörte sie ihn so reden. Aber es war nicht die Zeit zu diskutieren. Sie musste Edit in Sicherheit bringen.

Sie zerrte an der obersten Schublade der Kommode und nahm frische Unterwäsche und ein paar Kleider für Edit heraus. Der Lärm weckte die Amme, die nach den Aufregungen des Abends nur in einen leichten Schlaf gefallen war.

»Stehen Sie auf, Dada, schnell! Róbert ist hier und wird uns zu sich mitnehmen.«

Dada erhob sich, so schnell es ihre alten Glieder erlaubten. »Werden wir bombardiert?«

»In der Kaserne wird geschossen.«

Dada ließ sich auf das Bett zurücksinken, als hätten ihre Kräfte sie verlassen. »Lass nur Kind, ich werde hierbleiben.«

Rebeka ignorierte sie und machte sich an Dadas Schrank zu schaffen. Sie raffte das blaue Sonntagskleid und Unterwäsche zusammen und stopfte alles in einen Stoffbeutel. Die Amme protestierte. Die Schuhe! Rebeka durchsuchte die Küche, schaute unter das Kinderbett, Breitner drängelte.

»Wir müssen uns beeilen, der Fahrer wartet.«

»Wo sind Edits Schuhe?«

Da stand die Amme schon mit den Schuhen an der Tür und übergab sie Rebeka.

»Sie sind noch nicht fertig!«

»Ich bin Euch nur eine Last, Liebes. Mir wird nichts geschehen. Und wenn es so kommt, ist es gut so.«

»Das ist Unsinn. Kommen Sie! Wir haben keine Zeit zu verlieren.«

Dada ließ sich mit friedlicher Entschlossenheit auf einen Hocker nieder.

Rebeka sah flehend zu Breitner.

»Ich kann sie nicht zwingen«, sagte er kopfschüttelnd. »Dada, tun Sie mir das nicht an, ich bitte Sie!« Tränen sammelten sich in ihren Augen.

Dada senkte den Blick und schluchzte.

»Verlassen Sie das Haus nicht! Ich schicke morgen jemanden vorbei, um nach Ihnen zu sehen«, sagte Breitner. Er hob das schlafende Kind aus dem Bettchen.

Rebekas gehetzter Blick ging von Dada zu Edit. Dann sank sie auf die Knie, umarmte die zierlichen Schultern der Amme vorsichtig, um nicht die kleine Person in ihrer Umarmung zu zerbrechen. »Schon gut«, sagte sie wieder und wieder und küsste das weiße Haar. »Ich komme morgen nach der Arbeit und bringe Essen aus dem Restaurant mit.«

Edit öffnete die Augen einen Spaltbreit, erkannte in Breitner den nächsten Menschen, den sie mit einem Vater verband, schlang ein Ärmchen um seinen Hals und schloss die Augen wieder. So eilten sie zusammen die Treppen hinunter. In einer Seitengasse wartete der Wagen.

45
DAS ANNA I

Budapest 2017

Anna blinzelte im Lichtkegel der tief stehenden Sonnenstrahlen und presste die Lider wieder zusammen.

Wo kam das Licht her? Sie stützte sich auf einen Ellenbogen. Das war nicht das Zimmer, in dem sie eingeschlafen war. Die Geräusche, Stimmen, Absätze auf dem Parkett kamen nicht aus der Küche.

Rebeka unterhielt sich mit einem Mann. Das Fieber sei runtergegangen, hörte Anna, da fiel ihr alles ein. Jemand hatte sie ins Schlafzimmer getragen und ins große Doppelbett gelegt. Sie hatte sich gewehrt, ihn sogar getreten. Im Traum war sie in einem Krankenhaus gewesen, gleißendes Weiß hatte sie geblendet. Sie waren gekommen und wollten ihr Baby wegnehmen. Hatte sie geschrien? Sie war aufgewacht, aufgewühlt, mit rasendem Herzen.

Wie spät war es? Das Licht der untergehenden Sonne hüllte das Zimmer in ein sanftes Orange. Hatte sie den ganzen Tag durchgeschlafen?

Die Tür ging auf. Rebeka trat leise ein, gefolgt von einem Mann. Für einen Arzt sah er zu jung aus. Anna stellte sich schlafend, beobachtete durch das Dickicht ihrer leicht geöffneten

Wimpern die routinierte Art, mit der er ihr Handgelenk umfasste, den Puls fühlte und dabei mit prüfendem Blick auf seine Uhr schaute.

Anna blinzelte, als wäre sie gerade erwacht. Ihr Handgelenk ruhte widerstandslos in der fremden Hand. Er nickte mit einem beruhigenden Lächeln und legte ihre Hand zurück auf die Bettdecke wie einen versehrten Vogel.

»Sie sehen schon viel besser aus, Frau Hartmann. Sie hatten hohes Fieber letzte Nacht und haben sich sehr aufgeregt.« Anna blickte in sein freundliches Gesicht, dann zur Tür. Rebeka war dort stehen geblieben.

»Es ist schon fast acht«, sagte Rebeka und näherte sich langsam, als wollte sie nicht stören.

»Die Herztöne des Babys waren recht hoch. Ich würde Sie gern noch einmal untersuchen.«

Anna setzte sich erschrocken auf.

»Beruhigen sie sich. Dem Kind geht es gut.«

Wie konnte er sich so sicher sein? Sie legte sich wieder auf den Rücken und zupfte an dem kurzen Nachthemd.

»Darf ich?« Der Arzt zog ihre Decke bis auf die Beine herunter, schob das Nachthemd hoch und stülpte diskret den Slip zurück. Annas Blick ging fragend zu Rebeka, ihre Finger vergruben sich in der Bettdecke. Die kühle Membran des Stethoskops wanderte an ihrem Unterbauch hin und her. Sie atmete ruhig weiter.

»Die Herztöne sind normal. Dem Baby fehlt nichts«, sagte der Arzt. Er horchte mit einem Stirnrunzeln, als wollte er ganz sichergehen. »Albträume sind sehr verbreitet in der Schwangerschaft, besonders im ersten Trimester. Nur Ihr hohes Fieber hat mir Sorge bereitet.« Er tastete ihren Bauch mit beiden Händen ab, schien zufrieden, auch seine Stirn hatte sich wieder geglättet. Nickend holte er ein ledernes Etui aus seinem Koffer hervor. »Versuchen Sie, sich zu entspannen, Frau Hartmann. Gehen Sie an die frische Luft. Lassen Sie sich von Ihrer Großmama verwöhnen.« Er wandte sich lächelnd zu Rebeka um, machte sogar eine Geste, sie solle ruhig näher kommen. Aus dem Etui holte der Arzt ein kleines Gerät mit einem Lautsprecher hervor. »Mit diesem Ultraschallgerät können Sie die Herztöne Ihres Babys hören.« Anna sah verunsichert zu ihm auf. Bevor sie etwas hätte sagen können, führte er schon das Mikrofon über ihren Unterbauch.

»Sie sind in der zwölften Woche, nicht?«

Anna nickte, horchte, doch außer einem Rauschen wie beim Walkie-Talkie konnte sie überhaupt nichts hören.

Dann auf einmal ein aufgeregtes Klopfen, das einsetzte wie ein Galopp. Dudübb, dudübb, dudübb.

Sie hob den Blick.

Der Arzt lächelte und nickte beruhigend. »Das ist ein gesunder, kräftiger Herzschlag.«

Rebeka hielt am Bettende ihre Hände vor dem Herzen gefaltet. Auch Anna überwältigte die Heftigkeit, mit der das kleine Herz ackerte. Sie musste ihre Augen schließen, um die Tränen zurückzuhalten.

Der Arzt verstaute sein Gerät wieder. »Ich werde hier nicht mehr gebraucht. Rufen Sie mich an, wenn etwas ist.«

Rebeka bedankte sich und begleitete ihn hinaus.

Anna blieb allein mit ihren Gedanken, mit dem gesunden Herzschlag und der Leere, die sich in ihrem Inneren wie in einer Höhle zwischen Brust und Magen ausweitete. Sie lauschte den sich entfernenden Schritten, drehte sich auf die Seite, zog die Beine an, wollte so bleiben, nichts mehr denken und einfach wieder einschlafen.

Kaum aber war sie in ihr Kissen gesunken und abgetaucht in den wohligen Dämmerzustand, in dem die Gedanken ungegenständlich wurden und hinüberglitten in eine tiefere Sphäre, stand

Rebeka wieder an ihrem Bett. Sie hielt ihr mit ausgestrecktem Arm eine Tasse Kaffee entgegen.

»Geh duschen und lass uns etwas essen gehen!«

Anna hob den Kopf und sah sie an, als hätte sie einer Todkranken vorgeschlagen, spazieren zu gehen.

Als sie sich nicht rührte, führte Rebeka selbst die Tasse an die Lippen und nahm einen kräftigen Schluck. Sie stellte die Tasse auf dem Stuhl neben dem Bett ab, trat zu den Fenstern und riss sie auf, eins nach dem anderen. Der Lärm der Straße drang wie ein tosendes Rauschen in das Zimmer. Anna zog sich die Bettdecke hoch bis unter das Kinn.

»Du hast gehört, alles, was das Baby braucht, ist frische Luft«, sagte Rebeka. Sie beugte sich über sie und prüfte die Temperatur ihrer Stirn. »Ich weiß, wie du dich fühlst, Liebes.« Das kam in einem neuen, geschmeidigen Ton. Anna hätte gern den Kopf abgewandt, doch Rebekas Fürsorge wirkte aufrichtig. »Lässt du dich jetzt gehen, wird es nur schlimmer. Glaube mir, ich war einst in einer ähnlichen Situation wie du. Ich war schwanger, und ich war allein.« Ihr Blick fiel auf den Fußboden. Sie raffte die überflüssige Decke vom Boden auf und wandte sich zur Tür.

»Ist István Szabó der Vater meiner Mutter?«, rief Anna ihr nach.

Rebeka drehte sich wieder um und nickte, als wäre es selbstverständlich. Dann ging sie mit der zusammengelegten Decke im Arm hinaus. Die Flügeltüren blieben hinter ihr nur angelehnt.

Unwohlsein stieg in Anna auf. Das Bett unter ihr wankte. Mit leidendem Gesichtsausdruck griff sie nach dem Kaffee, prüfte, ob Lippenstift am Tassenrand klebte, und nahm einen Schluck. Es war guter, starker Kaffee. Ein Seufzer entwich ihr. Das Wissen um den Vater ihrer Mutter brachte nicht die erwartete Erleichterung. Im Gegenteil. Ihre idealisierte, nicht konkret fassbare Vorstellung von diesem Vater zerplatzte. An ihrer Stelle materialisierte sich nun ein fremder Mann aus Fleisch und Blut, samt seinen Gebrechen, Gewohnheiten und seinem Ballast an Vergangenheit. Er hatte einen Sohn, ein gelebtes Leben, in dem ihre Mutter nicht vorkam. Das Happy End einer Zusammenführung erschien Anna geradezu lächerlich.

In der Ausstellung hatte sich Szabó zu ihr umgewandt, bevor er zu seiner Partnerin geeilt war. Sein Blick erschien ihr im Nachhinein wie ein unbekümmertes Lebewohl, eine Aufforderung, ihr Leben zu leben und ihn seins leben zu lassen.

War das mulmige Gefühl im Magen Übelkeit oder schlicht Hunger? Sie schob sich vor an den Bettrand und ließ ihre Füße über dem Boden baumeln. Über der Stuhllehne neben dem Bett hing ihre gebügelte Bluse. Hatte Rebeka ihre Sachen gewaschen? Vor dem Bett lagen nagelneue Hotelpantoffeln für sie bereit. Der alte Breitner fiel ihr ein. So musste er sich morgens gefühlt haben, wenn er versucht hatte, seine gebrechlichen Glieder zu mobilisieren. Sie umklammerte ihre Tasse, als könnte sie ihr Halt geben, und schlurfte zum offenen Fenster. Ein warmer Wind wehte durch ihr Nachthemd. Sie sah an sich hinab und strich über die kleine Wölbung an ihrem Bauch. Wie konnte der Arzt so genau wissen, dass dem Baby nichts fehlte?

Auf dem Stuhl lag auch ihr Telefon. Dreizehn verpasste Anrufe zeigte das Display, drei von ihrer Mutter, alle anderen von Michael. Der Anblick von Michaels Namen erfüllte sie mit Angst und Trauer. War es vorbei mit ihnen, einfach so? Sie hielt sich an der Stuhllehne fest und wählte seine Nummer. Es war ein unbewusster, automatischer Vorgang. Sie hätte ihn gestoppt, doch es klingelte bereits, und Michael würde ihren Anruf sehen.

Es klingelte wieder. Sie drückte den Anruf weg. Es gab keine Lösung für sie. Das Band ihrer Liebe war gerissen. Erklärte er sich bereit, das Kind zu behalten – ein Kind, das er nicht wollte –, erbrachte er ein Opfer für sie. Ein Opfer, das sie nicht wollte.

Ihr Telefon blinkte. Das strahlende Bild ihrer Mutter erschien über FaceTime.

»Mama?«

»Anna endlich! Rate mal, von wo ich anrufe!«

Anna schüttelte den Kopf, ein Knoten im Hals versperrte ihrer Stimme den Weg.

»Aus Sellin an der Ostsee! Ich wohne im Hotel Seeschloss und trinke Wein auf der Sonnenterrasse. Schau mal!«

Ihre Mutter prostete in die Kamera, im Hintergrund erstreckten sich die Seebrücke und feiner Sandstrand. Edit sah mit ihrem breitkrempigen Sonnenhut und dem Glas in der Hand aus wie eine Filmdiva an der französischen Riviera.

Anna zögerte. »Was machst du dort?«

»Urlaub von deinem Vater und von meinem Leben!«

»Hast du ihn verlassen?«

Edits Gesichtsausdruck wurde ernst. »Darüber will ich mir klar werden, Anna. Ich liebe deinen Vater. Aber mein Leben war im Grunde immer fremdbestimmt. Von Gerhards sanfter Hand und zuvor natürlich von meiner Mutter. Ich habe alles getan, nur um nicht so zu werden wie sie. Selbst als ich mein Studium schmiss, habe ich aus Trotz gehandelt, nicht aus freiem Willen. Jetzt muss ich erst mal herausfinden, was ich eigentlich will.«

»Das ist gut, Mama.«

»Gerhards Affäre hat mir die Augen geöffnet. Ich habe nicht gewusst, dass es so schwer ist zu vergeben. Ich schulde meiner Mutter eine Entschuldigung.«

Anna lächelte mild. »Das solltest du ihr sagen.«

»Du klingst traurig. Ist alles in Ordnung?«

Anna räusperte sich. »Ich war nur etwas krank.«

»Bist du schon im Krankenhaus? Können sie trotzdem operieren? Ich wäre so gern bei dir, Liebes, aber weißt du, ich brauche das jetzt ganz dringend. Michael ist da, nicht?«

»Ich werde das Baby behalten, Mama.«

Edit schlug sich die Hand vor den Mund. Anna sah nur ihre Augen, die gleichzeitig lachten und weinten. »Das ist wundervoll!«

Anna nickte.

»Es war eine schwere Entscheidung für euch, aber alles wird gut, du wirst sehen. Und wenn ihr Zeit füreinander braucht, kommt das Baby zu mir!«

Anna presste die Lippen zusammen.

»Anna, brauchst du mich, soll ich kommen?«

Der besorgte Blick ihrer Mutter wirkte wie Eiswasser in ihrem Gesicht. »Nein! Du verdienst diese Auszeit. Ich habe eine Erkältung, das ist alles. Lass uns sprechen, wenn du wieder da bist. Ich habe dich lieb, Mama.«

Anna trennte die Verbindung und legte das Telefon aus der Hand. Sie fühlte sich so allein wie noch nie zuvor im Leben. Mechanisch nahm sie ihre Sachen von der Stuhllehne und ging duschen.

»Du siehst aus wie der Tod«, sagte Rebeka über den Spiegelrand, als Anna fertig angezogen aus dem Bad kam. Rebeka presste ihre rot gemalten Lippen zusammen und klappte die Puderdose zu, als erwartete sie von ihrem eigenen Spiegelbild längst kein Wunder mehr.

Anna reichte ihr versöhnlich den Arm. So gingen sie gemeinsam die Treppe hinunter.

Vor dem Haus blickte Rebeka in den blauen Himmel. »Lass uns in der Váci utca eine Kleinigkeit essen und anschließend auf dem Korso spazieren gehen.« Sie strahlte wie eine Frischvermählte.

Anna wusste, dass Rebeka enttäuscht sein würde. Die Váci utca galt einst als edle Adresse. Heute warben Restaurants mit billigen Angeboten, Türsteher lockten Touristen in die Läden.

Auch der Korso hatte nichts mehr gemein mit der Flaniermeile auf János Vaszarys farbenprächtigen Gemälden aus den Zwanzigerjahren.

Trotz der kurzen Strecke hielt Anna aus Rücksicht auf Rebeka ein Taxi an. Rebeka ließ das Fenster vollständig herunter. Der warme Fahrtwind wirbelte durch ihr Haar. Sie fasste sich in die Frisur. Es machte ihr nichts aus. Sie lachte auf, warf gelöst den Kopf zurück, blickte begierig nach links und rechts und zu Anna, als wollte sie sie teilhaben lassen an den Straßen und Plätzen ihrer Mädchenjahre. Sie war wie ausgewechselt.

Sie fuhren vom Inneren Ring auf die Kossuth-Lajos-utca. Im Vorbeifahren bot sich ihnen der Blick auf das altehrwürdige Astoria-Hotel. Rebeka drehte sich zurück, als hätte sie einen alten Bekannten erblickt. Sie reichte nach Annas Hand, ihre geöffneten Lippen bebten, als wollte sie etwas sagen, doch es verschlug ihr die Sprache. Vielleicht war es der Anblick der strahlend weißen Elisabethbrücke vor dem Panorama der Budaer Berge. Die letzte Erinnerung, die Rebeka an diesen Ort haben musste, war das Bild der im Krieg zerbombten Brücke.

An der Váci utca hielt das Taxi in der Busspur, sie mussten rasch aussteigen. Anna reichte das Fahrtgeld zusammen mit einem satten Trinkgeld für die kurze Strecke nach vorn. Sie hüpfte hinaus und streckte Rebeka die Hand entgegen.

Das neue Café im Piaristen-Haus fiel ihr ein. Doch Rebeka bestand darauf, sich ins Gewimmel der Fußgängerzone zu begeben. Schon nach kurzer Zeit kam ihnen der erste Trupp kichernder Britinnen entgegen. Das Mädchen in ihrer Mitte in einem unvorteilhaften Hasenkostüm war augenscheinlich die Braut. Sie bot sich einem ahnungslosen Passanten zum Kuss an. Augenrollend deutete Anna zu dem Mädchen, doch Rebeka sah sie nicht. Sie marschierte bereits auf ein Kaffeehaus mit großer Sonnenterrasse zu, das Café Anna.

»Es hat sich sehr verändert.« Rebeka blieb mit erschrockenem Gesichtsausdruck vor dem Café stehen.

»Komm, gehen wir weiter«, sagte Anna, doch da schritt Rebeka bereits über die von Touristen bevölkerte Terrasse zum Eingang.

Sie hatten an einem der Marmortische in der Nähe des Tresens Platz genommen und studierten das Kaffeeangebot der Wandtafel. »Hier dinierte ich einst an weiß gedeckten Tischen bei Kerzenschein.« Die Enttäuschung war Rebeka ins Gesicht geschrieben. Anna reichte nach der laminierten Speisekarte, die zwischen Bügeln aus Metall in einem Halter auf dem Tisch stand. Gulaschsuppe, Tiramisu, Panini, Esterházy-Torte waren dort in einem Atemzug aufgeführt. Sie hatte nicht viel von dem Laden erwartet.

»Sollen wir nicht woanders hingehen?« Rebeka machte Anna nervös. Sie wirkte rastlos, schob sich vor auf die Stuhlkante, als wäre sie drauf und dran aufzuspringen. Dennoch wollte sie bleiben.

Der Kellner wischte mit einem Lappen über ihren Tisch und hinterließ auf der Marmorplatte eine nasse Spur. »Wisst ihr schon, was ihr wollt?« Er knetete den Lappen in den Händen. Rebeka sah angewidert zu ihm auf.

»Wir brauchen noch einen Moment«, sagte Anna.

Rebeka verschränkte die Arme vor der Brust und sah ihm nach, als hätte er sie beleidigt. Am Nebentisch hatten sich zwei Japaner gesetzt.

»Hast du das gehört? Der hat uns geduzt! Ich habe schon hier verkehrt, da war dieser Junge noch nicht einmal auf der Welt.«

Anna verkniff sich ein Lachen und studierte die Speisekarte weiter.

»Aber so ist das Leben! Die Welt um dich herum verändert sich und scheint irgendwann davon auszugehen, dass du nicht mehr ganz dicht im Kopf bist. Keiner interessiert sich mehr für dich.«

Anna nickte abwesend und sah kurz von der Speisekarte auf. Sollte sie das Panino mit Mozzarella oder Schinken-Käse bestellen?

»Es ist über sechzig Jahre her«, sagte Rebeka und blickte sich erneut um, als suchte sie verzweifelt nach etwas Altbekanntem. »Ich saß an einem dieser Tische, vielleicht genau hier, und wartete.«

»Auf wen?«, fragte Anna und klappte die Speisekarte zu. Rebeka winkte ab. Mit der flachen Hand klopfte sie auf die Tischplatte, als handelte es sich um denselben Tisch. »Du musst wissen, ich war eine überaus schöne Frau. Die Männer drehten sich nach mir auf der Straße um. Ich spürte Blicke auf mir. Ich sah mich um. Da war dieser Blondschopf in einem viel zu großen Sakko und zeichnete mich.«

Anna musste lächeln. Sie sah den armen Jungen über das Blatt gebeugt, verstohlen zu der unnahbaren Rebeka blicken.

»Ich ließ mich natürlich nicht von irgendjemandem ansprechen. Aber die Ernsthaftigkeit seiner Zeichnung faszinierte mich. Er war ein tiefer Denker, dein Großvater.«

»Du hast Szabó hier kennengelernt?«

Rebekas Augen blitzten auf. Für einen Moment glaubte Anna, die junge Frau zu erkennen, die noch immer irgendwo hinter der brüchigen, gealterten Fassade wohnte.

»Dort drüben hat er gesessen.« Sie deutete mit der kranken Hand zu einem der Fenstertische. Auch die gute Hand zitterte. Anna bekam den Eindruck, als würde Szabó noch immer dort sitzen, seine selbst gedrehte Zigarette bedächtig auf die Tischplatte klopfen, sie begutachten mit gerunzelter Stirn und sie anschließend behutsam in die Hemdtasche stecken, damit sie griffbereit war, wenn die Zeit kam, sie zu genießen.

Ihr Großvater war wie Rebeka im Winter seines Lebens angelangt. Doch er war nicht bereit, an alten, schmerzlichen Erinnerungen zu rühren. Er war nicht wie Rebeka. Er lebte im Jetzt und kostete aus, was das Leben noch hergab. Die Frau, die er seine Partnerin nannte, hatte mit Bewunderung zu ihm aufgesehen. Anna gönnte ihm den Tanz, die junge Liebe und wünschte sich diese Freiheit auch für ihre Mutter, die erst begonnen hatte, fliegen zu lernen.

Offenbar war Rebeka wegen Szabó an diesen Ort gekommen. Seinetwegen hatte sie sich mit Sorgfalt die Lippen rot geschminkt und ein neues Kleid angezogen. Hier hatten sie sich kennengelernt. Hier bestand die Möglichkeit, war sie auch noch so gering, ihm zu begegnen.

Sie in die Stadt ihrer Jugend zurückzuholen, war Breitners wahres Geschenk an sie gewesen. Ob Wiedergutmachung oder Strafe – er hatte den Glanz der Hoffnung in ihre Augen zurückgebracht.

Anna fasste die knochige, alte Hand ihrer Großmutter, der nichts blieb als die Vergangenheit.

46
REBEKAS BRIEF

Budapest 1956

Noch bevor István die Augen aufschlug und sich vergegenwär-
tigte, warum er in Franks Hotelzimmer auf dem Boden in Decken
gekauert neben Levin lag, kamen ihm die Bilder des gestrigen
Tages in Erinnerung: sein schlafendes Kind, Rebekas zitternde
Hand in seiner, der vertraute Duft ihrer Haut.

Die emotionale Achterbahnfahrt des letzten Tages hatte ihn
Évas Lüge verdrängen lassen. Sie hatte ihn betrogen. Vielleicht
war ihr Handeln nachvollziehbar, aber es blieb eine Lüge. Warum in aller Welt war er nicht außer sich vor Wut? Was fühlte er
überhaupt? István blinzelte in das einfallende Licht und streckte
seine schmerzenden Glieder. Seine Augenlider öffneten sich nur
schwer nach drei Stunden Schlaf.

Er blickte an Frank empor. Der grinste sie an, frisch rasiert,
im sauberen Hemd, als würde er ins Büro gehen. »Kommt schon,
ihr Schlafmützen. Kluge Leute ziehen nicht mit leerem Magen in
den Kampf.«

Levin zog die Decke über den Kopf und stellte sich tot. So wie
die Dinge stünden, würden kluge Leute besser gar nicht erst aufstehen, murmelte er.

Frank hatte bereits Erkundigungen eingeholt. Imre Nagy

würde zum Ministerpräsidenten ernannt werden. Er wusste auch schon von den sowjetischen Panzern, die über Nacht in Budapest aufmarschiert waren. In Berlin hätte vor drei Jahren die Einschüchterung auch funktioniert, sagte Frank und schlug vor, zur Technischen Universität zu fahren.

Die Uni war zu einem Hauptstützpunkt der Aufständischen geworden. Auf dem Gelände entluden Studenten Lastwagen der Armee und schleppten Kisten mit Maschinengewehren und Munition. Sie druckten Flugblätter und stellten die Armbinden der neu gegründeten Nationalgarde her. Die Turnhalle war zum kollektiven Schlafplatz umfunktioniert worden, doch jeder, der etwas auf sich hielt, war in der letzten Nacht auf den Beinen gewesen. Wichtigtuerisch rannten alle umher, berieten sich und organisierten.

»Willst du eine MP oder eine Pistole?«, fragte ein Student István. Der junge Mann sah aus wie ein Erstsemester und verteilte Waffen. Ein Mädchen mit Pferdeschwanz gab Frank eine Wattejacke und nahm ihm den blutbeschmierten Mantel ab. Das Blut des Jungen vom Radiogebäude war inzwischen zu einem großen braunen Fleck getrocknet.

»Erwischt dich die AVO mit dem Maschinengewehr, wirst du erschossen«, sagte Frank zu István und verbarg sein Gewehr unter der neuen Jacke. Eine Pistole steckte er auch ein, nur für alle Fälle. Dann unterhielt er sich mit einem der Studentenführer.

István wollte Éva anrufen. Das Mädchen mit dem Pferdeschwanz zeigte ihm das Telefon. Évas Mutter ging ran. Der kleine Isti sei bei ihr. Éva hätte sich in aller Frühe schon auf den Weg gemacht.

»Auf den Weg wohin?«, brüllte István in den Hörer.

»Zu dir in die Stadt, ja, habt ihr euch nicht getroffen?«

»Um Gottes willen, Mutter! Wissen Sie denn nicht, was hier

los ist? Wo wollte sie hin?« Kaum hatte er den Satz beendet, bereute er ihn.

Tatsächlich brach die Arme in Panik aus.

»Mutter, beruhigen Sie sich! Hat Éva gesagt, wo sie genau hinwollte?«, fragte István noch mal ohne Erfolg. »Machen Sie sich keine Sorgen. Ich weiß schon, wo ich sie finde.« Es knirschte in der Leitung. »Hören Sie mich? Es ist alles in Ordnung. Verlassen Sie nicht das Haus, und passen Sie gut auf Isti auf.« Dann wurden sie unterbrochen.

István vermutete Éva bei Levin. Als er dort eintraf, erwartete Levin ihn schon. Tatsächlich hatte Éva stundenlang im Hausflur auf ihn gewartet.

»Sie war stark unterkühlt und völlig außer sich«, sagte Levin. »Sie fantasierte wirres Zeug, sagte, sie wolle sich selbst bestrafen, riss ihre Bluse auf, um sich eine Lungenentzündung zu holen. Sie schrie, das sei gar nicht Strafe genug für das, was sie getan hätte.«

István schob Levin beiseite, um zu ihr zu gehen.

»Warte! Lass sie schlafen. Du würdest sie nur aufregen.«

István kratzte sich am Hinterkopf und zog die Stirn in Falten. Die Krankenhäuser waren überfüllt wie im Krieg. Wie hatte Éva überhaupt die Straßenkontrollen und Barrikaden bis nach Pest passiert?

Levin zog ihn in die Wohnung und bedeutete ihm, sich zu setzen. Er reichte ihm einen Brief. »Den soll ich dir geben.«

István erkannte Rebekas Handschrift auf dem Umschlag. Der Brief war an ihn adressiert. Offenbar hatte Éva ihn gelesen, denn der Umschlag war versehrt. Mit dem Daumen befühlte er die feinen, wie Perlen aneinandergereihten Buchstaben.

»Rudi hatte ihn zusammen mit deinen Sachen aus Szolmár zurückgebracht.«

»Éva hatte ihn die ganze Zeit versteckt?«

Levin nickte.

István schob behutsam Daumen und Zeigefinger in den Umschlag, als fürchtete er sich vor seinem Inhalt, blickte kurz kopfschüttelnd zu Levin auf, dann faltete er das Papier auseinander und begann zu lesen.

Liebster!

Bitte verzeih mir mein Fortgehen. Meine Annahme, Du würdest mir nachreisen, war vermessen und selbstsüchtig. Ich wollte Dich davor bewahren, Dein Talent zu vergeuden und Dich mit dem einfachen Leben zufriedenzugeben. Ich wünschte mir den brillanten Denker zurück, den Künstler, in den ich mich einst verliebt habe. War das denn falsch? Ich wollte das Beste für uns. Ich dachte, unsere Liebe wäre stark genug, auch das durchzustehen.

Wir bekommen ein Kind, István! Ich habe es nicht gewusst, glaube mir. Ich bin im dritten Monat schwanger.

Unser Kind soll werden können, was es will, und leben können, wie es will.

Bitte Liebster, wir brauchen Dich! Komm nach Budapest und lass uns eine Familie sein.

Deine Rebeka

21. August 1953

47
KRIEGSSPIELE

Budapest 1956

István betrat das verdunkelte Zimmer. Das Geräusch der Tür hatte Évás Schlaf offenbar gestört. Sie drehte sich auf die Seite und faltete die Hände unter ihren Kopf wie ein Kissen. Es war still bis auf das ferne Geratter von Maschinengewehren.

István setzte sich vorsichtig zu ihr und berührte ihren Arm. »Weißt du noch, als du tagelang an meinem Bett gewacht hast? Jetzt kann ich mich revanchieren.«

Sie öffnete die Augen. »István! Es tut mir so leid.« Ihre Stimme klang weinerlich.

Er versuchte zu lächeln, als wollte er ihr Mut machen. Er legte die Hand an ihre Stirn. »Sprich jetzt nicht. Du hast Fieber.« Er war überrascht, wie ruhig er war. Warum schrie er sie nicht an?

»Der Brief«, sagte sie und wollte sich aufsetzen. »Ich habe ihn Levin gegeben. Hat du ihn gelesen?«

Er drückte sie sanft ins Kissen zurück.

Sie schob seine Hand weg. »Ich habe von deiner Tochter gewusst! Hat Levin das nicht gesagt? Sag doch was!«

»Ich verstehe, was du getan hast. Es war falsch.«

Sie sah ihn fragend an.

»Ich schätze, wir werden den Gürtel nun enger schnallen müssen.«

»Wir? Du wirst nicht zu ihr zurückgehen?«

»Wir sind eine Familie, hast du das vergessen?«

»Aber Rebeka braucht dich.«

»Ihr braucht mich auch.«

István stand wieder auf und richtete ihre Decke. Auf Zehenspitzen ging er zur Tür und verschloss sie hinter sich. Er musste eine völlig verwirrte Éva zurückgelassen haben. Sein Verständnis würde ihr Folter genug sein. Oder hätte er sie verfluchen sollen? Sie verlassen?

Er kniff die Augen zusammen. Wir sind eine Familie, hast du das vergessen? Hatte er sich also entschieden? Éva war seine Frau, sie war Wirklichkeit. Das Gefühl der Vertrautheit zwischen ihm und Rebeka, sein Verlangen nach ihr erschien ihm so unwirklich, als wäre alles nur ein Traum gewesen. Er hatte keine Wahl, als sich für seine Familie zu entscheiden. Er rieb sich die Stirn in Panik. Oder doch? Éva hatte ihn angelogen, all die Zeit hintergangen. Er starrte auf seine Schuhe und schüttelte den Kopf. Was hätte er schon tun sollen, sie anschreien, sie mit Ignoranz strafen? Sie strafte sich doch schon selbst. Er trat nicht zu, wenn sie schon am Boden lag.

Er tastete in seiner Gesäßtasche nach dem Brief, zog ihn heraus, er musste ihn noch einmal lesen. Vielleicht hatte er etwas übersehen. Er nahm das Blatt aus dem Umschlag und schaute auf das Datum. Der Brief musste nur kurz nach seiner Abreise in Szolmár eingetroffen sein.

Er hatte das Gerede, die bedauernden Blicke im Dorf nicht mehr ertragen. Von einem Tag auf den anderen hatte er alles stehen und liegen lassen. In Budapest hatte ihn sein erster Weg zu Éva geführt. Warum in Gottes Namen hatte sie ihm verschwiegen, dass Rebeka bei ihnen gewesen war?

Er überflog den Brief im Stehen erneut, diesmal mit kühlem Kopf wie ein amtliches Schreiben. Wir bekommen ein Kind! Welchen Gang hätte sein Leben genommen, hätten ihn diese Zeilen erreicht? Er legte das Blatt sorgfältig an seinen Faltstellen zusammen und steckte es in den Umschlag zurück. Hätte, hätte! Was macht das noch für einen Unterschied?

In der Stube setzte er sich in Levins Lesesessel neben das Radio. Levin war vor einiger Zeit losgezogen, um Lebensmittel zu besorgen. Im Radio brachten sie eine Wiederholung der Nagy-Rede vom Mittag. Er rief die Bevölkerung auf, bis zwei Uhr nachmittags die Waffen niederzulegen. István musste eine Weile an dem Drehknopf herumstellen, bis seine Stimme deutlich zu verstehen war. Er versuchte, sich auf die Rede zu konzentrieren, doch Rebekas Worte klangen in seinem Kopf nach. Sie waren so allgegenwärtig, als spräche sie zu ihm.

Lass uns eine Familie sein ...

In der Ferne heulten die Sirenen, ab und zu fuhr ein Lastwagen mit großer Geschwindigkeit vorbei. Von Waffenstillstand konnte keine Rede sein. Was bedeutete Vollstreckung im standrechtlichen Prozess überhaupt? Jeden an die Wand stellen, der eine Waffe getragen, der mit demonstriert hatte oder eine Flagge in der Hand hielt? Nagy sprach von der Wiederherstellung des 1953er-Regierungsprogramms, der Demokratisierung des Landes. István hörte nicht mehr hin.

Bitte Liebster, wir brauchen Dich!

Die Stimme in seinem Kopf war so echt, er glaubte, ihren Atem im Nacken zu spüren. So stellte er sich eine Psychose vor. Er wollte nach Rebeka sehen, doch wie sollte er hier weg? Was wollte er überhaupt bei ihr? Er steckte in der Falle, was er auch tat, es war das Falsche.

Die Stimme wurde lauter.

»István?«

Éva stand in die Bettdecke gewickelt hinter ihm. Sie umklammerte die Decke vor der Brust, als hielte sie sich an ihr fest.

»Du sollst nicht aufstehen!«, rief István. Er fühlte sich ertappt.

»Hast du mit Mutter gesprochen? Geht es Isti gut?«

István atmete tief durch. »Natürlich. Komm her, es ist alles in Ordnung.«

»Quäle mich nicht länger, bitte!« Verzweiflung stand in ihrem Gesicht. »Sei wütend, schrei mich an, egal, nur tu nicht so verständnisvoll. Ich habe etwas Schreckliches getan. Es ist einfach passiert, ich habe nichts gesagt, und irgendwann war es zu spät. Ich hatte schreckliche Angst, du könntest mich verlassen, verstehst du?«

István nickte und zog sie zu sich heran.

Widerwillig ließ sie sich samt Decke in seinen Schoß nieder. »Nun sag doch was!«, flehte sie ihn an.

»Was soll ich sagen, Éva? Ich sollte wütend sein, aber ich kann es nicht. Vielleicht hätte ich nicht anders gehandelt.«

»Hättest du gewusst, dass sie dein Kind erwartet …«

»Wäre ich zu ihr zurückgegangen, natürlich.«

Sie schwiegen. Éva starrte auf das Muster der Bettdecke.

»Ich hasse mich für das, was ich dir angetan habe.«

István hob den Zeigefinger zum Mund und bedeutete ihr zu schweigen.

»Lass mich ausreden! Rebeka war verzweifelt. Sie hat dich überall gesucht. Ich habe mich dazwischengedrängt. Es ist jetzt meine Pflicht, dich loszulassen.«

Er schüttelte den Kopf. »Ich habe dich über Monate gedrängt, Rudi zu verlassen und mich zu heiraten, erinnerst du dich? Ich habe dir immer wieder gesagt, dass ich mit Rebeka nichts zu tun haben will.«

Tränen kullerten über ihre Wangen. »Liebst du sie?«, fragte sie. Ihre Stimme war dünn wie ein Faden.

Natürlich nicht. Das wilde Verlangen, das er für Rebeka empfand, war ein Trieb, doch nicht Liebe! Er hatte eine Frau, einen Sohn, eine Familie. Warum zögerte er? Sag was! Eine Geste, irgendetwas. Schon jetzt war die Pause zu lang geworden. Sie würde ihm nicht mehr glauben.

Das Türschloss knirschte.

»Das ist Levin!«, sagte Éva und befreite sich aus seiner Umarmung.

Vorbei, dachte István. In Levins Gegenwart konnten sie nicht reden. Éva würde sich auf die Lippen beißen, sanft lächeln und später in ihr Kopfkissen weinen, doch sie würde nicht wieder davon anfangen.

Levin war voll beladen mit Lebensmittelpaketen, Brot und Milch, aber auch stapelweise Mehl, Zucker und Konservenfleisch. Er breitete seine Beute vor ihnen aus wie erlegtes Wild. »Ich habe drei Stunden in der Markthalle angestanden. Wer weiß, wie lange es noch etwas zu kaufen gibt.« Mit einem prüfenden Blick lächelte er Éva an, leerte Schlüssel, Ausweis, Kleingeld und zerknüllte Flugblätter aus seinen Hosentaschen auf dem Küchentisch aus und legte das Maschinengewehr an der Garderobe ab wie eine Aktentasche. Beim Anblick des Gewehrs stöhnte Éva auf.

Der Sprecher im Radio rief die Bevölkerung auf, mit letzter Frist bis achtzehn Uhr die Waffen niederzulegen. Zahlreiche bewaffnete Gruppen hätten bereits das Angebot angenommen und sich ergeben. Ruhe und Ordnung seien überwiegend wiederhergestellt.

Levin winkte ab. »Unsinn! Am Széna-Platz wird geschossen, am Parteistützpunkt, an der Robert-Károly-Kaserne, laufen die Kämpfe, und die Corvin-Kilian-Gegend ist unter ständigem Beschuss durch die sowjetischen Panzer.«

Bei der Erwähnung der Kilian-Gegend zuckte István. Er musste Rebeka und Edit dort rausholen. Ohne dass Éva es bemerkte, versuchte er, mit Levin Blickkontakt herzustellen.

Doch der spielte am Radio herum, drehte am Knopf hin und her, um den Sender Freies Europa einzustellen. »Auf der Üllői út soll ein T-34 in Flammen aufgegangen sein«, sagte er und horchte ins Radio.

»Die Leute sind völlig verrückt geworden«, sagte Éva und raffte ihre Bettdecke auf. »Das sind Kinder, die Krieg spielen. Randalierer und Plünderer. Die wissen doch gar nicht, was sie tun. Das hat nichts mit Revolution zu tun, das ist Anarchie, und ihr macht da auch noch mit. Sie werden uns alle aufhängen!« Sie zog die Bettdecke fester um sich und verschwand in Levins Schlafzimmer.

Levin sah ihr kopfschüttelnd nach und machte eine wegwerfende Handbewegung. Da erst bemerkte er Istváns panischen Blick. »Ich habe Rebeka und Frank in der Markthalle getroffen. Sie sind in Sicherheit«, sagte er im Flüsterton.

István seufzte auf vor Erleichterung und wartete auf Details, doch Levin war mit dem Radio beschäftigt. Er hockte sich zur Steckdose, zog den Stecker heraus und stellte das Gerät ans Fenster. Der Empfang war dort besser.

»Ich habe erwähnt, dass Éva krank ist und du bei ihr bist.«

»Und?«

»Nichts und.«

In dieser Nacht lag István noch lange wach. Die Bilder der letzten Tage liefen vor seinem inneren Auge ab wie ein Film. Er war mit einem Maschinengewehr herumgerannt, versteckt in Hauseingängen, sah Verwüstung, Plünderungen, Leichen auf dem Bürgersteig, durch Schüsse oder Tritte zu Tode gekommen. Einen armen Schlucker hatten die Leute an einem Ast aufgehängt. Ein

Schild wies ihn als AVO-Mörder aus. Die Leute standen um die Leiche herum. Ein Mütterchen mit Kopftuch bespuckte den Toten, zwei bewaffnete Männer verpassten dem leblosen Körper Fußtritte. Er war an dieser Szene vorbeigegangen wie an einem streitenden Paar, das ihn nichts anging. Ging es ihn nichts an? Diese Menschen beschmutzten die Revolution. Éva hatte recht. Das Ziel rechtfertigte diese Taten nicht. Wann wurde man zum Mörder? Sowjetische Panzer ausräuchern und die fliehenden Soldaten erschießen, war das nicht Mord? Diese blutjungen Soldaten befolgten ihre Befehle, hatten Familien und ein Leben wie er auch. Aber war es nicht auch seine Pflicht, für die Demokratie zu kämpfen? Er hatte noch niemanden erschossen. Könnte er überhaupt jemanden töten? Klar, brach einer mitten in der Nacht in seine Wohnung ein und bedrohte seine Frau, er würde zielen und abdrücken. Er tastete mit der Hand unter sein Kopfkissen. Die Pistole lag griffbereit. Aber aus einem Hauseingang heraus jemanden auf der Straße erschießen? Anlegen, zielen, puff. Dazu gehörte schon mehr. Bisher war er nicht mehr als ein Schaulustiger in einem großen Zirkus. Eine große Klappe haben, zu Sitzungen gehen – das konnte er gut. Und dann? In den letzten Tagen war er so sehr mit sich selbst beschäftigt gewesen, dass er vergessen hatte, worum es eigentlich ging.

48
DAS NEUE HEIM

Budapest 1956

Am Morgen, nachdem sie die Nacht bei Róbert verbracht hatten, raffte Rebeka ihre Sachen zusammen, zog Edit Schuhe, Schal und Mantel an und nahm sie an der Hand. Sie standen schon an der Tür.

»Ist das deine Art, dich zu bedanken?«

Rebeka wandte sich ertappt um. Róbert stand an der Tür seines Arbeitszimmers, wo er seit den frühen Morgenstunden gearbeitet hatte. Sie blickte ratlos zu ihm auf, dann herunter zu Edit. Sie hatte gehofft, eine Diskussion vermeiden zu können. Nun blieb ihr keine Wahl. »Geh, spiel noch ein bisschen mit dem Schaukelpferd!«, sagte sie zu dem Kind und knöpfte seinen Mantel wieder auf.

Edit machte einen Sprung vor Freude, weil sie zu den Spielsachen zurückdurfte.

»Róbert, du kannst nicht so tun, als wären wir zusammen. Das Bettchen, die ganzen Geschenke … Du verwirrst das Kind!«

»Vergangene Nacht schien es mir, als wären wir zusammen.« Seine Augen deuteten ein Lächeln an.

Rebeka erwiderte es nicht. Sie verschränkte die Arme vor der Brust. Seine Bemühungen setzten sie unter Druck. Vergangene

Nacht! Sie war aufgewühlt gewesen. Istváns Auftauchen und sein Verschwinden hatten die alten Wunden aufgerissen. Róbert hatte ihre Schwäche ausgenutzt, ohne es zu wissen. Er bot ihr Sicherheit und eine Schulter zum Anlehnen.

»Ihr seid längst meine Familie«, sagte er leise, fast wie eine Frage. »Werde meine Frau!«, kam gleich hinterher mit zurückerlangtem Selbstvertrauen, als wäre ihm seine eigene Unsicherheit bewusst geworden.

Er lief auf und ab vor ihr wie vor seinen Studenten und erklärte, Edit bräuchte Erziehung, sie bräuchte einen Vater. Rebeka betrachtete seine sich bewegenden Lippen, sie nahm seine Stimme wahr wie Unterwasserlaute. Den Antrag hatte sie längst kommen sehen und es nicht wahrhaben wollen. Diesmal war er nicht vor ihr auf die Knie gegangen, es hatte keine Zuschauer gegeben, und als Zeichen seiner Zuneigung zog er nicht einen Ring auf ihren Finger.

Er hatte ein Heim für sie und ihre Tochter geschaffen. Die nüchterne Junggesellenwohnung von einst gehörte der Vergangenheit an, der Geist von Aurelia war von den Wänden verschwunden, Teppiche, Vorhänge und Blumen hatten Einzug in sein Leben erhalten. Das Schlafzimmer mit Edits Bettchen und dem Spielzeug erweckte den Eindruck, als wären sie längst eingezogen. Sie vergrub das Gesicht in den Händen und kämpfte mit den Tränen. Er bot ihr ein Leben, das sie sich für Edit wünschte. Das kleine Glück eben. Jede vernünftige Frau hätte seinen Antrag längst angenommen.

»Du hast mir noch immer nicht verziehen«, sagte er und zerrte am Hemdkragen. »Ich kann die Zeit nicht zurückdrehen, Rebeka!« Er sank auf die Schuhbank neben der Eingangstür, stützte sich auf die Knie und starrte auf seine Füße in den Filzpantoffeln.

Dann hob sich sein Blick. Er sah sie flehend an wie eine Göttin. Dabei nahm sie Geld von ihm, seit Jahren. Sie war zu seiner

Hure geworden, auch wenn sie nicht miteinander schliefen. Wie sollte man es sonst nennen, was sie hatten? Und letzte Nacht? Sie hatte es ihm längst zugestanden. Gott weiß, sie hatten es versucht, miteinander, aneinander.

»Es tut mir leid«, sagte Rebeka aufrichtig. Seine Großzügigkeit tat ihr weh.

Sein Gesicht wurde zornig. Er stand auf, türmte sich vor ihr auf. »Was ist es denn, das du willst? Schau dich doch mal um!«, schrie er. Furchen hatten sich zwischen seine Augenbrauen gegraben. Er zitterte sichtlich vor Wut, doch dann bremste er sich. Seine Hände sanken hinab. »Es ist István, nicht wahr?«

Sie ertrug die Traurigkeit in seinem Gesicht nicht und senkte den Blick.

»Edit!«

Die Kleine kam artig herbeigelaufen.

»Wir müssen gehen.«

»Wo willst du denn hin mit dem Kind?«, fragte er mit der alten Milde.

»Ich muss nach Dada sehen. Später nehme ich sie mit ins Restaurant.«

»Es ist Krieg da draußen. Lass sie hier! Ich rufe Frau Ilonka runter, sie kann auf sie aufpassen. Heute Abend holst du sie wieder ab.«

Da war sie wieder, seine Güte. Rebeka fühlte sich in die Enge getrieben. Sie schüttelte den Kopf, wrang die Hände, überlegte. Dann hockte sie sich zu Edit nieder. »Ich muss zur Arbeit, Liebes. Ich hole dich heute Abend, in Ordnung?« Edit stülpte die Lippen unter, kleine Grübchen erschienen auf ihrer Stirn.

»Es geht nicht anders, Schatz. Es ist zu gefährlich.«

Die Kleine nickte und kämpfte sichtlich mit den Tränen. Rebeka küsste sie und erhob sich. Mit schmerzerfülltem Blick sah sie zu Róbert auf. »Danke!«

Er öffnete ihr die Tür. Auf dem Umlaufbalkon streifte kalte Luft ihr Gesicht. Sie drehte sich zu ihnen um, strengte sich an, lächelte.

Edit hielt tapfer Róberts Hand und winkte.

49
DER BLUTIGE DONNERSTAG

Budapest 1956

Am Morgen verließen Busse und Straßenbahnen die Depots nicht. Levin und István brachten Éva zu Fuß zum Bahnhof.

Sie schwieg und schmollte. István tat, als bemerkte er es nicht. Solange seine Familie in Sicherheit war, war sein Platz dort, wo das Geschehen war. Er wollte sich vor seinem Sohn nicht eines Tages schämen müssen, er sei während der Revolution ein Gaffer mit umgehängter Waffe gewesen.

»Pass gut auf Isti auf, hörst du?«

Éva nickte mit Tränen in den Augen.

Alles würde gut werden, versprach er, ohne genau zu wissen, was er damit meinte.

Vom Bahnhof eilten sie zurück zum Astoria. Frank wartete auf sie, gut gelaunt, frisch rasiert, im gebügelten Hemd wie immer.

An seiner Seite stand Rebeka. Als er die beiden zusammen sah, sank Istváns Laune.

»Geht es Éva besser?«, fragte sie mit einem Unterton, den er überhörte.

Frank erzählte, Tausende hätten sich wieder vor dem Parlamentsgebäude versammelt. Gerő sei verschwunden, auch von Rákosi hätte seit Tagen niemand gehört. Mikoyan und Suslov

411

sollten aus Moskau eingetroffen sein. In Journalistenkreisen ginge das Gerücht um, Köpfe würden rollen.

Sie machten sich auf den Weg zum Parlamentsgebäude. Rebeka hakte sich demonstrativ bei Frank unter. István blieb ein paar Schritte zurück und warf Levin empörte Blicke zu. Er bekam nur ein Achselzucken als Antwort.

Am Astoria versperrten drei sowjetische T-34-Panzer die Kreuzung. Junge Sowjets sonnten sich auf dem Dach der Ungetüme und unterhielten sich mit ungarischen Mädchen. Ein bizarrer Anblick. Die Leute in der Schlange vor einem Bäcker schienen sich nicht an den Panzern zu stören. In István hingegen löste ihre bloße Gegenwart Unbehagen aus.

Die vier beschleunigten ihre Schritte. Plötzlich stieß Rebeka einen Schrei aus. Auf dem Gehweg, nur ein paar Schritte vor ihnen, lag eine kalkbestreute Leiche, scheinbar ein Sowjet. Er starrte sie mit offenen Augen an.

»Jemand sollte ihn abdecken«, sagte Rebeka.

»Komm!« Frank zog sie sanft am Arm. Sie machten einen Bogen um den Körper wie um eine Baustelle.

Eins der Mädchen war auf den Panzer geklettert und schwenkte, Arm in Arm mit dem Sowjet, die ungarische Flagge wie eine Siegerin.

»Sind die Russen jetzt auf unserer Seite?«, wunderte sich Levin.

Frank zuckte seine Kamera und fotografierte die Szene. Jetzt staunten die Leute wie sie selbst.

Es versammelten sich immer mehr Menschen auf dem Platz. Bald wehte die ungarische Flagge auf allen drei Panzern. Die Euphorie in den Gesichtern erfasste auch István. Nagy war wieder Ministerpräsident, die sowjetischen Truppen offenbar auf der Seite der Aufständischen. Es gab Hoffnung. In kürzester Zeit schwoll die Menge an, und ein spontaner Zug bildete sich. Mit den drei T-34 an der Spitze bewegten sie sich in Richtung des Parlamentsgebäudes.

Auf dem Kossuth Lajos Platz vor dem Parlamentsgebäude versperrte eine Reihe sowjetischer Panzer ihnen den Weg.

»Es lohnt sich nicht, uns umbringen zu lassen«, sagte Rebeka und drehte um.

Frank hielt inne. »Look!«

Die drei sowjetischen Panzer, die ihren Zug angeführt hatten, stellten sich nun zu ihren Kammeraden. Die Soldaten gaben sich die Hand. Junge Leute kletterten auf die Panzer und winkten den Menschen zu. Ihr Zug konnte passieren und vereinigte sich mit der Menge auf dem Parlamentsplatz. Hier standen sie Schulter an Schulter mit Menschen, die gekommen waren, um Imre Nagy reden zu hören. Auf den Stufen zum Parlamentsgebäude stimmte jemand die Nationalhymne an. Ein Mann neben István zog seinen Hut und sang inbrünstig mit. Der Gesang breitete sich wellenartig aus. Die Stimmung war überwältigend. Auch István ließ seiner Stimme freien Lauf. Er hatte sich von der Energie der Masse mitreißen lassen. Auf die Hymne folgte der Chor, der »Nieder mit Gerő!« rief und Nagy forderte. Die Menge stampfte, klatschte, tobte im Rhythmus. Begeisterte Gesichter blickten empor auf die Balkone des Parlamentsgebäudes in Erwartung des Ministerpräsidenten. Überall glänzten Augen groß wie die von Kindern. Auch die von István und Levin. Sie alle spielten Revolution.

Plötzlich fegte Maschinengewehrfeuer über den Platz. Die Rufe der Menge erstickten in dem paralysierenden Moment. István riss den Kopf herum, blickte nach links, rechts, nach oben zu den Balkonen, hoch zu den Dächern des Parlamentsgebäudes. Er konnte nicht feststellen, aus welcher Richtung die Schüsse kamen. Was er sah, waren entsetzte Blicke, Menschen, die wie Freiwild auseinanderliefen. Auch er rannte um sein Leben, sprintete, flog, ohne Gefühl in den Beinen. Er sah sich nach den anderen um, Levin und

Frank dicht hinter ihm. Sie erreichten den Seiteneingang des Parlamentsgebäudes, wo ihnen ein Vordach Schutz bot.

»Wo ist Rebeka?«, rief er.

Levin schüttelte außer Atem den Kopf.

Frank lehnte kreidebleich an der Wand und hielt seinen blutverschmierten Arm. Sie zogen ihn näher unter den Schutz des Daches. »Sie war eben noch neben mir, dann muss sie mit der Menge auf die Südseite des Gebäudes getrieben worden sein. Ich glaube, ich wurde getroffen.« Das Blut sickerte durch seine Jacke.

»Wir müssen ihn hier rausbringen«, rief Levin.

Sie hörten Sirenen.

»Krankenwagen! Ich bleibe bei Frank. Geh du nach ihr suchen!«

István nickte dankbar und rannte zurück in die Richtung, aus der sie gekommen waren. Er stemmte sich gegen den Strom, kämpfte, spürte und hörte nichts. Seine Augen durchkämmten die Menge auf der Suche nach ihr. Das letzte Mal hatte er während der Hymne zu ihr hinübergesehen. Sie hatte glücklich ausgesehen, sich bei Frank eingehakt. Er hatte sie absichtlich ignoriert. Nun war sie verschwunden.

»In die andere Richtung, Mann!«, schrie jemand.

István erreichte die Treppenstufen vor dem Haupteingang, wo sie gestanden hatten. Hier war sie nicht mehr. Wo er hinsah, lagen Körper, Blut, entsetzte Blicke. Er hastete von einem Verletzten zum nächsten und rief ihren Namen. Nichts.

Und dann sah er sie. Sie hockte mit dem Rücken an der Wand einer Säule.

»Rebeka!«

Ihr Blick war starr. Er stützte sie unter dem Arm, half ihr hoch. Sie schafften es die Treppen hinunter, irgendwie im Laufschritt bis zur Mauer, von dort waren es nur noch ein paar Meter bis zu dem Seiteneingang.

Scharfes Gewehrfeuer schlug in der Wand neben ihnen ein. Das war's. Vorbei. Er warf sich auf sie, drückte sie mit dem Oberkörper gegen die Mauer. Sie fühlten das dumpfe Wumm, Wumm, Wumm. Die Wand vibrierte. Sie starben.

In enger Umarmung spürte er ihren Herzschlag und fühlte die Stille. Stille? István hob den Kopf, wagte es, die Augen zu öffnen. Er bewegte die Arme. Lebte er?

Rebeka zitterte, hielt die Augen fest zusammengekniffen. Er suchte sie nach Blut ab, rief ihren Namen, zerrte an ihr. Erbarmungslos raffte er sie auf, rannte mit ihr los, ihre Füße berührten den Boden kaum, quer über den offenen Platz. Es war eine tollkühne Entscheidung, getroffen im Bruchteil einer Sekunde, der kürzeste Weg, ungeschützt und exponiert, komme, was wolle.

So erreichten sie die Kreuzung, das Gewimmel von Menschen, Last- und Krankenwagen. Blutverschmierte Gesichter, Panik und Sanitäter überall. In einer Seitenstraße fanden sie Schutz in einem Hauseingang. Die Haustür war verschlossen.

»Los weiter«, rief er.

Sie konnte nicht mehr. Er zog sie weiter, an der Hauswand entlang zum nächsten Eingang. Auch verschlossen. Das rumpelnde Geräusch eines Lastwagens auf dem Kopfsteinpflaster kam näher. Sie verharrten, drückten sich an die Wand, als könnten sie mit ihr verschmelzen.

Der Laster zog an ihnen vorbei. Sie atmeten aus. Zwanzig Meter weiter stoppte der Wagen. Die Gangschaltung machte ein Klack-Klack-Geräusch, als der Fahrer den Rückwärtsgang einlegte. Es war ein Wagen der Nationalgarde.

»Sollen wir euch mitnehmen?«

István erkannte das Mädchen von der Technischen Universität, das Frank die Jacke gegeben hatte. Er sah zu ihr auf wie zur heiligen Mutter Maria. »Wir müssen zum Duna-Hotel!«

Sie bedeutete ihnen, in den Ladebereich zu klettern, wo sie erschöpft zu Boden sanken.

»Jetzt hast du mir schon das zweite Mal das Leben gerettet«, murmelte Rebeka.

Der Transporter setzte sich in Bewegung. István zog die Knie an und vergrub den Kopf in den Händen. Er spürte die Anspannung von sich abfallen wie eine Rüstung. Was blieb, war Elend. Rebeka legte ihren Arm um ihn. Er zuckte, ertrug ihre, ertrug keine Berührung und schüttelte den Kopf.

»Entschuldige.« Rebeka zog den Arm zurück und umklammerte ihre Knie. »Ich hätte mir damals das Leben genommen, wärst du nicht bei mir gewesen«, sagte sie.

»Das hättest du nicht.« Das kam verbittert, es kam streng. Sie widersprach ihm nicht. »Wenn du von dem Kind gewusst hättest ...«

»Nicht jetzt, bitte, ich kann jetzt nicht!«

»Ich muss es wissen«, flehte sie.

István hob den Kopf und sah sie an. »Ich wäre dir nachgereist. Was wäre mir anderes übrig geblieben?«

Rebeka nickte. »Wegen des Kindes.«

István stieß einen Seufzer auf. Er spannte alle Muskeln seines Körpers an, um Ruhe zu bewahren. Wie konnte er sich überhaupt sicher sein, dass Edit seine Tochter war?

Rebeka sah ihn an, als hätte sie seine Gedanken erraten.

»Ist sie überhaupt von mir?«

Mit zusammengekniffenen Lippen und düsterem Blick schüttelte sie den Kopf, als könnte sie nicht fassen, was er sagte. »Du bist ein Ungeheuer!«

Er zuckte mit den Schultern.

»Ich war schon im dritten Monat, als ich wegging. Du kannst gern nachrechnen.« Sie barg das Gesicht in den Händen.

Ihr kauernder Anblick machte ihn nur noch wütender, dabei

hätte er erleichtert sein müssen. Er starrte auf seine Schuhe. »Das war Erpressung, Rebeka, nicht Liebe.« Er machte eine Geste, als sei er zu erschöpft, weiter zu streiten. Sie schwiegen.

Der Laster rüttelte über das Kopfsteinpflaster.

»Wären wir glücklich miteinander geworden?«, fragte sie nach einer Weile. Der Lärm der Räder verschluckte teilweise ihre Worte.

»Was sagst du? Glucklich?« István winkte ab. Was bedeutete Glück überhaupt? Ein Gewicht lastete auf ihm, so schwer, dass er kaum atmen konnte.

»Ich dachte, wir wären schon glücklich gewesen.«

Mit einem unsanften Ruck kam der Wagen zum Stehen. »Ihr wolltet zum Duna-Hotel!«, rief der Fahrer nach hinten. Jemand öffnete die Ladeklappe von außen. Die junge Frau trug ein Gewehr über der Schulter und die Armbinde der Nationalgarde. István sprang hinunter und half Rebeka beim Herunterklettern.

Frank und Levin waren nicht im Hotel. In den Krankenhäusern anzurufen war zwecklos, vermutlich herrschte überall Chaos. Rebeka sprach mit dem Pförtner und kam mit dem Schlüssel für Franks Zimmer zurück.

Schweigend betraten sie das Hotelzimmer. Die Zeit hatte hier scheinbar stillgestanden. Die schweren Vorhänge waren zugezogen, das Bett gemacht, als wäre die Welt draußen in Ordnung.

Rebeka ließ den Schlüssel auf den Nachttisch fallen.

»Der Pförtner gibt dir Franks Schlüssel?«

»Der Alte mag mich«, sagte sie und lächelte mild.

Stirnrunzelnd legte er seinen verdreckten Mantel und das Gewehr ab. »Und Frank? Der mag dich auch, oder nicht?«

Sie gab ihm keine Antwort. War das jetzt wirklich wichtig? In ihrem Mantel sank sie auf das Bett, rollte sich auf die Seite und suchte Halt am Kopfkissen. Sie wünschte sich, er würde sich zu ihr legen, sie in die Arme nehmen. Doch er hatte ihr den Rücken zugewandt und verbarg den Kopf in den Händen.

Rebeka schloss die Augen. Schwindel erfasste sie, als stünde sie am Rande eines Abgrundes und blickte in die Tiefe. Öffnete sie die Lider, wankte das Zimmer. Das Gewehr lehnte an der Wand und drohte umzufallen. Keine Sekunde war es ihr vor dem Parlament aufgefallen, dass István eine Waffe bei sich trug. Bestimmt war er nicht der Einzige. Sie alle waren wehrlos gewesen gegen den plötzlichen Donnerhagel.

Auch er starrte das Gewehr an und sah aus, als sei er höchstpersönlich für das Leid auf dem Platz verantwortlich. Hätte er sie nicht hinter dieser Säule aufgesammelt und von dem Platz geschleppt, hätte sie vermutlich geendet wie dieser Mann, der mit zitternden Gliedern vor ihren Füßen verblutet war. Angst durchfuhr sie bei dem Gedanken an Edit. Was wäre aus ihrem Kind geworden, ohne Mutter, ohne Vater? István tat ihr leid, wie er so dasaß. Sie hätte ihn beruhigen sollen wegen Frank.

»Würdest du mich in die Arme nehmen, bitte?«

Ihre Stimme war dünn wie die eines Kindes. Bemerkte er nicht, wie sehr sie ihn brauchte?

Das Bett hob sich unter ihr, als er sich neben sie legte und seinen Arm um sie schlang. Sie schmiegte ihren Rücken an seine Brust und klammerte sich an ihn.

So lagen sie eng umschlungen, bis Stunden später ein Schlüssel im Schloss sie weckte: Frank war mit frisch verbundener Wunde zurückgekehrt. Er hatte Glück gehabt, die Kugel hatte seine Schulter nur gestreift. Sie hatten ihn ins Militärkrankenhaus auf dem Róbert-Károly-Ring gebracht. Die anderen Krankenhäuser waren bereits mit Verletzten überfüllt gewesen. Er hatte stundenlang auf dem Gang zwischen Schwerverletzten warten müssen, erzählte er. Er sei mehrmals vertröstet worden. Ein junger

Freiheitskämpfer hatte auf einer Trage gelegen, die halbe Kopf-
haut abgetrennt. Neben ihm hatte ein sowjetischer Offizier halb
bewusstlos mit einer Bauchwunde vor sich hingedämmert. Sie
waren beide versorgt worden.

Levin hatte nach dem Erlebten sein Gewehr in einen Graben geworfen und sich wie ein geprügelter Hund in seine Wohnung verzogen. Er war bereit, den Rest der Revolution dort auszusitzen.
Frank jedoch war ungebrochen, sein Blick der eines Irren. Was nur
bewegte ihn, sich diesen Gefahren auszusetzen, anstatt in die Staaten zurückzukehren, fragte sich István. Spielte er den Helden, um
Rebeka zu beeindrucken? Sie gefiel ihm, das konnte er an der Art
erkennen, wie Frank sie ansah. Allerdings hatte Frank keine Miene
verzogen, als er sie zusammen auf dem Bett vorgefunden hatte.

Erst später verstand István, was den Amerikaner wirklich antrieb. Wie ein Süchtiger jagte er der großen Story nach. Dabei zu
sein, zu berichten aus dem Zentrum des Geschehens vor den Augen der Welt, das war seine Passion. Sie war stärker als das Interesse an einer Frau. Selbst an einer Frau wie Rebeka.

Am Abend musste Rebeka ihren Dienst antreten. Auf den
Straßen tobten die Kämpfe, und hungrige Journalisten drängten sich im Restaurant. Das Hotel war eine Insel der Normalität,
wo sie sich von den Kriegsspielen erholten, Informationen aus-
tauschten, Telegramme verschickten und sich am Abend sinnlos
betranken. Die Kellner wirbelten um die Tische in makellos ge-
stärkten Hemden und weißen Spitzenkragen. Alles ging seinen
gewohnten Gang.

Auch Rebeka hatte sich gewaschen, ihre Haube aufgesetzt
und hörte sich das ausgezeichnete Schweinepörkölt empfehlen,
die Spezialität des Tages. Es war, als sei das Restaurant zu ihrer
Bühne geworden. Sie spielte ihre Rolle mit Perfektion und hatte
ihre Tische im Griff. Hier hatte sie die Kontrolle und konnte ihre
Sorgen ausblenden. Was zählte, war die erstklassige Vorstellung.

50
ÉVAS OPFER

Budapest 1956

Die Straßenkämpfe setzten sich fort, Gerüchte zirkulierten, ein Waffenstillstand würde ausgehandelt, manche behaupteten, die Amerikaner marschierten über Österreich ein.

Frank war skeptisch. Er hatte gehört, am Suez-Kanal wäre etwas am Kochen. Die in Deutschland stationierten amerikanischen Soldaten wären in Urlaub geschickt worden. Für ihn war dies ein klares Signal. Die Amerikaner würden sich nicht einmischen. Ungarn sei auf sich allein gestellt, sagte er zu István. Der Westen würde eine Konfrontation mit Moskau vermeiden.

Auf den Straßen hörten sie, Imre Nagy führe Verhandlungen mit den Sowjets über den Abzug der Truppen. Die Leute versammelten sich vor offenen Fenstern mit Radiogeräten und lauschten den sich widersprechenden Nachrichten.

István traf Levin in seiner Wohnung nicht an. Nachdem er eine Weile allein in der Innenstadt herumgeirrt war, fragte er sich ernsthaft, was er sich beweisen wollte. Welchen Beitrag lieferte seine Anwesenheit auf der Straße? Wo er wirklich gebraucht wurde, nämlich zu Hause, hatte er sich seit Tagen nicht blicken lassen. Also fuhr er heim.

Éva sah von ihrem Brotteig nicht zu ihm auf. Mit zusammengekniffenem Mund stemmte sie sich gegen den Teig, prügelte auf ihn ein, als wäre er schuld an allem.

István legte eine Hand auf ihre Schulter, wollte sie umarmen.

»Nicht István, bitte. Ich bin voller Mehl!«

»Aber Täubchen ...«

»Du brauchst nicht aus Vernunft nach Hause zu kommen.«

»Éva, was sagst du da?«

»Ich werde mit Isti zu meiner Mutter ziehen. Es ist das Beste. Wir sollten uns für eine Weile trennen.«

Für eine Weile? Er hob vor Überraschung die Brauen.

Da ging es ihm auf. Sie liebte es, das Opfer zu spielen. Sie war gut darin, so gut, dass sie am Ende selbst an ihre selbst gewählte Rolle glaubte. Der leidende Blick, die ausgeweinten roten Augen, natürlich! Das alles gehörte dazu. Er war doch hier, oder nicht? Was wollte sie denn noch? István atmete tief ein und versuchte, sich zu mäßigen. »Éva, das ist doch Unsinn. Ihr seid meine Familie. Ich bin doch nicht nur aus Vernunft hier.«

Sie ließ den Teig auf den Tisch plumpsen, wischte sich die Hände an der Schürze ab und sah ihn mit ernster Miene an. »Ich bin mir nicht mehr sicher, ob wir richtig füreinander sind. Wir haben uns damals in eine Zweckheirat gestürzt. Wir waren beide einsam und sehnten uns nach Nähe.«

»Was redest du da? Jetzt sei doch vernünftig!«

»Ich bin es leid, vernünftig zu sein. Ich sehne mich nach Liebe, ich will die Schmetterlinge! Du siehst mich nicht an wie eine Frau. Du begehrst mich nicht. In deinen Augen bin ich die Mutter deines Sohnes, sonst nichts. Unser Leben ist eine Wohngemeinschaft. Ich kann deine Reden von Achtung und Zuneigung nicht mehr hören. Nennst du das Ehe? Du hängst nur noch bei Levin oder beim Kovács in der Werkstatt. Ich habe keine Lust auf Vernunft.«

Sein Hals war zu trocken zum Schlucken. Wie konnte sie nur

so den Spieß umdrehen? Sie hatte ihn belogen, und jetzt spielte sie die vernachlässigte Ehefrau, die nicht genug Aufmerksamkeit bekam.

»Ich weiß nicht, was du hier tust, Éva. Ich habe das nicht verdient.«

Sie warf das Küchentuch auf den Tisch und rannte unter Tränen nach draußen.

Er ging ihr nach. »Können wir bitte wieder reingehen? Es ist schweinekalt hier draußen.«

»Ich habe mich mit Rudi getroffen«, sagte sie kaum hörbar, ohne ihn dabei anzusehen. Ihre Worte verebbten in Tränen.

»Ich habe mit ihm geschlafen.«

István musste sich für einen Moment an der Wand abstützen. Das waren klare Worte, keine Spielchen mehr. »Weißt du, was du bist?«, schrie er mit zitternder Faust. »Ich hatte Gelegenheiten, nicht einmal, nicht zweimal, hundertmal. Ich habe dich nie betrogen. Aus Respekt verdammt noch mal, aus Respekt vor dir und unserer Ehe. Aber das ist ein Wort, das dir offenbar nicht wichtig ist.«

»Schrei bitte nicht so, Isti wacht auf.«

»Ach, jetzt fällt dir dein Sohn wieder ein, ja?«

»István, bitte!«

Er bremste sich. Schwer atmend und mit zittrigen Händen zündete er sich eine Zigarette an. Éva stand nur da und starrte auf den Boden.

»Das war's dann, nehme ich an?«

Sie wischte sich die Augen mit dem Ärmel ab und nickte.

István packte einen Koffer mit frischer Wäsche, gab seinem schlafenden Sohn einen Kuss und verließ das Haus noch vor der Ausgangssperre.

Zusammen mit dem Professor fuhr er am selben Abend in die Stadt. Unheimliche Stille herrschte auf dem Weg. Im Scheinwerferlicht des Wagens offenbarte sich ihnen das Ausmaß der Zerstörung: ausgebrannte Fahrzeuge, umgeworfene Strommasten, Schutt und Müll, so weit das Auge reichte. An einer Kreuzung versperrte ein umgefallener Strommast den Weg, wahrscheinlich waren die Stromkabel als Panzerfalle ausgelegt worden.

Die majestätische Kettenbrücke lag still im Nebel versunken. Von den Kämpfen der letzten Tage zeugten die aufgerissene Fahrbahn und die Barrikaden aus Pflastersteinen. Kovács fuhr in Schrittgeschwindigkeit über die Brücke, manövrierte geschickt um die Hindernisse herum.

István kurbelte das Fenster herunter und ließ sich den kühlen Wind ins Gesicht blasen.

»Ein Sieg der Freiheitskämpfer wäre surreal, finden Sie nicht?«

Kovács reckte den Hals nach vorn, konzentrierte sich auf die Straße. »Das ist nur die Ruhe vor dem Sturm. Der Kampf ist noch nicht ausgestanden.«

»Wie meinen Sie das?«

Der Alte sah kurz zu István und wandte den Blick gleich wieder auf die Straße. »Glauben Sie wirklich, die Sowjets würden nach Tagen erbitterter Kämpfe einfach den Rückzug antreten? Das halte ich für unwahrscheinlich.«

»Gerő ist zurückgetreten.«

Der Alte nickte wenig überzeugt. »Warten Sie nur ab.«

István sah aus dem Fenster und schwieg.

Sie fuhren an der zerbombten Fassade eines mehrstöckigen Wohnhauses vorbei. Der intime Blick in das Innenleben einer Wohnung, wie in ein aufgeklapptes Puppenhaus, drängte sich ihm auf. Die Fassade war verschwunden, als wäre sie einfach abgenommen worden. Die Wohnzimmertür stand offen. Ein Esstisch ließ sich in dem Schutt ausmachen, als hätte ihn die Familie gerade verlassen. István wandte den Blick ab wie ein ertappter Voyeur.

Auf den Straßen fuhren Autos und Busse. Die Menschen gingen mit rührender Zähigkeit ihrem Alltag nach, als wäre nichts geschehen. Vor den wenigen intakten Geschäften bildeten sich Schlangen.

Kovács hielt auf der Rákóczi út vor einem Warenhaus unweit von Levins Wohnung.

»Danke!«, sagte István und hielt dem Professor die Hand hin.

»Das wird schon wieder werden, Sie werden sehen.« István wusste, dass der Alte seine Ehe meinte, und schüttelte den Kopf.

»Waren Sie selbst noch nie in Versuchung?«, fragte Kovács mit hochgezogenen Augenbrauen so ernsthaft, dass István die Hand wieder von der Türklinke nahm.

»Ich habe sie nie betrogen. Schon aus Respekt nicht.«

Kovács kraulte sich nachdenklich den Bart. »Selbstverständlich nicht! Aber sehen Sie, da liegt vielleicht das Problem. Respekt hält nicht ein Leben lang. Nur Liebe kann das.«

Ein Lächeln huschte über Istváns Gesicht. Er hatte immer gedacht, es wäre umgekehrt. Er nickte, drückte die Türklinke herunter und stieg aus.

Entlang der Rákóczi út hatten Händler ihre Waren auf Klapptischen in Hauseingängen aufgebahrt. Alte Töpfe, gebrauchte Klamotten, Schuhe, selbst falschen Schmuck und Hüte bot jemand an. Wer kaufte jetzt so etwas? Dachten die Leute, in Zeiten der Not besondere Schnäppchen machen zu können? Die meisten Läden waren verschlossen, zugebrettert, viele komplett leer geräumt.

Das Kaufhaus auf der Rákozci út war von Gelegenheitsdieben komplett verwüstet worden. Im Gatter zwischen Fahrbahn und Bordstein fiel István ein roter Gegenstand auf. Er stupste ihn mit der Schuhspitze an und befreite ihn vom Schnee. Es war ein rotes Feuerwehrauto, handtellergroß, mit herausziehbarer Leiter. Isti würde sich so freuen! Der Gedanke an seinen Jungen versetzte ihm einen Stich. Er blickte sich um und bückte sich nach dem Spielzeug. Zügig ging er weiter und machte einen Bogen um einen schneebedeckten Erdhaufen, wahrscheinlich eines der provisorischen Gräber, von denen es inzwischen unzählige auf den Gehwegen in der Stadt gab.

Er fand Levin in ihrem alten Stamm-presszó, dem Nárcisz. Im Radio sprach wieder Imre Nagy. István setzte sich zu Levin und lauschte der Rede. Die Regierung hätte sich mit den Sowjets über den sofortigen Abzug der Truppen geeinigt. Die Gäste sprangen auf. Pfiffe und Jubel ertönten.

István sah zu Levin. Er konnte die Nachricht nicht fassen. Hatte das Volk gesiegt?

Sie konnten es kaum glauben. Der Moment überwältigte sie. Die Gäste des kleinen Lokals umarmten sich. Ganz entgegen seiner Gewohnheit gab der Wirt eine Runde aus. Auch István und Levin tranken mit zwei Freiheitskämpfern vom Nebentisch Brüderschaft. Eine junge Frau fiel Levin um den Hals. István stieß mit einem Agrarstudenten an, der aus dem hundertfünfzig Kilometer nördlichen Mosónmagyaróvár in die Hauptstadt gereist war. Sie fühlten sich alle miteinander verbunden. Die Nachricht hatte sich wie ein Lauffeuer in der Stadt verbreitet. Jugendliche feuerten Freudenschüsse in die Luft.

Gelöst und angetrunken verließen István und Levin gegen Mitternacht das Lokal und stapften die von Schneematsch bedeckte Váci utca entlang. Der Alkohol wärmte sie. In ihren offenen Mänteln spürten sie kaum den kalten Wind, der Staub und Dreck der umliegenden Ruinen aufwirbelte.

»Ich kann nicht glauben, was Éva getan hat«, sagte Levin. István winkte ab, er wollte nicht an sie erinnert werden.

»Weißt du was? Sollen sie doch glücklich miteinander werden.« Er stellte sich auf eine Bank, zog den Bauch ein, legte die Schultern nach hinten und grinste. »Kann ich mich in diesem Zustand bei Rebeka blicken lassen?«

»Gegen deinen Atem sollten wir etwas machen!«

Im Duna-Hotel wurde zu der späten Stunde noch gefeiert. Die Küche war geschlossen, doch das Restaurant war voll von Gästen. István und Levin erblickten Frank mit hochgekrempelten Hemdsärmeln und von Alkohol geröteten Wangen in einer Runde mit amerikanischen und britischen Reportern. Die leeren Palinkaflaschen und vollen Aschenbecher häuften sich vor ihnen auf dem Tisch. Die Kellnerinnen hatten Schürze und Haube abgelegt und amüsierten sich mit den Gästen auf der Tanzfläche. Die Zigeunerband spielte ohne Pause, das Personal hatte Tische und Stühle beiseitegestellt, um mehr Platz für die Tanzenden zu schaffen. Die Luft war stickig, es roch nach Zigarettenrauch und Schweiß.

Auch Frank sah sie schon beim Hereinkommen und winkte sie heran. Gleich wurden Schnapsgläser herangeschafft und aufgefüllt. Der nächste Toast folgte.

»Auf die Ungarn!«, rief ein Brite mit eng stehenden Augen und kleinen, runden Brillengläsern. Ein Korrespondent der BBC, wie Frank ihnen zuraunte.

Die Männer am Tisch hoben ihre Gläser und grölten. István trank mit, doch er war nicht bei der Sache.

Rebeka fegte mit einem ungarischen Offizier über die Tanzfläche.

Frank hob das Glas auf den Sieg der Revolution und gab zu, das Palinka-Zeug würde mit jedem Glas besser.

»Noch einen auf Chruschtschow«, rief jemand in die Runde. Die Gläser klangen.

»Krushchev?« Frank schüttelte den Kopf und ließ sein Schnapsglas auf den Tisch knallen. »Ich traue diesen Russen nicht. Dass sie sich geschlagen geben. Too good to be true.« István hörte nicht mehr zu. Seine Blicke folgten Rebeka auf der Tanzfläche.

»Come on, hoch die Tassen!«, rief ein junger Mann.

»Hey, alter Freund!« Frank stupste István am Arm an. »Wie weit ist es bis zur ukrainischen Grenze?«

István schüttelte den Kopf. »Ungefähr dreihundert Kilometer?«

»Ich will die Sowjets mit eigenen Augen abziehen sehen und Fotos machen. Dreihundert Kilometer …« Er überlegte laut: »Bei den Straßenverhältnissen, das sind mindestens vier bis fünf Stunden.«

István antwortete nicht. Er stand auf und warf einen Geldschein auf den Tisch.

»Komm schon, einen können wir noch«, rief Levin ihm zu, doch István war schon auf dem Weg zur Tanzfläche.

Rebeka ließ ihren Offizier stehen und kam mit geröteten Wangen auf ihn zu. Winzige Schweißperlen funkelten auf ihrer Stirn. István zog sie am Ellenbogen zu sich, griff um ihre Taille und nahm den Takt der Musik mit ihr auf.

Geschmeidig schmiegte sie sich an ihn. Ihr herausfordernder Blick, das Wiegen ihrer Hüften in seinen Armen, es war kaum auszuhalten.

István verharrte einen Moment und sah sie ernst an. »Ich bin ein freier Mann. Éva hat mich verlassen.«

Sie neigte den Kopf zur Seite und richtete ihren leicht verschleierten Blick auf ihn. »Und da kommst du zu mir, um dich trösten zu lassen?«

Im Rhythmus der Musik drehte er sie wild um die eigene Achse und zog sie wieder an sich heran. Ihre Hüften schmiegten sich für einen Moment aneinander, bevor die Musik sie wieder voneinander trennte.

»Ich muss gar nicht getröstet werden«, rief er zwischen zwei Drehungen.

»Du willst also nur spielen.«

»Auch das.«

»Ich muss dich warnen.« Der Takt trennte sie. Er drehte sie und fing sie in seinen Armen wieder auf.

»Warnen?« Sie sahen einander tief in die Augen. »Ich bin eine verletzliche Frau«, sagte sie ernst, ihre Stimme weich wie Samt.

»Du bist zäh genug«, gab er als Antwort und küsste sie auf die Lippen. Sie schmeckten nach Salz und Lippenstift.

Rebeka löste sich aus seiner Umarmung. »Warte hier ein paar Minuten«, hauchte sie mit einem Lächeln, das ihm die Welt zu versprechen schien.

Männerblicke wie die hungriger Hunde folgten ihr durch den Saal. István schlenderte zum Kamin und zündete sich eine Zigarette an. Er ließ den Rauch in kleinen Kringeln aufsteigen, sah ihnen nach, wie sie größer wurden und langsam in der Höhe vergingen.

Eine Kellnerin erhaschte seinen Blick. Sie strahlte ihn an, das Tablett im sicheren Griff tänzelte sie auf ihn zu. István nahm dankend ein Gläschen und kippte den Schnaps hinunter.

»Ich habe schon Feierabend«, sagte sie im Flüsterton.

Er machte sein männliches Stirnrunzeln und zog an seiner Zigarette.

»Schade«, sagte sie enttäuscht.

István sah ihr nach. Er fühlte sich wie Napoleon. Nach einem weiteren Zug schnipste er die Zigarette ins Feuer und folgte Rebeka hinaus in die Lobby.

Die wuchtige Tür der Bibliothek war nur angelehnt, ein Lichtkegel ließ sanftes Licht in den Raum strömen. Er schloss die Tür hinter sich und fand sich in totaler Finsternis wieder. Erst als seine Augen sich an die Dunkelheit gewöhnt hatten und das schwache Licht der Straße absorbierten, konnte er Rebekas Silhouette erkennen. Langsam ging er auf sie zu. Ihr Gesicht wurde deutlicher, ihre Züge vervollständigten sich. Er schlang die Arme um sie, küsste ihr Gesicht, den Hals und flüsterte ihren Namen.

Rebeka atmete tief, erwiderte die Berührung seiner Lippen, das vor Verlangen wilde Spiel seiner Zunge. Ihre Hände fummelten, lösten Knöpfe und Gürtel. Seine Hand wanderte unter ihre Bluse, befreite ihre Brüste, liebkoste sie, sein Griff wurde fester. Er presste sich gegen sie und ließ sie sein hartes Glied spüren. Sie trat zurück an das Bücherregal, was er als Aufforderung verstand. Er drängte sie mit seinem ganzen Körpergewicht gegen die Bücher. Ein Laut entwich ihr. Ihr Seufzer machte ihn gieriger. Unter ihrem Rock tastete seine Hand nach ihrem Hintern. Er drückte fest zu und drehte sie herum. Wut und Verlangen brodelten in ihm. Die gesamte Machtlosigkeit der letzten Wochen kam hoch. Er wollte Kontrolle, hatte es leid, die Spielchen, die sie alle mit ihm trieben.

Er schob ihren Rock hoch, riss an dem Höschen, das nachgab, drückte ihren Oberkörper runter und drang in sie ein.

»István!«, rief sie zwischen zwei Stößen. Ihr Kopf presste gegen das harte Holz, er tat ihr weh, doch ihr Schrei feuerte seine Lust an. Er wollte es ihr zeigen, ihr, Éva, allen Frauen.

Rebeka drückte sich am Bücherregal ab, befreite sich aus seinem Griff und stieß ihn weg. »Du tust mir weh!«, schrie sie mit Entsetzen in den Augen.

Er taumelte nach hinten. Erschrocken von sich selbst hob er die Arme. »Das wollte ich nicht, wirklich!«

Fassungslos standen sie sich gegenüber.

»Was war das?«, fragte sie.

Er schüttelte den Kopf, verbarg sein Gesicht in den Händen. Sie sackten nebeneinander auf den Boden. Die Stille legte sich über sie wie eine Plane. István gab der Last nach und ließ sich in ihren Schoß sinken. Es kam kein Protest. Ihre Hand berührte sein Haar, tauchte ein in das seidige Gewirr. Ihre Zärtlichkeit tat ihm weh, Tränen drängten sich ihm in die Augen. Wie lange sie dort verweilten, wusste er nicht. Minuten vergingen, gefühlte Stunden.

»Lass uns neu beginnen«, sagte er und sah im Dunkeln zu ihr auf.

»Das wäre schön«, sagte sie schwach. Er sah ihr schwaches Lächeln und die Augen, die sich schlossen, als glaubte sie an all das nicht mehr.

51
AUS DEM HINTERHALT

Budapest 1956

Nach Beendigung der Kriegshandlungen trauten sich viele seit Tagen das erste Mal auf die Straße. Die Versorgung der Stadt mit Lebensmitteln war zusammengebrochen. Viele Bauern kamen in die Städte und verteilten Waren von Pferdewagen. Die russischen Panzer prägten noch immer das Straßenbild. Die Menschen machten einen großen Bogen um die Sowjets, die friedlich um ihre Fahrzeuge herumstanden. Im Radio hieß es, technische Fragen zum geregelten Abzug der Truppen seien noch zu klären.

Frank hatte auf halbem Weg zur ukrainischen Grenze gewaltige Panzerkolonnen auf Budapest zurollen, nicht abziehen sehen. Von offizieller Stelle bestätigte man ihm, die Verstärkung diene dem ungehinderten Abzug der stationierten Einheiten. Er warnte Rebeka und István, die Russen würden binnen wenigen Tagen die Grenzen dichtmachen. »Es wird ein Blutbad geben. Jetzt ist die Zeit zum Abhauen!«

Rebeka richtete ihren besorgten Blick auf István.

Er reichte über den Tisch und nahm ihre Hand. »In Szolmár wären wir in Sicherheit.«

»István, wir müssen hier weg! Es gibt keine Zukunft in diesem elenden Land.«

Er zog seine Hand zurück und stand auf. »Und was wird aus meinem Sohn?«

Rebeka senkte den Blick. Sein Auf-und-ab-Gehen machte sie nervös. Es war Évas Sache, wollte sie hierbleiben. Aber István musste sich endlich entscheiden, es ging nicht anders.

»Wo sollen wir denn hin? Ungarisch ist unsere Sprache. Hier verbindet uns eine gemeinsame Geschichte, eine Kultur. Soll ich um Asyl bitten? Ein Leben lang Bittsteller sein, behandelt werden wie ein Fremder, mich abhängig machen? Ist es das, was du Freiheit nennst?«

Rebeka sah zu ihm auf. »Wir werden klarkommen, du wirst sehen.«

»Glaubst du? Mit dem bisschen Englisch oder Deutsch wie ein Analphabet, ein Beschränkter! Versteh doch, selbst meine Bilder sind stumm in der Fremde.« Er setzte sich wieder an den Küchentisch.

Sie starrten sich an und schwiegen. Edit sah abwechselnd zu ihrer Mutter und zu István und kaute still an ihrem Butterbrot. Frank lehnte stumm in der Tür.

»Und was wird aus ihr?« István zeigte zur Stube. Dada hatte sich zurückgezogen.

»Sie kommt natürlich mit«, sagte Rebeka.

Frank hob fragend die Augenbrauen. »Möglicherweise müssen wir bei Nacht über den Acker fliehen. Noch sind die Grenzen offen, aber sobald die Russen sich organisiert haben, wird alles dichtgemacht.«

»Dada wird nicht mitkommen wollen«, sagte István.

»Ist ja gut, hört auf!«, rief Rebeka gereizt.

Edit schürzte die Lippen. Rebeka hob das Kind in ihren Schoß, bevor es anfing zu weinen, und beruhigte es mit sanften Worten.

Sie wusste, für István bedeutete Freiheit, Arbeit zu haben, irgendeine, die sie über Wasser hielt, ein paar Forint in der Tasche für einen Kaffee und um malen zu können. Mehr wollte er gar nicht. Was könnten sie ihm schon anhaben? Er war mit einer Waffe rumgelaufen wie jeder andere. Er hatte niemanden erschossen und tauchte in keiner ihrer Listen auf. Sie würden ihn in Ruhe lassen.

Doch ein Leben auf Sparflamme reichte ihr nicht.

Frank sah auf die Uhr und nahm seinen Mantel vom Haken. »Levin und ich werden morgen in aller Frühe abfahren. Selbst das kann schon zu spät sein. Gebt mir bis heute Nachmittag Bescheid, dann kann ich noch einen größeren Wagen organisieren.« Er ging und ließ die beiden in Ratlosigkeit zurück.

István schloss die Tür hinter Frank und sank auf seinen Stuhl zurück. »Komm her!« Er streckte die Hand nach Rebeka aus. »Sag mir, was für ein Vater verlässt sein Kind?«

Rebeka umarmte ihn, presste sanft seinen Kopf an ihren Bauch.

»Ich habe meinen Vater geliebt«, sagte er. Ihre Finger vergruben sich in seinem Schopf. »Er war kein gebildeter Mann, aber er glaubte an das Gute im Menschen. Zyniker nennen das naiv. Im Krieg hat er aus Überzeugung für sein Land gekämpft. Siebenundvierzig kam er aus der Hölle wieder, hatte dort erlebt, wie seine Kameraden abgeschlachtet wurden. Er überlebte, fragte sich, warum er. Sein Kommandant wurde als Kriegsverbrecher verurteilt. Tod durch Hängen. Wozu machte ihn das? Auch zum Verbrecher, zum Mitläufer, zum Opfer?« István schaute zu ihr auf. »Ich weiß noch, wie er aus der Wäschekommode die Holzkiste hervorholte, in der er seine Auszeichnungen aufbewahrte. Er schmiss das ganze Paket in den Mülleimer, nahm seinen Hut und ging. Zwei Jahre später traf ich ihn in einer Kneipe, allein und besoffen. Er faselte etwas von Auswandern nach Amerika. Ich war damals achtzehn und werde nie vergessen, wie es war, als mein Vater hinausspazierte. Mein Sohn ist erst zwei. Er wird sich nicht einmal an mich erinnern.«

Rebeka setzte sich in seinen Schoß und schlang die Arme um seinen Hals. »Rede mit Rudi, versuche, sie zu überzeugen mitzukommen.«

István schob sie von sich und stand auf. Bei dem Gedanken an Rudi verkrampften sich seine Eingeweide. Er versuchte sich vorzustellen, wie sie einander begegnen würden. So gesehen waren sie nun nach all den Jahren quitt. Vielleicht war es tatsächlich an der Zeit, sich auszusprechen.

An der Ecke zur Holló utca hatten die Freiheitskämpfer mit Pflastersteinen und einer ausgebrannten Straßenbahn eine Barrikade errichtet. Die Mietshäuser der Straße hatten beträchtlichen Bombenschaden erlitten. Auch das Haus in der Nummer drei war nicht wiederzuerkennen.

István stieg über die Trümmer in den Innenhof und ging die Treppen hinauf in den ersten Stock. In dem unversehrt gebliebenen Treppenhaus herrschte befremdliche Stille. Die gewohnten Laute des Mietshauses blieben hinter fest verschlossenen Fenstern. Im Hof hatten einst Kinder den Staub aufgewirbelt. Nun war er verlassen. Wer konnte, hatte sich bei Bekannten auf dem Land in Sicherheit gebracht. István klingelte und hielt den Atem an. Schritte näherten sich, die Tür ging auf, eine junge Frau mit jungenhaft schlanken Gliedern sah ihn fragend an. Ihr durchsichtiger Morgenmantel ließ auf laszive Weise eine Schulter unbedeckt.

»Wo ist Éva?«, fragte István vorwurfsvoll. Da erkannte er Lulu, Rudis Mädchen. Er schob sie beiseite und trat in die Stube.

Rudi köpfte am Frühstückstisch gerade ein Ei. István schritt auf ihn zu wie auf einen Gegner beim Duell.

Rudi legte den Löffel ruhig aus der Hand und erhob sich. Mit einem Handgriff räumte er seinen Hocker beiseite und türmte sich vor István auf. Der Hocker fiel mit einem dumpfen Laut um. Rudi hatte ein Kreuz so breit, dass István sich hinter ihm verbergen hätte können. Er kniff die Augen zusammen, das Blut rauschte in seinen Schläfen. Er stellte sich Rudi vor, wie er von seinem Hieb in die Magengrube zurücktaumelte und dabei den Frühstückstisch umstieß. Die Kaffeetassen würden mit einem klirrenden Geräusch auf dem Boden zerscheppern.

Doch Rudi stand regungslos da wie ein Berg und verschränkte die Arme vor der Brust. Er verzog keine Miene. »Dass du dich hier blicken lässt, nenne ich dreist, Alter.«

István machte eine Grimasse. »Bist du schon fertig mit Éva, oder hast du gerade wieder zwei Frauen gleichzeitig?«

Rudi schickte einen besorgten Blick zu seinem Mädchen. Sie war an der Tür stehen geblieben. »Ich habe Éva nicht mehr gesehen, seitdem sie mich für dich verlassen hat, du Idiot.«

István hatte das Gefühl, als verliere er den Boden unter den Füßen.

Rudi schüttelte genervt den Kopf. »Ich bin mit Lulu zusammen.« Er wandte sich von István ab wie von einem unwürdigen Gegner, bückte sich und stellte den umgefallenen Hocker wieder auf. »Komm her Süße!« Das Mädchen kam mit geschmeidigem Gang zu ihm und schmiegte sich an ihn.

István hatte das Gefühl, der Schlag in die Magengrub hätte ihn getroffen. Hatte Éva ihre Affäre mit Rudi erfunden, um ihm die Entscheidung abzunehmen? Du musst nicht aus Vernunft bei uns bleiben, hörte er sie in Gedanken. Er atmete tief aus, als könne er so klarer denken.

Rudi bedeutete ihm, sich zu setzen. István ließ sich auf den Hocker neben ihn sinken. »Ich schulde dir eine Entschuldigung.«

Sie sprachen sich aus. István ließ weder seine erste Nacht mit Éva aus noch ihre Affäre nach seiner Rückkehr aus Szolmár.

Rudi nickte und schwieg.

»Nun kannst du mir eine runterhauen«, sagte István.

Rudi drehte den Kopf zu Lulu, die liebevoll seine Stirn strei-chelte. »Es tut mir leid für Éva«, sagte er mit geschlossenen Au-gen. »Es hat mit uns einfach nicht funktioniert.«

Er öffnete die Augen, sah verliebt sein Mädchen an und gab ihr vor István einen langen Kuss auf den Mund. István wandte verlegen den Blick ab. »Machst du uns einen Tee, Süße?«

Mit einem Satz hüpfte sie von seinem Schoß und verschwand in der Küche.

»Was wirst du jetzt tun?«, fragte Rudi.

»Rebeka und ich überlegen auszuwandern. Ihr solltet euch auch in Sicherheit bringen. Deshalb bin ich gekommen.«

Rudi nickte ungläubig. »Und Éva und dein Sohn?«

István hob die Hände in die Höhe. »Was ich auch mache, es ist das Falsche.«

»Du hättest schon früher kommen sollen«, sagte Rudi.

Ein Lächeln stahl sich in Istváns Gesicht. Er hielt ihm die Hand hin, und Rudi schlug ein.

52
ISTVÁNS NOT

Budapest 1956

Zufrieden fuhr Rebeka mit der Hand über den Inhalt ihres Koffers. Frank hatte einmal gesagt, ihre Altstimme zusammen mit ihrem charmanten ungarischen Akzent könnte ihr Markenzeichen in Hollywood werden. Holly-wood. Mit weicher Stimme sprach sie die Silben und betonte das stimmhafte »d« am Ende wie einen Seufzer. Ihre Augen glänzten vor Freude. Sie war entschlossen, sich das Englische anzueignen wie eine zweite Muttersprache, hart zu arbeiten und sich mit dem Nötigsten zufriedenzugeben. Konnte sie nur frei sein! Warme Kleidung lag bereit für den Morgen. Frank kam schon in aller Frühe. Nur der cremefarbene Hosenanzug hing noch im Schrank. Ihr bestes Stück. Er war ein Geschenk von Breitner gewesen.

Mit der Zigarette im Mundwinkel überlegte sie und fuhr mit der Hand über den edlen Stoff. Kurz entschlossen nahm sie den Anzug vom Bügel und legte ihn zusammen mit dem passenden Seidenschal in den Koffer. Der erste Eindruck zählte, oder nicht? Auch zum Friseur ging sie nicht ungekämmt. Zu dem Anzug passte die Perlenkette ihrer Mutter. Das Licht der Nachttischlampe spielte auf der Oberfläche der feinen Perlen in ihrer Hand.

Als Kind hatte sie die kleinen Kügelchen immer bestaunt, wenn ihre Mutter sich beim Gutenachtkuss über sie beugte.

Sie legte die Kette an und lächelte ihrem Spiegelbild zu. Deine Zeit ist wieder gekommen, Rebeka Bárdossy!

Am nächsten Morgen weckte István ein dumpfes Geräusch. Er setzte sich auf. Neben ihm schlug auch Rebeka die Augen auf. Zum Glück war Edit von dem Lärm nicht aufgewacht. Er sprang auf, griff nach seiner Hose und spähte durch einen Spalt im Rollo.

Der Anblick, der sich ihm im Morgengrauen bot, jagte ihm einen Schauer über den Rücken. Es war wieder Krieg. Eine Panzerkolonne rollte über die Üllői út. Gefechtsfahrzeuge, Lastwagen und Soldaten belagerten die Straße. Er rief Rebeka zu, schnell aufzustehen, und knipste das Licht der Nachttischlampe aus. Sie zog sich an und suchte ein paar Decken zusammen. Das Geratter von Maschinengewehren setzte ein. István holte Edit aus ihrem Bettchen und übergab sie Rebeka.

Eine Explosion erschütterte die Wände.

»Rebeka, runter!« schrie er.

Mit dem Rücken an der Wand warteten sie. Edit klammerte sich stumm an ihre Mutter. István bedeutete Rebeka, ihm zu folgen. Doch sie rührte sich nicht. Was machte sie nur?

»Wir müssen in den Keller, komm schon.«

»Frank wird uns dort nicht finden.«

In dem tosenden Lärm gingen Istváns Worte unter. Er ergriff sie am Arm und zog sie zur Tür. Ein Geschoss schlug mit gewaltiger Kraft ein und schleuderte sie alle zu Boden. Die Hauswand erzitterte, Fensterscheiben zersprangen. Er barg die beiden unter sich. So verharrten sie ineinander verschlungen. Eine Tasse kullerte über den Boden, stieß gegen den Kachelofen, drehte noch ein paar Kreise und kam schließlich zum Stehen. Eine dünne graue Schicht aus Staub hatte sich über sie, das ungemachte Bett und den Boden gelegt.

István realisierte nur langsam, was geschehen war. Rebeka bewegte sich unter ihm. Sie lösten sich voneinander.

Edit wimmerte leise. Rebeka tastete das Kind ab, küsste das kleine Gesicht, sprach zu ihm. Auch István rappelte sich auf und realisierte, dass sie keine Zeit verlieren durften. »Kommt schnell!«, rief er und nahm Edit auf den Arm. Sie eilten zusammen zur Tür. Außer Atem rannten sie über den Umlaufbalkon und erreichten das Treppenhaus, als ein zweites Geschoss das Haus traf. Edit klammerte sich erschrocken an Istváns Arm fest. »Das ist wie Fangen spielen«, rief Rebeka der Kleinen zu und hielt im Laufschritt die herabbaumelnde Hand.

Endlich hörten die Schüsse auf. Der Lärm machte einer sonderbaren Stille Platz. Im Innenhof des Hauses, auf den Umlaufbalkonen, im Hausflur, nirgendwo war ein Mensch zu sehen. Wo waren nur alle? Eine verlassene Glühbirne baumelte im Erdgeschoss von der Decke, als wäre jemand gerade an ihr vorbeigelaufen.

»Wir müssen Frank und Levin entgegengehen«, rief Rebeka.

»Sind die Russen schon in der Innenstadt, ist bereits die ganze Stadt umzingelt.«

Er ignorierte Rebekas Protest und stemmte sich gegen die Kellertür. Sie klemmte. Irgendetwas schien von innen dagegenzuhalten. Bestimmt hatten die Mieter die Tür verbarrikadiert.

»Die Koffer!«, fiel Rebeka ein. Sie wollte zurücklaufen. István hielt sie fest. »Die holen wir später.«

»Aber …«

»Zsch!« Mit der Hand auf dem Mund wies er sie an, leise zu sein. Er wollte horchen, ob er Stimmen aus dem Keller hörte.

»Lieber lasse ich mich erschießen, als im Keller zu hocken, bis die Russen die Stadt dichtmachen!« Rebeka riss sich los und lief die Treppen wieder hoch.

»Dann hol die gottverdammten Koffer!«, brüllte er aus voller Brust. »Lass dich nur umbringen. Am besten lassen wir uns gleich alle zusammen erschießen!«

Sein Herz raste, er fühlte seine Stirn explodieren. Edit schrie in seinem Arm. Seine Versuche, sie zu beruhigen, machten alles nur schlimmer.

»Gib sie mir«, rief Rebeka, kam zurück und nahm ihm das Kind ab.

Die Kleine klammerte sich an ihre Mutter und beruhigte sich. Er atmete aus und schloss die Augen. Was war er für ein Vater! Was für ein Vater verließ sein Kind? Wiegte Verrat nicht schwerer, als nie da gewesen zu sein? Als er vorhin von dem Geräusch der Panzer geweckt worden war, hatte Hoffnung in ihm gekeimt, dass Frank nicht kommen würde. Sie saßen fest, die Eisenbahner streikten, es gab keinen Weg hinaus aus der Stadt. Womöglich hatten die Russen auch schon die Grenzen dichtgemacht. Doch er hatte Rebeka sein Wort gegeben. Bis spät in die Nacht hatten sie Pläne geschmiedet von dem fernen Amerika.

Die Kellertür gab nach, István ging im Dunkeln vor.

Edit weinte auf. »Hab keine Angst, Schatz«, sagte Rebeka erstaunlich ruhig. Enttäuschung lag in ihrer Stimme.

István schien, als hätte sich das Feuer entfernt. Die Russen befeuerten jetzt wahrscheinlich die Kaserne. »Wartet im Hausflur. Ich sehe nach, ob wir über eine Seitenstraße durchkommen können.«

Bestimmt waren Frank und Levin mit dem Wagen stecken geblieben. Er lugte durch die einen Spaltbreit geöffnete Tür auf die Straße.

Drei sowjetische Panzer versperrten die Straße und feuerten auf die Corvin-Passage. Aus den Fenstern der umliegenden Mietshäuser schossen die Freiheitskämpfer mit Maschinengewehren auf die Angreifer. Jeden Schuss beantworteten die Russen mit schwerem Kanonenfeuer. Wie ein Kartenhaus war die Fassade eines der Mietshäuser in sich zusammengefallen. Die Üllői út erinnerte an zerbombte Stadtteile im Zweiten Weltkrieg. Es war zu gefährlich hinauszugehen.

Da erblickte István Frank und Levin auf der gegenüberliegenden Straßenseite. »Kommt rein, schnell!«, rief er. Die beiden rannten zu ihm herüber, und er machte augenblicklich die Haustür hinter ihnen zu.

»Wir waren komplett eingekesselt, es ging weder vor noch zurück. Wir mussten den Wagen zurücklassen«, bestätigte Frank Istváns Befürchtungen. »Alter! Vor unseren Augen haben die Russen den Fahrer eines Krankenwagens durchsiebt. Er trug Zivil, er hatte die Hände erhoben!« Franks Augen glühten wie die eines Irren.

Levin starrte apathisch vor sich hin. István legte einen Arm um ihn und zog ihn weiter in den Hausflur. »Kommt mir nach in den Keller.«

Frank winkte ab. »Wir müssen uns beeilen. Die Russen machen die Stadt dicht.«

»Bist du verrückt geworden? Es ist zu gefährlich«, sagte István, doch Frank ging schon Rebeka entgegen, die mit Edit auf dem Arm aus dem Keller kam.

István schüttelte den Kopf. Das war Wahnsinn! Franks Selbstsicherheit machte ihn wütend. Aber stellte er sich jetzt quer, würde er dastehen wie ein Feigling.

»Auf der anderen Straßenseite sind wir in Sicherheit. Kommt schnell!« Frank ging voraus, Rebeka folgte ihm mit Edit. István hatte keine Wahl. Sie rannten über die Straße und bogen in die Futó utca. Mit einem Fußtritt öffnete Frank ein Kellerfenster und bedeutete ihnen, dort hinunterzuklettern. István und Rebeka sahen sich skeptisch an.

»Macht schon, los!« Frank kletterte als Erster hinunter. István übernahm Edit, Rebeka folgte Frank. Dann reichte István ihr die

Kleine nach, und István kletterte nach Levin als Letzter in den Keller. Edit war erstaunlich ruhig. Sie musste die Anspannung der Erwachsenen spüren.

»Der Gang mündet in den Keller der Glasfabrik. So sind wir hergekommen«, sagte Frank. Er erzählte, wie sie über einen Hintereingang Zuflucht im Corvin-Kino gefunden hätten. Eine Gruppe von Freiheitskämpfern hielte dort die Stellung. Ihr Anführer hätte ihnen den Weg gezeigt, ihnen sogar ein Gewehr mitgegeben. Sie folgten ihm über den schwach beleuchteten Korridor. »Schaffen wir es in die amerikanische Botschaft, sind wir gerettet«, sagte Frank.

Auf dem Szabadság-Platz war die Lage nicht minder gefährlich. Auch hier waren Gefechtsfahrzeuge stationiert, Sowjets liefen schwer bewaffnet auf und ab und warteten auf ihren Einsatz. Das Parlamentsgebäude war von T-34ern umstellt. Misstrauisch filzten die Amerikaner jeden, der in die Botschaft wollte.

Frank schlug vor, allein reinzugehen. Die vier anderen zogen sich in einen Hauseingang zurück und warteten. Die Sonne war inzwischen aufgegangen. Es versprach, ein frostiger Novembertag mit Temperaturen unter null zu werden. Rebeka trat frierend auf der Stelle. Auch Edit jammerte.

»Es dauert nicht mehr lange, mein Schatz. Wir fahren bald mit dem Auto weiter. Komm, lass uns auf und ab hüpfen.«

István bewunderte die Geduld, die sie für Edit hatte. Ging es um die Kleine, traf sie den richtigen Ton und schien stets zu wissen, was zu tun war. Woher nur nahm sie die Gewissheit, nicht einen Fehler zu machen? Würden sie einander genügen in der Fremde?

Rebeka ruhte in sich, ihre Wangen waren gerötet, ihre Augen strahlten. István hingegen rieb sich die frierenden Hände, lief im Hausflur auf und ab. Denk nach, denk nach, sagte er sich.

Eine halbe Stunde musste vergangen sein. Frank kam zurück. Sein Gesicht war voller Falten. Er hätte eine Mitfahrgelegenheit organisiert, sagte er.

Rebekas Augen leuchteten auf.

»Der Fahrer nimmt uns aber nur mit Passierschein mit.«

»Den gibt es nur für Amerikaner«, sagte István.

Frank nickte betroffen.

Sie schwiegen.

»Was ist mit Verwandten? Verlobten, Kindern?«, fragte István nach.

Frank verstand erst nicht. Rebeka schon. »Das kommt überhaupt nicht infrage, ohne dich gehen wir nirgendwohin!«, sagte sie.

István und Frank sahen sich in die Augen. Frank nickte. Sie waren nicht die besten Freunde, doch István vertraute ihm. Ihr Handschlag bedeutete eine Übereinkunft wie unter Brüdern.

»Was tust du da?« Entsetzen stand in Rebekas Augen.

István nahm ihre Hand und führte sie zum Mund. Gern wäre er mit ihr und Edit einfach nach Hause gegangen. Gern hätte er die Gewissheit gehabt, dass ihre Liebe reichte, um jede Herausforderung zu überdauern. Doch die Realität war eine andere.

Er spürte die Wellen über seinem Kopf zusammenschlagen. Sie liebte ihn, das verstand er jetzt. Doch reichte diese Liebe für ein Leben der Entbehrung? Sie wollte frei sein, er war ein zerrissener Mensch, ein Mensch mit Verpflichtungen, der nirgends frei sein würde.

Es konnte nicht funktionieren.

»Ist es wegen Éva?« Sie zog ihre Hand zurück.

Die Traurigkeit in ihrer Stimme brach ihm das Herz. So war es nicht, das musste sie wissen, oder nicht? Feine rote Äderchen liefen über das Weiß ihrer Augen. Ihre Hände zitterten. Nein, sie wusste es nicht.

»Du liebst sie also wirklich!«

Er erwiderte nichts, protestierte nicht. Ihn zu hassen war leichter, als ihn zu lieben. István näherte sich ihr, wollte sie umarmen.

Sie stieß ihn weg. »Komm, Edit, wir gehen!«

Schneeflocken rieselten vom Himmel und wurden auf dem nassen Asphalt zu Wassertropfen. Feierliche Stille herrschte, als schwiegen die Kanonen aus Respekt. Auch Levin schwieg betroffen.

István zog den Reißverschluss seines Mantels hoch und vergrub die Hände in den Taschen.

Seine Tochter, an der Hand ihrer Mutter, drehte sich noch einmal um und sah ihm nach.

53
DAS ANNA II

Budapest 2017

Anna legte ihre Handflächen flach auf die kühlende Marmorplatte und beugte sich zu Rebeka vor. »Und du hast Szabó nach diesem Tag nie wiedergesehen?«

Lächelnd schüttelte Rebeka den Kopf. Ihr Blick wanderte an Anna vorbei zu dem Fensterplatz, zu dem sie zuvor gedeutet hatte. Vielleicht wollte sie nachsehen, ob Szabó von seiner Zeichnung aufsah und zu ihnen hinüberschaute.

»István war ein anständiger Mann«, sagte Rebeka. »Es blieb ihm keine andere Wahl, als sich für seine Frau und seinen Sohn zu entscheiden.«

Anna erinnerte sich an die Ernsthaftigkeit, mit der Szabó zu ihr gesagt hatte, er sei ein schlechter Vater. Damals hatte sie nicht gewusst, dass er auch ihre Mutter gemeint hatte.

»Es tut mir wirklich leid für Edit«, sagte Rebeka nach einer Pause. Anna hob den Blick. »Es war meine Schuld, dass sie ohne Vater aufwachsen musste. Dabei war Frank gar kein so schlechter Ehemann.«

Ein winziges Lächeln stahl sich um Annas Mundwinkel. Sie dachte an die Worte ihrer Mutter.

»Du hättest die herbe Enttäuschung im Gesicht meiner

Schwiegermutter sehen müssen, als Frank mich ihr vorstellte. ›Eine Ungarin‹, sagte sie nur kühl und musterte mich wie eine Schlampe, die ihrem Sohn ein fremdes Kind anschleppte. Sie war eine harte Frau, hielt sich immer kerzengerade. Ich stammte nicht aus ihrer Bostoner Elite. Ich war noch nicht einmal Jüdin. Sie tolerierte mich nur, weil Frank mich zu seiner Frau machte.« Rebeka verharrte einen Moment in Gedanken. »Er liebte mich, oh ja, auf seine Art. Deine Mutter glaubte immer, ich hätte ihn wegen einer Affäre verlassen.« Sie winkte ab, lachte auf, als wäre alles ein großes Missverständnis. »Ein anderer Mann hätte vielleicht Röcken nachgejagt. Frank bedeutete das nichts. Was ihn reizte, waren die großen Reportagen, der Pulitzer! Er war wie ein Besessener. Ich spielte die zweite Geige, immer.« Ihr Blick ruhte auf den von Käse verklebten, inzwischen kalt gewordenen Broten. Sie schob ihren Teller weg. »Vielleicht hätte ich mich begnügen sollen mit der Rolle der Ehefrau. Für Edit wäre es das Beste gewesen.«

Im Glanz der gealterten Augen sah Anna wieder den Blick der jungen Rebeka aufblitzen. Wie sehr hatte sie diese Frau unterschätzt, wie wenig von ihr gewusst! Einst hatte auch sie auf dem Höhepunkt ihres Lebens, ihrer Weiblichkeit gestanden wie Anna heute. Auch Anna würde eines Tages in den Spiegel blicken und sich darin nicht wiedererkennen. Das Ich würde noch wach und lebendig verborgen sein, irgendwo in ihrem Innern. Ihr Gesicht würde faltig werden, ihr Körper gebrechlich, doch sie würde gelebt, geliebt, die Welt gesehen und vielleicht ein Kind großgezogen haben. Nur die Hülle würde verwelken, sie selbst dieselbe bleiben.

»Ich erhoffte mir mehr vom Leben, als den ganzen Tag zwischen stoffbezogenen Nachttischlampen auf meiner cremefarbenen Couch herumzusitzen und auf den fabelhaften Mr. Crary zu warten. Ich wollte unabhängig sein. Ich war nie genügsam.«

Genügsamkeit, dachte Anna. Diesmal hob sie den Blick zur Decke, als fände sie dort die Antwort auf ihre Fragen. »Diese innere Unruhe treibt mich auch um«, sagte sie. »Manchmal verhindert sie, dass ich das Wesentliche erkenne und mich auf Dinge einlasse. Aus Angst, das vermeintlich Bessere zu verpassen.«

Rebeka betrachtete sie mit einem Lächeln. »Du hast die Augen der Hartmanns, Kind, aber wir sind uns ähnlicher, als du denkst. Sieh dich vor! Mach nicht die gleichen Fehler wie ich!«

Rebeka sah sie auf eine Weise an, die Annas Herz krampfen ließ. Sie fasste sich an die Stelle, an der es eng wurde. Woher wusste man nur, wenn man einen Fehler machte?

Sie sehnte sich nach Michael. Es erschien ihr jetzt unwirklich, ja unmöglich, dass er nicht mehr da sein würde.

»Und jetzt lass uns gehen. Es ist scheußlich hier geworden!« Rebeka erhob sich, bevor Anna realisierte, dass sie für ihren Teil offenbar mit der Unterhaltung fertig war. Die Handtasche an ihrer Seite wandte Rebeka sich um und schritt aus dem Restaurant mit der Haltung einer Frau, die mit sich und ihrem Leben im Reinen war.

Anna sah ihr nach. Erst als ihre Großmutter schon an der Tür war, stand sie selbst auf und wollte ihr folgen – doch etwas hielt sie zurück. Es war ein Gefühl, als würde jemand sie beobachten. Michael? Sie wagte es nicht zu denken, schon gar nicht zurückzublicken zu dem Fenstertisch, an dem Szabó einst gesessen hatte.

Aus dem Durcheinander in ihrem Kopf blitzte dieser einzige klare Gedanke auf. Mach nicht die gleichen Fehler wie ich! Sie vernahm ein Räuspern, zuckte zusammen und rüstete sich für sein stilles Lächeln, seine Frage vielleicht. Eine Frage, auf die sie nun eine Antwort hatte.

Sie drehte sich um und erstarrte. Es war der Kellner, der ihr die Rechnung reichte.

– Ende –

Jana Voosen

Für immer die Deine

Sie halten zusamen, auch wenn die Welt um sie zerbricht

978-3-453-42311-4

Altes Land, 1939: Die 17-jährige Klara erwartet ein Kind von Fritz, dem Pfarrerssohn. Trotz überstürzter Hochzeit und angekratztem Ruf ist das junge Paar glücklich. Als der Zweite Weltkrieg ausbricht, muss Fritz an die Front und Klara schlägt sich mit ihrem Sohn in Hamburg durch. Dort muss sie eine folgenschwere Entscheidung treffen.
Hamburg, 2019: Die frisch getrennte Journalistin Marie stößt bei Recherchen auf die Geschichte von Klara und Fritz Hansen. Sie ahnt nicht, wie die Begengnung mit den beiden ihr eigenes Leben beeinflussen wird …

Leseprobe unter **www.heyne.de**